Alex's Season

S.J. Mahler

Impressum

1. Auflage, 2024

Texte: © 2024 S.J. Mahler – alle Rechte vorbehalten.

Cover: Nina Sonnabend Design

ISBN: 9783757980719

Sabrina Panusch

Freiherr-von-Stengel-Str. 8

85579 Neubiberg

mahler_sabrina@outlook.de

Herstellung und Druck über tolino media GmbH & Co. KG, Albrechtstr. 14, 80636 München. Printed in Germany. Fragen zu Produktsicherheit an: gpsr@tolino.media.

Für meine Tochter. Sie soll immer daran glauben, dass sie alles schaffen kann – nicht obwohl, sondern weil sie eine Frau ist.

Aufwärmphase

Ted Kucholsky schlug frustriert mit der Faust gegen die Wand, während sein Kollege am anderen Ende der Leitung tief aufseufzte.

„Verdammt noch eins, bist du dir wirklich so sicher?" Ted schüttelte über diese Frage nur den Kopf.

„Natürlich bin ich das! Seitdem sie das erste Mal den Mund aufgemacht hat, will ich sie haben! Michael, wir haben die Genehmigung dafür, und das ist mein Personal!" Wieder ein tiefer Seufzer.

„Ted. Das wird nicht einfach werden, weder für sie, für uns, noch für die Mannschaft. Bist du sicher, dass sie das aushält?" Für einen Moment glitten seine Gedanken an sie zurück, an die Entschlossenheit in ihren Augen, der verkrampfte, dennoch immer lächelnde Mund. Er atmete lange durch. Hörte auf sein Bauchgefühl.

„Ja."

„Wenn das schief läuft, geht unsere gesamte Strategie flöten. Und wir gleich mit dazu." Ted schloss kurz die Augen, seine Schultern zogen von dem plötzlichen Druck schwer nach unten. Aber er würde sich nicht von Michael reinreden lassen. Er wusste, so wie sein Kollege bei seinen Leuten einen Riecher hatte, so täuschte er sich nicht bei ihr.

„Es wird nicht schief gehen, Michael."

Zwei Stunden später saß Ted dieser Frau, die er unbedingt für sein Team zu gewinnen versuchte, wieder gegenüber. Ein vor Konzentration verkniffener Blick, die Lippen fest zu einem Lächeln zusammengepresst. Hellgrüne Augen fixierten ihn prüfend, um ja keine Regung zu verpassen, das weiche Gesicht blieb offen und höflich. Aus ihrem zu einem hohen Zopf gebundenen Haar lockerten sich einige braune Strähnen und umspielten ihre leicht abstehenden Ohren. Alexandra Müller hatte sich für heute schick gemacht, Bluse, Blazer, edle Chino, aber die weißen Sneakers waren das Statement – cool bleiben.

„Ich habe mir Ihre Unterlagen angesehen, Ms. Müller. Sie wollten erst gar nicht bei diesem Wettbewerb Ihrer Universität mitmachen, Ihre Unterlagen wurden nachgereicht." Ein verlegenes, echtes Lächeln stahl sich auf ihr Gesicht.

„Ja, das ist richtig." Ted hob fragend die Schultern.

„Und wieso? Keine Lust?" Hatten ihre Hände vorher entspannt auf dem Tisch gelegen, so rutschten sie nun fahrig über ihre Oberschenkel.

„Doch. Aber ich habe nicht gedacht, dass ich eine wirkliche Chance hätte." Ihre erfrischende Ehrlichkeit entlockte ihm ein Lächeln.

„Das glaube ich Ihnen kaum. Sie haben hier heute als mit eine der Besten abgeschnitten und ich musste mich mächtig ins Zeug legen, damit ich Sie als Erste interviewen darf." Immer noch verlegen senkte sie den Blick.

„Freut mich zu hören." Ted legte eine künstlerische Pause ein, er wollte, dass seine Worte Wirkung bei ihr entfalteten. Sie sollte wissen, wie wertvoll sie für ihn war.

„Schon Vorstellungen für die Zukunft?" Vorsichtig nickte sie.

„Ich will mit Menschen arbeiten, ich bin kein Einzelkämpfer. Ich will unbedingt Teil eines Teams sein." Ted blätterte in ihren Unterlagen, ließ eine Seite offen und betrachtete die Frau ihm gegenüber wieder eingehend.

„Ihre Mappe enthält eine Bewertung Ihrer Professoren. Sie erhalten überall sehr gute Noten, aber alle unterstreichen drei Eigenschaften: Teamfähigkeit, Logik und Flexibilität. Sie schaffen es, ein Team zu bilden, anzuleiten und zu lenken." Wieder eine Kunstpause, in der sie ihn gebannt beobachtete.

„Genau die Eigenschaften, die wir bei unseren Leuten suchen." Als sie sich entspannte, die Hände auf den Tisch legte und sich leicht vorbeugte, war er sich sicher, dass er ihr Interesse geweckt hatte.

„Ich weiß immer noch nicht, von welcher Firma Sie sind und welche Position Sie mir eigentlich schmackhaft machen wollen." Ein sanftes, aber herausforderndes Lächeln umspielte wieder ihre Lippen. Ted nickte – wenn sie sich traute, konnte sie durchaus selbstbewusst sein.

„Richtig. Womöglich ist jetzt die Zeit dafür." Er räusperte sich.

„Schon mal von Jatterton, Wales, gehört?" Ehrlicherweise schüttelte sie den Kopf, unsicher, ob sie die Stadt kennen sollte.

„Macht nichts. Für Deutschland auch eher irrelevant, außer man interessiert sich für Rugby. Allerdings nicht mehr seit diesem Sommer. Denn nicht nur die Rugby-Mannschaft ist sehr erfolgreich, auch die Fußballer. Sie haben es vergangenen Juni geschafft, zum ersten Mal in die Premier League, die höchste englische Liga, aufzusteigen." Kaum war ihm das Wort Fußball über die Lippen gekommen, schossen ihre Augenbrauen schon in die Höhe, er sah es in ihrem Blick: Jetzt war sie interessiert, und zwar sehr.

„Das hat uns im Verein ein paar tolle Möglichkeiten eröffnet, mehr Gelder natürlich, aber auch neue Stellen." Förmlich im Sekundentakt wurden ihre Augen immer größer, vermutlich konnte sie kaum glauben, was Ted ihr da erzählte. An ihrer Stelle erginge es ihm sicher ähnlich.

„Ich, als Sportdirektor, und der FC im Allgemeinen, brauchen einen Team Manager, jemanden, der die ganze Sache in dieser Saison am Laufen hält, unsere Spiele in der Premier League organisiert und für die Jungs eine Vertrauensperson ist, dem Management den Rücken freihält." Er gab ihr Zeit das zu verarbeiten, und es dauerte nicht lange, bis sie den springenden Punkt erfasste.

„Für die Jungs?" Ted nickte.

„Jap, wir sind eine Herrenmannschaft." Sie schwieg, er sah die vielen Rädchen, die sich in ihrem Kopf drehten, vermutlich immer schneller.

„Hören Sie, ich will Sie für diesen Job. Sie sind klug, Sie können Stress ab, tausend Dinge gleichzeitig tun und dabei noch perfekt priorisieren. Sie sind wahnsinnig integer. Von Ihrer glatten Eins im Englisch-Unterricht ganz zu schweigen. Und Sie haben in dem Fragebogen angegeben, Sie mögen Fußball. Wieso also nicht zukünftig mit im Stadion auf der Bank sitzen?" Ihr Blick wurde skeptisch, doch auch Teds gesamter Körper versteinerte sich. Eine Sache musste er noch sehr deutlich machen, bevor sie sich für diesen Job entschied.

„Etwas muss Ihnen klar sein. Die Premier League ist kein Kindergarten, ich möchte behaupten, sie ist die härteste Fußballliga der Welt. Von der Masse an Geld, um die es dort tagtäglich geht, mal ganz abgesehen. Ich lehne mich mächtig für Sie aus dem Fenster, weil Sie bislang absolut keine Erfahrung haben. Wenn Sie also versagen, gehe ich mit Ihnen unter. Fehler sollten wir zwei uns also nicht leisten, verstanden?" Sie schluckte, deutlich, versuchte, locker zu bleiben. Nickte kurz, dann stellte sie eine andere Frage, was Ted als Bestätigung auffasste. Sie war sich der Bedeutung ihrer Aufgabe und ihres Scheiterns bewusst.

„Woher wissen Sie, dass ich integer bin?" Da lächelte Ted.

„Glauben Sie mir, ich kann Menschen einschätzen, Sie erinnern mich an meine jungen Jahre. Sie sind vermutlich der loyalste und netteste Mensch, den ich je kennenlernen werde. Man spürt das, sofort, wenn Sie den Raum betreten. Man vertraut ihnen." Wieder schwieg sie, er gab ihr Zeit, das alles zu verarbeiten. Es fehlte nicht viel, um sie endgültig zu überzeugen, also schob er ein paar Fakten hinterher.

„Sie kriegen eine Wohnung und Firmenwagen gestellt, über das Gehalt werden wir uns sicher einig. Sie erleben innerhalb eines Jahres die zwanzig besten Clubs der englischen Liga. Sie sind bei allen wichtigen Besprechungen dabei, lernen wahnsinnig viel über Fußball und über Management, arbeiten mit und für ein krasses Team. Wenn Sie das durchziehen, stehen Ihnen danach alle Türen offen, glauben Sie mir." Lange sah sie ihn nicht an, stand auf, tigerte im Raum umher. Er nahm es ihr nicht übel. Als sie sich nach fünf Minuten etwas beruhigt hatte, stellte sie ihm die einzig richtige und wichtige Frage.

„Können Sie die Saison in der Premier League überstehen?" Ein festes Nicken reichte ihr aus. Tief durchatmend ließ sie sich wieder ihm gegenüber auf den Stuhl fallen.

„Alles klar. Reden wir über das Gehalt."

Die kommenden zwei Wochen bis zum kurzfristigen Beginn ihres neuen Jobs fand Alex keine ruhige Minute mehr. Die Verteidigung ihrer Abschlussarbeit wurde vorgezogen, damit sie nicht in ein paar Monaten wieder nach Deutschland zurückfliegen musste. Koffer wurden gepackt, schicke Kleidung für den neuen Beruf geshoppt. Die Nächte verbrachte sie entweder im Internet und surfte alle möglichen Fakten zur Premier League zusammen, oder sie beschaffte sich über Youtube und Co. alte Fußballspiele und versuchte, sich durch die Kommentatoren die Strategien zu erschließen. Obwohl sie sich tagelang den Kopf zerbrochen hatte, verstand sie immer noch nicht zu hundert Prozent, wieso der Manager Ted Kucholsky ausgerechnet sie ausgesucht hatte. Sie selbst hielt sich für durchschnittlich, ihre Bachelornote lag bei 2,0 – gut, aber bei Weitem kein Überflieger. Was brachte sie also für diesen Job so Wichtiges mit?

Ted war nach Alex' Verständnis ein sachlicher Typ, trotz seiner schlaksigen Figur und etwas hastigen Sprache. Er trug seine dunklen Haare kurz, die grauen Augen hatten bei ihrem Gespräch ruhig auf ihr geruht. Sie hatte nicht lange bis zu ihrer Zusage gezögert, verdammt, wer sagte bei einer Chance, die man nur ein Mal im Leben bekam, schon nein? Alex war ungebunden, nichts hielt sie davon ab, in einem anderen Land einen neuen Beginn zu wagen. Noch gab es nichts für sie zu verlieren. Sie hatte das Gefühl, Ted wusste genau, was er da tat, wenn er sie einstellte. Also vertagte sie die Suche nach dem Grund ihrer Einstellung erstmal.

Aber Teds Warnung, bloß nicht zu versagen, kostete sie in den zwei Wochen bis zu ihrem Abflug einige schlaflose Nächte. Hinzu kam natürlich die unfassbar hohe Erwartung an sich selbst. Wobei ihre Eltern dem Ganzen die Krone aufzusetzen schienen. Immer wieder fielen ihnen Dinge ein, die sie unbedingt nach England mitnehmen musste, von den vielen Medikamenten ganz zu schweigen. Mehrmals erinnerte sie ihre Mutter daran, dass sie nicht nach Afrika oder an den Amazonas zog, sondern nach Wales, Vereinigtes Königreich. Doch es half nichts, es war vermutlich der verzweifelte Versuch einer Mutter, ihr aus dem Nest hüpfendes Küken ein wenig länger zu umsorgen. Ganz im Gegenteil zu ihrem Vater, der plötzlich nur noch ein Thema kannte: Fußball. Ständig berichtete er ihr sein Wissen zu jedem Verein, der ihm irgendwie einfiel. Obwohl sie das furchtbar nervös machte, weil ihr dadurch klar wurde, wie verdammt unvorbereitet sie auf diesen Job war, ließ sie auch ihn gewähren.

Es war früher Nachmittag Anfang Juli. Als sie in London landete und ihre zwei riesigen Koffer durch den Flughafen schob, war ihr viel zu schnell schlagendes Herz bereits Hintergrundmusik. Vermutlich würde sie erst wieder normal schlafen, wenn sie vor lauter Erschöpfung einfach nicht mehr anders konnte. Aber Alex vermutete, dass es bis dorthin noch ein langer Weg war.

Eine schicke, nagelneue VW-Limousine stand auf dem privaten Parkplatz einer Leasinggesellschaft für sie bereit. In einem anderen Job in Deutschland hätte sie sich so ein Auto nie leisten können. Aber einen Punkt hatte sie bis jetzt nicht auf dem Schirm gehabt – in England fuhr man links.

Sie besaß den Führerschein, schon seit mittlerweile sechs Jahren, und sie war, mehr oder weniger, regelmäßig gefahren – allerdings auf der für sie richtigen Seite der Straße.

Tief durchatmend quetschte sie ihre Koffer in die knapp geschnittene Limousine, trat um den Wagen – und stand erstmal an der falschen Seitentür. Kurz drohte ihre Stimmung zu kippen. Doch sie erinnerte sich daran, dass es einfach nur ein Auto war, einfach nur Auto fahren. Wenn sie jetzt schon Panik schob, wie war es dann erst später, wenn sie den Trainer kennenlernte, den Vorstand des Vereins, oder gar die Spieler, für die sie eine der wichtigsten Bezugspersonen werden sollte?

Kurz schloss sie die Augen, atmete tief durch, trat um das Auto und stieg auf der richtigen Seite ein. Auf der Konsole lag ein Zettel.

„Deine Wohnung ist noch nicht ganz fertig, wir haben dich im Mariott einquartiert, Adresse ist im Navi eingespeichert. Wir treffen dich um 19 Uhr zum Abendessen im Hotelrestaurant. Gute Reise, Ted."

Wir? Etwas unpräzise, aber nichts, was sie sofort nachrecherchierte. Wichtig waren das Auto und das Fahren. Zum Glück war der Parkplatz fast menschenleer und sie drehte unauffällig ein paar Runden um die vielen parkenden Autos. Der VW war mit jedem Schnickschnack ausgestattet, Kameras, Abstandshalter, Automatik, sodass sie nicht in Verlegenheit kam, mit links auch noch schalten zu müssen, geschweige denn anstelle der Kupplung die Bremse drückte.

So ruckelte sie also mehr elegant, als sie sich fühlte, in Richtung Wales, durch die immer eindrucksvoller werdende Landschaft – tiefe, nebelverhangene Täler, wunderschöne, kleine Dörfer, dazwischen viele verlassene Industrieanlagen. Nach drei Stunden Fahrt erreichte sie Jatterton, war aber in dem Moment zu erschöpft, um die Stadt über den Verkehr hinaus wahrzunehmen. Beim Rugby Stadium hielt sie an einer roten Ampel. Die Dämmerung hatte schon eingesetzt und das Stadion strahlte in hellen Farben. Die Fußball-Arena lag allerdings etwas außerhalb der City, direkt daneben das Vereinsgebäude und das Trainingsgelände.

Nach einer schweißtreibenden Fahrt durch die enge Hoteltiefgarage und einem schweren Schock ob des harten, tiefen walisischen Akzents bei den Hotelmitarbeitern am Empfang, kam sie schließlich in ihrem Zimmer an. Es würde eine Weile dauern, bis sie sich an die lokale Aussprache gewöhnt hatte und die heimischen Leute sicher verstand. Sie sah sich um, das Bett war riesig und gemütlich, von hier aus hatte man einen beeindruckenden Blick über die City und die Bucht. Jatterton lag direkt am Meer, viel Industrie, aber es hatte definitiv seinen Charme. Doch bevor sie sich zu sehr an diese Aussicht gewöhnen und vermutlich nicht mehr loseisen konnte, duschte sie und zog sich weniger leger an – sie war zu ihrem ersten Arbeitsessen ihres Lebens verabredet.

„Michael, sei nicht gleich so hart zu ihr. Sie ist erst 24, frisch von der Uni. Der erste Job, und dann auch noch in einer Männerwelt." Doch Teds Gegenüber zuckte nur lapidar die Achseln.

„Ganz ehrlich, was erwartet sie denn? Friede, Freude, Eierkuchen? Das ist die Premier League und ein Verein, dessen Vorstand ihm extrem hohe Erwartungen gesteckt hat. Oder muss ich dich extra an die Ansprache wegen der Europa League erinnern?" Ted schüttelte den Kopf, auch er erinnerte sich nur zu gut an die Worte des Vorstands. Niemand nannte ihn beim Namen, für alle war er nur „der Vorstand", der sich selbst selten blicken ließ und normalerweise seinen Assistenten schickte. Wenn er dann aber persönlich erschien, bedeutete das entweder nichts Gutes oder eine schwierige Strategieansprache.

„Schon klar. Sie weiß das im Prinzip schon. Ich habe ihr das Video vom Rugby Stadium gezeigt." Michael nickte. Der Ausflug dorthin war vom Vorstand vorgetäuscht worden, sie waren von einer kleinen Feier mit den „Kollegen" aus dem Rugby ausgegangen, stattdessen platzte das Stadium aus allen Nähten und in einem sehr emotionalen Film wurde der FC Jatterton als die Stars der Stadt, auf deren Schultern nun alle Hoffnung ruhte, präsentiert. Mehr Druck war kaum möglich.

„Eines muss klar sein, Ted. Ich weiß, ich habe das schon hundert Mal gesagt, aber ich sage es gerne immer und immer wieder." Ted seufzte. Michael war manchmal zu skeptisch, grüblerisch und pessimistisch.

„Sie muss diese Saison durchziehen, egal was kommt. *Wir* müssen diese Saison durchstehen. Wir können uns keinen sofortigen Abstieg leisten, und das weißt du. Und du weißt auch, was für eine Anstrengung das für alle Beteiligten sein wird." Ted schlug mit der Faust kurz auf den Tisch, um Michael einzufangen.

„Genau das meine ich. Ist das etwa nicht hart? Sie schafft das, vertrau nun endlich mal meinem Instinkt, so wie ich dir bei den Spielern immer vertraut habe." Zähneknirschend nickte Michael. Nach all den gemeinsamen Jahren verließ er sich nahezu blind auf Ted. Ganz unkommentiert wollte er seine Bedenken jedoch nicht stehen lassen.

„Ich sag ja nur." Doch weiter kam er nicht, denn Ted winkte freundlich einer jungen Frau, die sich einen Weg durch die Tische bahnte. Sie hob die Hand zum Gruß, während ihr Blick auf Michael ruhte. Der schmächtige Mann mit den grauen Augen fixierte sie vermutlich ein wenig zu arg, aber das machte er beim ersten Kennenlernen bei jedem so. Setz dein Gegenüber für einen winzigen Augenblick unter Druck, und du weißt, wie sie ticken. Rebellieren sie? Werden sie passiv? Alex wurde keines von beiden, sie blieb ruhig, streckte ihm nervös lächelnd die Hand hin.

„Hi, Alexandra Müller. Sie haben sicher schon von mir gehört." Er würde es niemals zugeben, aber sie war ihm sofort sympathisch. Ihre Nervosität sah man ihr an, trotzdem erschien sie nicht fahrig. Die braunen Haare hatte sie locker nach hinten gesteckt, sie trug eine dunkle, weite Bluse, Jeans und Pumps. Innerlich nickte Michael. Sie wusste, wie man sich in der Position und in diesem Hotel kleidete, das war Sinn des Treffens gewesen. Ein kleiner Test, bevor es wirklich losging.

„In der Tat. Ich bin Michael Lewis, Trainer des FC Jatterton. Freut mich, Sie persönlich kennenzulernen, Alexandra." Sie winkte direkt ab.

„Wenn wir beim Vornamen bleiben, dann bitte Alex. Alexandra klingt auf Englisch um einiges pompöser, als es das auf Deutsch schon tut." Ihr Englisch war akzentfrei, nur kleine Stolperer. Vielleicht hatte sie sich diesen Satz zurechtgelegt, es würde sich noch zeigen, wie sattelfest ihre Sprache wirklich war.

„Bitte, dann setzen Sie sich." Sie nickte, während der Kellner fast sofort kam, und die Getränkebestellung aufnahm. Neben Wasser bestellte Ted eine Flasche Rotwein, zur Feier des Tages.

„Nun, bist du gut hergekommen, Alex?" Michael sah sofort, wie Ted die junge Frau vergötterte. Nicht, dass sein Kollege diese Linie jemals überschreiten würde, er schien nur ehrlich von ihr begeistert. Doch bei ihm würde sie noch ein bisschen mehr brauchen, um ihn zu überzeugen. Nur von guten Noten leistete man keine hochwertige Arbeit.

„Ja, bis auf die Umstellung auf den Links-Verkehr." Nach ein paar Minuten Small Talk und der Essensbestellung räusperte sich Michael. Sofort lehnte sie sich erwartungsvoll und wissbegierig vor. Erst jetzt sah er, dass ihre Hand auf einem kleinen Notizheft ruhte. Das entlockte ihm ein Lächeln.

„Gut, dass Sie das dabei haben. Wir haben Einiges zu besprechen." Und tatsächlich schrieb und schrieb Alex. Sie erhielt einen groben Überblick über die einzelnen Spieler, die Vereinsstrukturen – und den klaren Hinweis, dass sich in ihrem Hotelzimmer eine Kiste mit all diesen ausführlichen Informationen befand. Zum Durcharbeiten.

„Lernen Sie so viel über uns kennen, wie Sie nur können. Das ist essenziell für Ihre Glaubwürdigkeit." Sie nickte Michael zu. Dann ging es ein wenig in die Politik.

„Ich denke, Ted hat Ihnen schon viel zu den diesjährigen Vereinszielen gesagt?" Wieder nickte sie.

„Dann wissen Sie auch, wie ambitioniert diese Ziele sind. Ich sage damit nicht, dass wir keine reale Chance darauf hätten. Aber wir sind doch ein Stück weit abhängig von der Leistung der anderen Clubs. Und ich brauche Ihnen mit Sicherheit nicht zu sagen, mit welchen Kalibern wir uns diese Saison messen dürfen." Das brachte Alex vermutlich offensichtlich zum Schlucken. Aber es war ihr egal. Natürlich wusste sie, welche Vereine sie erwarteten. Manchester, Liverpool, Arsenal, Chelsea.

„Diese Vereine dominieren die Premier League, es herrscht ein komplett anderes Spielniveau. Wir haben uns den Aufstieg verdient erkämpft, aber die viel schwierigere Aufgabe ist es, dort auch zu bleiben." Ted sah sie durchdringend an.

„Da kommen Sie ins Spiel, Alex." Sie nickte.

„Wie viele Spieler haben vorher schon in der Premier League gespielt?" Michael schüttelte den Kopf.

„Zwei." Sie räusperte sich, fuhr dann mit fester Stimme fort.

„Die Jungs sind Profis, das ist man auch in der Zweiten Liga, aber der Druck durch den Aufstieg ist wirklich immens. Und dabei habe ich das „nur" durch den Blick von außen erkannt. Ich denke, es wird wahnsinnig wichtig sein, das Teamgefühl zu stärken, die Jungs auf der emotionalen Ebene anzusprechen, denn Leistungsdruck fällt meistens nur auf den Einzelnen zurück." Diesmal sah Ted Michael triumphierend an, der Alex allerdings weiterhin skeptisch begutachtete und sie zum Weitersprechen aufforderte.

„Sehen Sie, ich habe mich über ihre letzte Saison erkundigt. In jedem Spiel, an das ich irgendwie rangekommen bin, hat man gemerkt, wie viel die Spieler kommunizieren, wie sie eine Einheit bilden, kaum Fehlpässe, bei Erfolgen, aber auch bei kritischen Situationen sind die Spieler immer aufeinander zugegangen, diskutierten nach dem Spiel lange. Es ist gut, dass Sie diese Saison kaum Transfers getätigt haben, viele Spieler halten konnten. Ich weiß, wie ungewöhnlich es ist, dass Sie nach dem Aufstieg nicht alles umgekrempelt haben, aber ich denke, dass ist genau die richtige Entscheidung gewesen. Die Mannschaft macht auf mich den Eindruck einer wahnsinnig eingeschworenen Truppe. Dieses Gefühl darf diese Saison auf keinen Fall verloren gehen, im Gegenteil, die Mannschaft muss noch mehr zusammenwachsen. Nur mit diesem Schwung werden Sie die Saison und den Druck überstehen." Kurz herrschte Stille, während Alex ihren vor Aufregung trockenen Mund mit Wasser befeuchtete. Michael sah sie immer noch durchdringend an, Ted grinste.

„Und wie wollen Sie das schaffen?" Sie lehnte sich nach vorne, stützte ihre Arme auf den Tisch ab um zu verbergen, dass diese vor Anspannung zitterten.

„Das Trainingslager wird der Anfang sein. Ich kann natürlich nicht genau sagen, was Sie geplant haben, aber ich wäre neben dem regulären Training für sehr viele gemeinsame Aktivitäten. Ausflüge, Erzählrunden, Fragespiele, gemeinsame Spieleabende. Einzelne Gespräche mit Ihnen, Michael, sind ein Muss, um die Erwartungshaltung an jeden Einzelnen zu verifizieren. Wie ist die Situation mit Spielern, die nicht der Stammmannschaft angehören? Auch die müssen diese Saison wie selten zuvor wie ein Uhrwerk funktionieren. Ein einziger, verletzungsbedingter Ausfall in einer Schlüsselposition ohne einwandfreien Ersatz könnte die Saison entscheiden." Sie atmete tief durch.

„Gibt es einen Film, der die vergangene Saison emotional aufarbeitet? Diesen sollte man sich entweder zu Beginn oder zum Abschluss des Trainingslagers nochmal anschauen. Werden die Jungs dieses Jahr von Kameras begleitet? Wenn das alles positiv verläuft, sollte man die Mannschaft auch jetzt schon begleiten." Alex stoppte, denn die beiden Herren sahen sie mit offenen Mündern an. Sie presste ihre Lippen nervös aufeinander. War sie zu weit vorgeprescht?

Für einen kurzen Moment schienen die Männer so überrascht, dass sie kein Wort herausbrachten, dann lächelte Michael Ted fein an.

„Ich glaube, wir schicken Alex gleich mal unseren Plan fürs Trainingslager zur Überarbeitung, was meinst du?" Teds Grinsen wurde um einiges breiter.

„Allerdings." Und sofort stand er auf und rief jemanden an.

In dieser Zeit waren Alex und Michael alleine. Immer noch waren seine Augen auf sie gerichtet, unergründlich und nachdenklich. Erst jetzt fiel Alex auf, dass sie nicht wusste, wie alt Michael eigentlich war. Sie schätzte ihn auf Ende vierzig, in etwa gleich alt, wie Ted. Nach einem zögerlichen Räuspern sprach er sie schließlich an.

„Ihre Ideen sind wirklich gut. Erstaunlich, da Sie ja noch keine Praxiserfahrung haben." Mit zuckenden Schultern wandte sie kurz den Blick ab.

„Ich habe die letzten zwei Wochen nichts anderes gemacht, als mich auf diesen Job vorzubereiten. Ich habe vermutlich jeden Film über Fußball gesehen, den es gibt, jede Website durchgelesen, jeden Fachartikel, psychologische Schreiben." Da lehnte sie sich wieder vor. Es war wirklich unglaublich, wie ihr Selbstvertrauen mit der Zeit stieg. Dieses Gefühl pushte sie innerlich wie ein unfassbar guter Höhenflug – sie liebte ihren neuen Job schon jetzt.

„Ich werde es nicht perfekt machen können, da haben Sie Recht, Michael. Aber es wird mein verdammter Anspruch sein, es zu tun." Das entlockte ihm hochgezogene Augenbrauen. Doch bevor er etwas erwidern konnte, trat Ted wieder an den Tisch.

„Du wirst die Pläne heute Abend noch bekommen." Ted sah Michael an, der gerade nachdenklich sein Essen betrachtete.

„Alex, wirklich gute Ideen, ich freue mich schon, was wir noch alles von dir lernen können. Wir haben noch ein Thema, bevor es dann an die Organisation der kommenden Wochen geht." Mit einem Nicken bedeutete sie Ted, weiterzusprechen, während Michael sich wieder gefangen hatte und sie neutral beobachtete.

„Es geht um unseren Vorstand. Er ist unumstritten derjenige, der alle Fäden lenkt, er segnet viele Entscheidungen in letzter Instanz ab. Er hat die Macht. Du wirst ihn niemals persönlich kennenlernen, es sei denn, es gibt Ärger." Da musste Alex dann doch schlucken. Sie hatte über den Vorstand gelesen, und das war meistens nichts Positives.

„Er lässt sich in der Regel von seinem Assistenten vertreten, Daniel." Diesmal wägte Ted seine Worte ganz genau ab.

„Ehrlicherweise gab es wegen deiner Stelle ziemlichen Streit bis ganz nach oben. Der Vorstand war wenig begeistert, dass Michael und ich dich mehr oder weniger im Alleingang eingestellt haben. Aber nach ein wenig Überzeugungsarbeit war dann wieder alles gut." Alex glaubte ihm das kein bisschen. Seine Augen waren während seiner Ausführungen unruhig hin und her gesprungen, hatten vergeblich versucht, einen Punkt zum Fixieren zu bekommen, der die nötige Ruhe herstellte. Es roch nach gehörigem Ärger.

„Wie dem auch sei, unser erster Ansprechpartner ist eben Daniel." Auch diesmal zögerte Ted, so lange, dass Michael mit rollenden Augen einsprang.

„Ted ist manchmal zu vorsichtig, deswegen sage ich es gerade heraus: Daniel sollten Sie auf Ihrer Seite haben, Alex. Er und der Vorstand sprechen alles ab, Daniel weiß genau, was der Vorstand will und wie er es durchsetzen kann. Außerdem hat der Junge durch seine Position eine gesunde Portion Selbstbewusstsein, die durchaus einschüchtern kann." Ted nickte seinem Kollegen zustimmend zu.

„Er hat darauf bestanden, dich so schnell wie möglich kennenzulernen, da heute Samstag ist, gönnen wir dir mal die Schonfrist bis Montag. Ihr seid um acht Uhr zum Dinner in der City verabredet, die Daten findest du auch auf deinem Hotelzimmer." Alex hatte die letzten zwei Wochen voller Aufregung, dennoch mit Vorfreude erlebt. Aber diese politischen Details bereiteten ihr Kopfschmerzen. Spannungen zwischen Vorstand und Ted, ein übereifriger Assistent, der mit Vorsicht zu genießen war. Doch für den Moment riss Michael sie wieder aus ihren Gedanken.

„Ich weiß, keine ideale Situation, aber hey, wo herrscht schon 24 Stunden purer Sonnenschein?" Das entlockte Alex ein kurzes, hoffentlich überzeugendes Lächeln.

Die restliche Stunde beendeten sie ihr Essen und besprachen noch etwas lockerer die bevorstehenden Aufgaben, insbesondere über das Trainingslager in Norditalien. Alex würde natürlich mitfliegen, es war eine perfekte Gelegenheit, die Mannschaft außerhalb des Trubels im Verein kennenzulernen.

„Wir haben eine Woche davor reguläres Training, es wäre gut, wenn du da schon mit jedem einzelnen Spieler sprichst. Wenn das auch in deinem Sinne ist, lasse ich dir bei jedem ein Zeitfenster blockieren." Alex konnte Ted nur eifrig zustimmen.

„Wunderbar. Dann kommen Sie erstmal an, wir haben Sie für die nächsten zwei Wochen hier einquartiert, bis Ihre Wohnung nach dem Trainingslager hoffentlich fertig ist. Ruhen Sie sich aus und vor allem: Lesen Sie so viel in unseren Unterlagen, wie Sie nur können!" Michaels Blick haftete immer einen Ticken länger auf ihr, als unbedingt nötig. Sie fragte sich, ob es aus Interesse oder aus Skepsis war. Ted klopfte ihr beim Abschied in der Hotellobby leicht unbeholfen auf die Schulter.

„Auf deinem Zimmer liegt ein Handy, da sind alle Kontakte eingespeichert und Mails müsstest du auch schon bekommen. Ruf mich jederzeit an. Ansonsten lass uns Dienstag nach deinem Treffen mit Daniel hier frühstücken, ok?" Sie nickte. Ein bisschen fühlte sie sich wie ein Teenager auf dem ersten Pfadfinderausflug, wenn die Älteren die Spielregeln erklärten und versuchten, den Jüngeren ihre Aufregung zu nehmen. Doch viel nützte es nicht. Als sie oben in ihrem Zimmer war, ging sie langsam ein paar Schritte an das bodentiefe Fenster, den Blick fest auf die glänzenden Lichter der City gerichtet. Nachdem sie tief durchgeatmet hatte, spürte sie, wie Stück für Stück der

Druck nachließ, aber nicht nur im Positiven. Tränen vor Anspannung und auch Glück kämpften sich ihren Weg nach oben, vorsichtig sackte sie auf den Boden, gab sich ein paar Minuten zur Beruhigung. Die Tränen versiegten nach einer Weile von selbst, als sie sich klar machte, dass jeder wusste, dass sie Anfängerin war. Aber sie hatte Michael nicht angelogen: Ihr Anspruch an sie selbst konnte vermutlich nicht höher sein.

Natürlich war wegen der immer noch anhaltenden Aufregung kaum an Schlaf zu denken. Also zog sie sich bequemere Kleidung an, öffnete aus der Minibar eine Flasche Weißwein und setzte sich in die Mitte der Kartons, die Ted bereits hatte bringen lassen. Mindestens fünf waren mit „Spieler" beschriftet, zehn weitere mit „Background". Da sie bald die ganze Mannschaft kennenlernen würde, beschloss sie, zunächst mit diesen anzufangen und sich die Hintergründe sozusagen nebenbei zu erarbeiten. Die Akten waren umfänglich, insgesamt hatte der Verein 25 Profis unter Vertrag. Es gab neben dem Vereinsbild, Lebenslauf und einem psychologischen und gesundheitlichen Profil einen Vermerk, wie oft der Spieler in der vergangenen Saison zum Einsatz gekommen war, wie viele Tore, Pässe, Fehlpässe, Ballgewinne registriert worden waren. Um sich jedoch davon nicht beeinflussen zu lassen, sortierte sie die Männer alphabetisch. Dann begann sie zu lesen.

Zwei Stunden später war die halbe Flasche Wein leer und die Müdigkeit siegte doch bei Alex. Kurz blieben ihre Gedanken beim strengen Trainer Michael hängen. Wachsame Augen waren während des gesamten Gesprächs kaum von ihr gewichen, sie wusste schon jetzt, dass er auf die Spieler einen großen Einfluss hatte. Sie hoffte inständig, dass sie diesen eindrucksvollen Mann schnell von sich überzeugen konnte.

Es war knapp nach Mitternacht, ihre Hand schmerzte bereits von den vielen Notizen, die sie sich zu den vier Männern gemacht hatte, deren Akten sie durchgearbeitet hatte. Sie zwang sich, Zähne zu putzen, dann fiel sie nur noch ins Bett – und schlief.

Der Montag war für Alex eine ewige Folter. Sie hatte versucht, mehr über den gern im Verborgenen bleibenden Vorstand und seinen Assistenten Daniel rauszufinden, doch selbst auf der Teamwebsite hätten die Informationen nicht spärlicher über den wortwörtlichen Knotenpunkt des Vereins sein können: Daniel hielt die Fäden des Vereins zusammen, er war direkt dem Vorstand zugeordnet und bereits seit seiner Jugend im Fußball aktiv. Das war es auch schon. Nur das Foto ließ ein paar Schlüsse zu: Tiefschwarzes und modern nach hinten gegeltes Haar, dunkelblaue Augen, glattrasiertes Gesicht, kein Lächeln. Ein respekteinflößendes Erscheinen. Er war noch nicht alt, sie schätzte ihn um die Dreißig. Abseits der Vereinswebsite fand sie kaum Infos zu ihm, lediglich ein paar Partybilder von Promifeiern, die ihn, für Alex wenig überraschend, inmitten vieler Frauen zeigte.

Der Vorstand gab sich noch geheimnisvoller. Es existierten kaum und nur verschwommene Bilder von ihm, er war auf der Teamwebsite auch nicht präsent, laut Presseartikel schätzte er die Öffentlichkeit nicht, weshalb er die operativen Themen immer Daniel überließ. Lediglich sein Heimatland Polen hatte er in einem seiner seltenen Interviews preisgegeben. Er zeigte sich nur bei den absolut wichtigen Spielen im Stadion, bei den Fans war er gleichermaßen beliebt und gehasst. Er hatte den Fußballverein vor einigen Jahren aus einer Schulden- und Identitätskrise geholt, gleichzeitig aber bei der Modernisierung ein Stück der alten Traditionen gestrichen. Neues Logo, neue Vereinskultur, neue Ansprüche. Mit Geld war eben viel möglich.

Alex hatte also im Großen und Ganzen ziemlich wenig Ahnung, was sie bei dem Gespräch mit Daniel erwarten würde, außer, dass sie auf der Hut sein musste.

Um kurz vor acht Uhr traf sie mit dem Taxi in einem Nobelrestaurant in der Innenstadt ein. Sie hatte recherchiert und sich mit einem schicken Kleid entsprechend angezogen. Offensichtliche Fehler würde sie vermeiden.

Der Kellner führte sie an einen leeren Tisch abseits. Sie schob sich gerade ihren Stuhl zurecht, da stand jener Daniel plötzlich vor ihr.

Seine große und bullige Statur war noch beeindruckender als erwartet. Sein muskulöser Nacken erinnerte Alex an einen Stier. Er trug einen eleganten und engen Anzug, der den massigen, aber sportlichen Körper betonte. Die längeren, pechschwarzen Haare waren wie auf dem Vereinsfoto zurück gegelt, und auch jetzt kein Lächeln, kein Willkommen, während er sie abwartend fixierte. Sein Gesicht strahlte nicht einen Funken an Wärme aus, harte Gesichtszüge, schmaler Mund. Innerlich schluckte Alex. Die Augen waren das Schlimmste, dunkel und gemein, anders konnte sie das nicht beschreiben.

Schnell zwang sie sich zum Angriff, reichte ihm die Hand. Sein Händedruck war kräftig, die Hände überraschend weich.

„Hi, ich bin Alexandra Müller. Nennen Sie mich aber ruhig Alex, wenn Sie möchten." Langsam nickte er, entledigte sich für seinen massigen Körper doch sehr galant seines Sakkos, hängte es über den Stuhl und setzte sich Alex gegenüber.

„Ich bin Daniel, aber das dürfte keine Neuigkeit für Sie sein." Der Kellner kam, Alex hatte noch keinen Blick auf die Speisekarte geworfen, doch ihr zukünftiger Kollege übernahm wie selbstverständlich.

„Wir hätten gerne die Fischplatte und dazu den Lugana, bitte." Alex hätte es erwarten können, Daniels forsche Art, seine abfälligen Blicke. Zum einen war sie darüber enttäuscht. Er passte nicht zum äußeren Erscheinungsbild des ansonsten so offenen und sympathischen Vereins. Doch zum anderen weckte er in ihr eine Art Rebellion, sie konnte ohne Grundlage beurteilende Menschen nicht ausstehen. Während sie darauf wartete, dass Daniel sein Handy weglegte, nahm sie sich vor, sich von ihm nicht einschüchtern zu lassen. Nicht von jemand so übertrieben Gestylten und Herablassenden.

„So, wie Sie wissen, ist bei uns immer viel los." Bis der Kellner den Wein einschenkte, blieb es zwischen den beiden still.

„Ich komme gleich zum Punkt, Ihnen ist sicher bewusst, wie viel Wirbel es um Ihre Anstellung gegeben hat." Als würde ihr das überhaupt nichts ausmachen, nickte Alex möglichst selbstbewusst.

„Meiner Meinung nach ist das auch berechtigt. Der Vorstand und ich waren uns eigentlich einig, dass in dieser Position eine Frau zu riskant ist. Ich meine, wir sind in der Herrenliga, Emanzipation und Gleichberechtigung hin oder her. Aber meine Befürchtung ist groß, dass die Spieler, die sich diese Saison so konzentrieren müssen, wie nie zuvor, von Ihrer Person abgelenkt werden." Alex nippte in diesem Moment an ihrem Wein, erstarrte jedoch ungewollt. Meinte Daniel das gerade wirklich ernst?

„Wie auch immer, Sie sind hier, das ist jetzt nicht mehr zu ändern." Seufzend gönnte auch er sich einen Schluck Wein, was Alex die Möglichkeit gab, kurz durchzuatmen. Vermutlich offensichtlich geschockt fuhr sie sein Gesicht nach einem Witz, einer Lüge ab, doch seine Züge blieben hart, unergründlich. Erst da bemerkte sie feine Narben um sein Kinn. In diesem Augenblick fing er ihren Blick ein, erwiderte ihn scharf. Wieder schluckte sie, hielt seinen durchdringenden Augen aber stand.

„*Wie auch immer,* der Vorstand hat sehr genaue Vorstellungen für den Verein, wie er sich präsentiert und nach innen funktioniert. Die Ziele sind ziemlich klar: In der Premier League bleiben und mittelfristig einen stetigen Europa-League-Platz sichern. Das erfordert ein höchstes Maß an Arbeitsleistung und Disziplin, Flexibilität und natürlich Können." Er fixierte Alex fast schon herzlos, doch diesmal blieb sie unnachgiebig, die Rebellion war wieder da.

„Sie haben noch keine Erfahrung im Profifußball, Alexandra, verdammt, überhaupt in der Berufswelt. Sie wissen noch nicht, wie hart sich das Karussell drehen kann, mit welcher Wucht wir durch die Saison gezerrt werden. Die Premier League ist beileibe nicht mit Ihrer Bundesliga aus Deutschland zu vergleichen. Ich persönlich habe meine Zweifel, dass Sie es schaffen, aber Ted ist über die Maße von Ihnen überzeugt, also hat der Vorstand zugestimmt." Wieder ein bohrender Blick.

„Also enttäuschen Sie ihn besser nicht."

Mit dieser Ansage wurde das Essen gebracht und eine gute Gelegenheit für Alex, sich zu fokussieren, zu versuchen, Daniels forsche Art herunter zu schlucken. Ja, Ted hatte sie gewarnt, sie hatte gewusst, dass es so kommen würde. Dennoch überrannte seine Art sie. Er gab ihr das Gefühl, ein Nichts und niemand zu sein. Und er war noch lange nicht fertig.

„Sie sind frisch von der Uni, Alexandra, ich hoffe, Sie können mit diesem Job umgehen. Sie werden 24 Stunden mehr oder weniger arbeiten, Sie haben nach mir eines der höchsten Arbeitspensums in diesem Club zu bewältigen. Aber das Wichtigste ist, das Sie nie die Fassung verlieren dürfen, in keine Richtung. Respektvolles Miteinander." Bevor Daniel diesmal weitersprach, schaffte es Alex, einzuhaken.

„Das ist für mich eine Selbstverständlichkeit." Sie sah ihn fest an, kurz blitzte etwas in seinen Augen auf, vielleicht Bestätigung, aber vielleicht auch Ärger über ihre Unterbrechung. Mittlerweile verstand sie ihn. Daniels Respekt würde sie nicht einfach durch die Erfüllung ihrer Aufgaben erhalten. Sie muss-

25

te Präsenz zeigen, in etwa so forsch auftreten, wie er es tat. Und mehr als nur performen: Es galt, Daniel zu beeindrucken.

„Gut. Sie sind jung, und die Mehrzahl der Spieler ist es auch." Diesmal ließ er absichtlich eine Pause einfließen, in der Alex aber nichts erwiderte.

„Ich bin selbst vergangenes Jahr dreißig geworden, ich habe die aufregenden Zwanziger hinter mir. Vor allem die Spieler erleben gerade einen Höhenflug, weil sie den Aufstieg in die Premier League geschafft haben. Da kann so manch einem der Erfolg zu Kopfe steigen." Er ließ Alex' Blick nicht los, während sie ihn allerdings weiterhin bewusst erstaunt und verständnislos ansah.

„Ich will ganz klar sein, Alexandra. Die Spieler und der ganze Vereinsapparat sind für Sie tabu, keine Beziehungen oder Spielereien. Was Sie außerhalb des Vereins machen, sofern Sie dazu überhaupt Zeit haben, ist Ihre Sache. Allerdings wird die Presse Sie bald sehr stark im Visier haben, also würde ich mir auch diese Aktivitäten sehr genau überlegen." Alex versuchte angestrengt, nicht rot zu werden. Sie konnte kaum glauben, dass Daniel wirklich dachte, sie wäre so unprofessionell.

„Ich kann mich nur wiederholen. Auch das ist eine Selbstverständlichkeit für mich." Es entstand eine Pause, in der die beiden sich der Fischplatte widmeten, Alex kämpfte sich durch zwar köstlichen, aber leider grätenreichen Fisch, während Daniel seine Hälfte bereits vertilgt hatte. Ab und zu trafen sich ihre Blicke, Daniel hatte arrogant die Augenbrauen gehoben, doch Alex erwiderte das vermutlich stur. Sie hatte nicht vor, sich von ihm als leichtsinniges Mädchen abstempeln zu lassen. Mit Sicherheit fehlte ihr die praktische Erfahrung, aber in den letzten Wochen hatte sie neben Fußball-Büchern noch eine Menge beruflicher Ratgeber, Etikette, gelesen. Sie war nicht dumm.

„Tut mir wirklich Leid, wenn ich das so sagen muss, aber es

haben schon viele gesagt, dass sie ihre Knie gekreuzt lassen können. Und letzten Endes sind sie alle auf die Schnauze gefallen." So, wie er das Wort Schnauze herauswürgte, fiel Alex plötzlich sein Akzent auf. Vermutlich aus einem der östlichen europäischen Länder. Vielleicht schämte er sich dafür, denn bislang war sie nirgendwo auf seinen Nachnamen gestoßen, dachte Alex kurz, bevor sie weiter versuchte, ihn von ihrer Seriosität zu überzeugen.

„Ich verstehe, Daniel, wirklich. Aber ich habe nicht im Geringsten vor, den Verein zu schaden oder einen schlechten Job zu machen. Ich will diese Aufgabe, diese Herausforderung, ich kann die letzten Wochen an nichts anderes denken und nichts mehr anderes machen, als mich darauf vorzubereiten. So eine Chance kriegt man nur ein Mal. Das ist mein Traum." Der Schluss war vielleicht etwas hoch gegriffen, aber im Prinzip stimmte alles. Die letzten Wochen hatte sie für diesen Job gebrannt, sie wollte ihn unbedingt richtig machen.

Kurz belächelte er ihren jugendlichen Enthusiasmus, dann aßen sie weiter eine Weile schweigsam vor sich hin. Daniel schien nicht der Typ für Small Talk, den man bei solchen Essen eigentlich einbrachte, also beschloss Alex, ihn etwas Berufliches zu fragen.

„Wie lang sind Sie schon in Jatterton?" Das erste kurze Aufblitzen eines Lächelns, dann verschwand es wieder.

„Fünf Jahre. Ich war vorher schon für den Vorstand in anderen Positionen tätig, aber als er hier einstieg, holte er mich dazu. Er ist ein vielbeschäftigter Mann, er braucht jemanden, dem er vertraut, der seine Meinung kennt und diese innerhalb des Vereins unkompliziert vertritt." Alex spürte, wie gern er darüber sprach, wie sie ihm ein wenig schmeichelte, also redete sie weiter.

„Ein sehr verantwortungsvoller Posten." Sie log damit nicht, aber er belächelte sie nur hochnäsig.

„Allerdings. Und es ist bei Weitem nicht immer angenehm, im Gegenteil. Die Erfahrung werden Sie früher oder später auch noch machen. Es wird nie alles Rund laufen und Sie werden Entscheidungen treffen, Dinge tun müssen, die Ihnen nicht gefallen. Sie werden nicht nur Ihre eigenen Grenzen überschreiten. Aber Sie werden Sie durchsetzen müssen, gegen Widerstände." Er aß gelassen weiter, während er sprach.

„Und dazu braucht es eine ziemlich Stärke, Alexandra, man muss das aushalten können. Ich bezweifle, dass Sie das hinkriegen, ich gebe Ihnen nicht mehr als einen Monat. Stellen Sie sich auf eine kurze Saison ein, dann ist Ihre Enttäuschung nicht so groß." Er ist nun wirklich keine Motivationskanone, dachte Alex, oder er hasst andere Menschen und mich einfach wahnsinnig. Und in dem Augenblick schaffte sie es tatsächlich nicht mehr, dem etwas entgegenzusetzen. Für den Moment gewann Daniel ihr noch ungleiches Duell.

Daniel beobachtete Alex aus seinem Wagen heraus, während sie das Restaurant verließ. Er war hart zu ihr gewesen, härter als bei jedem anderen Neuling. Obwohl es ihm gehörig gegen den Strich ging, sie hatte sich nicht schlecht geschlagen. Sie hatte weder die Fassung verloren, oder wirkte im Gegenteil gar abgehoben, reagierte nicht ein einziges Mal patzig ob seiner Provokationen. Daniel fand in diesem Augenblick nur ein Wort für sie: echt. Eine ungewöhnliche Erscheinung in diesem Geschäft.

Das klingelnde Telefon riss ihn aus seinen Gedanken.

„Und?" Daniel räusperte sich.

„Ich denke, unser Plan wird aufgehen. Sie ist bestimmt nicht schlecht, aber sie wird es trotzdem nicht überleben. Die anderen Kandidaten habe ich in der Schublade. Es ist nur eine Frage der Zeit." Kurz meinte er ein Zögern in der Stimme seines Chefs zu hören, doch das war schnell verflogen.

„Gut. Bleib an ihr dran."

Ted schmunzelte, als Alex am nächsten Tag etwas kleinlaut von ihrer ersten Begegnung mit Daniel berichtete. Auch wenn er zufrieden feststellte, dass an der einen oder anderen Stelle ihr Ärger wegen seiner herablassenden Art durchschien. Dennoch war es nicht verkehrt, wenn sie Daniel gefallen wollte. Ihn sollte man im Notfall immer auf seiner Seite haben.

Sie gingen zunächst ein paar der Akten durch, die Alex bislang durchgearbeitet hatte, Ted war erstaunt, wie sie anhand der relativ trockenen Informationen und ihrer persönlichen Recherche die Spieler schon ziemlich gut eingeschätzt hatte. Ab und zu ergänzte er ihre Notizen, doch im Großen und Ganzen war sie auf dem richtigen Weg.

Dann gab er ihr die Aufgabe, das anstehende Trainingslager zu überarbeiten, mit gemeinsamen Aktivitäten aufzufüllen. Das, die Vorbereitung auf die Einzelgespräche und das Lesematerial zum Background reichten aus, um sie die nächsten Wochen zu beschäftigen.

„Wunderbar. Ich lasse dir ganz freie Hand, wie du dir deine Zeit einteilst, du kannst dir hier im Hotel auch einen Konferenzraum buchen, wenn dein Zimmer zu klein ist oder du lässt dir eine Pinnwand bringen, oder was auch immer du brauchst, in Ordnung?" Alex nickte möglichst fest, auch wenn es ihr vor Aufregung ab und zu immer noch die Kehle zudrückte. Es schien, als wäre Ted zunächst zufrieden. Ehrlicherweise arbeitete sie gerade an Tag drei, so wahnsinnig viel falsch machen konnte sie ja nicht.

Alex war zu streng zu sich, das wusste sie. Also lenkte sie sich ab. Kniete sich in die Arbeit. Ihr Hotelzimmer sah bald nicht mehr wie das, sondern wie der Vorbereitungsraum eines psychologischen Gutachtens aus. Drei Pinnwände standen mitten im Raum, vollbehangen mit Spielerbildern, gegen Ende der Woche waren vier dicke Akten mit ihren Notizen zum Verein und zur Liga gefüllt. Analysen zu anderen Clubs, Trainer, Manager, Vereinsstruktur. Auch wenn sie alles gelesen hatte, wusste sie nicht, ob sie sich das gemerkt hatte. Schmunzelnd nippte sie eines Abends an ihrem Wein, während sie sich umschaute.

Naja, sie musste nur im richtigen Zeitpunkt wissen, wo es geschrieben stand.

Es war mindestens schon zwei Uhr nachts, als Alex beim Barkeeper ihren vierten Drink bestellte. Der Alkohol vernebelte bereits ihre Sinne, die letzten Tage hatte sie vor Aufregung kaum etwas gegessen, dementsprechend schnell stieg ihr der Alkohol zu Kopf. Zu spät merkte sie, dass sie das Gleichgewicht verlor und sich an der Bar abstützen musste. Der junge Mann hinter der Bar betrachtete sie grinsend. Durch die wummernde Musik sprach er sie an.

„Kleines, mach lieber langsam. Nicht, dass heute noch eine Dummheit passiert." Glucksend winkte Alex ab.

„Keine Sorge." Sie hielt grinsend ihr neu befülltes Glas hoch.

„Das ist nur zur Beruhigung." Er schüttelte den Kopf.

„Man soll doch seine Gefühle nicht unterdrücken. Sagen mir zumindest meine Exfreundinnen immer." Er war schnuckelig, trotz seines kantigen und teilweise vernarbten Gesichts, umwerfendes Lächeln, funkelnde Augen. Bevor sie tatsächlich noch eine Dummheit beging, lächelte Alex ihn ein letztes Mal an, kehrte dann auf die Tanzfläche zurück. Es lief eines dieser Standard-Pop-Elektronik-Lieder, bei deren eingängigen Texten man auch im betrunkenen Zustand schaffte, mit zu grölen. Ein wenig verschüttete sie ihren Drink, aber es war ihr egal. Alex schwebte auf der Welle, der Druck auf ihrer Brust löste sich beständig. Sie packte das alles schon. Whatever.

Drei weitere Drinks später stolperte sie aus dem Club. Eigentlich ging es ihr gar nicht gut, um sie herum schwankte alles, aber sie versuchte, mit möglichst geradem Blick ein Taxi ausfindig zu machen. Weil ihr das nur halb gut gelang, stützte sie sich an einem Laternenmast ab. Ihr wurde übel, und zwar so richtig.

„Hey, du hast deine Jacke vergessen!" Dass es der süße Barkeeper war, erkannte Alex in ihrem Nebel, aber nicht, ob er ihr wirklich ihre Jacke reichte, und nicht irgendeine. Dennoch nahm sie sie.

„Alles ok bei dir?" Tapfer nickte Alex, auch wenn sie das Gefühl hatte, sämtliche Drinks würden jede Sekunde wieder ihren Weg nach oben finden. Sie hatte übertrieben, die Quittung ein intensiver Rausch. Der Barkeeper grinste.

„Kleines, vielleicht hast du doch eine kleine Dummheit begangen, was meinst du?" Sie spürte, wie er sie hielt, vermutlich, damit sie nicht vollends umkippte. Ganz bedacht nickte sie.

„Ja, das denke ich auch. Komm, ich such dir ein Taxi." Jetzt hakte er sich richtig bei ihr ein, doch bevor er sie vom Club wegbringen konnte, gelten von dort laute Rufe zu ihnen herüber.

„Alter, du kannst es nicht lassen, immer musst du den Helden spielen!" Aus dem Augenwinkel nahm Alex zwei Männer wahr, die zu ihnen kamen, den Barkeeper augenscheinlich kannten. Sie spannte sich an, versuchte, sich mal wieder zusammenzureißen, nicht zu offensichtlich, nun ja, besoffen auszusehen.

„Haha, was soll ich sagen, ich rette eben gerne holde Prinzessinnen in Nöten", grinste er neben ihr, doch da schaltete Alex auf Angriff. Selbst in ihrem Zustand gingen ihr solche Sprüche gegen den Strich. Beinahe wäre sie gefallen, aber sie schaffte es, sich von ihm zu lösen, eigenständig zu stehen.

„Prinzessinnen kann ich nicht leiden", nuschelte sie, während die anderen Männer nun bei ihr angekommen waren. Und in diesem Moment brach dann der Boden unter ihren Füßen weg. Das konnte nicht wahr sein. Wie ein Strudel zog er an ihren Beinen, am liebsten hätte sie dem Gefühl nachgegeben und wäre vor Peinlichkeit im Erdboden versunken. Doch stattdessen konnte ihr Magen dieser plötzlichen Anspannung nun endgültig nicht mehr standhalten. Noch bevor es die Männer richtig realisierten, drehte sie sich um und gab den ersten Schwung ihrer Drinks wieder von sich. Welch ein furchtbarer Anblick, welch eine Blamage für sie.

Obwohl sie ein jämmerliches Bild abgeben musste, blieben die Männer überraschend still, erst als sie sich beruhigt hatte, trat einer der Männer auf sie zu. Natürlich erkannte sie ihn, das Foto aus ihrem Hotelzimmer wurde ihm bei weitem nicht gerecht. Diese eisblauen Augen waren der Wahnsinn, dachte sie. Wieso zum Teufel war sie eigentlich in den erstbesten Club gegangen und hatte nicht vorher recherchiert? Um genau solche Begegnungen zu vermeiden?

„Hey, alles ok? Wir können dich mitnehmen, seine Freundin holt uns ab, ein Platz ist noch frei." Bevor sie antworten konnte, überkam sie ein neuer Würgereiz. Alex betete inständig, dass das nur ein schlechter Traum war, aus dem sie möglichst bald wieder aufwachte. Aber dem war nicht so. Unsicher stöckelte sie schließlich einen Schritt weg, doch alle sahen sie nur verwirrt an.

„Nein, passt schon. Danke." Die Männer versuchten, sie zu überreden, sie waren alle wirklich nett, aber sie ließ nicht mit sich diskutieren, winkte immer wieder ab. Endlich gaben sie auf. Alex nahm sich kein Taxi, nüchterte mit jedem Schritt ins Hotel weiter aus und fragte sich, ob man noch peinlicher als sie eben, das erste Mal seine zukünftigen Kollegen hatte treffen können. Vermutlich nicht, aber es war geschehen.

Es blieb ihr also nichts anderes übrig, als inständig zu hoffen, dass ihr das nicht irgendwann wieder auf die Füße fiel. Und die Männer sie nicht für komplett inkompetent hielten.

Als Alex den großen Besprechungssaal des FC Jatterton betrat, sah sie die zwei Männer aus dem Club sofort, wandte sich aber sofort wieder ab. Sie selbst war viel zu nervös, um großartig darauf reagieren zu können, und zum anderen hätte sie die Blicke vermutlich nicht ausgehalten. Also richtete sie ihre Konzentration konsequent auf die Schultern von Ted und Michael, die ebenso ein wenig angespannt schienen. Der Saal war bereits gut gefüllt, vorne wartete Daniel, zugeknöpft und streng wie bei ihrer letzten Begegnung.

„Gut, da sind Sie ja endlich. Die Spieler sind komplett, ich denke, wir können anfangen." Er warf Alex einen unübersehbar herablassenden Blick zu, den sie allerdings ignorierte. Vermutlich erstmal ihre weitere Strategie bei ihm.

Michael räusperte sich, und sofort waren alle Spieler ruhig. Sie kam nun nicht mehr herum, in die Gesichter der einzelnen Anwesenden zu sehen. Die Männer, denen sie nicht wirklich professionell am Samstag begegnet war, blickten sie verblüfft an. Die Reaktion der anderen auf Alex, ohne zu wissen, wer sie überhaupt war, schwankte zwischen Interesse und Zurückhaltung.

Nachdem sich alle beruhigt hatten, ergriff Michael das Wort.

„Wir wissen, welchen Auftrag wir für diese Saison haben. Es gibt ein paar Spielerneuzugänge, die wir teilweise ja schon in der Sommerpause kennenlernen durften, die ich einigen schon vorgestellt habe. Der Vorstand hat uns eine klare Agenda vorgegeben, die ich hier nur der Form halber nochmal ausspreche, obwohl sie jedem zur Genüge klar sein dürfte: Premier League halten und einen Europa League-Platz ergattern." Michael legte eine Pause ein und Alex spürte sofort die Ernsthaftigkeit, die sich im Saal ausbreitete. Jedem war bewusst, wie ambitioniert diese Ziele waren. Wie hart jeder würde arbeiten müssen, um nur ansatzweise beides zu erreichen. Wie abhängig man war von der Leistung der anderen Vereine.

„Keinem muss ich erzählen, was das für diese Saison bedeutet. Ab heute gelten etwas veränderte Regeln. Trainingspläne und Einheiten sind angepasst und Intervalle erhöht worden, zusätzlich regelmäßigere Fitnesschecks. Dieser Aufstieg bringt dem Verein und uns allen extrem viel, aber er fordert auch extrem viel, von jedem Einzelnen von uns. Wir sind letztes Jahr als Team durch die zweite Liga gestürmt, keiner konnte uns etwas anhaben. Diese Saison werden wir einstecken müssen, ob es uns gefällt oder nicht. Es wird Spiele gegen Liverpool, Manchester, Arsenal geben. Aber ich will uns nach diesen Spielen nicht vom Spielfeld aufkratzen müssen. Wir sind eine Mannschaft der Premier League, wir haben uns diesen Platz hart erarbeitet. Und genauso hart müssen wir uns diesen Platz weiter absichern, verstanden?" Zustimmendes Gemurmel erhob sich, und der Trainer nickte, während sich Alex nur alleine von dieser Ansprache die Kehle zusammen zog. Michael hatte Recht, es war ein unfassbar ambitioniertes Programm, was sie alle dieses Jahr absolvierten.

„Gut, so viel zunächst mal von meiner Seite. Ab heute Nachmittag fangen wir mit dem Training an, ihr werdet dann gleich noch eure aktualisierten Trainingspläne bekommen." Er wandte sich mit einem leichten Lächeln Ted und Alex zu.

„Alles Weitere jetzt von Ted." Nach einem erneuten Seitenblick auf Alex schwoll die Aufregung in der Mannschaft merklich an. Doch auch sie selbst war kaum mehr in der Lage, klar zu denken. Verdammte Scheiße, sie hatte ihre Rede stundenlang, nächtelang geübt, wusste sie sie überhaupt noch? Ihr Gehirn erschien leer, wenn Ted ihr jetzt das Wort übergeben würde, brachte sie vermutlich nicht mal einen Krächzer heraus.

„Michael hat wie immer die passenden Worte gefunden, um uns zu motivieren." Allgemeines Gelächter, doch Ted wurde schnell wieder ernst.

„Aber er hat natürlich Recht. Unser Auftrag ist sehr klar, aber, und das hat Michael vielleicht etwas zu wenig gesagt, wir sind ein außergewöhnliches Team! Wenn wir die Energie aus der letzten Saison mitnehmen, wie, als wenn es keine Sommerpause gegeben hätte, dann haben wir eine wirklich reale Chance, das auch zu schaffen!" Für einen Moment ließ er die Worte nachwirken. Alex hoffte, dass sie bei den Jungs auch so motivierend ankamen.

„Nun, nicht nur für euch und den Verein bedeutet der Aufstieg monetäre Vorteile. Ich bin wahnsinnig froh, dass Michael und ich dadurch unseren Management-Apparat aufstocken konnten, denn ob ihr es hören wollt oder nicht, ihr macht uns durchaus Arbeit." Teds Blick ruhte lächelnd auf Alex, dann wandte er sich wieder an die Mannschaft.

„Budgetär ist nämlich offiziell ein Team Manager genehmigt worden, den Michael und ich natürlich sehr gerne in Anspruch genommen haben. Und ich lasse mir ja nicht nachsagen, dass ich nicht alles gebe, um uns eine der Besten zu sichern." Oh Gott, konnte Ted vielleicht ein bisschen vom Gas gehen? Verlegen senkte Alex den Blick, während ihr Chef nun auf sie deutete.

„Alexandra Müller hat Wirtschaftspsychologie in Deutschland studiert und sich in einem Assessment Center ausgezeichnet präsentiert, sodass ich wirklich die Ellenbogen ausgefahren habe, um als Erster mit ihr zu sprechen. Wenn das nicht geklappt hätte, wäre sie vermutlich bei einem der großen Wirtschaftsberater gelandet, aber sag selber, bis jetzt bereust du es noch nicht, dass du hier gelandet bist, oder?" Lächelnd schüttelte Alex den Kopf.

„Gut, also, nun offiziell. Alex hat seit vergangener Woche

die Stelle als Team Managerin angetreten. Ich muss nicht extra erwähnen, dass sie damit die erste weibliche Team Managerin der Premier League sein wird. Und ich muss auch nicht sagen, was das für Jeniffer in der Presseabteilung bedeutet... Alex wird Michael und mich in allen administrativen Aufgaben unterstützen und ganz grundsätzlich die Schnittstelle zwischen uns allen sein, zwischen dem Management, der Mannschaft, dem Vorstand, dem Fitnessteam, dem Reisebüro, der Sicherheit, dem Marketing. Was mir aber ganz wichtig ist: Alex ist nicht euer Mädchen für alles. Sie ist ebenbürtig, ihr redet genauso mit ihr, wie ihr es mit mir tut. Sie kümmert sich um euch, aber eben professionell, verstanden?" Wieder zustimmendes Gemurmel, endlich übergab Ted Alex das Wort.

„Gut, den Rest kann sie euch selber erzählen." Er nickte ihr aufmunternd zu, während sie ein letztes Mal ihre Aufregung herunter schluckte und dann zu ihrem eigenen Erstaunen locker und vermutlich, ohne große Unsicherheiten erkennen zu lassen, ihre vorbereitete Rede vom Stapel ließ. Wegen des Drucks lief Alex' Gehirn plötzlich auf Autopilot.

„Vielen Dank. Also, Ted hat ja schon ein bisschen was zu mir berichtet. Zunächst, bitte nennt mich Alex, Alexandra ist viel zu lange und formell. Dafür bin ich mit 24 Jahren noch zu jung. Wie schon erwähnt habe ich mein Wirtschaftspsychologie-Studium in Deutschland abgeschlossen und war auf der Suche nach einer spannenden, neuen Herausforderung. Bisher konnte ich noch nicht im Fußball arbeiten, auch wenn es meine private Leidenschaft ist. Obwohl ich gestehen muss, dass es sich bisher auf die wöchentliche Sportschau auf der Couch beschränkt hat, und ich nicht mittendrinnen war, so wie jetzt." Allgemeines Gelächter, es lief also gut. Das ließ sie noch entspannter werden.

„Ted hat es eigentlich schon ziemlich passend gesagt, ich bin dafür da, dass alle ihre Sorgen und Wünsche bei mir abladen können, in erster Linie seit ihr das. Fühlt ihr euch beim Training wohl, gibt es Anforderungen an die Hotels, die noch nicht berücksichtigt worden sind, fehlen euch bestimmte Informationen, die euer Berater braucht? Das sind die eher offensichtlichen Dinge. Mir, vor allem aus der psychologischen Sicht, geht es aber auch um die softeren Dinge. Wir alle stehen vor einer extremen Herausforderung diese Saison, den Druck spürt man schon alleine, wenn man durch die City fährt. Ihr alle seid Profis, aber auch ein Profi muss vertraulich reden, Dampf ablassen können. Und genau das ist meine Aufgabe. Dinge, die bei mir landen, bleiben auch bei mir, unter allen Umständen. Klar, werde ich Sachen, die dort als Anregung besprochen werden, weitergeben, versuchen zu berücksichtigen. Aber ich nenne niemals Namen." Sie ließ die Worte kurz sacken, wagte einen Blick in die Runde. Alle Gesichter sahen Alex offen an.

„Alles Weitere dann in unseren Einzelgesprächen. Also, ich freue mich schon wahnsinnig auf die Arbeit hier in Jatterton und mit euch!" Ted fing an zu klatschen und der Rest stimmte mit ein. Doch bevor Michael weitersprechen und vermutlich organisatorische Themen verkünden konnte, räusperte sich Daniel. Es überraschte Alex nicht, dass im Saal sofort wieder Totenstille herrschte.

„Nun, der Vorstand hat noch ein paar Ergänzungen, insbesondere zu Alexandras Tätigkeit bei uns." Ein süffisantes Lächeln in ihre Richtung. Er gab einen Scheiß drauf, dass sie die lange Version ihres Namens hasste. Wie nett.

„Alexandra ist ein Teammitglied, vermutlich eines der Wichtigsten, weil sie, wie schon zur Genüge ausgeführt, mittendrin sitzt. Sie wird viel wissen, sie wird viel organisieren, und sie wird sehr viel mit jedem von euch zu tun haben. Sie sitzt in jedem Bus, sie ist bei fast jedem Training dabei, sie ist 24 Stunden jeden Tag für euch zu erreichen." Er legte eine Kunstpause ein, in der man sich selbst deutlich atmen hörte, so still war es geworden.

„Wir sind jetzt ein Premier League Verein und so haben wir uns auch zu verhalten. Wie Profis. Ich weiß, bei manchem wird vielleicht das Ego etwas abheben und er wird meinen, er kann sich nehmen, was er will. Der Vorstand ist sich in einer Sache aber zu tausend Prozent sicher: Wenn sich hier nur ein einziger Ausrutscher, eine einzige Blamage geleistet wird, und das vor allem vor dem Hintergrund, dass Alexandra die erste weibliche Team Managerin in England sein wird, wird der Verein großen Schaden davon tragen. Und die Konsequenzen daraus wird der Vorstand vehement durchsetzen." Alex erwartete wieder ergebenes Schweigen, doch ein Spieler, dem Aussehen nach zu urteilen, Mark Davies, ein erfahrener Mittelfeldspieler, ergriff mit leicht sarkastischem Unterton das Wort.

„Daniel, vielleicht mag der Vorstand mal etwas klarer werden, ich glaube, ich habe die Botschaft nicht eindeutig verstanden." Die Stimmung war mit einem Mal geladen, der Assistent biss sich wütend auf die Lippen.

„Ich drücke mich gerne deutlicher aus. Keine sexuellen Verhältnisse innerhalb des Vereins, insbesondere nicht mit eurer Team Managerin. Sie ist eine Kollegin, mehr nicht." Dann wanderte sein funkelnder Blick zu Alex, sie nickte nur. Zu gut hatte sie seine Worte von ihrem Abendessen noch im Kopf.

„Ja, ich glaube, das ist nichts Neues, Leute. Keine Beziehungen innerhalb des Vereins", rundete Michael Daniels harsche Ansage ab.

„In der Ecke stehen ein paar Snacks und Kaffee bereit, wer bleiben will, ansonsten treffen wir uns um 15.00 Uhr zum ersten Training." Es überraschte Alex nicht, dass alle Spieler blieben, sich austauschten. Was Ted und Michael ihr bisher erzählt hatten, waren die Männer eine eingeschworene Truppe. Mal sehen, wie sie da rein passen, wie sehr sie ihr vertrauen würden, dachte Alex. Doch bevor sie die ersten Gespräche suchen, sich den Jungs persönlich vorstellen konnte, hielt Daniel sie zurück. Mit funkelnden Augen fixierte er sie.

„Wir zwei sind auf einer Linie, oder?" Sie nickte.

„Klar. Vor allem, wenn du endlich mal Alex sagen würdest." Ein so diebisches Grinsen breitete sich auf seinem Gesicht aus, dass es ihr kalt den Rücken runter lief.

„Sehen wir erstmal, wie die nächsten Wochen so laufen, *Alexandra*." Mit diesen süffisanten Worten ließ er sie stehen. Tiefdurchatmend drehte Alex sich um, sie brauchte Kaffee.

„Das war erst der Anfang, Alex. Sorgen Sie dafür, dass die Spieler sie akzeptieren und respektieren." Michael reichte ihr etwas schmallippig einen Kaffee. Sie nickte, versuchte, ihre Gesichtszüge vor Aufregung im Zaum zu halten. Ziemlich deutliche Ansage. Dann ploppte wieder Teds Mahnung in ihr hoch. Bloß nicht untergehen, dachte sie sich und ging zum Angriff über. Sie stellte sich einem nach dem anderen vor, ließ sich berichten, welche Position sie spielten und wie lang sie schon in Jatterton waren. Alex verwies auf die baldigen Treffen, die sie mit jedem persönlich vereinbart hatte, dann wandte sie sich der nächsten Gruppe zu. Es war ein willkommener Zufall, dass ausgerechnet die Letzten die Männer aus dem Club waren. Sie wurde schon grinsend empfangen. Alle Spieler waren in ihrem Alter, sehr nett, unkompliziert. Bislang keine großen Egos, die extra geschmeichelt werden mussten.

„Herzlichen Glückwunsch zum neuen Job." Sie nickte lachend Tobi Brandt zu, erster Torwart. Er war, wie es sich für den letzten Mann gehörte, sehr groß, zusammen mit seinen kurzen blonden Haaren und den grünen Augen erschien er ziemlich imposant. In Deutschland würde man vermutlich sagen, er wäre ein zweiter Manuel Neuer.

„Vielen Dank. Ted hat die Messlatte ganz schön hoch gelegt." Darauf grinste Mark Davies, der vorhin schon ein forsches Mundwerk bewiesen hatte. Auch er war groß, karamell-farbene Haut, dunkle Augen, gepflegtes Äußeres, aber nicht übertrieben.

„Hey, man wächst in seine Erwartungen hinein. Natürlich nur, wenn man sich anstrengt." Noch blieb die Stimmung weiter entspannt.

„Also, seit einer Woche bist du hier in Jatterton? Hattest du wenigstens Zeit für ein paar aufregende Tage in London?" Tom Edwards, ganz der wirbelige Stürmer, klein, etwas bullig gebaut, nippte an seinem Wasser. Auch er war blond, seine Augen waren aber im Gegensatz zu Brandts braun.

„Hmm, ein bisschen." Tobi Brandt glückste wissend, während der Teamkapitän mit den eisblauen Augen, Adam Hughes, zurückhaltend blieb. Sie hob erklärend die Schultern.

„Ich war ehrlich einfach ziemlich aufgeregt vor heute und musste mich im Club ein bisschen auspowern. Ich war den Alkohol wohl nicht mehr gewöhnt." Tom Edwards lachte auf, deutete mit einem Seitenblick auf seine Freunde in Alex' Richtung.

„Achso, du warst am Samstag auch...?" Kurz herrschte peinliche Stille, dann versuchte Alex wieder die Kurve zu kriegen.

„Gut, also in eurem Trainingsplan habe ich mir für jeden von euch eineinhalb Stunden ergattert, bevor es ins Trainingslager geht. Da können wir in Ruhe nochmal über alles sprechen." Das sagte sie insbesondere zum auffällig zurückhaltenden Teamkapitän, dann suchte sie schleunigst das Weite.

Eine halbe Stunde später bezog Alex hochoffiziell ihr Büro, neben Daniel, gegenüber von Michael und Ted. Es war nichts Besonderes, Schreibtisch, Regale, eine Sitzgelegenheit, doch wie alle hatte sie direkten Blick auf das Trainingsgelände, das Ziel vor Augen.

Sie probierte, ein System in ihre bisherigen Recherchen aus

dem Hotel zu bringen, während am Telefon ein IT-Mitarbeiter auf ihrem PC war und bisher vergeblich versuchte, sie ins Vereinsnetzwerk aufzuschalten. Erst um 14.30 Uhr synchronisierte ihr Handy die Mails, als Ted sie schon abholte.

„Lass uns kurz durch die unteren Räume gehen. Kabinen, etc." Sie nickte, schnappte sich Notizbuch, Handy und sperrte hinter sich zu. Die nächsten zwanzig Minuten wurde sie von Ted mit allen möglichen Infos zum Trainingsgelände gefüttert. Besonders auf die Sicherheit legte der Verein großen Wert – ohne Chip öffnete sich keine der vielen Türen und Schleusen.

„Der Vorstand hat das vor zwei Jahren eingeführt", erklärte Ted, als Alex' Chip zuerst nicht eingelesen werden konnte.

Pünktlich um 15.00 Uhr kamen sie am Spielfeld an, die Jungs sammelten sich gerade alle um Michael, während Ted und Alex sich an den Rand zurückzogen.

„Danke, dass du dir die Zeit nimmst, mir alles zu erklären, Ted." Er winkte nur schelmisch grinsend ab.

„Kein Problem. Du hast in der Woche eh schon mehr gelernt, als ich in meinem ersten Jahr. Bei dir mache ich mir keine Sorgen." Kurz blieb ihr Blick auf ihrem Mentor hängen. Tiefe Dankbarkeit breitete sich in ihr aus. Für den riesigen Vertrauensvorschuss, für diese unglaubliche Chance, die Ted ihr ermöglichte. Wieso auch immer war sie für Ted genau die richtige für diesen Job. Irgendwann, vielleicht in ein paar Monaten, würde sie ihn fragen. Wenn sie es bis dahin durchgehalten hatte...

Die nächste Stunde verging wie im Flug. Aufwärmen, Zirkeltraining, Passspiel, Torschüsse, Befehle. So direkt neben dem Spielfeldrand war die Perspektive nochmal ganz anders, natürlich viel näher, aber Alex fieberte automatisch mehr mit. Während ihrer Vorbereitungszeit hatte sie sich oft gefragt, wieso Fußball so eine Faszination auf sie ausübte. Es war keine Zeit geblieben, sich darüber den Kopf zu zerbrechen, doch jetzt wurde Alex es wieder klar. Ein Teamsport, der wie ein Uhrwerk funktionierte. Die Schnelligkeit des Balls ließ auch die Zeit beim Zuschauen schneller vergehen. Simple Regeln. Und was sie die letzten Wochen zumindest hier in Jatterton mitbekommen hatte, war es ein größeres gesellschaftliches Erlebnis, als in Deutschland. Alex war sich sicher, die meisten würden sich nicht in einer Kneipe zu einem Ligaspiel verabreden, außer es war ein Topspiel oder die hart gesottenen, eingeschworenen Fans. Der Durchschnittsdeutsche holte sich seine Portion Fußball Samstag Abend bei der Sportschau ab. So wie sie es früher auch getan hatte, keine Frage. Jetzt aber war sie Teil eines großen, aufregenden Karussells. Und liebte jede Sekunde davon.

Die kommende Woche war vollgepackt mit Kennenlern-Terminen. Neben den Gesprächen mit den Spielern lernte Alex Jeniffer aus dem Marketing, Russel von der medizinischen Abteilung, Lisa zuständig für die Sicherheit im Verein und Rupert kennen, den fast schon wichtigsten Menschen im Verein – der Koch.

Obwohl Alex mit beiden Frauen gleich viel Themen hatte, so war sie mit Lisa sofort auf einer Wellenlänge. Sie war nur zwei Jahre älter, hatte aber einen wahnsinnigen Lebenslauf hinter sich. Lisa war ehrgeizig und hatte sich mit 26 Jahren bereits einen Führungsposten in einem Verein gesichert – in einer durch und durch von Männern beeinflussten Branche. Da hatten sie und Alex gleich etwas gemeinsam. Zudem hatte sie eine Beziehung zu Tobi Brandt. Das stand sowieso in der Akte der beiden, Lisa sprach es schnell an.

„Tobi und ich sind schon vier Jahre zusammen. Es passt wirklich super." Das klang zwar in Alex' Ohren nicht unbedingt total euphorisch, aber schließlich kannten sie und Lisa sich auch erst fünf Minuten.

Mehr aufgeregt war Alex jedoch vor den Gesprächen mit den Spielern. Ted hatte darauf bestanden, dass sie diese alleine führte. Allerdings merkte sie schnell, dass sie in dem richtigen Verein mit den richtigen Leuten gelandet war. Keiner der Männer behandelte sie herablassend oder hochnäsig, sie alle empfingen Alex mit offenen Armen. Jetzt musste sie nur noch beweisen, dass sie ihr Wort hielt.

Besonderen Respekt hatte sie vor dem Gespräch, das relativ zur Mitte der Woche anstand. Adam Hughes hatte sie zu sich nach Hause eingeladen, sie hatte den Spielern freigestellt, wo sie sich treffen sollten. Alleine diese Wahl zeigte Alex viel über den jeweiligen Charakter. Adams Wohnung war, wie sie es innerlich schon erwartet hatte, sehr clean, es gab wenig persönliche Gegenstände, außer eine Menge Fotos von der Mannschaft an den Wänden. Alex' Blick blieb lange an einem großen Bild hängen. Man sah den ganzen Verein auf dem Spielfeld, eine umher springende, feiernde, blaue Masse.

„Das war das Spiel letzte Saison, in dem wir den Aufstieg festgemacht haben." Der Teamkapitän hatte sich unbemerkt neben sie gestellt, während sie nun beide das Bild betrachteten.

„Das muss ein wahnsinniges Gefühl sein, oder?" Adam nickte bedächtig.

„Ja, wir waren alle im Rausch. Schau, hier lächelt Daniel sogar." Alex musste sich anstrengen, in dem Mann, der mit erhobenen Fäusten offensichtlich laut brüllte, den strengen, eisernen Daniel zu erkennen. Sie verkniff sich ein Lächeln, während sie Adam in die große Küche folgte. Bei einer Tasse Tee plauderten sie erst ein wenig, er ließ Alex zunächst erzählen, von ihrer Zeit in Deutschland, von ihren Plänen für den Verein. Sie erfuhr von ihm im Gegenzug nicht viel, unbewusst war er noch auf Abwehrhaltung. Aber es war enorm wichtig, dass der Teamkapitän ihr vertraute. Sollte er es nicht tun, würden die anderen ihm darin folgen. Deshalb wagte sie sich relativ offen vor.

„Adam, ich habe das Gefühl, dass etwas zwischen uns steht. Stimmt das?" Adam ließ sich Zeit mit seiner Antwort, lange fixierte er erstmal seine Teetasse. Dann sprach er mit harscher Stimme, schnell, wie unter Druck.

„Wenn ich das so behaupten darf, sind wir eine krasse Mannschaft in einer krassen Stadt. Fußball, der FC, steht hier über allem. Viele von uns, auch ich, sind hier groß geworden, mit dem Verein. Der Vorstand greift die letzten Jahre verstärkt ein, nicht nur bei den Zielen. Wir haben das Erste erreicht, und gleich gibt es Neue, Härtere. Ich hoffe, du weißt, dass es in der Vereinspolitik leider nicht nur um Fußball geht, wie es eigentlich sein sollte. Es geht um Geld, viel Geld, für uns alle, und ich hoffe, du weißt auch, wie viel man dafür kämpfen muss!" Er seufzte leicht, sah Alex dann prüfend mit einem fast schon eisigen Blick an.

„Ich hatte einfach gehofft, dass ich bei dieser besonderen Saison meine neue Nummer eins Vertrauensperson nicht nachts stockbesoffen und kotzend vor dem Club treffe." Alex hatte es geahnt. Sie hatte sich nicht professionell verhalten, Adam wollte seine Mannschaft davor beschützen. Verständlicherweise.

„Man hat keinen Erfolg im Leben, wenn man sich nicht selbst unter Kontrolle hat." Alex hakte ein, bevor Adam weitersprach. Sie wusste genau, auf was er hinaus wollte.

„Mir ist absolut klar, was du meinst, Adam. Und ich bereue es seit Samstag jede Stunde, dass ich nicht vorher gegoogelt habe, in welchen Club ihr Jungs ganz gerne geht. Also, dass du mich nach der Nummer noch nicht ernst nimmst, geschweige denn vertraust, ist in Ordnung. Ja, ich bin neu in der Branche, und es ist kein Geheimnis, dass Vertrauen dünn gesät ist. Aber ich bin kein Fähnchen im Wind, ich habe mir die letzten Wochen den Kopf darüber zerbrochen, wie ich euch für die Saison am besten unterstützen kann. Du musst meinen Worten vielleicht jetzt noch nicht glauben, aber ich werde es dir beweisen. Du wirst bald spüren, dass ich zu 1.000% zu meinem Job und euch Spielern als meine wichtigste Aufgabe stehe. Egal, was Ted, Michael oder auch Daniel sagen." Alex versuchte es mit einem Lächeln, dass Adam nur abwartend erwiderte.

„Ok, also, das mit dem Vertrauen funktioniert nur gegenseitig. Deswegen glaub mir bitte, dass ich wirklich unfassbar aufgeregt war, bevor mein Job offiziell angefangen hat. Scheiße, ich bin es jetzt immer noch. Das ist für meine Position vermutlich verständlich. Es war ein Fehler, so zu übertreiben, aber sowas passiert. Alles, was ich von dir will, ist eine zweite Chance. Auch das gehört zum Fairplay, oder?" Als Adams Lächeln größer und echt wurde, spürte sie, dass sie ihn zumindest für heute überzeugt hatte.

Mit einem zufriedenen Gefühl und einem durchaus gestiegenen Selbstbewusstsein hatte Alex die Einzelgespräche mit den Spielern über die Bühne gebracht. Keiner der Männer hatte sie nur ansatzweise abschätzig behandelt, sie wusste natürlich nicht, ob es sich dabei um reine Höflichkeit handelte, oder um eine Anweisung von Ted und Michael. Aber wenigstens wurde das „respektvolle Miteinander", auf das Daniel ja so viel Wert legte, eingehalten.

Ihr letztes Gespräch hatte sie Freitag Nachmittag mit Tom Edwards. Er hatte vorgeschlagen, am Strand spazieren zu gehen, was Alex entgegenkam. Sie merkte schon jetzt, dass sie aufgrund des hohen Arbeitspensums kaum Zeit für einen Ausgleich haben würde, umso dankbarer war sie für die Minuten an der frischen Luft. Er holte sie sogar in einem edlen Mercedes-SUV von ihrem Hotel ab, dann wanderten sie die aufgewühlte See entlang. Es war zwar Ende Juli, aber der Sommer in Wales war eben auch typisch englisch: nicht wirklich warm, etwas rau und ab und zu nieselig.

Tom Edwards war der Inbegriff eines kleinen und wuseligen Stürmers. Er lachte laut und oft, in seinen braunen Augen lag immer etwas Witz und Schalk. Alex war sich sicher, dass er bei Frauen sehr beliebt war. Seit drei Jahren spielte er in Jatterton in der Stammmannschaft, davor in der Jugendmannschaft von Manchester – den Sprung zu den ganz Großen hatte er nie geschafft.

„Aber weißt du, mir gefällt es hier eigentlich viel besser. Alle sind wie eine große Familie, man schätzt und unterstützt sich gegenseitig und der Trainer geht wirklich fair mit einem um. In den anderen Profi-Vereinen herrscht teilweise ein richtig harter Kampf um Stammplätze, die die wenigen, extrem guten Spieler beherrschen, und der Rest sitzt eigentlich die meiste Zeit auf der Bank und kann kaum Spielerfahrung sammeln. Ist dann auch irgendwie scheiße." Alex grinste. Tom Edwards redete nicht lange um den heißen Brei herum, er sagte genau das, was und wie er es gerade dachte. Eine ehrliche Haut.

Alex würde nicht sagen, dass sie eine Schwärmerei für ihn hatte, aber sie fühlte sich mit ihm sofort auf einer Wellenlänge. Sie liebte aufrichtige Menschen, sie waren vertrauenswürdig, und Tom war keine Diva, kein abgehobener Superstar, obwohl er sich nach dem Aufstieg durchaus zu den gefragtesten Spielern des Vereins zählen durfte.

Sie sprachen erstaunlicherweise viel über private Wünsche und Vorstellungen, denn laut Tom gab es am FC, außer am übereifrigen und eitlen Daniel, nicht wirklich etwas auszusetzen. Aus der Stunde, die sie eigentlich geplant hatten, wurden zwei, wie Alex erstaunt feststellte, als sie wieder in den Jeep einstiegen.

„Oh, ich hoffe, ich habe deinen Terminplan nicht durcheinander gebracht?" Sie schüttelte den Kopf.

„Nein, nein. Heute steht nur noch Packen auf dem Plan, bevor es morgen nach Italien geht." Tom drehte grinsend den Zündschlüssel. Sie düsten Richtung City, als er von Mark Davies angerufen wurde.

„Bro, kommst du ins Pub? Wir sind alle da, morgen ist kein Training, wir dürfen uns also ein oder zwei Pints erlauben." Alex beobachtete Tom mit hochgezogenen Augenbrauen, doch der brachte das Grinsen immer noch nicht aus seinem Gesicht.

„Klar. Ich bring Alex auch mit, sie kann auch ein oder zwei Pints vertragen." Kurz überlegte Alex zu widersprechen, doch Tom wiegelte sofort ab.

„Du hast selbst gesagt, du musst heute nur noch packen. Dafür muss man nicht nüchtern sein!" So wurde sie also genötigt, Tom ins Pub zu begleiten. Sie hatte keine Ahnung, wer sie dort erwarten würde, aber wenn Mark Davies dabei war, würde es sich wahrscheinlich um die altbekannte Runde mit Adam Hughes und Tobi Brandt handeln. Tatsächlich waren das auch die Männer, die Alex aus ihren Gesprächen am sympathischsten, einfachsten rüber gekommen waren.

Tom hielt mit quietschenden Reifen vor dem Pub, ein kleines und schon von außen gemütliches Lokal. Auf einem großen, alten Holzschild stand in dicken Lettern „Mollys" geschrieben. Als Tom und sie durch die Tür traten, lief Alex direkt in die Arme eines Kellners. Sie starrten sich nur ungläubig an, bis Tom merkte, dass Alex stehen geblieben war und zurückkam.

„Ähm, Alex, dass ist Luke, der Besitzer des Pubs." Sie nickte perplex, während Luke seine Sprache wiederfand.

„Ja, hi, wir kennen uns aber schon. Glaube ich, oder?" Wieder blieb sein Blick unsicher an ihr haften, doch sie verfluchte sich in diesem Augenblick selbst. Ein Abend draußen, und ständig hing ihr diese Nacht hinterher. Sie wollte Luke nicht blöd dastehen lassen, also überwand sie sich zu einer ehrlichen Antwort.

„Ja, du weißt schon, der unfassbar tolle Abend im Club. Dessen Ende ich immer noch büßen darf." Tom hob wissend die Augenbrauen, damit zog er Alex weiter, während sie Luke nur leicht lächelnd hinterherblickte.

„So, schönen Abend die Herren." Tom führte sie durch das volle Pub an einen Tisch, an dem, wie Alex bereits richtig vermutet hatte, die übliche Clique um Tom Edwards saß: Adam Hughes, Tobi Brandt und natürlich Mark Davies. Ohne viel Fragen wurde Alex auf die Bank neben Davies gesetzt und nach wenigen Sekunden hatte sie ein frisch gezapftes Pint vor sich auf dem Tisch.

„Wahnsinn, das geht aber schnell hier." Die Männer um sie herum musterten sie zögerlich.

„Keine Sorge, Pints gibt es hier genügend." Tom zog seine Jacke aus, dann setzte er sich Alex gegenüber. Das Pub war so, wie man sich ein typisches Lokal in England vorstellte. Dunkle Holzmöbel, vollgestellt, sodass man sich mit bis zum Rand gefüllten Gläsern kaum einen Weg durch die Menschen bahnen konnte, Tresen, an denen ältere Männer vor ihrem Bier saßen, den Blick fest fixiert auf einen der vielen, Fußball zeigenden Bildschirme. Laut diskutierende Stimmen um sie herum. Sofort fühlte sich Alex wohl, heimelig.

„Ich hoffe, du hast dir nichts Schickeres erwartet." Mark prostete ihr schelmisch zu, doch sie schüttelte direkt den Kopf.

„Oh nein." Sie ließ den Blick langsam durch das Pub gleiten.

„Das ist perfekt, glaub mir." Und so kam es, das Alex den Abend gemeinsam mit den Männern verbrachte, zwei Pints und einen Sandwichteller lang redeten sie über alles Mögliche. Sie erfuhr, dass Lukes Großvater das Pub eröffnet hatte, er war Hausmeister beim FC und wollte einen Platz für den Verein und natürlich die vielen Fans schaffen. Noch heute war Luke stark im Fanclub engagiert, das Pub sozusagen die „Fanzentrale". Es war kaum zu übersehen, dass diese Tradition weiterhin lebte, erst beim genaueren Hinsehen fielen Alex Zeitungsartikel und Fahnen an den Wänden auf – alles in den Vereinsfarben, Blau und Weiß.

Es erstaunte Alex, wie selbstverständlich die Männer sie in ihre Mitte aufnahmen. Sie redeten vermutlich genauso offen, wie sonst, über Spieler anderer Vereine, auch Michael bekam den einen oder anderen Seitenhieb ab. Sie testeten sie, das war offensichtlich, aber sie verhielt sich entspannt. Sie würde ihr Versprechen halten, sie war eine Geheimniswahrerin, die Jungs würden ihr alles erzählen können, ohne das etwas woanders landete. Und vielleicht entwickelte sich ja noch die eine oder andere Freundschaft.

Zwei Wochen waren seit ihrer Anreise vergangen, und jetzt, in diesem typisch englischen Pub, zwischen ihren neuen Arbeitskollegen, da war alles genauso, wie es sein sollte. Sie hatte definitiv die richtige Entscheidung getroffen.

Die Reise ins italienische Trainingslager war weniger aufregend, wie Alex zunächst vermutet hatte. Im Mannschaftsbus, während sie zum Flughafen nach London fuhren, erklärte Alex der Mannschaft, welche Aktivitäten geplant waren, Pressetermine, gemeinsame Ausflüge. Die Männer reagierten zwar bei den Spieleabenden mürrisch, aber sie versprach, dass sie ihnen nie etwas antun würde, was sie selbst langweilig finden würde.

Am Gate stießen dann einige Journalisten hinzu, die sich aber komplett um Daniel scharten und sie zum Glück in Frieden ließen. Ted hatte ihr schon gesagt, dass die „offizielle Vorstellung" erst ein paar Tage später, am ersten offiziellen Trainingstag stattfinden würde. Bis dahin hatten die Presse die Anweisung, Mannschaft und Vereinsapparat in Ruhe zu lassen.

Während des dreistündigen Fluges zogen sich die meisten Spieler mit Kopfhörern zurück, doch für Alex war keine Zeit zum Verschnaufen. Ted und Michael hielten im hinteren Teil des Flugzeugs ein kleines Team-Meeting. Gemeinsam mit Lisa, Jeniffer, Rupert und Russel gingen sie noch ein letztes Mal den Kalender durch, jeder Termin, jedes Training, jedes Presseshooting, jeder Ausflug und die jeweiligen Beteiligten wurden durchgesprochen, kein einziges Detail ausgelassen. Alex war beeindruckt von dem Tempo, doch am allermeisten erstaunte sie Daniel. Er saß die ganze Zeit vermeintlich gelangweilt neben Ted und tippte in sein iPad, ganz zum Schluss stellte er jedoch die eine Sicherheitsfrage, die Lisa vergessen hatte, zu beantworten. Er hatte jedes Wort mitgehört und gegengeprüft.

„Gut, also wie gesagt, wir sind alle müde von der Anreise heute, wir machen ein schönes Barbecue und dann können wir eigentlich mit den ersten Kennenlernspielen beginnen, oder, Alex?" Sie nickte, der Druck auf ihren Schultern war sofort wieder da. Hoffentlich blamierte sie sich mit diesem Abend nicht bis auf die Haut. Sie hatte die letzten Nächte nach möglichst humanen teambildenden Spielen gesucht, sich dann aber für leichte Varianten von allen entschieden. Im Prinzip ging es ja sowieso nur darum, das Eis zu brechen, sich kennenzulernen und zu vertrauen. Eine Einheit zu bilden. Das brachte Alex kurz zum Schmunzeln. Wenn es sonst nichts war.

Tatsächlich sollte sie Recht behalten, so einfach war es dann doch nicht, bei der Mannschaft Fuß zu fassen. Einen tiefen Zugang hatte sie nach den ersten Gesprächen nicht, also waren die gemeinsamen Spiele bitter nötig, ihnen zu zeigen, was sie wirklich drauf hatte.

Nachdem die Männer zu Beginn des Abends kurz murrten, fing Alex die Stimmung zunächst recht schnell wieder ein. Sie ließ jeden seine beste und seine schlechteste Charaktereigenschaft aufschreiben. Dann teilte sie die Gruppe in zwei Hälften, die einen „positiv", die anderen „negativ". Nun mussten sie untereinander die jeweils krassesten Gegensätze finden, die auch laut ausgesprochen werden durften, was zu den ersten Lachern führte. Dass Daniel bei diesem Spiel natürlich nicht mitmachte, sondern nur mit seinem arrogant-zynischen Blick daneben saß und alles beobachtete, wunderte Alex keinesfalls, sie versuchte, es zu ignorieren.

Nachdem sich alle Pärchen gefunden hatten, teilte Alex sie erneut in diesmal vier Gruppen auf. In einem Kreis und mit geschlossenen Augen verband Alex sie mit einem Seil, dass sie erst mit geöffneten Augen lösen durften, ohne umzugreifen. Das Spiel fand nur bedingt Anklang, trotz des großen Ehrgeizes der Männer erwischte sie ein paar dabei, wie sie schummelten. Also ging sie zum Hauptspiel des Abends über. Als sich alle wieder gesetzt hatten, hob sie einen Korb in die Luft.

„Darin sind unsere Namen aufgelistet. Ihr kennt sicher diese „Ice Breaker", die man auf jeder Party vom Stapel lässt. Wo bist du geboren, wie viele Kinder hast du, das Wetter ist heute aber bescheiden..." Ein erstes Aufstöhnen ging durch den Raum, dass Alex versuchte, möglichst schnell und selbstsicher zu unterbinden. Auch weil Ted bislang wenig begeistert guckte, drohte ihre erste große Aufgabe eine Vollkatastrophe zu werden. Aber sie war noch nicht fertig, sie gab weiter Gas.

„Ja, ich weiß, keiner hat großartig Bock, vor allem, weil ihr euch alle schon kennt. Das will ich aber ein bisschen testen, deswegen habe ich mir eine andere Variante ausgedacht." Kurz kehrte Stille ein, jetzt hatte sie das Interesse der Männer geweckt. Sie hob einen zweiten Korb.

„Ich ziehe zwei zufällige Personen, die dann wiederum zufällige Fragen für den jeweils anderen beantworten müssen. Und ich verspreche euch, in den Fragen wird es nicht um Wetter gehen." Es kam Leben in die Mannschaft, Alex hatte endgültig ihr Interesse gewonnen. Auch Ted grinste leicht. Sie spürte wieder Land unter ihren Füßen.

Tatsächlich liefen die ersten Runden mit Adam und Jeniffer und Tobi und Michael sehr unterhaltsam, die Fragen wurden fair, aber mit einem gewissen Charme beantwortet. Die Stimmung war gut. Doch in der letzten Runde trafen dann zwei Schwergewichte aufeinander, bei denen der Raum sofort voller Spannung vibrierte.

Zunächst zog Alex Mark Davies, der, wie sie ihn bislang kennengelernt hatte, mit Sicherheit kein Blatt vor den Mund nehmen würde. Als sie den nächsten Teilnehmer zog, zögerte sie kurz, entschied sich dann dafür und las den Namen vor.

„Daniel." So ganz durchschaute sie den Blick des Assistenten nicht, aber er schwankte zwischen Argwohn und purem Hass. Und Davies goss noch Feuer in die Wunde.

„Komm schon, Daniel, du hast doch nicht etwa Angst, ich könnte dich blamieren?" Davies positionierte sich offensiv und mit verschränkten Armen vor der Mannschaft, funkelte Daniel forsch an. Aber genau das schien der zu brauchen, er stand auf, knüpfte sein Sakko zu und kam ebenso gefährlich grinsend nach vorne.

„Irgendwann reitet deine große Klappe dich noch in die Scheiße, Davies, verlass dich drauf. Vielleicht ja schon heute Abend." Sie stellten sich gegenüber, fast sah es so aus, wie bei einem Boxkampf. Alex warf Ted einen besorgten Blick zu, doch mit einem entspannten Nicken bedeutete er, ihr fortzufahren.

„Ok, wie gesagt, zufällige Fragen bitte für den jeweils anderen beantworten. Es ist nur ein Spiel, also nett bleiben." Sie erhielt keine Reaktion, von beiden, also begann sie.

Zunächst blieben Fragen und Antworten sachlich und oberflächlich, aber insbesondere bei Davies war eine gewisse Aggressivität deutlich zu spüren. Das Ganze wurde allerdings bei den letzten beiden Fragen erst richtig heiß. Die Erste ging an Daniel.

„Daniel, was ist Marks peinlichstes Erlebnis, was ihm jemals auf einer öffentlichen Toilette passiert ist?" Der ganze Saal kicherte bereits, noch bevor Alex die Frage beendet hatte. Ihre ganze Aufmerksamkeit galt Davies. Aber wenn jemand ein solches Spiel ausgerechnet gegen Daniel aushalten konnte, dann vermutlich er.

Wie zu erwarten, ließ sich dieser, mit einem wahrlich teuflischen Grinsen auf dem Gesicht, Zeit mit seiner Antwort. Und die hatte es in sich.

„Auf der öffentlichen Toilette mit einem Mädchen zu verschwinden, nur um dann herauszufinden, dass sie keines war." Der Saal lachte lauthals. Trotz Daniels offener Provokation blieb Davies gelassen. Erst einige Wochen später würde Alex erfahren, dass diese Geschichte tatsächlich der Wahrheit entsprach, vor Davies Zeit beim FC in Tottenham. Und auch erst später würde Alex eine kleine Vene am Hals bei Mark bemerken, die so wie in diesem Augenblick immer dann hervortrat, wenn er wütend wurde.

„Ok, ok, nächste Frage!" Alex versuchte, den Saal zu beruhigen, während sie einen neuen Zettel aus ihrem Korb zog. Als sie sie durchlas, wurde sie anscheinend merklich blass.

„Schon ok, Alex. Egal, welche Frage, Daniel wird sie aushalten." Davies nickte ihr zu, Daniel blickte stur gerade aus, also überwand sie sich. Schließlich konnte man jede Frage auch einfach nur nett beantworten.

„Mark, war Daniel schon mal zur Beichte und, wenn ja, was hat er gebeichtet?" Die Stimmung im Saal war mit einem Mal zum Zerreißen gespannt, Daniel fixierte Davies weiterhin, ihm war keine Regung, Anspannung anzusehen.

Mark ließ sich Zeit. Währenddessen blickte Alex ein paar Mal unauffällig zu Ted, auch er wirkte angespannt, nickte ihr aber wieder bestätigend zu. Innerlich seufzte sie. Hatten die Fragen davor für Gelächter und gelassene Stimmung gesorgt, hatte sie nun Sorge, Daniel und Mark würden sich gleich zerfleischen. Aber Mark blieb überraschend zahm.

„Ach, da könnte man jetzt so viel loslassen, was Daniel nicht alles beichten müsste." Mark grinste ihn selbstsicher an, doch auch sein Gegenüber blieb erstaunlich ruhig.

„Aber ich sag einfach mal, Daniel war noch nie zur Beichte, auch wenn er es vermutlich dringend tun sollte. Wenn man jedoch kein Gewissen hat, braucht man es auch nicht zu erleichtern." Alex sog scharf die Luft ein, wartete gespannt auf Daniels Reaktion, während es im Saal weiterhin totenstill war. Doch Daniel schnipste nur gelassen in Marks Richtung, immer noch ein Grinsen auf den Lippen.

„Gut erkannt, Davies, genauso ist es." Dann ein neutraler Blick zu Alex.

„Fertig, oder?" Etwas überrascht nickte sie und entließ damit die Mannschaft zur Nachtruhe. Während sie also abbaute, zusammenräumte und nicht wirklich wusste, ob der Abend nun ein Erfolg gewesen war, trat Ted zu ihr.

„Auch wenn es sich nicht so anfühlt, das Spiel war gut. Den Jungs hat es gefallen. Und Daniel hat bei sowas noch nie mitgemacht, es ist also zumindest in der Hinsicht ein kleiner Durchbruch für dich. Auch wenn ich nur auf die Retourkutsche für Davies warte, gute Arbeit, Alex." Sie nickte, versuchte es, als „ihren" Erfolg zu betrachten, aber so ganz gelang es ihr nicht – ein fader Beigeschmack wegen Daniels Vorwurf blieb.

Eine Stunde später saß sie mit einem Glas Wein und einer Zigarette auf der Veranda ihres Hotelzimmers. Der Alkohol half nur bedingt, einen Zustand von Entspannung zu erreichen. Marks Antwort auf die letzte Frage über Daniel ging ihr nicht aus dem Kopf. Daniel und kein Gewissen? Dass mit ihm nicht gut Kirschen essen war und er einfach nur das Beste von allen erwartete, hatte sie mittlerweile deutlich verstanden. Aber diese Aussage war nochmal eine neue Hausnummer. Welche scheinbar gewissenlosen Aktionen hatte Mark gemeint? Bei ihrer Internetrecherche zu Daniel war sie auf nichts in diese Richtung gestoßen.

Alex' Unruhe stieg, der Assistent war ihr damit noch weniger geheuer, als davor schon. Ein weiteres Zeichen, sich vor ihm in Acht zu nehmen.

In diesem Moment ging die Verandatür ihres Nachbarn. Bis Daniel plötzlich neben ihr stand, hatte sie vollkommen vergessen, wer genau und ausgerechnet das war.

Sie verkniff sich ein Lächeln und blieb still, tat es ihm gleich, während er sich ebenso eine Zigarette anzündete. Sie beide wollten augenscheinlich ihre Ruhe haben. Zu ihrer Überraschung ergriff er dann doch das Wort.

„Der Abend war... stimmungsaufhellend, für die Mannschaft, nicht dieser klassische Kram." Alex verbarg ihr Erstaunen nicht, aber im nächsten Moment funkelte er sie böse an, die Augen pechschwarz. Alex versuchte, mit aller Macht nicht kleiner zu werden, während Daniel sich immer weiter aufpumpte, sie mit seinem stechenden Blick festhielt.

„Aber wenn Sie mich da nochmal mit reinziehen, ohne das mit mir abgesprochen zu haben, fliegen Sie zurück in ihr wohlbehütetes Deutschland, verstanden?" Alex blieb keine Zeit zu nicken, da hatte er sich schon wieder abgewandt, die kaum gerauchte Zigarette ausgedrückt und verschwand hinter seiner Verandatüre.

Sie atmete tief durch, rief sich Teds Worte in Erinnerung, schließlich kannte er den Assistenten viel besser als sie. Er hatte mitgemacht, er hätte einen achtbaren Weg rausfinden können, trotz Davies' Sprüche. Aber er war auf die Bühne gegangen. In Daniels Welt gab es nicht nur Lob, er hatte es einfach nicht so stehen lassen können.

Sie sog ein letztes Mal tief an ihrer Zigarette. An Daniels Druck würde sie sich noch eine Weile gewöhnen müssen.

Nach dem ersten Abend, den darauffolgenden Tagen und dem positiven Feedback der Spieler kam Alex in Schwung. Als Einziges bereiteten ihr nur die Spiele Bauchschmerzen. Ted hatte ihr gleich zu Beginn eröffnet, dass sie zwischen ihm und Daniel mit auf der Bank sitzen würde, direkt neben dem Spielfeld. All eyes on you. Obwohl sie mehrmals täglich mit Jeniffer Fragen durchging und sich so hoffentlich einigermaßen selbstsicher auf ihre ersten Kontakte mit der Presse vorbereitete, ließ sie die Angst, sich zu blamieren, nicht los. Sie hielt sich fest an Teds Mantra, dass auch diese Stunden ihres Lebens vorbeigehen würden. Doch alles Vorbeten half nichts, als sie gegen Ende der Woche auf dem Trainingsplatz stand, neben der Mannschaft, direkt vor Daniel, und sich den Fragen der Presse zu ihrer Person stellte.

„Woher kommen Sie genau?"

„Wie sind Ihre bisherigen Erfahrungen im Fußball?"

„Wie fühlt es sich an, als Frau so einen bedeutungsvollen Posten in einer Männerwelt zu besitzen?" Sie hielt sich genau an Jeniffers Empfehlungen, kam nur zu Beginn leicht ins Stottern, fand aber alles in allem, dass es besser, als gedacht gelaufen war. Nachdem die Pressemeute verschwunden war und Michael mit den Männern das richtige Training startete, nahm Ted sie beiseite.

„So weit, so gut, Alex. Aber du musst noch viel präsenter, stärker sein. So verschaffst du dir keinen festen Stand, weder im Team, noch bei der Presse. So werden sie dich auffressen, glaub mir." Sie versuchte, die Kritik möglichst schnell runterzuschlucken, doch Ted legte noch eine Schippe drauf.

„Hör mal, du weißt, wie viel von deiner Performance abhängt. Also, leg dich noch mehr ins Zeug, in Ordnung?" Trotz Teds aufmunterndem Schlag auf die Schulter, wurde sie das Gefühl nicht los, dass sie dieser Aufgabe doch nicht gewachsen war. Aber wenn sie eines von ihrem ganzen Psychologie-Kram aus der Uni mitgenommen und verstanden hatte, war es, das man seine eigenen Gedanken positiv manipulieren konnte. Bloß niemals in Selbstmitleid verfallen. Also pushte sie sich, übte bis spät in die Nacht kritische Fragen der Presse, löcherte Jeniffer tagsüber nach Einschätzung ihrer geplanten Antworten. Sie würde nicht kampflos aufgeben, niemals.

Bis zum Ende des Trainingslagers kristallisierten sich die ersten Freundschaften für Alex heraus. Wie schon zu Beginn vermutet, verstanden Lisa und sie sich blendend. Sie sprachen viel über die Herausforderungen ihrer Positionen, einfach nur, weil sie Frauen waren, hatten die gleichen Ansichten, wie sie sich in der Männerwelt behaupten konnten – nichts weiter als ihren Job machen, sich nicht kleinreden lassen. Nicht ausrasten, denn jedwede Emotionalität war streng verpönt.

„Ist doch klar, wenn du als Frau ausrastet, wirst du entweder als hysterisch oder zickig bezeichnet. Wenn der Trainer auf dem Platz einen Wutanfall bekommt, ist das aber ganz normal, vielleicht sogar ein Zeichen seiner Stärke. Also halte deine Emotionen unter Kontrolle." Vollkommen stimmte Alex dieser Logik nicht zu, auch wenn sie im Kern zutraf. Ehrlicherweise hatte sie aber keine Lust sich zu verstellen. Wenn man nicht zeigte, was man fühlte, egal in welcher Position, wurde man schnell als kalt und berechnend abgestempelt, was für Lisa sogar teilweise galt. Dann schon lieber Gefühle zeigen. Echt bleiben.

Neben Lisa verbrachte sie die Abende meistens bei Adam, Mark, Tom und Tobi. Bei einem alkoholfreien Bier, mehr war für die Jungs während des Trainings nicht drinnen, saßen sie lange auf der Terrasse und sprachen, natürlich, über Fußball. Für Alex waren die Gespräche über die anderen Vereine wertvolle Informationen, nicht nur einmal schrieb sie an einem

Abend Seite um Seite in ihr Notizbuch.

Immer und immer wieder war Alex dankbar für ihren Job, für die Kollegen und Freundschaften, die sich überraschend schnell bildeten. Zunehmend überwältigt von ihrem neuen Platz, ihrer neuen Aufgabe im Leben, war sie dennoch angekommen. Es gab so viel zu lernen. Aber es fühlte sich schon jetzt so gut an.

Am letzten Tag des Trainingslagers baten Ted und Michael Alex nach dem Abendessen beiseite. Kurz war sie verunsichert, doch Ted beruhigte sie schnell.

„Keine Sorge, ich möchte mit dir nur das erste Spiel durchgehen. Die Abläufe auf dem Platz, unser Verhalten." Sofort nickte Alex, zückte leicht zitternd ihr Notizbuch. Ted bemerkte es, während Michael sie skeptisch beobachtete.

„Alex, mit jedem Mal wird es besser, versprochen, mach dir keine Gedanken." Also erklärte Ted ihr die Abläufe. Im Mannschaftsbus die Fahrt zum Stadion, das erste Spiel war ein Heimspiel, Umziehen in der Kabine, Aufwärmen, Jatterton auf der einen Seite, der Gegner auf der anderen. Kein Wort zur Presse, Fokus und volle Konzentration der Mannschaft. Zurück in die Katakomben, letzte Ansprache von Michael. Ted, Alex und der restliche Apparat vollkommen im Hintergrund. Daniel, Ted und Alex als erste aus der Kabine, unauffällig auf ihre Plätze auf der Bank, manchmal in der zweiten Reihe, je nach Aufbau und Größe des Stadions. Checks von Alex' Headset, damit sie während des Spiels Kommentare und Informationen zwischen der Liga und dem Verein, oder auch intern, weitergeben konnte. Spielereinlauf, Spielbeginn. Ruhig auf der Bank sitzen bleiben.

Alex schwirrte der Kopf, aber das Wichtigste war ihr klar: sie war live dabei, mitten drinnen. Kein Kontakt zur Presse, keine Ausraster am Spielfeldrand.

„Ist alles kein Problem für Sie, oder? Wir spielen jetzt Premier League, es dürfen einfach keine Fehler passieren." Michaels Blick konnte nicht schärfer sein. Angriff war angesagt, keine Schwäche zeigen. Selbstsicher nickte sie, während Ted Michael einen auffällig bösen Seitenblick zuwarf.

„Alles verstanden."

Immer noch fühlte es sich für Alex ziemlich surreal an, dass sie einem Club der Premier League angehörte, egal, dass bereits fast drei Wochen vergangen waren. Sie saß am verdammten Spielfeldrand. Kameras würden ihre Reaktion einfangen wollen. Wie gesagt, all eyes on you.

Nach dem Trainingslager fuhr Alex erschöpft in ihre neue Wohnung, die mittlerweile fertig hergerichtet war. In ihrem Büro hatten Schlüssel und Adresse gelegen, die Unterlagen und ihre Koffer aus dem Hotel direkt dort hingebracht worden, Alex musste sich um nichts mehr kümmern, außer heimzukommen.

Ihr neues Zuhause lag in einem größeren Wohnkomplex am Rande der Innenstadt, in nur wenigen Minuten war sie vom Vereinsgelände dort. Auf Anhieb fand sie ihren Parkplatz in der Tiefgarage und schleppte ihre Sachen zum Aufzug. Erstaunt stellte sie fest, dass ihr Apartment im obersten Stockwerk lag. Mit zittrigen Händen öffnete sie die Haustüre – und erstarrte direkt.

Die Wohnung bestand eigentlich aus einem riesigen, zweistöckigen Zimmer, sie stand praktisch schon im Wohnzimmer, das das ganze untere Stockwerk ausfüllte. Im hinteren Bereich führte eine Wendeltreppe nach oben, wo sie ein Bett und durch die offene Türe ein Badezimmer erahnen konnte. Darunter, mit einem großen Fenster erhellt, stand ein massiver Holztisch, edle Schränke. Rechts ein geräumiger Balkon, unter Dachschrägen geschützt vom launigen, walisischen Wetter, mit direktem Blick auf die Bucht. Daneben war eine Schiebetür geöffnet, die in eine luxuriöse Küche mit Kücheninsel führte.

Alex ließ einfach ihre Sache fallen, schloss die Türe hinter sich, dann begutachtete sie ihre neue Wohnung nochmal genauer. Die gesamte Einrichtung war von hoher Qualität, in edlen Grautönen perfekt aufeinander abgestimmt – wie aus einem Katalog. Alex hätte es selbst niemals geschafft, es sich so einzurichten. Alles war vorhanden, Geschirr, Kaffeemaschine, Bettzeug, neben dem Esstisch gab es sogar eine kleine Arbeitsecke mit Monitor und abschließbarem Tresor, wo sie von zuhause arbeiten konnte. Nur Lebensmittel fehlten.

Gerade als sie nach ihrer Handtasche griff, um einkaufen zu fahren, klopfte es plötzlich an der Türe. Als sie öffnete, hatte sie Ted erwartet, vielleicht noch Michael, die nach ihr sahen, ob sie zufrieden mit ihrer Wohnung war. Doch stattdessen standen Adam, Tom, Mark, Tobi und Lisa vor der Tür, mit Pizzakartons und Bier auf den Armen.

„Na, schon eingerichtet? Den ersten Abend in der neuen Wohnung soll man auf keinen Fall alleine verbringen – habe ich mal gehört." Tom wartete nicht auf ihre Reaktion, sondern schlängelte sich bereits an ihr vorbei, die anderen grinsten sie breit an.

Ihr wurde keine Wahl gelassen, ihre neuen Freunde schoben sie auf die Couch, Tobi bediente die Stereo-Anlage, Lisa reichte ihr ein Bier, dann aßen sie gemeinsam Pizza und unterhielten sich, natürlich, über die bald beginnende Saison.

Entspannt lehnte sich Alex zurück, beobachtete ihr neues Zuhause, wie es sich langsam mit Leben füllte. Ja, hier würde sie es aushalten.

Anpfiff

Der erste Spieltag der Saison startete für Alex ziemlich früh. Bereits um halb vier Uhr morgens war an Schlaf nicht mehr zu denken, und sie begann in der eigentlich aufgeräumten und sauberen Wohnung umher zu räumen, ihre Notizen für den heutigen Tag, die sie mittlerweile auswendig kannte, durchzugehen. Eine Strategiebesprechung kurz nach dem Mittagessen, gemeinsame Abfahrt zum Stadion, Aufwärmtraining, letzte Worte von Michael, dann war es soweit.

Alex brauchte fast eine Stunde, um das passende Outfit für ihren ersten, öffentlichen Auftritt auszusuchen. Nach der Dusche entschied sie sich nochmal um, schließlich zog sie modische Stoffhosen, eine weite Bluse und ein sportliches Jackett an. Die Haare band sie nach oben, sie hatte mal gelesen, dass Frauen mit offenen Haaren weniger ernst genommen wurden. Außer kleinen Ohrsteckern, die sie jeden Tag trug und der Uhr, die ihre Eltern ihr zum Abitur geschenkt hatten, achtete sie darauf, nirgendwo zu sehr aufzufallen. Auch ihre Schminke blieb dezent. All diese Gedanken waren albern, das war ihr klar, aber laut Jeniffer würde fast ganz England auf sie schauen – auf jedes Detail.

Nicht nur sie begegnete diesem Tag mit Aufregung und

Respekt. Als die Mannschaft im großen Besprechungssaal saß, sie vorne neben Ted und Daniel Platz nahm, spürte sie, wie der Raum vor Anspannung und Vorfreude gleichermaßen vibrierte. Alle Spieler waren entweder komplett still, oder aber wenn sie sprachen, klangen ihre Stimmen schriller als sonst, sie redeten schneller, verschluckten Silben, manchmal ganze Wörter. Doch mit Michaels Ansprache, seiner fast schon monotonen Erklärung zur Startelf, Hinweisen zu Schwierigkeiten und Besonderheiten der gegnerischen Mannschaft, kehrte langsam Stille und Ruhe ein. Vielleicht lag es daran, dass der heutige Gegner in der vergangenen Saison im unteren Drittel abgeschlossen hatte, beinahe abgestiegen wäre und es somit keine wahnsinnig angsteinflößende Partie war. Oder es lag an Michaels Ausstrahlung – keine Sekunde war ihm Nervosität, Aufregung anzumerken. Im Gegenteil, er blieb cool, gab jedem Spieler das nötige Selbstvertrauen, ließ keinen Zweifel daran, dass er seiner Mannschaft voll und ganz zutraute, das Spiel zu rocken.

Ted schien auf dem Weg zum Bus zu spüren, wie sie kämpfte. Er hielt sie wieder kurz am Arm zurück, ging mit ihr einen Schritt beiseite.

„Alex, das erste Mal ist das Schlimmste, weil man nicht weiß, was einen genau erwartet. Glaub mir, es wird keine bösen Überraschungen geben. Du weißt, was zu tun ist, wie du dich verhalten musst. Diese drei Stunden im Stadion werden schneller vergehen, als dir lieb ist, warte es ab."

Ted sollte Recht behalten. Als Alex begann, sich einfach nur noch auf ihren Job zu konzentrieren, nicht auf ihren vor Aufregung pulsierenden Körper achtete, sondern Punkt für Punkt ihre Aufgaben abarbeitete, fühlte es sich leichter an. Die Fahrt zum Stadion war unaufgeregt und entspannt, sie saß neben Ted, checkte letzte Mails mit Sicherheitsupdates, die Lisa geschickt hatte, alles unauffällig. In den Katakomben sah sie aus der Ferne die gegnerische Mannschaft, doch auch bei ihren Jungs merkte sie, wie sie sich langsam in einen Tunnel verabschiedeten, immer fokussierter wurden. Es kehrte Ruhe ein.

Ted, Russel, Jeniffer und sie gingen zunächst an den Umkleidekabinen vorbei, begrüßten ein paar Personen des Managements des anderen Teams, höfliches Hände schütteln, Alex wurde vorgestellt, doch mehr als Notiz voneinander zu nehmen war nicht gefordert.

Russel und sie stellten sicher, dass für die medizinische Versorgung der Spieler alles bereit war, dann checkte sie den Sitzplan auf der Bank. Aus dem Augenwinkel nahm sie wahr, wie Daniel sie haarscharf beobachtete, sein Handy nur oberflächlich als Tarnung vor sich hinhielt. Doch sie blendete ihn aus. Es durften, würden keine Fehler passieren, nicht an ihrem ersten Spiel.

Ted war so nett und kontrollierte ihre Arbeit, er hatte nur kleine Anmerkungen, die Daniel sofort mit einer gerümpften Nase quittierte. Dann kamen die ersten Männer schon aus den Katakomben, liefen sich warm, tauschten sich aus. Doch Alex merkte schnell, dass die Anspannung stieg. Das erste Premier League-Spiel der Vereinsgeschichte.

Ted raunte Michael noch die eine oder andere Info zum gegnerischen Verein zu, die er während des Aufwärmens aufgeschnappt hatte, dann war auch schon Zeit, wieder in die Katakomben zu verschwinden. Bislang hatte sich das Stadion nur langsam gefüllt, es war kaum Presse auf dem Gelände, doch alleine auf dem Weg zurück zur Mannschaftskabine nahm das Grummeln beständig zu, die ersten Trommeln, Sprechchöre waren zu hören. Nervös fummelte Alex immer und immer wieder an ihrem Headset rum, bis Ted ihr mit einem leichten Grinsen sagte, sie könne das ruhig bis nach der Ansprache runter nehmen.

Die Spieler fanden sich vor ihren Spinden ein, manche blieben stehen, manche setzten sich, doch alle sahen Michael erwartungsvoll an. Wieder war er die Ruhe selbst, blickte langsam in jedes einzelne Gesicht, auch in Alex'.

„Wir feiern heute Premiere, Leute. Es ist das erste Spiel des FC Jatterton, dass wir in der Premier League bestreiten!" Er klatschte in die Hände, jeder stieg ein, manche murmelten zustimmend, einer pfiff sogar.

„Wir haben eine unfassbare Saison hinter uns. Wir haben alles gegeben, um jetzt hier sein zu können. Aber wir alle wissen genauso gut, dass unser Erfolg nicht nur im bloßen Erreichen der Premier League gemessen wird. Die Messlatte könnte nicht höher liegen. Ihr wisst, ich bin oft sehr skeptisch, wenn nicht sogar pessimistisch." Ted konnte sich ein deutliches Aufseufzen nicht verkneifen, was die Spieler und auch Michael mit einem süffisanten Grinsen quittierten.

„Aber ich bin immer ehrlich. Ich habe schon einige Jahre im Profifußball hinter mir, ich kenne euch mittlerweile wie meine Westentasche. Ihr rauscht auch dieses Jahr da durch, ohne Wenn und Aber!" Wieder brandete Beifall auf, dann stieg Ted ein.

„Michael hat Recht, der Schwung aus der letzten Saison ist noch da, nehmt ihn mit, dann walzt ihr alles nieder!" Adam klatschte am lautesten, bevor Daniel das Wort ergriff.

„Wir feiern heute ja eine doppelte Premiere. Der FC spielt nicht nur sein erstes Spiel der Vereinsgeschichte in der Premier League, sondern stellt auch als erster Club in England überhaupt eine weibliche Team Managerin. Alexandra, möchtest du nicht auch noch ein paar Worte sagen, bevor es ernst wird?" Während Alex in diesem Moment der kalte Schweiß ausbrach und sie Daniel erstmal perplex ansah, merkte sie, wie Ted neben ihr nervös wurde.

Alex sah Daniel an, wie er förmlich darauf wartete, wie sie stolperte, sich verhaspelte, diesen Zug nicht vorhergesehen hatte. Den Gefallen würde sie ihm nicht tun. Er grinste sie immer noch gewinnend an, doch Alex wandte sich lächelnd den Spielern zu. Erstaunlicherweise schaltete sie sofort um, dank Daniels Druck.

„Ich kann nur so viel sagen, Leute. Ich bin wahnsinnig beeindruckt von euch. Ich mag noch nicht so viel Erfahrung haben", diesen Seitenblick zu Daniel konnte sie sich nicht verkneifen, „aber ich sehe Teamgeist und Engagement, und dass weit über das erwartbare Level hinaus. Genau das macht euch aus. Ich meine, Leute, die da draußen haben sich mit Ach und Krach halten können, das ist doch ein Kinderspiel für euch!" Alex fing an, zu klatschten, zu ihrer großen Erleichterung stiegen alle mit ein, bis auf Daniel. Er hielt ihren Blick fest, sie erkannte nicht, ob er das nun gut fand oder sich ärgerte, weil sie trotz der Spontanität passende Worte gefunden hatte, die Jungs zu motivieren. Ted schlug ihr jedenfalls munter auf die Schulter, da klopfte Lisa schon an die Türe, signalisierte damit, dass die Mannschaft sich am Aufgang zum Stadion positionieren sollte. Die Startelf ging vor, dann folgten die restlichen Spieler, schließlich das Management. Jeder wurde abgeklatscht, jedem ein gutes Spiel gewünscht. Tom grinste sie breit an.

„Genieß es, Alex. Das erste Mal ist am besten." Möglichst selbstsicher lächelte sie zurück, dann stieg sie das erste Mal die Stufen ins Stadion hoch.

Das Gefühl war für Alex unbeschreiblich. Der Lärm von Trommeln, Geschrei und Stadiondurchsagen umgab sie, sie war mittendrin in einem einzigen Kessel aus Emotionen. Jetzt vibrierte ihr Körper nicht nur vor Aufregung, sondern auch vor den Erwartungen der Fans. Blitzlichter flammten auf, so hell, dass Alex für einen kurzen Augenblick die Augen schließen musste, hoffte, sie würde den Weg finden. Aus dem Augenwinkel sah sie Ted und folgte ihm, während Lisa und ihre Securitys der Pressemeute harsche Anweisungen gaben, hinter der Absperrung zu bleiben.

Als sie und Ted die Bank entlanggingen, nahm sie am Rande wahr, wie der Stadionsprecher Ted, Daniel und sie begrüßte. Ihr Chef lächelte, winkte dann der Fankurve zu, Alex beschloss instinktiv, es ihm nachzutun. Eine wirkliche Reaktion darauf konnte sie nicht erkennen, das ganze Stadion fühlte sich wie ein riesiger Bienenschwarm an, der kontinuierlich kurz vor dem Angriff stand.

Tief durchatmend ließ sie sich zwischen Ted und Daniel fallen, plötzlich wirkten auch die beiden auf sie ein wenig nervös. Ein ganzes Stadion erwartete eine gute Show, ein super Spiel – würden sie liefern, würde der FC gleich am ersten Spieltag der vielleicht wichtigsten Saison der Vereinsgeschichte versagen? Oder der ganzen Welt zeigen, dass sie genau hier hingehörten?

Wie sich zeigte – der FC war da, und wie. Schon alleine in der ersten Halbzeit schossen Adam und Tom jeweils ein Tor, beide aus einem phantastischen Pass von Mark im Mittelfeld, der beständig Flanken wie aus dem Lehrbuch zauberte. Adam und Tom standen perfekt, die Gegner hatten keine Chance und konnten nur zusehen, wie ihr Torwart vergeblich versuchte, ein Tor zu verhindern.

Alex freute sich über beide Tore, mehr, als sie eigentlich vorgehabt hatte, das lag aber vor allem an der Mannschaft, die ihr erstes Tor ausgerechnet Alex widmete. Im allgemeinen Trubel von Toms erstem Saisontor, rief er „Welcome to the team, Alex!" übermütig in die Kameras, der Rest der Männer taten es ihm gleich. Und die Spieler auf der Bank gingen zu ihr, drückten sie, fuhren ihr unbeholfen übers Haar. Während Daniel dabei offensichtlich mit seiner Fassung und Fassade zu kämpfen hatte, verkniff Ted sich sein fettes Grinsen nicht mal. Auf der großen Stadionleinwand sah sie sich danach mehrmals selbst, wie sie vielleicht etwas steif jubelte, klatschte und dann mehr oder weniger von den Männern überrannt wurde. Trotz der ungewohnten Aufmerksamkeit kam sie sich nicht fehl am Platz vor. Sie hatte Mühe, ihre Emotionen auf die Reihe zu bekommen. Vieles hatte sie erwartet, aber nicht diese nette Geste. Es zeigte Alex das erste Mal deutlich, dass sie in der Position angekommen war, die Spieler sie akzeptierten und mittlerweile respektierten.

Auch die zweite Halbzeit lief gut, sie verteidigten den Vorsprung, ein Gegentor konnten sie aber nicht verhindern. Mark war ausgerutscht, hatte sich gerade noch gefangen, doch da war der Stürmer der gegnerischen Mannschaft schon längst über alle Berge. Ein Patzer, der mal vorkam, wie Ted es formulierte. Schlimmer wäre es gewesen, wenn Mark sich dabei verletzt hätte.

So verließ der FC Jatterton also am ersten Spieltag der ersten Saison in der Premier League das Stadion mit einem 2:1-Sieg. Alex schwebte wie auf Wolken, wie der Rest des Vereins. Wie auch immer hatten sie die Energie des letzten Jahrs mitgenommen, hatten sich von den Vorgaben des Vorstands, den eigenen Erwartungen nicht einschüchtern lassen.

Doch als Alex am späten Abend in ihrem Büro saß, die taktischen Eindrücke des Spiels in ihr Notizbuch eintrug, rundete den Tag etwas ganz anderes ab. Sie zuckte zusammen, als Daniel in ihrer Tür stand, sie hatte nicht erwartet, noch jemanden anzutreffen. Er sah sie neutral an, nickte langsam.

„Das war gut heute, Alexandra. Von allen." Seine Stimme klang gepresst, als müsste er sich zwingen, zuzugeben, dass sie alle heute, und Alexandra im Speziellen, gut performt hatten. Weil sie in positiver Stimmung und er auf sie zugegangen war, lächelte sie leicht.

„Danke." Daniel drehte sich um, ohne sich zu verabschieden, aber Alex konnte sich einen stummen, triumphierenden Faustschlag in die Luft nicht verkneifen – bald würde der Monat, den er ihr gegeben hatte, vergehen. Und dabei hatte sie einen *guten* Job gemacht. Auch wenn sie beide wenig sprachen, sie wusste, dieser Satz von Daniel war wichtiger als der heutige Sieg der Mannschaft. Er hatte ihre Leistung soeben gewürdigt. Es geschahen tatsächlich noch Wunder.

Wie Ted es prophezeit hatte, fand Alex nach dem ersten Spiel schnell in ihren Rhythmus. Mit jedem Job, jeder Aufgabe, die sie erledigte – Telefonate mit Beratern, Anweisungen der Liga, Spielberichte gegenlesen und ergänzen – wurde sie sicherer, merkte am Feedback ihrer Kollegen, dass sie ihren Job richtig anging. Michael und Daniel trauten ihr als einzige aus dem Management nicht die großen Aufgaben zu, aber ihr Selbstbewusstsein stieg von Tag zu Tag, was sich endlich bei der Presse durchschlug. Nur selten kam sie ins Stolpern, wenn sie mal Fragen beantwortete, ihr eigenes Training zahlte sich aus. Trotz akuten Schlafmangel zog sie ihr hohes Pensum durch.

Aber als erste Team Managerin der Liga stürzten sich die Journalisten auf sie. Ihr deutscher Lebenslauf wurde ausgegraben, ein englischer Sender ging sogar soweit, das Haus ihrer Eltern zu suchen und kurz dort zu drehen. Zum Glück waren ihre Eltern zu dem Zeitpunkt nicht daheim und wurden nicht interviewt. Für Alex zeigte es allerdings, wie weit die Reporter bereit waren, zu gehen.

Dank des täglichen Briefings durch Jeniffer und ihrer stetigen Vorbereitung auf wirklich jede erdenkliche Frage kam sie bei offiziellen Fragerunden oder nach Spielen ganz gut durch, zu hundert Prozent sicher fühlte sie sich aber nie. Innerlich wartete sie eigentlich auf eine Bombe, auf die eine gemeine Frage, die sie nicht beantworten konnte – und dann bitterlich versagte, sich vor der ganzen Welt lächerlich machte.

Fast täglich wurde sie in Jeniffers Pressebriefing erwähnt, ihr ging dieser Medienrummel langsam auf die Nerven. Lisa bedachte sie währenddessen immer mit einem zwischen Neid und Ärger schwankenden Gesichtsausdruck – aber Alex hätte jederzeit gerne darauf verzichtet.

Der Druck, den die ständige Beobachtung mit sich brachte, schlug sich nicht nur in ihrer Nervosität nieder, sondern ließ sie ihr eh schon hohes Arbeitspensum weiter ansteigen. Meistens war sie gegen acht Uhr auf dem Vereinsgelände, nahm an Meetings teil, sah den Jungs beim Training oder Fitnesscheck zu, führte Gespräche mit ihnen, dann war Zeit für die eigentliche Arbeit. Die vielen Fäden, die bei ihr zusammenliefen, schlugen sich in E-Mails nieder, und zwar nicht zu knapp. Sie hielt eine eiserne Regel durch: Sie blieb so lange im Büro, bis die Nachrichten zumindest weiterverteilt oder abgearbeitet wurden. Meistens schaffte sie das so bis neun Uhr abends, an stressigen Tagen kurz vor Spielen saß sie manchmal aber auch bis nachts um elf.

Immerhin schien sie auf der freundschaftlichen Ebene Erfolg zu haben. Ihre Freundschaft insbesondere zu Tom festigte sich von Tag zu Tag, auch wenn sie mit allen Spielern gut zurechtkam. Mit ihm, Tobi Brandt, Mark Davies und Adam Hughes verstand sie sich auch privat sehr gut, Montagabende im Pub wurden schnell zur Routine. Dort ging es dann ausnahmsweise mal nicht nur um Fußball, sondern was Freunde eben so besprachen.

Nach ihrem etwas peinlichen Start fand Alex in Luke eine Vertrauensperson, der sie, wenn ihr der Trubel im Verein und alles was dazu gehörte, zu bunt wurde, wieder in die Wirklichkeit holte. Sie merkte durchaus, dass er ihr ab und zu längere Blicke zuwarf, sie bestimmt mehr als einmal zum Essen einladen wollte, es sich dann im letzten Moment anders überlegte. In diesen ersten turbulenten Wochen hatte sie dafür überhaupt keinen Kopf, er schien das auch zu spüren und ließ sie in Ruhe.

Lisa und Alex waren seit Beginn enge Freunde geworden,

tauschten sich aber meistens nur innerhalb des Vereinsgeländes aus, im Pub war Lisa sehr selten, weshalb Alex sich doppelt geehrt fühlte, in diesen erlesenen Kreis der Männer aufgenommen worden zu sein. Immer noch beschlich Alex ab und zu das Gefühl, dass Lisas und Tobis Beziehung nicht von solcher Leidenschaft getrieben war, wie sie es sich eigentlich vorstellte und wünschte. Aber was wusste sie schon. Sie selbst hatte nur eine hinter sich, die nicht mal ein Jahr dauerte und sowas von in die Hose ging – sie war bei weitem keine Beziehungsexpertin, also sollte sie sich da eher raushalten.

Apropos Beziehungen, bis auf Tobi mit Lisa und Mark, der eine Frau in Amerika hatte, waren die anderen Jungs notorische Singles, die für ihren Sport lebten. Auch wenn der Verein es natürlich lieber hätte, sie würden das Clubleben hinter sich lassen, sich es mit Frau und idealerweise Kindern zuhause gemütlich machen, möglichst keine Skandale provozieren. Aber das hatte Alex noch nie so richtig verstanden, wieso sollten Fußballer unbedingt sesshaft werden? Ted hatte es ihr nicht erklären können, Alex hatte nur die Worte „Großes Ego" und „Verantwortungsbewusstsein" gehört, danach das Thema abgehakt.

Doch eines hatte sich nicht geändert – sie und Daniel blieben auf Abstand, auch wenn ihm beim ersten Spiel das gepresste „Gut" über die Lippen gerutscht war, herrschte weiterhin eine höfliche Kälte zwischen ihnen. Alex erledigte ihren Job, es kamen ihr keine Klagen zu Ohren, Ted lobte sie ständig in den Himmel, es lief also. Daniel nahm das allerdings, wie es schien, als selbstverständlich hin, Mails von ihm waren knapp gehalten, nicht mal mit Gruß oder Namen versehen. Sie hatte Ted mal darauf angesprochen, als sie bei ihrem Chef entdeckte, dass Daniel durchaus mit Namen unterschrieb. Ted hatte nur gequält das Gesicht verzogen, ehrlich geantwortet. Anscheinend tat er das nur bei Personen, „bei denen es sich lohnte".

Die Abgehobenheit und Arroganz des Assistenten versetzten Alex regelmäßig in Rage, veranlassten sie aber nur noch mehr dazu, sich reinzuhängen, ihm zu zeigen, wie gut sie war – in der Hoffnung, dass es irgendwann fruchtete.

Schlussendlich war Alex nach den ersten Wochen nur eines wichtig: Sie war angekommen, in Jatterton, sie hatte Freunde gefunden, die sie zumindest einen Abend die Woche vom Schreibtisch wegbrachten, und sie fühlte sich wohl. Und Daniel schien sie einmal wenigstens ein bisschen überzeugt zu haben. Sie war durchaus zufrieden mit sich.

Nach der Feuertaufe im Trainingslager begann ein paar Wochen danach Alex' erste harte Bewährungsprobe, ohne dass sie es zunächst wusste. Die Spieler standen nun öfter in ihrem Büro, suchten das vertrauliche Gespräch bei ihr, testeten teilweise ihren Einfluss oder brauchten einfach mal ein offenes Ohr. Bei vielen blieb es dabei, doch als Mark eines Tages reden wollte, war es anders. Mark Davies war eigentlich sehr exzentrisch, liebte die Aufmerksamkeit und war selten bescheiden. Aber er war auch ein unglaublich starker Spieler. Allerdings brachte ihn seine große Klappe manchmal in schwierige bis komplizierte Situationen, insbesondere für Michael – und genau dann nutzten seine Nachrückspieler die Möglichkeiten beim Trainer und drängten ihn mehr oder weniger absichtlich ein Stück ins selbstverschuldete Aus. Sie witterten, verständlicherweise, ihre Chance. Was Mark sicherlich berechtigt beunruhigte, verunsicherte. Dementsprechend aufgelöst stand er eines Abends vor Alex' Wohnungstüre, war so rastlos und aufgedreht, dass sie zunächst kaum zu ihm durchdrang.

„Mark, hör mir zu!" Mit scharfem Blick zwang sie ihn schließlich, sie anzuschauen.

„Du bist Jattertons bester Mittelfeldspieler! Also hör auf, dich selbst kleinzureden, verstanden?" Marks Augen durchbohrten sie vor Zweifel fast, aber sie hielt dem stand, musste ihm dadurch Vertrauen geben.

„Wieso sieht Michael das dann nicht?"

„Weil jeder seine Chance verdient, zu zeigen, was er kann. Wichtig ist nur, dass er weiß, auf wen er sich am Ende verlassen kann. Und das bist du!" Mark schwankte bereits, also setzte sie nach.

„Gib den anderen die Chance, sei fair. Aber zeig jedes Mal, wer der Chef im Ring ist. Beweis es Michael. Und lass deine Gefühle daheim, die bringt keiner mit hierher. Nur der Fußball, deine Leistung zählt. Verstanden?" Jetzt lächelte Mark wieder. Alex konnte nur hoffen, dass er es auch durchzog – und ihre Worte halfen.

Eineinhalb Monate nach Saisonbeginn fuhren Alex und Ted nach London. Auf der Fahrt dorthin löcherte Alex ihren Chef bestimmt schon eine Stunde über das anstehende Treffen der Premier League. Seufzend wischte Ted die Sorgen seines Schützlings mit einer Handbewegung beiseite.

„Alex, wie oft soll ich es dir denn noch sagen. Es ist einfach ein informelles Zusammenkommen, das ganze Management der Liga wird dort sein. Ist einfach in den vielen Jahren Tradition geworden, dass man sich trifft, etwas quatscht, sich vermutlich das eine oder andere Unschöne an den Kopf wirft, bevor man sich dann wieder in der Liga zerfleischt. Also nichts, worüber du dir den Kopf zerbrechen müsstest." Das beruhigte Alex nicht im Mindesten, Ted wusste das, während der Fahrt wandte er sich ihr belustigt zu.

„Jetzt hab dich nicht so." Darüber lächelte diesmal sie nur müde.

„Du hast leicht reden, du bist nicht die einzige Frau in einem Haufen von alten, weißen Männern, die nichts übrig haben für junge, ehrgeizige Frauen, außer, dass sie sie in ihrem

Bett haben wollen." Alex hatte das nicht so laut und harsch sagen wollen. Sofort sah sie ihren Chef entschuldigend an.

„Sorry, du natürlich ausgeschlossen." Ted hätte genervt, persönlich angegriffen sein können, doch stattdessen stahl sich ein breites Grinsen auf sein Gesicht.

„Das ist zwar nicht wirklich das, was Jen in unser Briefing geschrieben hat, aber ein bisschen hast du schon Recht. Dieser Kampfgeist schadet bestimmt nicht, Alex."

Die restliche Fahrt konzentrierte sich Alex auf Teds Infos zur Liga, mit welchen Vereinen er bereits Kontakt und Erfahrung hatte. Besonders auf einen Club wies Ted sie hin, aber darauf war sie vorbereitet.

„Pinelly, Alex. Keine Ahnung, wie es zu dieser Feindschaft kam, schon immer haben sich die Vereine buchstäblich gehasst. Es geht weit über die „Vorherrschaft" im walisischen Fußball hinaus." Auf einer digitalen Karte auf seinem Handy zoomte er die Stadt Pinelly heran, von Jatterton aus nur knapp 2 Stunden Autofahrt entfernt.

„Kein Spieler wechselte jemals zwischen beiden Vereinen hin und her. Pinelly fühlt sich seit jeher überlegen, weil sie sich länger in der Premier League haben halten können." Alex dachte automatisch an Beispiele aus Deutschland. Dortmund und Schalke, Hamburg und Bremen, München und Nürnberg. Natürlich gab es da noch mehr, aber sie war sich sicher, diese Feindschaften hatten wenig mit dem Hass gemeinsam, über den sie im Internet zwischen Jatterton und Pinelly gelesen hatte.

„Mit Sicherheit werden wir vom Manager Benjamin Philipps dazu ein paar nette Anekdoten hören. Lass dich von den vielen alten und weißen Männern nicht einschüchtern. Der Platz in der Premier League steht uns zu, dafür müssen wir uns nicht schämen. Mit erhobenem Haupt rein, mit Erhobenem auch wieder raus, klar?" Mittlerweile waren sie vor dem Bürokomplex angekommen, Ted sah Alex doch etwas skeptisch an. Wie so oft die letzten Wochen, versuchte sie, einen möglichst selbstsicheren Blick beizubehalten – es fiel ihr nicht so leicht wie erhofft.

„Alles klar, los gehts." Sie folgte Ted in die Londoner Zentrale der englischen Liga, bereits bei der Jackenabgabe und Sicherheitskontrolle prasselten die ersten Namen auf Alex ein. Ohne ihre Vorbereitung hätte sie sich diese niemals alle merken können.

Das Zusammentreffen fand in einem Saal statt, an dem kleine Tische in der Mitte des Raums aufgestellt waren, darum herum Buffets und Getränkestationen. Es gab keine Sitzordnung, Alex folgte Ted an einen beliebigen Tisch, wo das Management von Tottenham saß und ihn freudig begrüßte. Ted stellte seinen Schützling überall vor, doch die Meisten nahmen nicht wirklich Notiz von ihr, sahen sie beim Sprechen im großen Kreis nicht mal an. Alex hatte es genauso erwartet, auch wenn Ted sich jede Mühe gab, sie mit einzubeziehen, es war ein zweckloses Unterfangen. Also nippte sie an ihrem Kaffee, lachte halbherzig über die Witze und fühlte sich unglaublich fehl am Platz.

Doch es kam noch schlimmer. Etwa eine Stunde später begann ein kurzer, offizieller Teil. Presse wurde in den Saal gelassen, dann betrat Henry O'Brien eine kleine Bühne. Laut Ted war es Tradition, dass sozusagen der „Meister-Manager" der letzten Saison die neue einleiten würde. O'Brien war ein kleiner, schmächtiger Mann, ein Engländer wie aus dem Buche. Angriffslustig funkelnde Augen, wenig Haare. Kurz wollte Alex schmunzeln, doch sie verkniff es sich schnell wieder. Nicht, dass gerade eine Kamera auf sie gerichtet war und sie direkt den ersten Skandal der Saison provozierte. Für Daniel sonst die perfekte Grundlage, sie endlich rauszuschmeißen.

„Liebe Kollegen." Natürlich wusste er von Alex' Anwesenheit, Ted hatte sie ihm vorgestellt, aber er überging das geflissentlich.

„Die Saison ist gestartet, alle Ziele gesteckt, die Fans weltweit erwarten nichts anderes als wunderschönen Fußball von uns. Ich bin mir sicher, genau das werden wir ihnen liefern." Er ließ den Blick gekonnt im Raum umherschweifen, dann sah er wieder in die Kameras.

„Auch wenn manche unter uns Neulinge sind, keine Ahnung haben, was sich in der Profiliga gehört." Ted spannte sich neben Alex merklich an, bedeutete ihr dennoch, ruhig zu bleiben.

„Ich muss schon sagen, ich war erschüttert, mit welcher... Leichtsinnigkeit manche von uns Personalentscheidungen treffen. Diese Liga steht für Professionalität, die ganze Welt schaut unsere Spiele! Aber was sehen sie jetzt? Nicht mehr nur das Spiel, die Mannschaften, sondern es wird über Haare und Körbchengrößen diskutiert!" Als im Saal kurz Lachen aufbrandete, versicherte sich Alex mit einem Seitenblick auf Ted, dass sie grünes Licht hatte. Sie war innerhalb von Sekunden auf hundertachtzig, ihrem Chef erging es ähnlich. Er nickte nur grimmig.

Keiner hatte erwartet, dass Alex auf diesen Affront reagierte, sie stand so energisch von ihrem Stuhl auf, dass sich alle, auch die Kameras, ihr zuwandten. O'Brien hatte es wohl bemerkt, aber er sah nicht von seinen Notizzetteln auf.

„Zwischenfragen sind nicht gestattet", murmelte er vor sich hin, doch Alex kochte so vor Wut, dass sie kaum nachdachte, bevor sie sprach.

„Gestattet ist eine Frau in der Achso gediegenen englischen Liga wohl auch nicht, aber jetzt müssen Sie sich mit mir abgeben, das ist nicht mehr Ihre Entscheidung." Langsam sah der Manager auf, unter diesen Umständen war ihm klar, dass er reagieren musste.

„Ihre Frage?" Alex schluckte ihre Aufregung herunter, blendete die Kameras, die erstaunten Blicke um sie herum aus. Bleib ruhig, professionell – aber deutlich.

„Keine Frage, eine Bitte. Ich würde mich freuen, Ihnen in der Pause etwas zu meinem Lebenslauf und meinen Aufgaben und Verantwortungen beim FC Jatterton zu erzählen. Vielleicht können Sie sich von der Professionalität, die Sie vielleicht in Ihrem Club vermissen, aber nicht bei uns, ein besseres Bild machen. Wie gesagt, ich stehe gerne zur Verfügung, ich habe keine Angst vor einem Gespräch, ich hoffe, Sie auch nicht. Bis dahin verbiete ich mir allerdings unbegründete Vorwürfe oder Unterstellungen in Bezug auf meine Person oder Frauen im Allgemeinen. Danke, Mr. O'Brien." Im Saal herrschte Totenstille, als Alex sich setzte. Sie hatte keine Ahnung, ob ihre kleine Ansage ihr Ende in Jatterton besiegelt hatte, was Daniel oder gar der Vorstand höchstpersönlich davon hielten, aber wenigstens hatte sie sich nicht kleinreden lassen. Bislang hatte sie so viel erreicht, war immens stolz auf sich. Sie konnte sich mit erhobenen Kopf im Spiegel betrachten. Ted griff nach ihrem Arm, flüsterte ihr ins Ohr.

„Perfekt, Alex, das hat gesessen." O'Brien brauchte nach ihrer Unterbrechung tatsächlich einige Sekunden, bis er sich gesammelt und zu seiner eigenen Ansprache überging. Danach war noch für eine Stunde allgemeine Gespräche angesetzt. Kaum zu glauben, aber der Manager suchte den Kontakt zu ihr. Er entschuldigte sich zwar nicht, doch immerhin nahm die ganze Liga wahr, dass sie sprachen, sich am Ende die Hand schüttelten.

Nicht nur für Alex ein Erfolg, ständig vibrierte ihr Handy mit Nachrichten aus dem Gruppenchat mit ihren neuen Freunden, die Gerüchte über einen „Konflikt" gehört hatten. Sie schaffte es nicht, zu antworten, denn in dem Moment steuerten Pinellys Manager Benjamin Philipps und sein Team Manager Neil Reynolds mit einem fetten, hinterlistigen Grinsen auf sie und Ted zu.

„Ted, kaum in der Premier League und schon seit ihr in aller Munde – nur halt nicht im positiven Sinne." Ihr Chef klebte sich ein falsches Lächeln ins Gesicht.

„Wie dem auch sei, mal schauen, wie lange sich euer erkaufter Verein halten kann. Mit einem großen Geldbeutel ist halt nicht alles zu schaffen. Das sollte euer Vorstand langsam auch verstanden haben." Er deutete auf seinen Team Manager Reynolds.

„Neil hat die Fußball-Akademie in London abgeschlossen, nur eine schlimme Verletzung hinderte ihn an einer Profikarriere. Er hat wirklich *Ahnung* von Fußball. Und Sie, Ms. Müller? Außer vielleicht hübsch aussehen und für Ted die Beine breit machen?" Das war nicht mehr Alex' Konflikt, das verstand sie instinktiv, also überließ sie Ted dieses Gespräch. Ihr Chef kämpfte erkennbar um eine professionelle Antwort, doch seine Stimme blieb überraschend ruhig.

„Benjamin, wie immer siehst du die Dinge so, wie sie vielleicht bei dir laufen. Wer weiß, vielleicht verbringst du mit Neil nette Stunden in einem Hotel. Wir jedenfalls nicht. So viel zu unserem jährlichen Austausch." Neil und Alex warfen sich nur abwartend Blicke zu, dann wurden sie von ihren Chefs zur Seite geschoben. Ted murmelte noch ein paar unsäglich derbe Flüche, dass Alex die Ohren schlackerten, danach verabschiedeten sie sich.

Wieder im Auto atmete sie erstmal tief durch. Auch Ted hatten die letzten Stunden gezeichnet, er fuhr sich schnaufend übers Gesicht, während der Fahrer sie gemütlich zurück nach Jatterton chauffierte.

„Wir haben das gut gemacht, Alex. Du insbesondere. O'Brien hat diese öffentliche Klatsche gut getan." In dem Moment klingelte Teds Handy. Kurz hörte er etwas verkniffen zu, dann stellte er auf Lautsprecher. Sofort erkannte Alex Daniels Stimme. An sich wie immer, aber vielleicht eine Spur aufgekratzt.

„Die Presse ist außer sich, ich dachte, ihr solltet das direkt erfahren. Alle sind auf unserer Seite, O'Brien hat ziemlich in die Scheiße gegriffen. Deine Antwort wird buchstäblich weltweit gefeiert, Alex. Die Ersten fordern Erneuerungen in der Liga, aber das ist natürlich Quatsch und viel zu früh. Aber dennoch – starke Leistung, Alex." Vor lauter Überraschung vergaß Alex, zu antworten, einiges hatte sie erwartet, aber sicherlich kein so deutliches Lob von Daniel. Ted sprach mit einem undurchschaubaren Lächeln auf den Lippen.

„Ich glaube, Alex kann es selbst am Allerwenigsten begreifen, was sie da einfach so vom Stapel gelassen hat."

Tatsächlich trat ihr öffentliches Eintreten für die Wahrnehmung von Frauen im englischen Profifußball eine Welle los, die dem FC durchaus zu Gute kam. Alex wurde als Aushängeschild von Emanzipation und Gleichberechtigung gefeiert. Daniel nutzte das sofort als Vorteil für den Verein aus, er erklärte der Presse groß und breit, wie viel der Club dafür getan hatte, Vorreiter einer ganzen Liga zu sein. Das Alex bei diesem Satz nicht vollkommen in hysterisches Lachen ausbrach, war pure Körperbeherrschung. Dennoch hatte sich Daniels Meinung zu ihr nur marginal geändert. Er blieb zurückhaltend, auch wenn sie meinte, nur noch seltener seinen finsteren Blick auf sich fixiert zu spüren. Ein kleiner, bedeutender Fortschritt.

Alex' Gespräch mit Mark war in dieser intensiven Zeit fast schon vergessen, doch in einer Strategiebesprechung für ihr anstehendes Spiel gegen Newcastle holte es sie unerwartet ein. Newcastle war eine passable Mannschaft, aber für Jatterton ein Sieg allemal drinnen. Michael war sich dessen so sicher, dass er einige Stammspieler auf der Bank und neue Gesichter auflaufen lassen wollte – darunter auch auf Marks Mittelfeldposition. Alex wusste instinktiv, mit ihrer besseren Kenntnis über den wahren Gemütszustand der Spieler und insbesondere bei ihrem Freund, welchen Effekt diese Entscheidung auf Marks Psyche haben würde. Nämlich dass er aufgrund von Selbstzweifel zerfressen keine gute Leistung mehr ablieferte und erst Recht auf der Bank sitzen würde – nur dass die Nachrücker bei weitem nicht seine Geschicke auf dem Platz ersetzen konnten.

Bislang hatte sich Alex bei den Diskussionen um Michaels Startelf-Entscheidungen rausgehalten, aber heute meldete sie sich zu Wort. Der Trainer verbarg nicht mal seine Skepsis darüber, lauschte ihren Ausführungen mit hochgezogenen Augenbrauen, und Daniels stechender Blick brachte sie erst Recht zum Schwitzen. Sie stellte Mark nicht bloß oder als schwach dar, beschränkte sich rein auf ihre psychologische Einschätzung. Michael war nicht überzeugt.

„Ich kann nicht jeden Spieler mit Samthandschuhen anfassen. Mark liefert gute Leistung, aber wenn es zu Ausfällen kommt, müssen die auf der Bank genauso motiviert sein." Alex überwand sich, gab nicht klein bei – unter den Argus-Augen von Daniel und Ted.

„Und das wird sie. Aber Mark ist besser als jeder Ersatz. Alles, was ich vorschlage, ist, noch ein oder zwei Spiele zu warten. Lassen Sie ihn noch ein bisschen mehr Selbstvertrauen sammeln, bevor Sie Plan B verfeinern." Michael antwortete nicht, sondern sah etwas ratlos von Ted, der ebenso still blieb, hin zu Daniel. Ein hinterlistiges Grinsen stahl sich auf dessen Gesicht.

„Hören Sie auf Alex, Michael. Für genau solche Einschätzungen haben Sie Alex schließlich doch ausgewählt und eingestellt, oder nicht?" Er packte genüsslich seine Sachen zusammen, auf ins nächste Meeting. Er teilte Alex' Meinung augenscheinlich nicht und genoss schon jetzt ihr Versagen.

„Wenn es schief geht, wissen wir ja eindeutig, wer es verbockt hat", schob er süffisant grinsend hinterher, dann verschwand er. Michael seufzte.

„Das geht auf Ihr Konto, Alex. Ich hoffe, das war Ihnen vorher klar." Ted schlug ihr auf die Schulter, aber es war offensichtlich, was es bedeutete. Wenn Mark versagte und auf lange Sicht gesehen Michaels Plan B nicht absolut aufging, war es ihre Schuld.

„Daniel wird dir das zuschreiben. Dann kann ich dich nicht mehr beschützen. Alex, vielleicht..." Ted rang merklich mit sich.

„Sag mir sowas vorher, außer du bist dir wirklich über alles sicher. Es ist eine sehr gravierende Entscheidung, die Michael auf Basis deiner Empfehlung trifft. Das könnte... uns alle hart treffen." Ted ließ sie ohne ihre Antwort abzuwarten stehen, war scheinbar verärgert, genauso wie Michael.

Daniel kostete vermutlich bereits den Vorgeschmack seines Sieges und ihres Untergangs aus. Doch sie nicht. Alex tat die nächsten zwei Nächte bis zu ihrem Aufeinandertreffen mit Newcastle kein Auge zu. Sie zermarterte sich den Kopf, wie sie Mark für das Spiel so auf Spur brachte, ohne das er merkte, dass es mit ihm um ihren verdammten Job ging. Sie hatte sich, und mit dazu gleich Ted und Michael, schön in die Scheiße manövriert. Aber sie war immer noch von ihrer Einschätzung überzeugt, also würde sie sie da auch wieder rausholen.

Michael hatte am Spieltag Wort gehalten und Mark in der Startelf belassen, und als sie vor ihm in den Katakomben stand, ihn wie immer abklatschte, blieb sie etwas länger bei ihm stehen, sprach leise und eindringlich zu ihm.

„Vor ein paar Wochen, was wir über deine Position hier in der Mannschaft gesprochen haben." Ihr Freund nickte.

„Hast du es dir zu Herzen genommen? Stehst du zu deiner Position, deinem Können?" Nur für einen winzigen Moment war Mark irritiert, dann sprang er darauf an.

„Und wie!" Alex' Blick blieb prüfend an ihm hängen. Er erwiderte es kämpferisch. Überzeugt. Perfekt.

„Heute ist die ideale Gelegenheit, das allen zu zeigen. Wem der Platz in der Startelf gehört. Michael lässt dich heute spielen, obwohl er viele neue Spieler testet. Also zeig ihm, wieso du das verdient hast. Der Mannschaft, Michael. Dir. Das ist dein Spiel, zeig es allen, Mark, ok?" Sie klatschten sich fest ab, Mark sprang auf und ab, pushte sich selbst. Allein dadurch spürte Alex, dass er bereit war.

Alex würde Mark in den weiteren Jahren, die sie in Freundschaft verbrachten, niemals erzählen, wie viel von seiner Performance in diesem Spiel wirklich abhing. Alles, was für ihn zählte, war, wie Michael ihn danach behandelte. Sie wusste nicht, was schlussendlich den Ausschlag gegeben hatte. Der „milde" Gegner Newcastle, das Heimspiel, seine Eigenmotivation, ihre Ansprache. Oder ob es einfach pures Glück war, dass Mark in diesem Spiel ausgezeichnete Leistung ablieferte. Selten hatte Alex so viele saubere Grätschen im Sechzehner gesehen, wie in diesen 90 Minuten. Er ackerte sich für die Mannschaft ab, lief bis in den Sturm auf, ohne unvorsichtig nach hinten zu werden, war bei einem Eckball nahe dran, ihn ins Tor zu wuppen. Letztendlich bereitete er zwei Tore vor und fabrizierte sogar zwei eigene Torschüsse. Alle Spieler lieferten ab, aber für das geschulte Auge trat Mark ganz besonders hervor. Ihr Plan war aufgegangen, Plan A mit Mark funktionierte, das war der Beweis. Ab jetzt konnte Michael mit Plan B loslegen.

Gegen Ende des Spiels nahm Ted sie beiseite.

„Sorry, wegen meiner Strenge. Du weißt ja, von deiner Performance hängt ja so ein bisschen mein Job ab. Aber du hast wirklich einen Riecher für die Verfassung der Männer, das werde ich nicht mehr bezweifeln. Kapiert?" Erleichtert nickte sie. Später fing Michael sie dann auf dem Weg zur Kabine ab.

„Keine Ahnung, wie Sie sowas wissen. Aber sei es drum. Danke fürs Arsch retten, Alex. Wenn ich Mark durch dieses Spiel nicht gestärkt hätte, wäre er für die restliche Saison nicht mehr derselbe. Wir haben eben reden können, jetzt habe ich es begriffen."

Alex glitt auf ihrer Erfolgswelle dahin. Es war knapp gewesen, ohne Rückendeckung hatte sie ihren Job riskiert, ja, aber sie hatte ihr Talent bewiesen. Vor Ted, und vor allem vor Michael, der ab diesem Zeitpunkt auf das hörte, was sie zu der mentalen Verfassung der Spieler zu sagen hatte. Nur Daniel blieb, natürlich, auffällig still. Er gab nicht zu, dass sie das gut gemacht, er vorschnell geurteilt hatte. Doch als sie ein paar Tage später eine Nachricht von ihm mit seinem Namen unterschrieben erhielt, wusste sie, dass sie sich zumindest ein Stück seines Respekts verdient hatte. Jetzt hatte sie endlich ihren Platz im Management.

Angriff

Drei Monate waren seit Saisonbeginn mittlerweile vergangen. Ihre Rolle hatte sie im Verein schon längst und schließlich auch in der Liga gefunden, nach dem Eklat mit Henry O'Brien schienen alle Alex endlich als vollwertiges Mitglied zu akzeptieren.

Doch dieser Erfolg zollte langsam seinen Tribut, auch wenn sie es sich anfangs nicht eingestehen wollte. Neben dem Abend im Pub gab es keinen Tag, an dem sie nicht vor zehn Uhr nachts daheim war, sogar von dort noch die letzten Mails erledigte. Sie war dann so aufgeputscht, dass sie kaum zur Ruhe fand, meistens brauchte sie ein paar Gläser irgendeiner hochprozentigen Mixtur, um dösig zu werden.

Nicht nur der Druck im Büro hatte sich erhöht, der Pressewirbel um Frauen im Profifußball trug dazu bei, dass sie noch mehr im Fokus der Presse stand. Jedes Statement, jede Reaktion am Spielfeldrand wurde bemerkt und kommentiert. Weil die Fragen zunehmend provokativ wurden, reichte ihr eigener Drill nicht mehr aus, tägliches Kommunikationstraining wurde anberaumt. Nicht selten nahm an diesem dann neben Jeniffer auch Daniel teil, womöglich um sie zusätzlich unter Stress zu setzen. Sie vernachlässigte den Kontakt zu ihren Eltern, zu den wenigen Freunden in Deutschland, weil es für sie eigentlich nur eine Sache in ihrem Leben gab – den FC Jatterton.

Diese, nicht wirklich positive Entwicklung, wurde bemerkt. Zuerst redeten ihr ihre Freunde beim Pubabend ins Gewissen. Sie müsse doch sicherlich nicht jede Mail *sofort* erledigen, etwas könne ab und zu warten? Wenn sie auf Daniel und seinen hohen Anspruch verwies, dass sie es endlich geschafft hatte, dass er seine Mails mit seinem Namen unterschrieb, wurde sie dafür ausgelacht.

„Du willst doch nicht wirklich Daniel gefallen, oder?", zog Tom sie dann auf. Natürlich verneinte sie, aber es stimmte: Sollte sie einen Fehler begehen, graute es ihr nicht vor Teds oder Michaels Reaktion, sondern alleine vor Daniels. Er würde von allen immer am härtesten urteilen. Seine Herablassung des ersten Treffens saß noch so tief, das hatte ihr Ego im Kern gepackt.

Weil ihre Freunde jedoch wenig verständnisvoll auf diese Begründung reagierten, ruderte sie wieder zurück. Doch die Jungs, vor allem Luke, beharrten darauf, sie solle mal einen Gang zurückschalten. Erst als auch noch Ted anfing, sie abends, meistens gegen acht Uhr, vom Schreibtisch loszueisen und mit ihr Essen zu gehen, verstand sie die Botschaft. Für gewöhnlich redeten sie kurz über Alex' aktuelle Aufgaben, Ted gab ihr Anweisungen, wann sie welche zu erledigen hatten (nämlich nicht alle sofort), dann sprachen sie über keine Arbeitsthemen mehr. Sie rechnete ihm dieses Verhalten hoch an, aber langfristig änderte es nichts. Irgendwann gab er auf.

Sie versuchte die Tipps ihrer Freunde, Teds sanftes Drängeln, anzunehmen, doch die spätabendlichen Drinks auf ihrem Balkon bei Zigaretten blieben. Sie schaffte es nicht anders, zur Ruhe zu kommen. In ihrem Innern wusste Alex, was für eine schlimme Entwicklung das war, aber sie wollte es nicht wahrhaben, bestand darauf, alles unter Kontrolle zu haben. Vertraute, dass es sich schon von alleine regeln würde.

Dass es das nicht tat, würde Alex auf schmerzliche Art und

Weise noch feststellen.

Bei ihrem nächsten Auswärtsspiel hatte Alex das Hotel spätabends gebeten, einige Dokumente für sie auszudrucken. Sie stand wartend an der Theke, nahm dann die Unterlagen entgegen – und sah Tobi etwas verloren und unruhig vor der Lobby auf und ab gehen. Ihr Freund sah unglücklich, aber auch wütend aus.

„Hey, Tobi, alles ok?" Er war überrascht, sah sie trotzdem dankbar an.

„Na, passt schon." Alex klemmte sich den Papierstapel unter die Arme, kramte nach ihren Zigaretten und stellte sich neben ihn.

„Erzähl. Wenn du willst. Ansonsten stehe ich einfach hier." Das brachte den fast Zwei-Meter-Mann zum Lächeln, tatsächlich blieb er für eine Weile still, sprach erst nach einer Minute.

„Ich bin 27 Jahre, viele Männer in meinem Alter in unserer Branche sind längst verheiratet, haben vielleicht schon Kinder. Ich kann mir das aber alles nicht vorstellen, wegen... Lisa." Alex antwortete nicht, zeigte keine Regung. Tobi sollte in seinem Tempo erzählen.

„Wir hatten Streit, leider nicht das erste Mal. Es ging um unsere Zukunft, und sie hat einfach entschieden, wenn ich den Verein verlassen würde, rein hypothetisch, wäre unsere Beziehung auch vorbei. Weil sie jemanden an ihrer Seite braucht, weil sie hier in Jatterton karrieretechnisch vorankommen will." Er sah Alex hilfesuchend an.

„Dabei konnte sie mir noch nicht mal sagen, wie sie weiterkommen will! Sie ist schon Leiterin Sicherheit, viel höher geht es doch gar nicht." Diesmal rang Alex eine Weile um die passenden Worte.

„Ich weiß nicht, ob ich dir helfen kann, Tobi. Ich hatte bislang nur eine Beziehung, die mich vermutlich ziemlich verhunzt hat. Ein Experte bin ich da also wirklich nicht."

„Was ist passiert?"

„War kurz nach dem Abi, ständig Partys, ein bisschen reisen und jobben, bevor dann das Studium losging. Diese „Beziehung" fand hauptsächlich im Bett statt." Sie zog tief an ihrer Zigarette, blickte ins Leere. Schon lange hatte sie nicht mehr über diese Phase ihres Lebens gesprochen, nur wenige Personen wussten überhaupt davon.

„Nicht nur in meinem, wie sich herausstellte. Deswegen habe ich danach mein Ding durchgezogen, alleine. Meinen Spaß gehabt, klar, aber nie was Festes. Insofern kann ich Lisa in ihren... Zielen schon irgendwie verstehen." Schnell wandte sie sich Tobi zu, bevor er etwas erwidern konnte.

„Aber es sollte nicht nur um Lisa gehen! Zu einer Beziehung gehören zwei, man braucht eine Lösung, mit der beide leben können. Wenn es die nicht gibt..." Alex wedelte unbeholfen in der Luft herum, doch ihr Freund nickte.

„Schau mal, jetzt seid ihr beide beim FC, die Saison ist noch lange nicht vorbei, wieso also jetzt schon den Kopf darüber zerbrechen?" Den Freunden war klar, dass es natürlich nicht so einfach war, aber in diesem Moment gab es auch nichts Besseres zu sagen.

„Danke, für dein offenes Ohr, Alex." Sie winkte ab.

„Jederzeit, das weißt du doch, Tobi."

Wie immer die vergangenen Wochen verbrachte Alex ihren Feierabend an diesem stürmischen Oktobertag in ihrem Büro, aß nebenbei einen Salat, den sie eigentlich zum Mittagessen gekauft hatte, und beantwortete die letzten Mails des Abends.

Doch Alex wurde ob der vielen Nachrichten nicht mürrisch, stoisch arbeitete sie eine nach der anderen ab, schob sie dann direkt weg, hielt ihr Postfach sortiert und aufgeräumt. Keine Anfrage rutschte ihr durch, zumindest noch nicht, darauf war sie stolz.

Sie merkte erst, dass sie nicht alleine im Büro war, als sie sich gedankenverloren in der gemeinschaftlichen Küche wegen der späten Stunde einen koffeinfreien Kaffee aus dem Automaten zog. Daniel tauchte plötzlich wortlos neben ihr auf, räumte seine Kaffeetasse in den Geschirrspüler. Es war das erste Mal seit langem, dass sie beide nur zu zweit waren, Alex fiel in dem Moment nichts anderes ein, als sich zu räuspern und ihn neutral anzulächeln. Schon dachte sie, er würde einfach gehen, so wie meistens, doch er drehte sich im Türrahmen um, mit einem süffisanten Lächeln auf den Lippen.

„Dein Bericht gestern hat mir gefallen. Du hast den gegnerischen Trainer noch nie persönlich getroffen, aber perfekt beschrieben. Gute Arbeit." Sein unverhofftes Lob klang wie Musik in Alex' Ohren.

„Danke. Du kennst ihn?" Daniel lehnte sich in den Türrahmen, stellte seine Tasche ab. Kaum zu glauben, dachte sie, er wird sich einfach so mit mir unterhalten.

„Ja, wir haben uns mal auf einer Wohltätigkeitsveranstaltung getroffen. Er verträgt ganz ordentlich was, wurde dann gesprächig." Er machte eine Geste, die aussagen sollte, dass er Alkohol wie Wasser trank, worauf Alex spontan lachte. Sie erschrak darüber fast schon ein bisschen, auch Daniel wirkte für einen Moment irritiert. Sie beide verhielten sich wie ganz normale Kollegen? Was für ein Novum. Er deutete auf ihre Kaffeetasse.

„Das ist aber eindeutig zu spät für einen Kaffee." Sie senkte lächelnd den Kopf.

„Erwischt, der ist koffeinfrei." Für einen Augenblick bildete sich Alex ein, dass Daniels Blick schwankte, nicht wusste, ob und was er sagen sollte, seine Augen mild und hell wurden. Doch das änderte sich schnell, er fixierte sie wieder streng.

„Gut, dann bis morgen." Damit drehte er sich um, verschwand im schon halb dunklen Flur. Und hinterließ Alex mit einem gespaltenen Gefühl. War Daniel gerade anders gewesen, hatte er sich, kaum zu glauben, wie ein normaler Mensch, zu einem Small Talk herabgelassen?

Sie schob weitere Gedanken schnell beiseite. Sollte er doch. Vielleicht hatte sie ihn auch endlich mal davon überzeugt, dass sie eine vollwertige Mitarbeiterin war, die ihre Arbeit verdammt gut erledigte.

Mit ihrem koffeinfreien Kaffee bewaffnet nahm sie sich die letzten zehn Mails des Tages vor. Alles andere war erst mal egal.

Als Alex ein paar Tage später an ihrem Geburtstag aufwachte, befiel sie sofort Heimweh. Der Geburtstag jedes Familienmitgliedes war immer eine Feier Wert, es wurden die engsten Verwandten eingeladen, es gab viel zu viel Essen und zu trinken. Selbst mitten in ihrem Studium hatte sie sich diesen Tag stets freigehalten. Doch nicht dieses Jahr.

Weil ihre Eltern keinen Urlaub bekommen hatten, hatten sie ihr ein Paket geschickt, zu welchem sie als Erstes förmlich sprintete, den Deckel aufriss und mehrere Geschenke heraus hob. Neben einer Grundversorgung an deutschen Lebensmitteln (Brotbackmischungen, Nutella) hatte ihre Familie zusammengelegt und eine edle, schwarze Aktentasche dem Paket beigelegt. Alex kamen die Tränen, als sie zudem ein aktuelles Foto ihrer Eltern entdeckte, darunter der Satz „Wir vermissen dich, sind wahnsinnig stolz auf dich!"

Um sich abzulenken, richtete sie sich sofort auf, packte ihre Tasche um, sodass sie sie heute direkt für die Arbeit verwenden konnte. Nach einer Dusche und der Beantwortung erster Wünsche aus Deutschland, fuhr sie ins Büro. Die Jungs hatten heute nur eine Trainingssession, daneben standen zum Glück noch zwei Strategiemeetings an, bei denen sie Ted unterstützen sollte. Sie hatte also einen vollen Terminkalender, der sie von ihrem beständigen Heimweh ablenkte.

Das Training verlief wie immer, nur das anscheinend keiner von ihrem Geburtstag wusste. Niemand gratulierte, niemand bewunderte ihre neue Tasche. Als Alex um sechs Uhr ihre Bürotür hinter sich zuzog, war sie den Tränen nahe. Noch nie hatte sie sich so einsam gefühlt. Doch sie blieb stark, stellte erstaunt fest, dass keiner mehr in den Büros war. Womöglich hatten heute alle den gleichen Gedanken – bloß schnell Feierabend machen.

Während der Heimfahrt telefonierte sie mit ihren Eltern, das Telefonat hielt sie vom vollkommenen Zusammenbruch ab, doch lange würde es nicht mehr dauern. Kurz überlegte sie, den Abend im Mollys zu verbringen, aber selbst dazu fehlte ihr die Motivation. Vor allem von Ted hätte sie etwas anderes erwartet. Als Chef sollte man keinen Geburtstag der engsten Mitarbeiter vergessen.

Sie schritt aus dem Aufzug, ging gedankenverloren um die Ecke, als sie vor Schreck ihre Tasche und ihre Jacke fallen ließ. Der Flur vor ihrer Wohnung platzte aus allen Nähten. Jetzt wusste sie, wieso das Büro leer war, wieso keiner etwas gesagt hatte. Die ganze Mannschaft, Ted, Michael, Lisa, fast alle aus dem Verein und Luke standen gequetscht vor ihr, hielten Luftballons, Bier, Körbe mit Essen in der Hand.

„Happy Birthday, Alex! Denk bloß nicht, du kommst uns davon!" Ted umarmte sie, während ihr ein riesiger Stein vom Herzen fiel. Du meine Güte. Natürlich hätte sie so was erwarten können. Aber das wirklich fast alle gekommen waren – und ich habe nicht aufgeräumt, war ihr erster Gedanke, als sie sich einen Weg durch die Menge bahnte, ständig umarmt wurde, und dann endlich aufsperrte. Die Leute strömten hinein, Luke nahm mit seinem Essen sofort die Küche in Beschlag, während Tom und Mark sich der Stereoanlage widmeten und Musik anschmissen.

„Schauen Sie nicht so. Jeder Geburtstag wird gefeiert, jede Gelegenheit für wenigstens ein Bier genutzt. Das müssten Sie von unseren Jungs doch mittlerweile wissen!" Alex hatte kaum in Michaels Richtung genickt, wurde ihr das erste Bier in die Hand gedrückt und zu ihren Ehren angestoßen. Ihre Bar füllte sich rasch mit diversen Geschenken, Weinen, edlen Tropfen, Körben voller Lebensmittel, Büchern.

Stunden vergingen, Alex war immer noch komplett perplex. Ted versuchte, sie zu beruhigen, doch wirklich gelang es ihm nicht. Ihr Herz pumpte wie verrückt. Sie war Teil von etwas Großem, das spürte sie an diesem Moment ganz intensiv.

„Das glaubst du jetzt nicht, Alex." Tom riss sie aus ihren Gedanken, stieß sie mit schelmischem Blick an und deutete unauffällig in Richtung der Wohnungstür. Tatsächlich wurde ihr etwas komisch im Bauch, und das nicht nur wegen des vielen Biers, dass sie auf nüchternen Magen trank. Daniel stand im Türrahmen, im Anzug, offener Fliege um den Hals und einem Blumenstrauß in der Hand. Das ist nicht sein Ernst, dachte sie sich nur, während Tom neben ihr sich merklich sein Lachen verkniff. Sofort spürte sie eine weitere Hand im Rücken.

„Ich glaube, Daniel war noch nie zu einem Geburtstag, fühl dich geehrt", kicherte Mark hinter ihr dreckig, doch Alex hatte gerade andere Probleme.

„Haltet die Klappe, verdammt", flüsterte sie, während der Assistent bereits auf sie zu steuerte.

„Hallo Alexandra. Happy Birthday." Er beugte sich zu ihr herunter, gab ihr einen Kuss auf die Wange und reichte ihr galant die Blumen. Gefühlt alle Augen waren auf sie gerichtet. Zum Glück beendete Daniel die peinliche Szene schnell, indem er einen Blick auf die Meute der Spieler um ihn herum warf.

„Na, die Party ist aber noch nicht wirklich in Gang, oder?"

Wie aufs Kommando klatschte Mark in die Hände und gab Tobi, der an der Anlage stand, ein Zeichen.

„Hast du gehört, Mann, dreh die Musik auf!" Alex musste automatisch lachen, während ihre Wohnung nun von singenden und grölenden Spielern erfüllt war. Auch Daniel grinste kurz, dann wandte er sich wieder ihr zu, zog dabei eine Flasche durchsichtiger Flüssigkeit aus seinem Sakko hervor.

„Da, wo ich herkomme, feiern wir noch ein bisschen härter, aber das ist nur für Leute, die morgen kein Training haben." Und damit war Daniel erstmal verschwunden. Alex tanzte die nächste Stunde fast komplett durch, bis zehn Uhr, dann trübte Michael die ausgelassene Stimmung.

„Leute, ich weiß, es ist Partytime. Aber in ein paar Tagen steht ein wie immer wichtiges Spiel vor der Tür. Und alle, die eigentlich gar keinen Alkohol trinken sollten, gehen besser." Obwohl der Trainer theoretisch jedem die Wahl ließ, hörten alle auf ihn. So kam es, dass die letzten Gäste der Party Michael, Ted und Daniel waren.

„Was meinen Sie, Daniel, eine letzte Runde für das Management?" Der knallte als Antwort nur die Flasche selbstgebrannten Wodka, wie Alex mittlerweile erfahren hatte, auf den Tisch.

„Ich hoffe, nicht nur eine Runde, Michael." Die Herren nahmen auf der Couch Platz, während Alex Gläser besorgte und sich dann vor Erschöpfung einfach auf den Boden fallen ließ.

„Gut. Dann erstmal auf das Geburtstagskind." Ted wollte schon anstoßen, doch Daniel, der bereits leicht rote Augen bekommen hatte, hielt ihn zurück.

„Nicht nur Geburtstagskind, Ted. Ich muss sagen, Alex, du leistest wirklich tolle Arbeit. Auf dich!" Alex war so von Daniels Lob überrascht, dass sie zunächst kein Wort rausbrachte. Es war das erste Mal, dass er sie Alex genannt hatte. Sein erster, positiver Satz über ihre Arbeit, ihre Leistung überhaupt. Vor Zeugen. Selbst Ted und Michael starrten ihren Kollegen perplex an, dann schüttelte Ted den Kopf.

„Daniel, ich muss schon sagen, trink öfter dieses Zeug, das macht dich wirklich etwas erträglicher." Nur weil alle Herren bereits leicht angetrunken waren, ließen sie sich die flapsigen Wörter durchgehen. Deswegen gab sie im Nachhinein nicht so wahnsinnig viel auf Daniels Lob. Er hatte einiges von seinem Wodka erwischt und im Affekt sagte man Dinge, die man nüchtern vermutlich nicht so gesagt hätte. Aber in diesem Augenblick genoss Alex das Lob, trank ihren Drink – und hustete furchtbar.

„Oh Gott, das ist nichts für mich." Der Alkohol brannte bis tief in den Magen herein, sie schüttet sofort Wasser nach. Der Assistent grinste wieder nur schief und gefährlich, während Ted und Michael ähnlich kämpften. Eine zweite, dritte und vierte Runde schaffte außer Daniel niemand.

In den knapp zwei Wochen nach Daniels erstaunlichem Auftauchen an Alex' Geburtstag benahm er sich wieder wie das kalte und arrogante Arschloch, wie sie es von ihm gewohnt war – sein Lob war also nur das Ergebnis eines zu hohen Alkoholpegels. Ihr blieb allerdings kaum Zeit, sich mit dieser Entwicklung zu beschäftigen, denn sie bekam eine unerwartete Mail. Die Mannschaft hatte gerade Training, Ted war mit Russel beschäftigt, da ploppte die Nachricht auf ihrem Handy auf. Schon als sie den Absender sah, brach Alex der Schweiß aus. *NeilReynolds@fcpinelly.com.* Was wollte ausgerechnet er von ihr? Mit zittrigen Händen öffnete sie die Mitteilung, deren Betreff schlicht „Austausch" lautete.

„Ziemlich krasses Kennenlernen. Was ist, soll die nächste Generation das Kriegsbeil begraben? Bin heute Abend geschäftlich in Jatterton. Treffen um 9 Uhr in der Tiefgarage des Mariotts?"

Alex konnte diese Mail kaum fassen. Nach dem fürchterlichen Zusammentreffen wollte Reynolds sie sehen, mit ihr reden? Im ersten Impuls wollte Alex Ted davon berichten, dann ließ sie es doch bleiben. Ein bisschen war ihr die Nachricht auch peinlich.

Bis heute konnte sie sich nicht zu hundert Prozent erklären, wieso sie gegangen war, wieso sie schon alleine die Mail und den Treffpunkt nicht als merkwürdig empfunden hatte.

Aber sie ging, direkt in die Höhle des Löwen, zum Feind. Vielleicht aus Naivität, jugendlichem Leichtsinn? Vielleicht eher aus blanker Dummheit und Überforderung, aber im Nachhinein ließ sich das immer besser beurteilen.

Sie stellte ihr Auto abseits des Hotels, ging mit hochgekrempelten Kragen und Mütze direkt in die Tiefgarage, damit sie hoffentlich niemand erkannte. Ständig erwartete sie eine Falle, Daniel oder auch Ted, die sie für diese brachiale Fehlentscheidung rügten und schließlich rausschmissen. Doch stattdessen wartete am Ende der Garage zwischen den Autos, tatsächlich nur Neil Reynolds. Er sah sie genauso skeptisch und verblüfft an, wie sie sich fühlte.

„Du bist wirklich gekommen, das ist keine Verarsche…", murmelte er mehr zu sich selbst, als zu Alex, die darüber nur den Kopf schüttelte.

„Ja, weil du reden wolltest. Also, rede." Reynolds schmale Augen wurden hinter seiner Brille noch kleiner. Er war drahtig, kurzes, braunes Haar. Trotz seiner geringen Größe hinterließ er mit einer einschüchternden Atmosphäre durchaus Eindruck.

„Was, ich wollte reden? Du hast geschrieben, dass dich die bösen Worte unserer Chefs bis in den Schlaf verfolgen, dass du das aus der Welt schaffen willst!" In Alex' Magen bildete sich ein dicker, unschöner Klumpen. Auch Neils Blick änderte sich von Ärger zu tiefer Skepsis. Sie hatte ihm das nicht geschrieben, überhaupt hatte sie ihm nicht mal geantwortet.

„Weißt du was, ich habe genug zu tun, verarschen kann ich mich selber." Alex und Reynolds drehten sich gleichzeitig um, am Rande nahm sie sein zustimmendes Gemurmel wahr. Doch als sie plötzlich direkt vor einer schwarz vermummten Gestalt stand, wusste sie, dass das kein blöder Scherz mehr war.

Als Alex zu sich kam, bemerkte sie zuerst den dumpfen Schmerz in ihrer Schläfe. Langsam, so gut es das Dröhnen in ihrem Schädel zuließ, richtete sie sich auf und nahm mehrere Dinge auf einmal wahr: Sie lag auf einem Bett, direkt neben ihr Neil Reynolds. Und sie beide waren komplett nackt.

Alex erschrak trotz ihres Nebels von Schmerzen so sehr, dass sie auf den Boden fiel. Während Reynolds laut seinem Stöhnen ebenso zu sich kam, verstand Alex anhand der Einrichtung, dass sie in einem Hotelzimmer waren. Nur dass es um sie herum aussah, als hätte eine Bombe eingeschlagen, überall lagen ihre und seine Klamotten verstreut, dazwischen leere Champagnerflaschen.

„Was zum...?" Alex sah über die Bettkante langsam zu Reynolds, der gerade wohl das gleiche realisierte, wie sie. Zum Glück lag auf ihrer Seite des Bettes ihre Unterwäsche, sie warf karierte Boxershorts auf die andere Bettseite. Es blieb still zwischen den beiden, während sie sich so schnell anzog, wie es ihr brummender Körper zuließ. Immer noch blickte sich Alex fassungslos im Zimmer um – sie hatte seit dem Zeitpunkt, wo sie Reynolds in der Tiefgarage begrüßt hatte, absolut keine Erinnerung mehr. Sie sah auf die Uhr, es war halb vier Uhr nachts. Die letzten sechs Stunden waren nichts weiter, als eine schmerzhafte, stockdustere Wolke, in die sie nicht hineinsehen konnte.

„Was ist passiert?" Ihre Stimme war heiser, doch sie versuchte, Reynolds möglichst fest anzuschauen. Er schien jedoch genauso planlos, wie sie selbst, hob die Schultern.

„Wir sind hier umgeben von Alkohol, nackt im gleichen Bett. Was wird wohl passiert sein?" Sie kniff die Augen zusammen, auch wenn es weh tat.

„Ich mag vielleicht gerne trinken, aber ich glaube, egal in welchem Zustand würde ich nicht mit dir ins Bett steigen." Reynolds Stirn zog sich kraus, er wurde wütend, genau wie Alex. In was für einem schlechten Film war sie eigentlich gelandet?

„Danke für die Blumen, wirklich nett. Ich kann mich auch an nichts mehr erinnern, aber was sollte das denn sonst hier bedeuten?" Alex blieb still, was ihm Antwort genug war.

„Ach, komm schon, denkst du, jemand hat uns reingelegt?" Diesmal hob sie die Schultern.

„Wieso nicht? Es hassen uns bestimmt genügend Leute für so eine Aktion." Er zog sich mit einem süffisanten Grinsen seine Jacke über.

„Oh, die Pinellys mit Sicherheit. Aber *die* würden so eine kranke Scheiße nicht machen." Alex erstarrte, den Blick auf Reynolds gerichtet.

„Das meinst du lieber nicht ernst." Ihr bedrohlicher Tonfall beeindruckte ihn keineswegs.

„Komm schon, Pinelly ist verdient schon länger in der Premier League. Ihr nur, weil euer dubioser polnischer Vorstand genügend Geld reinpumpt und sein schmieriger Assistent Leute in Angst und Schrecken versetzt, um seinen Willen durchzusetzen. Pinelly braucht sowas nicht. Also, entweder konntest du mir trotz deiner angeblichen Leidenschaft für den FC Jatterton nicht widerstehen – oder jemand legt *dich* rein." In dem Moment wurde Alex klar, dass Reynolds Recht hatte. Nie und nimmer, egal wie viel sie vielleicht getrunken hatte – niemals würde sie mit ihm schlafen.

Wenn jemand sie loshaben wollte, konnte sie nichts mehr tun, die Falle war mit Sicherheit schon zugeschnappt. Aber Reynolds war jetzt das Risiko, dass es in Schach zu halten galt. Er konnte dieses merkwürdige Intermezzo genauso gut zu seinem Vorteil nutzen.

Wieder legte sie all ihre zur Verfügung stehenden Schärfe in ihre Stimme.

„Ich schwör dir, Neil, wenn du das ausplauderst." Er kam provokativ auf sie zu.

„Was dann?" Alex hasste sich dafür, aber im Nachhinein würde sie das als ersten Schritt in Richtung Macht sehen. Und eine dadurch gezeichnete Persönlichkeit, wie sie es niemals geglaubt hätte. Und nie hatte sein wollen. Aber in diesem Moment war alles in ihrem Kopf auf Überleben ausgerichtet. Was bedeutete, dass zumindest Reynolds unbedingt den Mund halten musste. Um jeden Preis. Also überschritt sie eine unsägliche Linie.

„Du hattest heute Nacht vielleicht deinen Spaß. Aber wer sagt, dass ich freiwillig mitgemacht habe?" Jedwede Farbe wich aus Reynolds eh schon blassem Gesicht.

„Das würdest du nicht tun?" Alex fixierte ihn weiter, ging sogar einen Schritt auf ihn zu, auch wenn dabei etwas unwiderruflich in ihr brach.

„Du meinst, auf meinen eigenen Zug aufspringen, wie ungerecht Frauen behandelt werden in unserer Branche? Sag du es mir." Reynolds betrachtete sie für einige Augenblicke fassungslos, dann gab er auf. Senkte den Blick.

„Schön. Ich hätte sowieso nichts gesagt, sonst wäre ich doch genauso meinen Job los. Schließlich geht es hier nicht nur um dich!" Er griff nach seinem Handy, hielt nachdenklich inne.

„Schau, dass dich draußen keiner sieht. Falls die Falle doch noch nicht zugeschnappt sein sollte." Alex rollte die Augen, nickte aber. Bevor er endgültig die Tür hinter sich zuzog, drehte er sich nochmal zu ihr um.

„Ich weiß, du willst es nicht sehen. Aber sei vorsichtig, wem du in deinem Verein etwas beweisen willst. Der Vorstand und sein Team sind mit allen Wassern gewaschen. Die Liga weiß Bescheid, aber du noch nicht. Und dein Verhalten gerade eben... Daniel hätte es gefeiert, aber Ted? Denk mal darüber nach."

Als Alex um halb fünf daheim ankam, nach einer nervenaufreibenden Fahrt, bei der sie ständig das Gefühl hatte, verfolgt zu werden, übergab sie sich sofort, mitten ins Wohnzimmer. Sie versuchte, krampfhaft ihre Gedanken auf Kurs zu bringen, doch es war zwecklos. So viel Mühe, wie sie sich gab, sie konnte sich an nichts aus dieser Nacht erinnern. Alles schwarz.

Nachdem sie noch zwei weitere Male, diesmal über der Toilette, buchstäblich ihre Seele auskotzte, fiel ihr ein, dass sie heute ganz normal im Büro erwartet wurde. Mit Ach und Krach schaffte sie es, zu duschen, mit möglichst viel Schminke ihre dunklen Augenringe zu verdecken. Doch die Leute, ihre Kollegen und Freunde, merkten es. Im Pressebriefing musste Alex zu allem Überfluss einen harten Fernsehkommentar eines alteingesessenen britischen Sportjournalisten über ihre fußballerische Nicht-Expertise einstecken. Sie wusste nicht, ob Daniel ihr wegen der ungerechtfertigten Kritik oder ihres offensichtlich miserablen Zustands zur Seite sprang. Doch für einen kurzen Augenblick halfen sein „So weit ist es schon gekommen, suchen wir Fehler, die keine sind" und das damit einhergehende, eine Sekunde andauernde Lächeln.

Dennoch wäre Alex am Liebsten nochmal zum Kotzen gerannt. Ihr Gehirn schien neben den Schmerzen kaum verarbeiten zu können, was diese merkwürdige Nacht bedeutete. Wie bescheuert und naiv hatte sie sich verhalten, überhaupt zu diesem Treffen zu erschienen? Hatte sie wirklich mit Reynolds geschlafen, war sie wirklich so dämlich? Und wenn nicht, wer würde so weit gehen, so eine kranke Scheiße, da hatte Reynolds schon Recht, vorzutäuschen?

Natürlich fand sie keine Antworten darauf. Und noch viel schlimmer war, was diese Situation aus ihr hervorgebracht hatte, die Drohung gegen Reynolds. Hätte sie eine Sekunde länger nachgedacht, wäre sie von selbst drauf gekommen, dass er niemals ihre gemeinsame Nacht ausplaudern würde. Wieso ihm also drohen, und dann auch noch auf so dreckige Art und Weise? Mit etwas, über das viele Frauen in realen Fällen als Vorurteil konfrontiert oder gar nicht ernst genommen werden? Einem Mann ungerechtfertigt eine Vergewaltigung vorwerfen, Alex, bist du vollkommen bescheuert?

An diesem Punkt dachte Alex an ihre Erkenntnisse aus ihren Psychologiekursen. Wenn der Mensch sich in einer ausweglosen Situation sieht, und das hatte Alex, ist er, ohne zu zögern, zum Äußersten bereit. Sie hätte nie für möglich gehalten, dass sie zu so etwas fähig wäre, aber sie hatte es heute bestätigt. Sie war keine von den Guten, wie sie es von sich selbst behauptet hätte. Sie war genauso verlogen, wie viele andere.

Und das war das Allerschlimmste für Alex. Es dauerte ein paar Tage, in denen sie ihren Freunden und auch Ted vorspielte, eine Magenverstimmung würde sie plagen (was auch stimmte, denn sie bekam zwei Tage keine feste Nahrung runter), dann akzeptierte sie es mit Mühe und Not. Sie hatte eine fatale Entscheidung getroffen. Also lebte und arbeitete sie jeden Tag, also könnte die Bombe jeden Moment platzen. Was der Wahrheit entsprach. Sie schüttete sich mit Arbeit zu, vertraute sich niemanden an, kämpfte buchstäblich mit sich und ihrem schlechten Gewissen von früh bis spät. Es war ihr mehr als klar, dass das nicht das Richtige war, Probleme in sich zu verschließen. Es war die dümmste Idee von allen. Das erzählte sie ihren Spielern fast jeden Tag. Aber vor lauter Fürsorge zu anderen und ihrer Arbeit vernachlässigte Alex sich am meisten. Die abendlichen Drinks wurden öfter und länger zelebriert. Das zollte nur wenige Wochen später seinen Tribut. An einem Pub-Montagabend, bevor es am nächsten Tag zum Auswärtsspiel ging, verabschiedeten sich Tobi, Mark, Adam und Tom sehr früh aus dem Pub, sie mussten für das morgige Spiel fit sein. Aber Alex trank zu viel, das Bier schmeckte zu gut, und erst als Luke das Pub schloss und sie beinahe von ihrem Stuhl fiel, wusste sie, dass sie eine Grenze überschritten hatte. Ihr Freund brachte sie in ihr Apartment – nicht mal dazu war sie mehr in der Lage.

Luke fand in dieser Nacht keine Ruhe, die ganze Zeit beobachtete er Alex, wie sie erst in einen komatösen Schlaf fiel, dann unruhig wurde, sichtlich emotional träumte. Die letzten Wochen hatten sie alle gemerkt, dass ihre Freundin am Anschlag lief, dieser heutige Ausrutscher ins Bierfass war der erwartbare weitere Verlauf gewesen. Doch sie blieb stur, ließ sich nicht reinreden, arbeitete so hart, wie Daniel es von ihr verlangte. Bei Gelegenheit würde er ein Wörtchen mit ihm darüber reden. Vermutlich war Luke einige der wenigen Personen in Jatterton, die sich nicht vor dem Assistenten gruselten. Sie beide hatten mächtige Organisationen im Hintergrund, vielleicht sogar etwas wie Respekt voreinander. Aber das mit Alex ging zu weit. Sie war ihm ans Herz gewachsen, sie jetzt so gebrochen daliegen zu sehen, löste gleichermaßen Sorge und Wut in ihm aus.

Er war ihr Freund, gleichzeitig hielt er dennoch Abstand. Sie sollte nie wissen, wer er außerhalb des Pubs war, sie durfte nicht mal ansatzweise damit in Berührung kommen.

Ein Vibrieren auf dem Tisch neben ihm riss ihn aus seinen Gedanken. Dort lag Alex' Handy, automatisch warf er einen Blick dorthin. Die Welt blieb einen Moment stehen, als er die Tragweite der darauf angezeigten Nachricht begriff. Kurz wollte er stürmisch die Wohnung verlassen, sie einfach sich selbst überlassen. Doch dann entschied er sich dagegen. Das würde er mit ihr ausdiskutieren. Egal, ob sie wollte, oder nicht.

Als Alex aufwachte, sah sie direkt in Lukes sorgenvolles Gesicht. Sofort spürte sie ihren brummenden Schädel, den trockenen Mund. Mal wieder. Sie wollte ein entschuldigendes Grinsen aufsetzen, doch in dem Moment schlug die Stimmung ihres Freundes um. Seine Lippen wurden schmal, die eigentlich immer vor Schalk funkelnden Augen blitzten auf einmal Feuer. Alex zuckte automatisch etwas zurück, aber sein Blick änderte sich nicht.

„Es wäre jetzt eine gute Gelegenheit, mir zu erzählen, was die letzten Wochen wirklich mit dir los ist, Alex." Lukes Stimme klang so bedrohlich, dass sie weiter zurückwich.

„Von was sprichst du?" Vor Zorn zitternd stand er von der Couch auf, auf die sie die Nacht verbracht hatte, begann, im Wohnzimmer auf und ab zu tigern.

„Lüg mich ja nicht an, Alex, tu nicht so unschuldig! Die viele Arbeit, die du dir auflädst, dein gestriger Absturz. Das bist doch nicht du!" Luke war laut geworden, es durchfuhr sie heiß und kalt. Das saß. Als sie geschockt schwieg, setzte ihr Freund nach.

„Na gut, dein Verhalten hat also nichts mit Neil Reynolds zu tun?" Als er ihre Augen fixierte, wusste sie nichts zu erwidern, wandte den Blick ertappt ab.

„Tickst du eigentlich noch richtig? Wie kannst du so etwas tun? Das ist weitab von der Arbeitsweise und Professionalität, die ich von dir kenne!" Da erwachte sie aus ihrer Starre, sah

Luke kampfeslustig an.

„Professionalität? Denkst du wirklich, ich hätte etwas mit ihm angefangen? Wie kommst du überhaupt darauf?" Er warf ihr mit einem müden Lächeln ihr Handy hin.

„Ach, ich weiß nicht. Ist eine Nachricht mit „Lass es uns nochmal probieren" zu wenig offensichtlich?" Alex schloss die Augen. Reynolds, dieser Idiot. Wochenlange Funkstille, dann ausgerechnet, wenn Luke neben ihrem Handy saß, schrieb er ihr. Ihr Freund erwartete eine Erklärung, also überwand sie sich, erklärte ihm in knappen Worten, was geschehen war. Dass sie irgendwie immer noch einen Hinterhalt vermutete, ließ sie weg. Es kam ihr dann doch lächerlich vor. Luke hatte für ihre Geschichte nur ein Kopfschütteln übrig, vielleicht spürte er, dass eigentlich mehr dahinter steckte.

„Sag mal, merkst du eigentlich nicht, wie du dich veränderst? Die Alex von vor zwei Monaten wäre niemals auf die Idee gekommen, sich mit diesem Arschloch zu treffen! Was zum Teufel ist nur los mit dir?" Luke schrie sie unerwartet so heftig an, dass Alex auch ihre Wut, den aufgestauten Druck der letzten Wochen nicht mehr unterdrücken konnte.

„Hast du eigentlich eine Idee, was für einen Haufen Arbeit ich habe, welche Ansprüche die ganze verdammte Liga, der Verein, die Öffentlichkeit an mich haben? Wie viel bei mir los ist? Mir ist durchaus klar, dass ich einen scheiß Fehler gemacht habe, Luke, aber ich kann niemanden in meinem Leben gebrauchen, der mir meine Fehler dann unter die Nase reibt und dadurch zu einer Last wird!" Es war nicht fair, Alex wusste ganz genau, dass Luke ihr nur helfen wollte. Stattdessen schubste sie ihn so weit weg wie möglich. Er hatte Recht, sie war nicht mehr dieselbe, aber in dem Moment unfähig und zu stolz, es zuzugeben.

Lukes Wut war mit einem Mal verraucht, er sah sie plötzlich nur noch traurig an.

„Die echten Freunde sind nicht nur in den guten Zeiten für dich da, Alex. Meine besten Freunde sagen mir immer die unangenehmsten Dinge. Wird Zeit, dass du in dieser Hinsicht erwachsen wirst, nicht nur in deinem Achso-wichtigen Job. Viel Erfolg damit."

Er knallte die Wohnungstüre so laut zu, dass vermutlich das ganze Haus seinen Abgang gehört hatte. Alex ließ sich langsam wieder auf die Couch sinken, vergrub das Gesicht in ihren Händen. Selten hatte sie sich so gehasst, wie in diesem Moment. Luke wollte ihr Freund sein, sie aus der Spirale aus zu viel Arbeit und Alkohol holen, ihr die Hand reichen. Anstelle dankbar die Hilfe anzunehmen, hielt sie sich für unfehlbar, gestand sich keine Schwäche ein.

In dem Moment wurde Alex klar, dass sie nicht mehr viel Zeit hatte, die Kurve zu kriegen. Das große Vertrauen, dass sie jeden Tag predigte, verlangte und schenkte, drohte auf einmal auf Messers Schneide zu stehen.

Noch hatte sie aber keine Ahnung, wie sie diesen Wandel vollziehen sollte.

Alex hatte eine Woche später, trotz ihres Auswärtsspiels in Fulham, bis um elf Uhr abends Projekte koordiniert. Für sie war gerade nicht an Schlaf zu denken, nicht nur wegen des unsäglichen Gesprächs mit Luke, dass sie immer noch mit sich trug. Er und sie sprachen kein Wort, ihre Freunde redeten gegen eiserne Wände, wenn sie sie darauf ansprachen. Aber beide blieben hart. Wieder und wieder kreisten Alex' Gedanken um ihr Wesen, welches aktuell nicht mehr sie selbst war. Die mysteriöse Nacht mit Reynolds setzte ihr immens zu. Wie fand sie ihren Weg dort raus? Weil sie keine Antwort parat hatte, beschloss sie, die Hotelbar zu besuchen, ohne Handy, einfach den Kopf ausschalten.

Der Tresen war fast leer, nur vereinzelte Hotelgäste schlürften meistens zu zweit Drinks, doch Alex setzte sich an die Bar und bestellte einen Wodka Lemon. Sie war ausgebrannt, das spürte sie, ihr Arbeitspensum war mehr als sportlich, aber sie musste durchhalten, um jeden Preis. Wenn sie sich später mit dem Duschen beeilte, waren wenigstens ein bisschen über sechs Stunden drinnen. Sollte ihr rasender Kopf ihr nicht wieder den Schlaf rauben und sie stattdessen anstehende Themen hin und her wälzte.

„Guten Abend, Alexandra." Daniel riss Alex so aus den Gedanken, dass sie zusammen zuckte. Vielleicht bildete sie sich das nur ein, weil sie übermüdet war, aber er wirkte leicht besorgt, zumindest war sein Gesicht nicht komplett verschlossen, sondern seine Stirn in kleine Falten gelegt. Selbst die Augen durchbohrten sie nicht so wie sonst.

„Hallo." Alex wandte sich schnell wieder ihrem Drink zu, sie wollte sich nicht weiter Daniels merkwürdigen Blick aussetzen.

„Ich setze mich zu dir. Normalerweise sitze ich hier für gewöhnlich alleine, aber vielleicht können wir ja ein wenig reden." Das bewog Alex, dann doch wieder in seine Richtung zu schauen. Er wollte reden? Sie beschloss, ehrlich zu sein.

„Solange es nicht um Arbeit geht. Ich versuche, mich mit dem Drink aufs Bett einzustellen." Daniel reagierte gelassen, ließ sich tatsächlich mit einem ganz feinen Lächeln auf dem Barhocker neben ihr nieder.

„Gut, keine Arbeitsthemen." Alex nickte erleichtert, während sie sich doch fragte, ob es eine gute Idee war, Daniel einzuladen. Obwohl sich die letzten Wochen ihr Verhältnis entspannt hatte, traute sie dem Frieden nicht. Wenn sie eines aus seinen stechenden, harten Augen mitgenommen hatte, war es, ihm nie bis zum entscheidenden Prozent zu vertrauen.

„Ich habe ein Thema, Alex." Sie sah ihn erstaunt an, sein Blick strahlte immer noch leichte Besorgnis aus. Und er hatte sie wieder Alex genannt. Langsam nickte sie.

„Du musst ein bisschen auf dich aufpassen. Du leistest.... du machst deinen Job wirklich gut. Aber du nützt dem Verein nichts, wenn du irgendwann zusammen klappst." Alex konnte Daniel nicht anschauen, fixierte konzentriert ihren Drink, nur, damit er nicht merkte, wie nah sie plötzlich den Tränen war. Vermutlich sollte sie sich mal mit Tom über den Druck austauschen, den sie ständig fühlte, schon alleine um ihn sich von der Seele zu reden. Ihr Fast-Chef war bei Weitem nicht der richtige Ansprechpartner dafür. Nach seiner Ansage zu Beginn ihrer Arbeit in Jatterton gestand man sich ihm gegenüber nie Schwäche ein. Und das hier war gefährlich nahe dran.

„Ja, kein Problem. Mach dir keine Sorgen." Immer noch sah sie ihn nicht an, hörte aber seinen leisen Seufzer.

„Ich kann aus eigener Erfahrung sagen, dass man ein Ventil braucht." Alex hob als Antwort wortlos ihr Glas hoch, was Daniel zum kurzen Auflachen brachte, wenn auch etwas melancholisch.

„Oh ja, das kenne ich. Ich gehe jeden Morgen eine halbe Stunde Laufen. Ohne Handy, nur die Musik und ich. Keiner kann mir diese halbe Stunde nehmen. Mehr brauche ich nicht, um den restlichen Tag auf die Kette zu bekommen. Du brauchst sowas auch." Jetzt sah Alex ihn an. Von seinem üblichen Befehlston abgesehen, hatte Daniel noch nie so lange mit ihr gesprochen, geschweige denn etwas Persönliches erzählt. Sie sah ihm plötzlich an, dass er sich dessen bewusst war, er fühlte sich ertappt, diesmal wandte er sich ab. Kurz kehrte eine peinliche Stille zwischen den beiden ein, dann räusperte sich Alex.

„Joggen klingt ganz gut. Ich habe eher das Gefühl, dass mein Kopf manchmal platzt und mir die Sachen aus dem Blickfeld gleiten. Vielleicht brauche ich ein Tagebuch oder so. Ich habe mal gelesen, wenn man Dinge zu Papier bringt, fühlt man sich aufgeräumter. Sicherer." Alex sah Daniel vorsichtig an, doch wie zu erwarten, hatte er sich bereits wieder hinter seiner harten Schale verborgen, leerte seinen Drink.

„Versuch das. Dann bis morgen." Etwas unbeholfen klopfte er ihr auf die Schulter, ließ sie sitzen. Alex beschlich das Gefühl, dass er gerade vor ihr geflohen war. Der böse, arrogante Daniel hatte einen kurzen Einblick zugelassen. Sie wusste nicht, ob sie das freute oder ihr der Gedanke noch mehr Angst machte.

Daniel spürte sofort, dass er einen Fehler begangen hatte. Er war zu ihr hingegangen, hatte sogar versprochen, nicht über Arbeit zu reden. Und was blieb außer der Arbeit? Privates! Er hatte seine eigenen Regeln gebrochen. Was hatte er sich davon erhofft? Seit Luke vor ein paar Tagen um ein Gespräch gebeten hatte, sie sich spätnachts im Hafen getroffen hatten, geisterte seine Mahnung an ihn durch seinen Kopf.

„Gib Alex mehr Selbstvertrauen. Ich schwör dir, sie zieht dieses scheiß Tempo nur wegen dir durch. Ich mach keine Witze, wenn sie wegen dir zusammenbricht oder noch schlimmer – du kannst mir glauben, ich mach dich deswegen kalt." Natürlich hatte Luke ein klein wenig übertrieben, aber genau wie er selbst war der auf den ersten Blick unscheinbare Barkeeper und Pubbesitzer ein skrupelloser Mann, mit dem man im Ernstfall kein Problem haben wollte. Er hatte seine eingefleischten, teilweise verrückten Jatterton-Ultras alle hinter sich. Also hallte dieses Gespräch die letzten Tage in ihm nach.

Ja, er hielt Alex an einer strengen Leine. Aber sie hatte sich bislang wacker geschlagen, leistete hervorragende Arbeit, da hatte er nicht gelogen. Heute Abend jedoch hatte er sie das erste Mal mit anderen Augen betrachtet. Tiefe Augenringe, ein müder, leerer Blick. Sie sah nicht gesund aus, nicht mehr so...

schön, wie sonst.

Daniel zuckte bei diesem Gedankengang zusammen, schlug frustriert gegen die Fahrstuhlwand, um sich wieder auf Spur zu bringen. Vor nicht allzu langer Zeit hatte er diese unbedeutende Frau noch loswerden wollen. Also, reiß dich am Riemen, Junge.

Kick and Rush

Trotz Daniels Aufmunterung, von der sie immer noch nicht wusste, ob er sie nicht nur getestet hatte, kam Alex nicht zur Ruhe. Es setzte ihr zu, dass ausgerechnet sie, als halbe Psychologin, zwar die Zeichen an ihr erkannte, das Ausgebranntsein und vor allem die stetige und wachsende Zahl an abendlichen Drinks – sie sich selbst aber nicht in den Griff bekam. Ihre Freunde drangen nicht zu ihr durch, gaben es letztendlich auf, blieben einfach an ihrer Seite. Und so arbeitete sich Alex vor, Tag für Tag, und langsam geriet alles, auch die Sache mit Reynolds, in Vergessenheit. Ihr Kopf hatte ihre Probleme erfolgreich verdrängt. Stattdessen konzentrierte sie sich wieder voll und ganz auf ihre Arbeit.

Doch eines Nachts schreckte sie aus einem Traum auf, der sich so real anfühlte, dass sie immer noch eine Gänsehaut bekam, wenn sie daran dachte. Eine maskierte, dunkle Gestalt war plötzlich vor ihr gestanden, hatte sie mit verzerrter Stimme bedroht. Dann war alles in einem grauen Nebel verschwunden und Alex aufgewacht.

Schwer atmend blickte sie sich in ihrem Apartment um, doch natürlich war keiner da. Das seltsame Gefühl, dass sie die Situation im echten Leben schon mal erlebt hatte, ließ sie allerdings nie ganz los.

Die englische Woche hatte begonnen, für den FC jedoch nicht wirklich erfolgreich. Das erste Heimspiel hatten sie verloren, zwar knapp, aber Null Punkte blieben null Punkte. In zwei Tagen würden sie bereits zum nächsten Spiel nach Birmingham reisen und Alex hatte noch eine Menge Vorbereitungen zu treffen. Die Aufregung, auch bei den Beratern, stieg allmählich, was sich in den Wünschen insbesondere an die Presseabteilung niederschlug. Einige Anfragen, wie die Ausstattung im Hotelzimmer, ließ sich nun wirklich einfach regeln. Aber die meisten Themen, wie Interviewreihenfolge auf dem Platz, blieben Daniels Entscheidungen. Tagsüber war kaum Zeit, zu arbeiten, denn viele der Spieler spürten einen ähnlichen Druck, durch Michael, Ted, ihre eigenen Berater – und brauchten ein offenes Ohr, was Alex, egal wie stressig es war, immer anbot. Das chinesische Essen, dass sie sich für acht Uhr bestellt hatte, stand um zehn Uhr noch unangerührt neben ihr. Vor lauter Mails beantworten, hatte sie ihren Hunger vergessen.

„Wird das jetzt zur Regelmäßigkeit, dass wir uns spätabends hier treffen?" Alex erschrak, als Daniel, bereit für den Feierabend, in der Tür stand.

„Tja, die Arbeit nimmt kein Ende. Der Großteil der Mails wird bei dir landen." Sie war übermüdet, aber mittlerweile traute sie sich, ihm zuzuzwinkern. Er lächelte leicht.

„Kein Problem, immer her damit." Sie wollte sich schon wieder ihrer Arbeit zuwenden, als Daniel tatsächlich ihr Büro betrat. Das hatte er bislang noch nie getan.

„Alex, solltest du nicht langsam heimgehen?" Sein Blick blieb an der unangerührten Tüte chinesischem Essen hängen. Sie zuckte nur die Achseln, deutete dann auf ihren Bildschirm.

„Es gibt noch zehn Mails zu bearbeiten. Morgen ist der Tag wieder vollgepackt mit Terminen, ich habe sonst keine Zeit dafür. Und um diese Uhrzeit kann mich eigentlich keiner ablenken." Er verstand, auch ihr süffisantes Grinsen, mit einem

Schulterzucken trat er den Rückzug an, blieb jedoch im Türrahmen stehen.

„Hast du morgen Abend schon was vor?" Anscheinend sah sie ihn mehr als geschockt an, denn diesmal lachte er offen, wenn auch leicht ernüchtert.

„Danke für die Blumen." Sie lief tiefrot an, ihr Herz schlug bis zum Hals, sie wusste nicht, was sie darauf erwidern sollte. Doch zum Glück winkte Daniel bereits ab.

„Ich habe morgen Geburtstag und gebe eine kleine Party bei mir Zuhause. Komm auch. Es werden viele Leute aus meinem Netzwerk da sein, du könntest ein paar Kontakte knüpfen." Natürlich hatte sie gewusst, dass Daniel morgen 31 Jahre alt wurde, sie hatte ihm schon ein Geschenk besorgt. Doch niemals, nie, niemals, hatte sie damit gerechnet, dass er sie zu seiner Feier einladen würde. Auch wenn sie sich zutiefst wunderte, woher sein Sinneswandel, der seit ihrem Geburtstag anhielt, herrührte, sie würde ihn nicht an ihre anfänglichen Meinungsverschiedenheiten, seine Ablehnung erinnern. Sie konnte diese Einladung nicht ausschlagen und sagte zu.

Am nächsten Tag ergab sich eine Gelegenheit, diese Neuigkeit zu teilen. Sie nahm Tom nach dem Training mit und setzte ihn zuhause ab, da berichtete sie ihm von Daniels Vorstoß. Er war zuerst erstaunt, dann schockiert und zuletzt skeptisch.

„Ok", gab er erstmal gedehnt zurück, schwieg daraufhin. Alex sah ihren besten Freund irritiert an.

„Sag mal, war das jetzt falsch, dir das zu erzählen?" Schnell schüttelte Tom den Kopf, blieb aber zurückhaltend.

„Komm schon, sag, was ist los?" Sie waren mittlerweile vor dem Gebäude angekommen, in dem seine Wohnung lag. Alex hielt auf dem Seitenstreifen. Plötzlich fühlte sie sich nervöser, als sie von sich gedacht hatte.

„Es ist nur...ach, egal." Tom machte Anstalten, sich abzuschnallen, doch Alex stoppte ihn.

„Was ist los, Tom?" Er seufzte, dann endlich redete er.

„So sehr ich es begrüße, dass Daniel mal seinen Stock aus dem Arsch bekommt. Aber ich trau dem Kerl auch nach drei Jahren immer noch nicht. Wenn er dich also da heute Abend einlädt, hat er Hintergedanken dabei. Und vielleicht nicht nur die Guten." Sie konnte Tom auf einmal nicht mehr anschauen. Natürlich hatte sie die Gedanken auch schon gehabt. Typen, wie Daniel nahmen sich meistens das, was sie wollten. Genau dann, wenn sie es wollten. Aber auf der anderen Seite würde Daniel wohl kaum seine eigene, heilige Regel von Nicht-Beziehungen innerhalb des Vereins brechen. Tom musste also mehr wissen.

„Gibt es da noch etwas, Tom?" Wieder zögerte ihr bester Freund.

„Ich kann dir nichts Genaues sagen. Du hast Mark im Trainingslager doch auch gehört. Es gibt nur Gerüchte. Über seine Zeit für den Vorstand vor Jatterton. Man hört die Leute immer wieder munkeln, dass man ihn nicht zum Feind haben will." Eigentlich waren es keine großen Neuigkeiten. Neil Reynolds hatte ihr ja schon mal was Ähnliches gesteckt. Dennoch, auf Toms Urteil, seinem Gefühl gab sie tausend Mal mehr. Er hob beschwichtigend die Hände.

„Alex, ich weiß auch nicht mehr. Das ist alles, was sich die Berater erzählen. Sie haben einfach einen Heidenrespekt vor ihm, und das kann man sich alleine schon durch sein Auftreten denken. Also interpretier da nicht zu viel rein. Ich will nur, dass du vorsichtig bei ihm bist, klar?"

Während sie sich für die Einladung umzog und hübsch machte, lenkte sie die Spielzusammenfassung eines gegnerischen Teams kaum von ihren Gedanken zu Daniel ab. Wie recht hatten Tom und die ganzen Berater? Gerüchte entstanden schnell, das wusste sie. Und dass er angsteinflößend war, spürte sie am eigenen Leib. Dennoch zeigte sich zumindest in seinem Verhalten ihr gegenüber ein kleiner Wandel. Mit Namen unterschriebene Mails, heute die Teilhabe an seinem sicherlich guten Netzwerk. Es musste etwas bedeuten. Dass er mit ihrer Arbeit zufrieden war – oder sogar mehr?

Letztendlich durchschaute sie den Assistenten nicht, den wahren Grund seiner heutigen Einladung würde sie vielleicht nie erfahren. Aber trotz der Gerüchte und mutmaßlich falschen Hoffnungen ließ sie sich darauf ein.

Also betrat sie pünktlich um acht Uhr das edle Gebäude in der Innenstadt, in dem Daniel im obersten Stockwerk wohnte. Ein Portier begrüßte sie direkt mit ihrem Namen und öffnete ihr die Fahrstuhltür. Sie atmete tief durch. Sie hatte sich schick gemacht, vermutlich passend zu seinen Erwartungen. Ein schwarzes, langärmliges Kleid, darüber einen Blazer, die Haare in einem großen Knoten verborgen. Die Fahrstuhltüren glitten zur Seite und offenbarten einen direkten Blick in Daniels Wohnung. Kaum zu glauben, aber sofort fühlte sie sich underdressed. Von den paar Leuten, die im Durchgang zum weitläufigen Wohnzimmer in kleinen Grüppchen beisammen standen, trugen die Männer Anzug und Fliege, die Frauen lange, enge Ballkleider. Solche Kleidung *besaß* sie nicht mal.

Schüchtern klammerte sie sich an ihre Geschenktüte, mit der sie sich nun komplett idiotisch vorkam. Wieso hatte sie sich noch gleich für die knallbunte Tüte mit dem Glitzerband entschieden? Möglichst sicher auf den hohen Schuhen gehend versuchte sie, Daniel oder zumindest ein bekanntes Gesicht zu finden. Doch wie es schien, war niemand aus dem Verein gekommen oder gar eingeladen. Ein paar Personen erkannte sie als Funktionäre und Berater anderer Clubs wieder, aber das war nur ein Bruchteil der vermutlich an die dreißig Gäste.

Sie nahm dankbar ein Glas Sekt und gab sich alle Mühe, möglichst angepasst zu wirken, als Daniel sie schließlich bemerkte und leicht lächelnd auf sie zuging. Auch er trug Anzug und Fliege, sie musste zugeben, er sah wirklich schick und... sexy aus. Ertappt schob sie diesen Gedanken schnell beiseite.

„Happy Birthday, Daniel." Zu ihrer Überraschung beugte sich Daniel zu ihr herunter, also gab sie ihm zwei Küsschen auf die Wange. Überrumpelt von diesem ungewohnten Umgang, strich sie sich verlegen imaginäre Strähnen aus dem Gesicht, während sie ihm fahrig sein Geschenk gab. So nah waren sie sich erst ein paar Mal gekommen, eher im engen Teambus, jetzt umgab sie sein schweres Parfüm. Er holte eine Flasche Scotch aus der Tüte, zog dann beeindruckt die Augenbrauen hoch.

„Vielen Dank, Alex." Diesmal gab er ihr einen Kuss auf die Wange. Sie fühlte sich wie im falschen Film. Dieser Daniel hatte überhaupt nichts mehr gemein mit dem strengen, cholerischen und schlichtweg bösen Assistenten, den sie kannte. Von seiner kalten Schulter war nicht mal mehr ein Hauch übrig.

„Komm, ich will dir ein paar Leute vorstellen." Er führte sie galant durch die Gästeschar, stellte ihr einen Haufen wichtiger Männer vor, doch bei den meisten hatte sie das Gefühl, dass sie nur wegen des Geburtstagskindes höflich zu ihr waren. Wer war sie schließlich schon, eigentlich nichts weiter als eine junge, unerfahrene Team Managerin. Daniel schien zu spüren, dass die Leute etwas mehr Überzeugung ob ihres Könnens benötigten, also schob er seine persönliche Einschätzung zu ihr hinterher.

„Alexandra macht einen phantastischen Job beim FC. Ich glaube, ohne sie wären wir diese Saison schon längst untergegangen. Die Spieler vertrauen ihr, und das muss man bei den Egos, die die Spieler teilweise an den Tag legen, auch erstmal schaffen." Alex blieb außer einem Lächeln eine Erwiderung im Hals stecken. Sie war so verblüfft, dass sie Daniel nur perplex anschauen konnte, der grinsend in seinem Sektglas verschwand, während ein hoher Funktionär aus London anerkennend durch die Zähne pfiff.

„Du meine Güte, ich glaube, die Erde hat sich gerade aufgehört zu drehen, oder? Kleines, auf ein solches Lob von Daniel können Sie sich viel einbilden, ich glaube, außer sich selbst habe ich ihn noch nie jemanden richtig wertschätzen hören." Die Gruppe lachte, und auch wenn Daniel nicht weiter darauf einging, wusste sie, dass er es ernst gemeint hatte.

Nach zwei Stunden Smalltalk brauchte Alex eine Pause, auf dem Weg von der Toilette zurück, blieb sie im Flur stehen, atmete tief durch und versuchte, den Abend einzuordnen. Was bezweckte Daniel denn nun mit dieser Einladung, was war sein Ziel? Ein netter Abend unter Kollegen? Oder doch nur eine Falle?

Sie gab sich noch ein paar Minuten in Ruhe, beschloss, nicht zu viel Wert auf diese Wandlung zu geben. Bis jetzt war, außer seinem Lob, nichts Außergewöhnliches oder Verwerfliches passiert. Da entdeckte sie in einer Ecke des großen Flurs, der im Wesentlichen nur mit Landschaftsbildern behängt war, ein kleines Bücherregal.

Alex versank für einige Augenblicke vollkommen in den darin ausgestellten Bildern und Zeitungsausschnitten, doch eines sah sie sofort – keine Familie, keine Kinder- oder Babyfotos. Nur Karrierestationen, Fußballspieler, Freunde, kein typisches Bild von Mutter, Vater, Sohn in der Mitte. Die Zeitungsartikel waren in einer osteuropäischen Sprache geschrieben, vermutlich Polnisch. Manche zeigten neben Ausschnitten von Fußballspielen Daniel, Alex schätzte ihn auf Anfang zwanzig. Auch damals hatte er nicht gelacht.

„Na, interessant?" Alex zuckte so heftig zusammen, dass sie beinahe in das Regal stolperte. Daniel stand locker an die Wand gelehnt neben ihr, selbstsicher reichte er ihr ein neues Glas Sekt. Sie hatte ihn nicht kommen hören.

„Sorry, ich wollte nicht herumschnüffeln, ich... ich dachte, hier stehen Bücher. Ich finde es immer spannend, welche Bücher die Menschen lesen." Daniel stellte sich mit unergründlichem Gesichtsausdruck neben sie und ließ den Blick langsam über sein Regal wandern.

„Tja, Bücher sind nicht wirklich mein Ding. Außer vielleicht zu Strategien, nächste Züge vorhersagen. Aber das zeichnet nicht unbedingt ein besseres Bild von mir. Möchtest du lieber gehen?" Alex musste tatsächlich lachen, weil er einen Witz über sich selbst gerissen hatte. Sie schüttelte den Kopf, versuchte, sich an den lockeren Daniel zu gewöhnen.

„Nein, ich glaube, die Phase haben wir überstanden, oder?" Die Frage war ihr flapsig rausgerutscht, aber die paar Gläser Sekt, wie immer ohne richtiges Abendessen als Grundlage, entspannten sie mehr als beabsichtigt. Für einen kurzen Moment war Daniel perplex, dann lächelte er fein.

„Ja, unser Start war... holprig. Aber es gehört dazu, ich musste wissen, wie du tickst, wie viel du aushalten kannst. Ich habe das vorhin ernst gemeint, du bist ein großer Gewinn für den Verein." Sie senkte ihren Kopf, hielt seinen stechenden Blick nicht aus, auch wenn es dieses Mal ausnahmsweise positiv war.

„Danke, Daniel. Ich werde mich nicht darauf ausruhen."

„Besser so. Man weiß nie, was passiert, wenn man stehen bleibt." Er fixierte sie weiter, das spürte sie - ihre Haut bitzelte, ihr wurde warm. Für eine Weile blieb es still zwischen den beiden, schließlich deutete Daniel auf die Zeitungsausschnitte.

„Das sind Artikel aus Polen. Ich habe dort den Verein meiner Heimatstadt aufgebaut. Dabei haben... der Vorstand und ich uns kennengelernt." Langsam nickte Alex.

„Wie war es in Polen? Würdest du gerne mal wieder dorthin?" Daniel lachte laut auf, mehr frustriert, als freudig.

„Niemals. Ich habe es dort gehasst. Ich habe alle meine Energie auf den Verein gelegt, weil das meine einzige Chance dort raus war. Ich hatte dort keine Zukunft, nie." Im Nachhinein bereute sie ihre nächste Frage, aber wenn sie mehr von Daniel erfahren wollte, dann war jetzt die Gelegenheit dazu. Denn etwas an ihm, seine heutige, andere Art, weckte ihre Neugier. Ließ ihre anfänglichen Zweifel über seine wahren Motive für diesen Abend verfliegen. Sie war sich seines Respektes mit einem Mal sicher, also wagte sie sich vor.

„Deine Eltern?" Daniel senkte kurz den Blick, dann sah er Alex kalt an.

„Nie kennengelernt. Ich war schon immer Einzelkämpfer." Seine Stimme schnitt plötzlich wie ein zu scharfes Messer hart durch die Luft. Trotz der Linie, die sie überschritten hatte, hatte er ihr geantwortet. Vermutlich ein sehr persönliches Detail. Ein Fortschritt, dem sie sich innerlich nur bedingt gewachsen fühlte. Also spielte sie diese Unsicherheit runter.

„Na, deine Familie ist jetzt der Verein, oder?" Obwohl sie versucht hatte, das Thema zu wechseln oder zumindest die Stimmung etwas aufzuheitern, blieb Daniel versteinert.

„Nicht wirklich. Ich habe genau eine Person, der ich verbunden bin, für immer, und das ist der Vorstand. Ehrlicherweise, der Rest ist mir ziemlich egal." Alex schluckte, konnte ihr Erstaunen vermutlich nicht verbergen.

„Es gibt viele Dinge im Leben, die einen zeichnen", murmelte er schließlich in Richtung der Zeitungsartikel, dann sah er sie gezwungen freundlich an.

„Ich denke, jetzt solltest du gehen, oder?" Daniel klang geknickt, war noch nie so offen zu ihr gewesen. Vielleicht sogar zu niemanden. Seine schroffen Worte berührten sie, auch wenn sie sich seiner Unberechenbarkeit vollkommen im Klaren war. Aber in ihm steckte mehr, als nur der harte Karrieremensch, das wurde ihr in dem Moment deutlich bewusst.

„Ich weiß nicht. Es gibt immer Hoffnung, auch bei Personen, die andere schon längst abgeschrieben haben. Du kennst doch meinen Psycho-Kram mittlerweile. Vielleicht sollte ich dir zu Weihnachten Harry Potter schenken, das ist nett und spannend, und man kann da auch viel draus lernen. Zum Beispiel über Freundschaften und Liebe." Trotz seiner Härte, seiner Drohung, denn anders konnte Alex es nicht einordnen, ihm wären alle, außer der Vorstand egal, meinte sie ihr Lächeln ernst. Erst sehr viel später würde sie die Auswirkungen dieses Gesprächs verstehen, wieso sie Daniel auf einmal so stützte – auch dank ihm war sie die Saison so weit gekommen, trotz seiner Härte, war sie immer noch da. Sie war ihm ebenbürtig geworden, er akzeptierte sie auf seiner Augenhöhe – und dort fühlte sie sich wohl. Neben ihm.

Ungeachtet der möglichen Konsequenzen ließ sie ihn in diesem unerwartet schwachen Moment nicht hängen.

Daniel fiel es schwer, seine Ungläubigkeit zu verbergen. Dass Alex so nett zu ihm war, immer noch, ging nicht in seinen Kopf. Dass er sie eingeladen hatte, war in einem Anflug von Mitleid gekommen, weil er sah, wie sie sich für ihren Job opferte. Weil sie sich die letzten Monate ihren Platz im Team, im Verein, verdient erarbeitet hatte. Dass sie der Einladung allerdings gefolgt war, kam unerwartet. Auch nicht ihr großzügiges Geschenk. Aber jetzt, jetzt redete sie ihm gut zu? Ihm, der ihr im Job immer noch die Hölle heiß machte? Wollte sie ihn verarschen oder gar zu weiß Gott was verführen?

Schnell senkte Daniel den Blick, verkniff sich ein leichtes Lächeln nicht. Nein, das war nicht Alex. Sie blieb immer echt. Also meinte sie wohl wirklich, was sie sagte. Kaum zu glauben, dachte er, dafür konnte es nur einen Grund geben – sie mochte ihn? Das war Unfug, tadelte er sich selbst, konzentrierte sich wieder auf ihr Gespräch.

„Ich hoffe, dass du da nicht irgendwann bitter enttäuscht wirst, Alex." Leichtfertig zuckte sie die Achseln, sie schien seine Anspannung nicht zu bemerken. Oder wollte es nicht.

„Ich lern von dir, härter zu sein. Kann mir bestimmt auch nicht schaden." Er sah in ihren Augen, dass sie versuchte, die Kurve zu kriegen, weil ihr die Situation entglitt. Aber etwas ihm wollte sie weiter bei sich haben. Musste sich sicher sein, dass er keine Halluzinationen, zu viel Wodka erwischt hatte. Ihre List vielleicht doch noch erkannte.

„Oh nein, nicht so wie ich. Bleib so." Er hörte selbst, wie seine Stimme viel milder klang, als es angebracht war. Das war nicht gut, das wusste er sofort. Er sprach nie sanft, schon gar nicht mit Frauen. Dennoch war es aus ihm rausgekommen.

„Hmm, ich befürchte, dafür könnte es schon zu spät sein." Ihre Blicke blieben aneinander haften, beide unfähig, die Situation einzuordnen. Daniel entschied, er hatte genügend herausgefunden, jetzt war es Zeit für die Notbremse.

„Weißt du was, lass uns deinen ausgezeichneten Scotch probieren." Damit war der Moment vorbei, sie begaben sich wieder zu den restlichen Gästen und der Kellner verteilte die braune, kostspielige Flüssigkeit. Daniel sah genau, wie Alex sich ihre gekräuselten Lippen nach jedem Schluck verkneifen musste. Danach verabschiedete sie sich. Egal, wie oft er über ihr Gespräch nachdachte, immer wieder kam er zu der gleichen Erkenntnis: Sie hatte nicht gelogen, sie ließ nicht nur seine strenge, fordernde Art gelten. Interessierte sich für mehr. Interessierte sich für ihn.

Frauen hatten sich schon immer für ihn begeistert, irgendwie fanden sie es anziehend, mit Männern auszugehen, denen sie eigentlich egal waren. Die gut im Bett waren, ein aufregendes Leben führten. Er hatte von Anfang an klar gestellt, dass nie mehr als diese körperliche Beziehung zustande kommen würde, und es war ok für ihn.

Als er aber realisierte, dass er über Alex' Interesse an ihm nicht verärgert, wütend oder rasend wurde, sondern überraschenderweise geschmeichelt war, brachte ihn das nur noch mehr aus der Balance. Ziele erreichte man am besten alleine. Er war Einzelkämpfer in einer Position, bei der ihm niemand im Weg stehen durfte. Und das galt auch für Alex.

Nicht mal eine Woche später geschah es mitten in der Strategiebesprechung, zwei Tage vor einem der wichtigsten Spiele der Saison gegen Pinelly. Alex war tief in Michaels Ausführungen über die Schwäche der gegnerischen Verteidigung vertieft, als die Tür des Besprechungssaals so heftig aufgerissen wurde, dass sie lautstark gegen die dahinterliegende Wand knallte. Alex zuckte so stark zusammen, dass ihr beinahe ihr Notizbuch aus der Hand fiel. Daniel war bebend und mit hochrotem Kopf in der Tür stehen geblieben, deutete rasch auf Ted, Michael und Alex.

„Sofort raus hier!" Als sein Blick bedrohlich lange auf ihr haften blieb, wusste sie, dass es um sie ging. Sie hatte Scheiße gebaut. Und zwar gewaltig. Sie erkannte Daniel nicht wieder, er zitterte am ganzen Körper, konnte sich sichtlich kaum beherrschen. Auch Ted und Michael schienen zu ahnen, dass etwas gehörig gegen die Wand gefahren war, schnell folgten sie Daniel zur Tür heraus, Alex dicht auf den Fersen. Trotz aufkeimender Aufregung sah sie sich im nächsten Flieger Richtung Heimat. Daniel und sie hatten sich die letzten Wochen wenigstens ein wenig angenähert, aber diese Phase schien abrupt zu enden. Noch bevor sie die Tür ganz hinter sich zugezogen hatte, schrie Daniel schon los, neben sich eine deutlich geknickte Jeniffer, die mit jedem Wort kleiner und unbehaglicher guckte.

„Ich wusste es von Anfang an, dieses kleine Miststück wird uns die ganze Saison ruinieren! Wegen ihr steht unsere ganze Strategie auf dem Spiel, die ganze Liga lacht schon über uns, nur weil sie sich nicht beherrschen kann!" Alex wich sofort einen Schritt zurück, als Daniel außer sich vor Wut so nahekam, dass seine Spucketröpfchen auf ihrem Gesicht landeten.

„Jetzt mal langsam!", herrschte Ted ihn an, während Jeniffer Daniel zerknirscht ihr Tablet reichte. Er zitterte immer noch so sehr vor Aufregung, dass Alex Mühe hatte, die Überschrift des Artikels einer britischen Boulevardzeitung zu entziffern. Doch als sie verstand, sackte ihr förmlich der Boden unter den Füßen weg. Jetzt war es soweit. Ihr bis dahin einziger Fehler holte sie ein. Auch Ted und Michael neben ihr verschlug es erstmal die Sprache.

„Partynacht unter Erzfeinden – schlägt Alex Müller der Erfolg zu Kopf und was läuft mit Neil Reynolds?"

Darunter drei Bilder – ein Selfie von ihr und Reynolds, beide Flaschen in der Hand, sichtlich betrunken, das zweite, wie sie verkatert das Hotel möglichst unerkannt verlässt. Und ein drittes, dass sie kotzend zeigte. Es dauerte eine Weile, bis sie im Hintergrund den Club erkannte, in dem sie ganz zu Beginn ihrer Zeit in Jatterton gefeiert hatte. Und ihre jetzigen Freunde ihren Magen zum endgültigen Übergeben gebracht hatten. Jemand hatte sie schon damals verfolgt? Sie spürte ihre Finger nicht mehr, ihr Gesicht fing an zu bitzeln, ihre Kopfhaut wurde kalt. Die letzten Wochen hatte sie dieses Fiasko verdrängen können, doch jetzt erwischte sie es mit solcher Wucht, dass ihr das Atmen mit einem Mal schwerfiel.

„Irgendetwas dazu zu sagen?" Daniels eiskalte Stimme ließ einen Schauer durch ihren ganzen Körper fahren, so intensiv, dass sie immer noch ungläubig auf den Artikel starrte.

„Was steht da genau drinnen?" Zu Alex' Überraschung klang Ted ruhig, gelassen, während um sie herum die ganze Welt zusammen brach. Sie hatte einen Fehler begangen, vermutlich einen einzigen, der ihren Job aufs Spiel setzte. Das wusste sie. Die Presse würde sich nun noch mehr auf sie stürzen, die Wogen hochkochen, nur zwei Tage vor dem Derby gegen den Erzfeind. Kaum auszudenken, was die Fans jetzt von ihr hielten.

„Ist die viel wichtigere Frage nicht, ob es wahr ist? Alex, bist du das auf diesem Scheiß beschissenen Foto? Warst du mit ihm auf diesem Hotelzimmer?" Sie spürte Daniels stechenden Blick, doch immer noch starrte sie nur auf dieses blöde Foto.

„Ähm." Die Antwort war nicht mehr als ein Krächzen, aber es genügte Daniel, um vollkommen die Fassung zu verlieren. Er griff wieder nach dem Tablett, dass Ted gerade vor sich gehalten hatte, um den Artikel komplett durchzulesen, und schmiss es mit aller Kraft zur Seite. Die Scheibe splitterte und hinterließ einen unschönen Fleck an der ansonsten makellosen Wand. Das riss Alex aus ihrer Schockstarre.

„Wir können uns beide an nichts erinnern. Gut möglich, dass uns jemand reingelegt hat." Sie hätte sich viel vehementer, stärker äußern sollen, sich gegen Daniel wehren, aber ihre Stimme blieb kraftlos, ängstlich.

„Was?" Kurz berichtete Alex von ihren spärlichen Erinnerungen, doch Daniel überzeugte das nicht im Geringsten, er spie seine Worte förmlich aus.

„Ihr wart die Nacht über im gleichen Hotelzimmer und habt ordentlich gesoffen. Wenn ich mir deinen Einstieg in Jatterton auf diesem Clubbild anschaue, muss man dich für sowas nicht reinlegen. Und wer weiß, wen du dicht alles besteigst." Michael hob skeptisch die Arme, während in Alex wieder etwas brach. Daniel war enttäuscht, von ihr persönlich, das spürte sie in jeder Faser ihres Körpers, und seine Ansage saß mehr als alles andere.

„Daniel! Die Presse ist voll von erfundenem Scheiß. Sonst machen wir aus sowas doch auch kein so ein Fass auf." Nur kurz streifte Daniels Blick den Coach, dann klingelte sein Handy, er drehte sich um und sprach in Polnisch weiter. Der Vorstand. Alex sah vorsichtig zu Ted rüber.

„Ted, es tut mir echt leid. Ich war unvorsichtig. Er hat mir eine Mail geschrieben, wollte sich über Fußball austauschen, die Wogen zwischen den Vereinen glätten. Dann kann ich mich an nichts mehr erinnern." Zu ihrer Erleichterung zuckte Ted unaufgeregt mit den Schultern.

„Du meine Güte, ich habe damit kein Problem, was du in deiner Freizeit anstellst. Klar, die Fans werden das Ganze hochkochen, aber sei es drum." Er deutete genervt auf Daniel, der hitzig mit seinem Handy telefonierte.

„Er hat das Problem." In dem Moment ließ dieser das Telefon sinken, drehte sich langsam zu ihr herum.

„Wir fahren. Jetzt." Da war sie wieder, die kalte Angst, die Alex innerlich krampfen ließ. Sie war nicht bereit zu gehen. Von Anfang an hatte sie gewusst, dass sie nicht unfehlbar war. Aber der Schlag saß hart.

„Daniel, komm schon, wir haben in der Vergangenheit noch jede Eskapade der Jungs abgewehrt, Jen weiß schon, was sie tut." Alex rechnete Michael seinen Schlichtungsversuch hoch an, doch weder sie noch Jen hatten eine Chance, aus dieser Nummer wieder rauszukommen. Daniel hatte für seinen Satz nur ein müdes, aber dafür umso gefährlicheres Lächeln übrig.

„Jeniffer hat überhaupt nichts im Griff. Dann hätte sie wie eine gute Pressesprecherin es erwarten kann, einen Abend vorher einen Hinweis bekommen. Wir hätten Gelegenheit erhalten, schon im Artikel eine Erwiderung abgeben zu können." Er deutete auf Jeniffer und Alex, während ihrer Kollegin die Tränen in die Augen traten.

„Das hier ist definitiv nicht mehr eure Entscheidung, Michael. Alexandra, los." Ihr blieb nichts anderes übrig, als Daniel zu folgen. Sie konnte Ted nicht anschauen. Auch wenn er es nicht sagte, es vielleicht einen Tick zu arg herunter spielte, sie hatte ihn enttäuscht. Sie hatte versagt, und wenn es wirklich schief lief, zog sie ihn bald noch mit in den Abgrund.

Die Mannschaft saß platt und geschockt auf ihren Stühlen, als Ted und Michael nach einem kurzen Gespräch unter vier Augen wieder den Besprechungssaal betraten.

„Was zur Hölle war da draußen los?" Adam, ganz der Teamkapitän, war aufgestanden und sprach für seine Truppe. Ted schüttelte nur den Kopf und blieb am Rand stehen, während der Trainer sich fahrig über das Gesicht fuhr.

„Es ist ein Artikel erschienen, über Alex. Und Neil Reynolds." Mehr brauchte er in diesem Augenblick nicht zu sagen, allen war klar, was dieser Beitrag beinhaltete. Wieso Daniel so ausgerastet war.

„Deswegen wird sie gefeuert?" Nun war Tom aufgesprungen, die Augen geweitet, impulsiv, außer sich vor Wut.

„Das wissen wir nicht", murmelte Ted, doch das beruhigte Tom nicht im Mindesten.

„Ich bin schon ein paar Jahre in dem Verein und kenne Daniel. Wenn er so austickt, dass wir es durch diese Türe verstanden haben, er mit Sachen um sich schmeißt, dann überlebt das keiner!" Zustimmendes Gemurmel erhob sich, weder Ted noch Michael fanden eine Möglichkeit, die jungen Männer zu beruhigen.

Alex verbrachte den ganzen Nachmittag im Wartebereich des luxuriösen Londoner Bürokomplexes und wartete auf ihr Zeitfenster mit dem Vorstand. Daniel war seit zwei Stunden mit ihrem Handy und ihren Unterlagen verschwunden. Sie hatten kein Wort mehr miteinander geredet, vergessen, die über Monate hinweg mühevoll aufgebaute, nun ja, Freundschaft? Am Ende hatte es ihr nichts gebracht. In all dem Nebel aus Angst und Scham kam ihr in diesem Augenblick nicht mal in den Sinn, sich zu fragen, wer die Story publik gemacht hatte. Außer Luke wusste niemand von der Sache und auch wenn sie gerade kein Wort miteinander wechselten, ihren Job würde Luke für eine Retourkutsche nicht aufs Spiel setzen, da war sie sich sicher. Was war also geschehen, war außer Reynolds noch jemand in der Nacht bei ihr gewesen?

Sie richtete den Blick auf die Londoner Skyline vor ihr, versuchte, ihre aufkeimende Panik zu unterdrücken, zu atmen. Doch es bewirkte letztendlich das Gegenteil: Je länger sie wartete, desto mehr stieg ihr Puls, ihre Beklemmung.

Es dauerte noch bis neun Uhr abends, als eine Assistentin sie aufforderte, sie zu begleiten. Sie folgte ihr ein Stück den Gang entlang, dann ließ sie ihr den Vortritt. Auf dem Schild neben dem Büro stand einfach nur „Vorstand".

Ein riesiges Zimmer, vermutlich fast so groß, wie Alex' eh schon geräumiges Wohn- und Esszimmer. Marmorboden, mit dunklem Holz vertäfelte Wände, doch das Eindrucksvollste war die breite Glasfront, bodentiefe, durchgängige Fenster, die einen weiten Blick auf die Londoner City, die Themes, ermöglichten. Für einen Augenblick vergaß Alex den Grund dafür, wieso sie in den Genuss dieses Ausblicks gekommen war. Aber nicht lange.

„An die Aussicht kann man sich gewöhnen, nicht wahr?"
Sie zuckte zusammen. Tiefer, polnischer Akzent, sie musste sich konzentrieren, ihn zu verstehen. Die Stimme kam von rechts, erst jetzt entdeckte Alex dort eine Sitzgelegenheit, ausladende Stühle um einen kleinen Glastisch gruppiert. Auf einem dieser Sessel ein Schatten, im Dunkeln, da der ganze Raum eigentlich nur von den hier im dreißigsten Stockwerk noch schwachen Lichtern der Skyline erhellt wurde. Sowohl sie als auch der Schatten blieben an Ort und Stelle.

„Ich habe viel von Ihnen gehört, Alexandra. Sie sind engagiert, loyal, sie halten die Truppe zusammen." Sie schluckte. Wenn das große Aber sicher gleich kommen würde, legte sie Wert auf eine Erwiderung.

„Danke, Sir." Die Gestalt richtete sich auf, jetzt erschrak Alex. Der Vorstand war riesig, an die zwei Meter, nicht nur bullig, sondern massig, fast wie ein Bär. Im Licht der City erkannte sie kleine, durchdringende Augen, die vor Wut funkelnd auf sie fixiert waren. Graue, kurz geschorene Haare und ein perfekt sitzender, dunkelgrauer Anzug verstärkten den Eindruck eines Generals der Armee. Wieder schluckte Alex, als er langsam und bedrohlich auf sie zuging.

„Ich liebe meinen Verein. Ich habe von Anfang an Wert auf Integrität gelegt. Einfach auf Einhaltung meiner Regeln. Das ist auch nicht zu viel verlangt, oder?" Seine Stimme, zusammen mit dem harten Akzent, klang immer drohender und lauter, Alex wurde mit jedem Schritt, den er auf sie zuging, kleiner.

„Und wieso missachten Sie sie dann?" Der Vorstand hatte sie mit solch einer Plötzlichkeit angebrüllt, dass Alex kurz die Augen schloss. Mittlerweile war er nur wenige Meter vor ihr stehen geblieben.

„Ich schwöre Ihnen, so ein Verhalten lasse ich in meinen Unternehmen niemanden durchgehen! Sie sind unser Aushängeschild, wir sind Vorreiter der ganzen Liga! Und jetzt haben sie alle Klischees erfüllt, die man sich nur vorstellen kann!" Alex wusste, sie sollte ihm sagen, dass es eine Falle war, platziert, von jemanden, der ihr genau wegen ihrer Position schaden wollte. Aber sie konnte nicht. Wieder brachte sie keinen Ton raus. Derweil setzte der Vorstand seine Hasstirade weiter fort.

„Sie sind eine Schande, wirklich! Unser ganzer Club leidet jetzt unter ihrem Unvermögen, sich nachts mit irgendwelchen Toyboys zu vergnügen! Ich hatte Ted von Anfang an gesagt, ich erlaube Ihre Stelle nur, wenn keine Fehler passieren. Und siehe da, einem Mann wäre so eine Sache nicht passiert." Da erwachte Alex endlich. Es war immer wieder das Gleiche. Männer standen über den Frauen.

„Sir, bei allem Respekt, ein Mann wäre vermutlich dafür gefeiert worden. Vermutlich wäre Reynolds das auch, wenn er nicht ausgerechnet bei Pinelly arbeiten würde." Sofort, als sie das versteinerte Gesicht des Vorstands sah, wurde ihr klar, dass sie zu weit gegangen war. Sie hatte ihm widersprochen. Das tat man nicht. Aber wenn Alex ehrlich zu sich war, ihr Zug war längst abgefahren, ansonsten hätte man ihr nicht ihre Sachen weggenommen. Sie war abgeschossen, zu Ende. Wieso sollte sie sich dann also nicht wehren?

„Wie bitte?" Ungläubig sah der Vorstand sie an, um wenigstens mit lauter Stimme zu antworten, räusperte sie sich.

„Ich habe nur darauf hingewiesen, dass wir dieses Gespräch nicht oder anders führen würden, wenn ich ein Mann wäre. Sir." Sie hätte einen Ausbruch, einen weiteren Schwall an Beleidigungen erwartet, aber nicht, was danach kam.

„Kommen Sie mal hier rüber." Zögerlich folgte Alex dem großen Mann an die Glasfront, trat jedoch sofort einen Schritt zurück, als sie nach unten blickte. Sie hatte Höhenangst.

„Sie wissen sicherlich, ich komme aus einem kleinen Dorf in Polen, meine Eltern hatten einen Bauernhof. Ich sah diese Armut, dieses Leid. Ich hasse einfaches Leben. Ich wollte etwas erreichen, schon immer. Mir hat man auch gesagt, ich würde es niemals schaffen. Dein Platz ist hier, du übernimmst den Hof, sagte mein Vater immer." Mit einem Blick nach unten pausierte er kurz, ließ ihn weiter über die Skyline gleiten, blieb an Alex haften. Obwohl er leise und ruhig sprach, schienen seine Augen wie kleine Flammen zu sein. Wenn man zu lange hinsah, verbrannte man sich. Schnell wandte sie sich ab.

„Sie haben eine Menge Freunde im Club, einflussreiche. Sie bleiben. Entgegen meines ursprünglichen Plans. Denn sie haben vermutlich Recht, es kommt uns zu Gute, das Reynolds und Pinelly genauso leiden, wie wir." Alex konnte kaum glauben, dass sie gerade richtig hörte. Sie sollte bleiben? Nach diesem Theater, nach diesem Ausraster von Daniel?

„Sir, ich weiß nicht, ob das eine gute Idee ist...", hörte sie sich selbst stammeln, da zog der Vorstand mehr als erstaunt die Augenbrauen hoch.

„Ich wiederhole mich nicht. Sie sagen, Sie haben nichts mit Reynolds angefangen, zumindest erinnern Sie sich nicht dran. Wir haben eine Agentur beauftragt, die entsprechende Statements abgibt, die keine Vorwürfe verbreiten, dennoch Reynolds in einem schummrigen Licht dastehen lassen. Sie lügen nicht, zumindest was den Job angeht. Also glaube ich Ihnen. Aber seien Sie sicher – noch einmal passiert Ihnen das nicht." Alex starrte den Vorstand nur wie versteinert an. Sie brachte nicht mal ein Danke zustande.

„Und jetzt raus hier!" Ok, da war der alte, brüllende Vorstand wieder. Schnell senkte sie den Blick, dann huschte sie durch das große Büro hinaus.

Nur Daniel durfte einfach so in den Raum stürmen, er ließ ihn gewähren. Er wusste, er hatte etwas für die Kleine übrig, dass er sich aber so offen gegen ihr Bleiben sträubte, erstaunte Piotr. Manchmal war sein Zögling zu hitzig, so wie jetzt. Piotr hatte sich gerade eine Zigarre angezündet, stand vor der Fensterfront und genoss den Blick auf die Londoner Skyline. Er liebte diesen Ausblick, den Beweis, dass er es wirklich zu etwas gebracht hatte. Die Büroräume hatten ihn ein Vermögen gekostet, dafür hätten einige Spieler in Jatterton für eine Saison beschäftigt werden können. Allerdings sollte jeder sehen, was er, Piotr, einfacher Bauernsohn, geschafft hatte. Aber in diesem Moment war an Genießen nicht zu denken. Sein Schützling stand wutentbrannt in der Tür und fixierte ihn wild. Als er sprach, wunderte er sich nicht, dass er wieder ins Polnische zurückfiel. Für Piotr war es ein Rückschritt, für Daniel ein Zeichen großer Emotionalität.

126

„Wieso zum Teufel hast du sie behalten? Deine Anweisungen waren eindeutig! Sie hat solche Scheiße gebaut, wieso lässt du ihr das durchgehen? Die ganze Liga hält unseren Verein jetzt für einen Saustall, der Schlampen einstellt!" Piotr senkte beschwichtigend die Hand, doch Daniel dachte gar nicht daran, sich zu beruhigen. Er knallte die Tür so laut zu, dass Piotrs Glasschreibtisch vibrierte.

„Du siehst nur dich und uns, Daniel." Der Assistent hob stolz den Blick.

„Ich denke immer nur an uns, Piotr. Das weißt du." Lächelnd senkte der Vorstand den Kopf, dann winkte er Daniel zu sich.

„Das weiß ich. Aber hier geht es nicht nur um uns. Es geht auch um Pinelly. Dieser Artikel schadet nicht nur Alexandra, nicht nur uns, sondern gleichermaßen Reynolds. Er hat sich ebenso mit dem Feind eingelassen. Hast du nicht die Bilder der Fans aus Pinelly gesehen? Er muss genauso um seinen Platz im Verein bangen, wie sie." Nur langsam begriff Daniel Piotrs Worte.

„Wir nutzen das für uns?" Betont nickte er.

„Sie hat nicht viel gesagt, aber dafür einen Punkt angesprochen, der uns viel schwerer auf die Füße hätte fallen können. Wärst du das in dem Artikel gewesen, und irgendein Mädchen eines anderen Clubs – hätte ich dich gefeuert?" Daniel wollte schon ansetzen, doch diesmal ließ Piotr ihn nicht ausreden.

„Genug jetzt. Du solltest es verstehen und akzeptieren. Zumal du eh froh sein solltest, dass sie bleibt. Oder denkst du, ich habe nicht mitbekommen, dass du sie zu deinem Geburtstag eingeladen hast?" Daniel senkte betreten, aber immer noch aufgeregt zitternd seinen Blick.

„Sei geduldig, mein Junge, wir haben so viel durchgemacht. Wir hatten einen Plan, letztendlich ist er mit einem anderen Ziel aufgegangen. Wir dürfen keine Rückschläge hinnehmen und Fehler machen. Das hier ist keiner. Letztendlich bringt uns diese Frau mehr, als uns der Artikel kosten wird. Von den vielen Beratern mal abgesehen, die heute angerufen und mitgeteilt haben, dass ihre Spieler sich weigern, weiterzuspielen, sollte die Kleine gefeuert werden." Daniel sah Piotr schnell und abtastend an.

„Du wolltest sie nie feuern, oder?", sagte er irgendwann leise, da lächelte sein Chef gefährlich.

„Denkst du wirklich, ich bin so impulsiv, wie du? Sie denkt, sie hat Mist gebaut, keine Frage, und es hat ihr bestimmt nicht geschadet, eine Weile im Dunkeln zu tappen." Sein Blick blieb forschend an seinem Zögling haften, er hielt ihm zunächst stand.

„Außerdem hat mir deine Reaktion eine Menge gezeigt." Daniel musste sich zwingen, seinem Mentor weiter die Stirn zu zeigen. Piotr hatte ihm eine kleine Falle gestellt und er war reingefallen, mit hundertachtzig. Nie war er wie sein Chef den Dingen einen Schritt voraus, nie.

„Es ist nie eine gute Idee, seine Gefühle in die eigenen Pläne einfließen zu lassen. Denk an Ana. Ich habe sie verloren, weil der Feind entdeckt hat, wie viel sie mir bedeutet. Willst du deine Ziele hier wirklich für so jemanden unbedeutenden wie ein einfaches, deutsches Mädchen, aufs Spiel setzen? Deinen Platz auf der Bank? Deine Position als Sportvorstand?" Schnell schüttelte er den Kopf.

„Nein, Piotr. Niemals."

Es war drei Uhr nachts, als Alex schweren Schrittes in ihrem Apartment ankam. Immerhin hatte der Vorstand ihr einen Fahrer gestellt, so musste sie nicht den weiten Weg mit dem Taxi, oder gar mit dem Zug fahren. Jeder auf der Straße hätte sie buchstäblich auseinandergenommen, da war sich Alex sicher.

Sie trat aus dem Fahrstuhl in ihren Flur – und erschrak erstmal fürchterlich. Ted saß vor ihrer Tür, war kurz eingenickt und fuhr wie von der Tarantel gestochen hoch, sah sie möglichst neutral an.

„Hi, ich wollte da sein, wenn du wieder kommst." Dankbar nickte Alex, sperrte ihre Wohnung auf und ging ihrem Chef voran. Ted sagte eine Weile nichts, erst als sie sich seufzend und mit Tränen in den Augen auf die Couch fallen ließ, sprach er.

„Wie lief es? Ich erreiche Daniel nicht, ich weiß nichts." Alex lachte verzweifelt auf.

„Ich bin nicht gefeuert", murmelte sie schließlich, doch während Ted sich freute, sie erleichtert am Arm stupste und tief aufatmete, schwankte Alex immer noch. Diese öffentliche Klatsche saß ordentlich, es würde eine ganze Weile dauern, bis sich die Dinge in Jatterton normalisieren würde. Geschweige denn zwischen Daniel und ihr.

„Aber das ist doch super! Ich meine, es wäre Wahnsinn gewesen, wenn sie dich deswegen rausgeschmissen hätten! Ein unglückliches Bild, ein merkwürdiger Abend, aber keiner macht seine Arbeit so gut wie du, das wäre ein echter Verlust für den FC gewesen!" Ted redete sich in Rage, während Alex ihren Chef nur unsicher ansah.

„Ich hätte nicht mal dort auftauchen sollen. Erster Fehler. Und dann habe ich es mit dem Alkohol übertrieben, ich kann es mir nicht vorstellen, wieso ich sonst so ein Blackout hatte. Ich habe mich wie eine Anfängerin verhalten, leichtsinnig, hatte mich nicht im Griff. Sowas darf nicht passieren, Ted." Eine Weile sah Ted seinen Schützling hin und hergerissen an, biss etwas hippelig auf seiner Unterlippe rum. Dann schlug er sich auf seine Oberschenkel.

„Ich mach uns einen Tee, Alex, und dann erzähl ich dir mal was von mir. Was dieser Job, das Leben im Profi-Fußball mit einem anrichten kann. Vielleicht siehst du die Dinge dann etwas entspannter." Alex ließ Ted gewähren, in dem Moment fehlte ihr die Kraft, ihm zu helfen. Erst da entdeckte sie ihr Handy, ihre Tasche auf dem Wohnzimmertisch, jemand musste es ihr vorher gebracht haben. Es zeigte ein Dutzend entgangene Anrufe, unzählige Nachrichten von ihren Freunden. Sie öffnete den Gruppenchat ihrer Jungs, in der sonst noch Lisa Mitglied war, und überbrachte aufgrund der langsam aufkeimenden Müdigkeit die frohe, aber kurze Botschaft. Wir sehen uns morgen im Büro, alles beim Alten. Innerlich hatte sie nichts anderes erwartet, doch trotzdem traten ihr vor Freude die Tränen in die Augen: Alle Jungs antworteten trotz der späten Stunde mehr oder weniger sofort.

„Diese Pisser, was anderes hätten sie auch nicht machen können!"

„Viel Wirbel um nichts, Alex. Irgendwann kommt die Normalität wieder, glaub mir."

„Staub abklopfen, Krone richten. Das Leben geht weiter, Alex. Die Liga geht weiter!"

„Glaub mir, der Dreckskerl hat es in Pinelly nicht leichter, er muss sich den gleichen Scheiß anhören."

Etwas irritierte Alex sofort. Lisa rührte sich nicht, obwohl sie sah, dass sie die Nachricht gelesen hatte. Eigentlich hatte sie erwartet, dass ihre Freundin genauso kampfeslustig und motivierend reagierte, doch erstmal kam nichts. Alex schob diese Gedanken mit der Begründung weg, dass es schließlich mitten in der Nacht war, ihr vielleicht nicht der Kopf danach stand.

„So, ein Tee hilft über jedes schwierige Gespräch hinweg." Ted stellte eine dampfende Kanne Tee vor sich hin, Alex hatte in dem Moment keine Ahnung, wo er die Zitrone herhatte, die auf dem Tablett aufgeschnitten lag. Sie sah ihren Chef dankbar an.

„Ich muss mich bei dir entschuldigen, Ted. Das hätte nicht passieren dürfen. Ich habe dich damit genauso gefährdet." Ted winkte ab, während er ihnen beiden eingoß.

„Du musst dich bei niemanden entschuldigen, Alex. Es gibt Dinge im Leben, die entstehen aus einer Aneinanderreihung von einzelnen Entscheidungen, doch das Ergebnis hätte im Vorfeld niemand erahnen können. Erst wenn es passiert ist." Er nahm einen kleinen Schluck Tee, dann sah er sie sehr ernst an.

„Du hast zu viel gearbeitet, wir haben dir zu viel zugemutet, dich zu schnell in die Verantwortung genommen." Alex wollte den Kopf schütteln, etwas erwidern, doch Ted ließ sie nicht.

„Das war Baustein Eins. Baustein Zwei war, dass der Druck ein Ventil braucht. Ist bei jedem was anderes. Und die einfachste Methode, nach einem stressigen Tag seinen Kopf auszuschalten, ist das hier." Er deutete kurz hinter sich, wo sich Alex' Bar befand. Gin, Rum, Wodka. Als Ted ihren Blick festhielt, spürte sie, wie Hitze ihren Körper aufstieg. Es war ihr nicht klar, wieso er es wusste, aber er lag natürlich richtig. Beschämt wandte sie sich ab.

„Dann der nächste Baustein. Deine Persönlichkeit, jeder ist gut bei dir. Egal, wie er sich verhält, wessen Verein er angehört. Deshalb bist du auf Reynolds Mail eingegangen, in deiner guten Welt gibt es keine Verräter, keine Menschen, die solch ein Treffen für böse Zwecke nutzen würden." Langsam nickte Alex. Bei Ted hörte sich alles so logisch, einfach an. Vermeidbare Fehler.

„Wir alle wussten, dass irgendwann der Tag für so einen Artikel kommen würde. In deiner Position und bei der britischen Klatschpresse hat es mich eh schon gewundert, wieso es so lange gedauert hat." Ted griff nach Alex' Kinn, hob es hoch, sodass ihr nicht anderes übrig blieb, als ihn anzusehen.

„Komm schon, wir sind alle nur Menschen. Man kann einfach nicht alles vorhersehen, dass wäre utopisch." Langsam nickte Alex, doch dann seufzte sie.

„Ich fürchte, Daniel wird das ein bisschen anders sehen, Ted." Er wischte ihre Bedenken mit einer einzigen Handbewegung weg.

„Daniel kriegt sich wieder ein, Alex. Er hasst Dinge, die er hätte vorhersehen können, und tatsächlich hätte Jeniffer uns einen Vorteil einbringen sollen, wenn sie zu den Medien ein bisschen mehr Beziehungen gehabt hätte. Er kann es nicht ausstehen, wenn es ihn kalt erwischt, weil der Vorstand von ihm erwartet, dass er wirklich alles weiß." Er sah Alex wieder fest an.

„Glaub mir, auch er wird sich mit der Zeit beruhigen." Sie trank etwas Tee und merkte sofort, dass die heiße Flüssigkeit in ihrem Innern tatsächlich die von Ted vorhergesagte Wirkung erzielte – sie wurde ruhiger, fühlte sich plötzlich geborgen.

„Gut, dann zu diesem Thema nochmal." Wieder deutete Ted in Richtung der Flaschen, diesmal war er es, der Alex nicht ansah.

„Ich weiß nicht, ob es dir bekannt ist, aber ich war in Polen als Spieler ziemlich erfolgreich, eine Zeit lang spielte ich bei den großen Clubs in Italien und Deutschland mit. Ich habe gut verdient, hatte mein Netzwerk. Doch ab dreißig geht es bei einem Spieler ziemlich schnell nach unten, die Leistung nimmt ab, das ist einfach körperlich vorgegeben. Man muss sich Gedanken machen, was man eigentlich nach den so intensiven Jahren macht." Er räusperte sich, Alex merkte, dass er die Geschichte vermutlich nicht vielen Leuten anvertraute. Es musste also ernst um sie selbst stehen, dachte sie ironisch, wenn sie sie zu hören bekam. Ein Warnschuss, den sie sich zu Herzen nehmen sollte.

„Ich hatte keinen Plan, bin eine Weile ziemlich abgestürzt. Hab meine Ehe in den Sand gesetzt, buchstäblich mein ganzes Geld versoffen. Und das meine ich wirklich so, Alex. Ich war ein Wrack, weil ich Eines nie verstanden habe." Jetzt sah er Alex an, seine Augen zeugten von einer gezeichneten Seele, so hatte sie ihn noch nie erlebt.

„Du bist in diesem Leben nicht alleine! Es ist nicht so, als stündest du ganz alleine da, hast niemanden, dem du vertrauen kannst, mit dem du deine Zeit nicht verbringen könntest! Glaub mir, wenn du einfach darüber redest, über all das hier, diese ganze Saison, dann hilft das schon!" Er machte eine ausladende Bewegung, deutete auf die Wohnung, nach draußen auf die City.

„Es fühlt sich manchmal so an, dass der Verein unser Leben ist, vielleicht mag das auch ab und zu so sein. Aber es bringt dir und deinem Leben nichts, wenn alles vorbei ist und du am Ende wirklich alleine dastehst, weil du es dir währenddessen mit allen verscherzt hast." Diesmal deutete er energisch und warnend auf die Flaschen.

„Und ich schwör dir, dass wirst du, wenn du damit weitermachst. Mag sein, dass du bei Reynolds übertrieben hast, ich will dir keine Angst machen, aber das könnte erst der Anfang gewesen sein! Wenn du Bock auf einen Drink hast, fein, aber benutze es um Gottes willen nie, um deinen Stress abzubauen." Alex senkte den Blick, nickte langsam. Diese Botschaft war angekommen, da konnte sich Ted sicher sein.

„Wie gesagt, du hast genügend Freunde gefunden, die dir zuhören, auch spätabends. Ich glaube kaum, dass Edwards oder Hughes um zehn schon brav im Bett liegen." Er deutete auf die Teekanne.

„Eine Tasse Tee geht in England immer, glaub mir." Sie antwortete nicht, Ted umarmte sie zunächst wortlos.

„Hör zu, Alex. Die nächsten Wochen werden hart, verdammt, das Spiel gegen Pinelly wird ehrlich der größte Horror. Aber ich versprech dir, übersteh die paar Wochen bis Weihnachten, dann gibt es ein neues Thema. Ok?" Wieder nickte sie. Sie wusste, Ted hatte Recht. Aber ihr war genauso klar, das Schlimmste, der Einlauf in Pinellys Stadion in nur zwei Tagen, stand ihr noch bevor. Und dank ihr, dank dieses scheiß Artikels, waren die Jungs nicht so fokussiert, waren aus ihrem Tunnel rausgerissen worden. Von Daniels eiskaltem Schweigen, auf das sie sich bereits gefasst machte, ganz abgesehen.

Ja, die nächsten Wochen würden richtig hart werden.

Normalerweise hatte Alex kein Problem damit, wenn ihr Name in einer Mannschaftsbesprechung fiel. Zugegebenermaßen war es bislang immer positiv verknüpft gewesen, doch jetzt nicht mehr. Vor der Abfahrt nach Pinelly am nächsten Tag, nachdem sie zurückgezogen im Büro gearbeitet hatte und Jeniffer kurzerhand durch Elaine, ihre Vertretung, ersetzt worden war, ließ Michael den ganzen Verein zusammenkommen. Vor allem sprach er über die Mentalität der Mannschaft. Sie waren unter Druck gekommen, das Spiel gegen den Erzfeind war von vornherein schwierig, und Alex' Artikel hatte die Situation verkompliziert. Der Trainer versuchte also schon vor der Abfahrt, die Jungs zu motivieren, sich nicht von der Presse und dem Trubel beeinflussen zu lassen, sich auf den Fußball, auf ihre Stärke zu konzentrieren. Genau das brauchten die Männer auch, aber trotzdem kam sie sich nach dieser Ansprache noch kleiner vor, als sie es eh schon war. Daniel sah sie nicht mal mehr aus dem Augenwinkel an. Und jedes Mal überkam sie ein kalter Schauer, wenn er in ihrer Nähe war. Der Mut hatte sie seit Sekunde eins verlassen, ihn anzusprechen, sich zu entschuldigen. Es war aussichtslos.

Auf der zweistündigen Fahrt nach Pinelly waren alle Spieler zurückgezogen, selbst Tom hielt sich bedeckt, hatte sich Kopfhörer aufgesetzt und die Augen geschlossen. Alex beschlich immer mehr das Gefühl, dass dieses Spiel entscheidend für die Moral der restlichen Saison war. Der Schwung der letzten, mehrheitlich erfolgreichen Begegnungen, war einer hochangespannten, fast schon misstrauischen Stimmung gewichen. Keiner hatte eine wirkliche Ahnung, wie aggressiv der Gegner sie empfangen würde.

Als sie in Pinelly einfuhren, wussten sie es. Die ganze Stadt tobte, ihr Bus wurde nach der Stadtgrenze abwechselnd von euphorischen Jatterton-Fans und fanatischen Pinelly-Hooligans gesäumt – Alex war sich nicht sicher, was ihr mehr Sorgen bereiten sollte. Sie hoffte einfach inständig, dass die Polizei alles unter Kontrolle hatte, und das im Stadion nichts passieren würde.

Die Spielvorbereitung lief routiniert ab, doch diesmal war die Stimmung mit nichts zu vergleichen. Obwohl zur Trainingsvorbereitung die Fans noch nicht in die Arena gelassen worden waren, hörten alle das Gegröle, Geschreie, einiges Knallen sehr deutlich. Alex wurde es mit jeder Minute, die verging, die der Spielbeginn näher rückte, mulmiger.

Michael war während seiner Ansprache in der Teamkabine seine steigende Anspannung und Nervosität anzumerken. Der Rest verlief wie immer, doch als sie hinter Daniel und vor Ted durch die Katakomben schritt, schließlich die Startelf abklatschte, viel Erfolg wünschte, brannten sich die Blicke der Pinelly-Spieler für lange Zeit in ihr Gedächtnis ein. Das herablassende und dreckige Grinsen mancher in ihre Richtung war kaum zu übersehen. Normalerweise nickte der ein oder andere ihr zu, ganz im Sinne des Fairplays. Doch nicht heute.

Noch schlimmer wurde es, als Alex das Spielfeld betrat. Ein solches Blitzlichtgewitter flammte auf, dass sie eine Hand schützend vor ihr Gesicht halten musste, die ihr entgegen geschrien Fragen prasselten nur so auf sie ein.

„Würden Sie sich gerne nochmal mit Neil Reynolds treffen?"

„Sind Sie und Reynolds ein Paar? Wie sprechen Sie dann über Fußball?"

„Erhoffen Sie sich einen Wechsel zu Pinelly, haben Sie deswegen mit Reynolds geschlafen?"

Und das waren nur die netteren Fragen. Alex ließ sie alle unbeantwortet.

Zudem kochte das Stadion, anders war es nicht zu beschreiben. Gesänge von beiden Mannschaften waren kaum auseinanderzuhalten, es vibrierte und brodelte. Eine Stimmung, wie mit der Feder zum Zerreisen gespannt.

Als Ted und Alex sich auf ihre Plätze begaben, Daniel natürlich, ohne ihr eines Blickes zu würdigen, flüsterte Ted ihr ganz leise, unbemerkt von jedweder Presse etwas zu.

„Schön ruhig bleiben, egal, was heute auf dem Rasen passiert, Alex. Die Jungs brauchen dich ruhig." Sie nickte, aber Teds Warnung ließ ihr Herz noch schneller schlagen. Dieses Spiel würde hart, erbittert geführt werden – ohne Kompromisse.

Ihr Gefühl trügte sie nicht. Die Partie wurde das brutalste, hässlichste und unfairste Derby, was sie je erleben würde. Pinelly zermalmte Jatterton, fraß sie förmlich auf und spukte sie anschließend auf links wieder aus. Sie griffen sofort und permanent an, behielten die ganze Zeit die Oberhand, der FC hatte keine Chance, nur einmal nach Luft zu schnappen, geschweige denn in Ruhe einen Spielaufbau hinzubekommen. Lediglich ein paar Ecken waren für die Jungs dabei, doch auch da machte ihnen die Abwehr mit einigen unfairen Stellungstricks einen Strich durch die Rechnung.

Einmal erlebte Alex hautnah, wie gefährlich nah das Spiel

an einer vollkommenen Eskalation auf Spielerseite war. Sie nahm gerade einem Auswechselspieler sein Aufwärmtrickot ab, stand etwas abseits der Bank in Richtung Jattertons Tor, als während einer spektakulären Abwehrsituation von Mark der Ball über die Linie flog, direkt bei Alex hängen blieb. Automatisch griff sie nach dem Ball und warf ihm Mark zu. Die Pinelly-Fans veranstalteten bereits ein solches Pfeifkonzert, dass es ihr in den Ohren weh tat. Aber weil es so laut wurde, hörte sie nicht, was der Pinelly-Spieler Mark zurief, als dieser sich an der Seitenlinie zum Einwurf bereit machte. Alles ging rasant, ihr Freunde warf den Ball wieder hinter die Linie, und rannte so schnell auf den gegnerischen Spieler zu, schrie ihn unverständlich an, wurde sogar handgreiflich. Einige Auswechselspieler, Ted, und auch Adam und Tom gingen sofort dazwischen, doch da hatte der Schiedsrichter schon abgepfiffen. Mark kassierte Gelb-Rot und flog vom Platz, während der Spieler aus Pinelly nur müde lächelnd eine Predigt des Schiedsrichters ertrug.

Das war in der dreißigsten Minute, bis dahin hatten die Jungs es noch irgendwie geschafft, sich gegen den Rivalen zu wehren, doch ausgerechnet jetzt fehlte ihnen ihr bester Mittelfeldspieler. Michael wechselte zwar schnell einen anderen Spieler aus, um das Loch zumindest ein Stück weit zu kompensieren, aber alleine bis zur Pause schoss Pinelly zwei Tore, nach der Halbzeit, in der Mark nirgendwo zu sehen war, fiel ein weiteres. Jatterton kämpfte schwer, trotzdem gelang es ihnen nicht, dem Erzfeind irgendetwas entgegenzusetzen.

Die Stimmung in der Kabine war dementsprechend. Alex flüchtete ziemlich schnell in den Mannschaftsbus, über ihr rumorte und knallte es nur so, vermutlich waren einige Fans nach diesem emotionalen Spiel aneinandergeraten. Plötzlich hörte sie laute Stimmen, sah nach draußen. Dort entdeckte sie den Vorstand, nur wenige Meter vom Bus entfernt, wie er Ted und Michael zusammen faltete, sie von Sekunde zu Sekunde schrumpften, während Daniel mit hochrotem Kopf und zusammengekniffenen Augen daneben stand. Es war ein Debakel, eine Klatsche, ein furchtbares Spiel. Ausgerechnet gegen den Erzfeind. Die Presse würde sie alle, nicht nur Alex, nach dieser Partie in der Luft zerreißen, auseinandernehmen, aber sie hatten es verdient. Heute hatte keiner von ihnen eine gute Leistung erbracht.

Jeder aus der Mannschaft war bedient, nicht nur Mark, der kurz vor Abfahrt auftauchte, vor dem Bus eine hitzige Diskussion mit Michael führte und sich dann wortlos setzte. Auf der Fahrt wurde kein Wort gesprochen, diesmal hatten alle ihre Kopfhörer aus einem ganz anderen Grund auf. Doch Michael, und das zeugte Alex' Verständnis nach von großer Stärke, ließ sie nicht einfach so gehen, in Selbstmitleid und Verzweiflung versinken. Niemand durfte sofort verschwinden, alle mussten sich im Besprechungssaal zusammenfinden. Als sie die Mannschaft, den ganzen Verein so betrübt, geknickt und auch wütend sah, fasste sie eine Entscheidung. Schnell trat sie nach vorne.

„Bevor Michael etwas sagt, würde ich kurz gerne was loswerden, wenn das ok ist." Nicht nur der Trainer sah sie irritiert bis wütend an, Daniel hätte sie mit seinen durchdringenden, schwarzen Augen am liebsten umgebracht, Ted blieb als einziger neutral. Verkniffen nickte Michael.

„Ich weiß, das Spiel heute sitzt tief und wir müssen jetzt genau analysieren, an was es gelegen hat. Der größte Grund ist kein Geheimnis, und das war ich. Dass dieser Artikel überhaupt seine Berechtigung hatte, rausgekommen ist, liegt alleine an mir, und dafür entschuldige ich mich aufrichtig bei euch. Ich habe mit diesem Artikel den ganzen Verein zum Wackeln gebracht, ausgerechnet vor dem vermutlich wichtigsten Spiel der Saison. Ehrlich gesagt, kann ich den Vorstand nicht ganz verstehen, wieso ich immer noch hier vor euch stehe, aber so hat er entschieden, also nehme ich diese Verpflichtung und Verantwortung wahr." Sie räusperte sich kurz, sah, wie Ted fast schon leicht lächelte, ihr aufmunternd zunickte, Michael kaum begriff, welche Worte sie da einfach so vom Stapel ließ, ohne, dass sie irgendwer darum gebeten hatte. Nur Daniel war unverändert wütend, aber das war keine Überraschung.

„Heute war kein guter Tag, wie gesagt, wir alle werden viel Zeit damit verbringen, zu analysieren. Aber das ist nur der kleine Teil, der viel wichtigere Teil ist, wie wir die Zukunft dadurch gestalten. Wie können wir die Fehler, die heute gemacht wurden, vermeiden? Und noch etwas: Aus meiner Position lässt sich das natürlich ganz einfach sagen, aber es ist einfach Fakt. Es war heute ein Spiel. Eines, von vielen. Klar, gegen den Erzfeind, aber es war nicht die letzte Chance, diesen... Dreckskerlen aus Pinelly zu zeigen, wer in unserem Revier das Sagen hat. Nämlich nicht die! Wisst ihr was, sie konnten heute nur gewinnen, weil wir einen schlechten Tag hatten, so wie jeder es mal hat. Nächstes Mal müssen sie zu uns, in unsere Höhle, durch unsere phantastischen Fans durch, und dann werden wir mal sehen, wer wirklich seine Leistung abliefert!" Alex hatte sich durch ihren eigenen Frust so in Rage geredet, dass sie zunächst gar nicht merkte, wie sie immer lauter, verzweifelnder, aber vor allem motivierender wurde. Sie riss alle mit, vor allem sich selbst.

„Also, Leute!" Etwas unbeholfen nickte sie in die Runde, dann setzte sie sich schnell wieder an ihren Platz. Ted klopfte ihr anerkennend auf die Schulter, Michael räusperte sich kurz.

„Gut, Alex hat eigentlich alles gesagt. Wir", damit deutete er auf Daniel, Ted und Alex, „beginnen heute noch mit der Analyse. Ihr könnt euch sicher sein, so ein Tag, so ein Spiel, wird nicht mehr vorkommen."

Die Spieler fuhren heim, doch für das Management war das nach solch einem Tag keine Option. Sie quartierten sich in ein

Besprechungszimmer ein, diskutierten und analysierten bis tief in die Nacht quasi jeden Spielzug, Alex protokollierte alles. Als sie bei Marks Ausraster ankamen, der zu seinem Platzverweis geführt hatte, erfuhr sie auch den Grund. Der Spieler hatte Alex beleidigt, und zwar so arg, dass Michael den genauen Wortlaut nicht wiedergeben wollte. Aber da machte sie sich keine falschen Hoffnungen, diese Worte würde sie morgen mit Sicherheit irgendwo im Pressebriefing lesen.

Die ganze Nacht arbeiteten sie durch, und es war Alex' Aufgabe, es für den Vorstand zu seinem Frühstück aufbereitet zu haben. Sie trank viel zu viel Kaffee, aber um sieben Uhr reichte sie Daniel das Dokument in sein Büro. Er saß am Schreibtisch, würdigte sie keines Blickes.

„Hier, wie besprochen, alles fertig." Er griff nach den Unterlagen und schob sie in seine Aktentasche, ohne eine weitere Reaktion zu zeigen.

„Daniel, es..." Doch weiter kam Alex nicht. Er klappte mit hasserfülltem Gesicht seinen Laptop zu, stopfte auch diesen in seine Tasche, stand auf und ging wortlos an ihr vorbei.

Es dauerte fast eine ganze Woche, bis Alex nach dem Artikel die Kraft und Stärke wiederfand und spätabends an Daniels Bürotür klopfte. Die letzten Tage waren die reine Hölle für sie, auch wenn sie der Mannschaft hoch anrechnete, dass nicht ein einziger ihr die Schuld zuschob. Auch ohne wäre es eine schwere, emotionale Partie geworden, maximal war der Artikel das Zünglein an der Waage gewesen, Pinelly hatte das ausgenutzt und wie bei Mark provoziert. Ein unglückliches Zusammenspiel mehrerer Faktoren. Mal wieder.

Blieb also nur noch Daniel. Alex wusste, er war da, sie sah das Licht im Türrahmen durchscheinen. Leise rief er herein. Fest nahm sie sich vor, dieses Mal nicht klein beizugeben, ihre Meinung loszuwerden. Und wenn sie ihm dabei hinterhergehen, es ihm über den Flur zuschreien musste.

„Hast du kurz Zeit für mich?" Er sah nicht mal auf, reagierte nicht, sondern starrte weiterhin in seine Unterlagen auf dem Schreibtisch.

„Gut, wenn du nicht willst, rede ich einfach. Ich habe Mist gebaut, ich hätte niemals dorthin gehen sollen. Irgendwer hat mir eine Falle gestellt, vielleicht sogar in diesem Verein. Es sollte mich eigentlich meinen Job kosten. Ich weiß, das hättest du an diesem Tag auch gewollt. Aber ich mache einen verdammt guten Job, und das weißt du. Du hast es selbst gesagt. Also können wir bitte wieder zur professionellen Arbeitsebene zurückkommen?" Doch immer noch reagierte Daniel nicht, frustriert fuhr sich Alex übers Gesicht.

„Versteh schon", murmelte sie nur, wollte sich umdrehen, da endlich sah Daniel sie an. Sein Blick triefte vor Kälte, Sarkasmus und Enttäuschung.

„Was erwartest du denn von mir, Alexandra? Wie soll ich deiner Meinung nach reagieren? Meine Aufgabe ist es, den Verein zu lenken, über alles Bescheid zu wissen. Du hättest zu mir kommen können, wenn es denn wirklich so mysteriös war, wie du gesagt hast! Wir hätten das klären können. So hat es uns alle eiskalt von hinten erwischt, jeder denkt jetzt, du bist eine verdammt versoffene Schlampe! Du hast den ganzen Verein in Verruf gebracht!" Er sprach so laut, so unfair, dass Alex kaum mehr Luft bekam. Noch vor wenigen Tagen hatte sie den Eindruck gewonnen, dass sie und Daniel auf einem guten Weg waren, ja, sogar, dass sie Freunde werden könnten, Partner. Aber jetzt... Unverhohlen enttäuscht senkte sie den Blick.

„Fehler sind menschlich, Daniel." Noch bevor sie weiterreden konnte, brüllte er wieder los.

„Aber nicht bei mir!" In der Stille, die danach einkehrte, sahen sich die beiden einfach nur an. Daniel wutentbrannt, seine Schultern hoben und senkten sich schnell im Takt seines beschleunigten Atems, Alex traurig und verloren. Für einen winzigen Augenblick meinte sie, Reue in seinen Augen zu sehen, doch das war sofort wieder vorbei. Dennoch gab sie nicht auf, versuchte, ihn mit aller Macht von dem Fortbestand ihrer Freundschaft zu überzeugen. Bis an seine Schmerzgrenze.

„Ich habe mich wahnsinnig gefreut, als du mich zu deinem Geburtstag eingeladen hast, Daniel. Bei unserem Gespräch hatte ich das erste Mal seit fast drei Monaten den Eindruck, dass ich mit dem echten Daniel spreche. Er hat mir gefallen. Ich hätte mich an ihn gewöhnen können. Du warst menschlich. Nahbar. Aber so... Daniel, du tust dir selbst keinen Gefallen, wenn du dich so verhältst. Irgendwann kostet dich das noch jede Freundschaft, jede... Nähe. Hoffentlich bereust du das nicht irgendwann." Alex hätte erwartet, dass er nach diesen Sätzen endgültig ausrasten würde. Schließlich hatte sie ihm die harte Wahrheit an den Kopf geworfen. Er war kein Mensch, der Nähe suchte, brauchte, er müsste ihr das eigentlich vor den Latz knallen. Aber stattdessen blieb Daniel das erste Mal nach einem Angriff auf ihn stumm. Alex blieb nichts anderes übrig, als ohne eine Reaktion von ihm abzuwarten, zu gehen.

Ted war eigentlich nur gekommen, um ein paar Akten zu holen, die er für morgen früh brauchte. Als er jedoch hörte, wie Alex und Daniel diskutierten, flüchtete er unbemerkt von den beiden in Michaels Büro, was immer offen stand, und versteckte sich hinter der Tür. Nach Alex' letzten Worten und der Stille, die darauf folgte, schloss er selbst kurz die Augen. Sie war hart zu Daniel gewesen, sehr hart, er hatte nicht mitbekommen, wie nah die Zwei sich die letzten Wochen gestanden hatte. Daniel hatte nie jemanden aus dem Verein zu seinem Geburtstag eingeladen, und jetzt ausgerechnet Alex?

Als sein Schützling an Michaels Büro vorbeiging, hörte er ganz genau ein unterdrücktes Schniefen. Und obwohl die Situation weitaus unpassend war, beschloss Ted, die Chance zu nutzen. Jetzt nicht mehr darauf bedacht, nicht gesehen zu werden, ging er festen Schrittes den Gang entlang und blieb vor Daniels Bürotür stehen, klopfte an. Dieser schmiss gerade fahrig Unterlagen in seine Aktentasche, sein Kopf hochrot, normalerweise sprach man ihn in einem solchen Stadium nicht an. Doch Ted tat es. Er musste. Wenn Daniel etwas an Alex lag, wovon er nach diesem Gespräch eben stark ausging, würde er seinem Plan zustimmen. Denn Daniel ließ nie so mit sich reden, geschweige denn stillschweigend gehen.

„Wenn du jetzt auch rumheulst oder mir den schwarzen Peter zuschieben willst, verkneif es dir sonst wohin. Mir reicht es für heute." Selten verlor Daniel komplett die Beherrschung, aber Ted spürte, dass er kurz davor war, sein ganzer Körper vibrierte vor Anspannung. Er war persönlich angegriffen, das sah und fühlte man. Wenn es eines gab, was Daniel mehr als alles andere hasste, waren es Gefühle. Und nun kriegte er sie augenscheinlich selbst nicht auf die Reihe. Ted begab sich also wissentlich ins offene Feuer. Und was genau zwischen den beiden lief, das würde er versuchen, danach rauszufinden.

„Du weißt genauso gut wie ich, dass wir im Verein ein Leck haben." Daniel schmiss seine volle Aktentasche mit solcher Wucht in seinen Schreibtischstuhl, dass dieser anfing, sich zu drehen.

„Ach, weiß ich das? Es kann auch einfach nur ein Journalist sein, der Alexandra seit Saisonbeginn gefolgt ist. Sich dann, wo Reynolds und Alex besoffen genug waren, dazu gemogelt haben." Ted schüttelte sofort den Kopf, während Daniel nun deutlich beherrschter vor ihm stand. Er hatte angebissen, stimmte Ted zu. Alex würde solch eine Dummheit nicht begehen.

„Wieso dann jetzt erst?" Daniel hob die Arme.

„Weil wir ein paar Tage danach unser Spiel gegen Pinelly

143

hatten? Um Unruhe in die Truppe zu bringen?" Auch wenn er natürlich Recht haben könnte, Ted glaubte nicht daran.

„Komm schon! So eine heiße Story, das hätten die sofort gebracht!" Ted schüttelte erneut den Kopf, fuhr fort.

„Jemand hat es mitbekommen, und bewusst platziert. Jemand innerhalb des Vereins, der Möglichkeiten hat, unsere Schritte überall hinzu verfolgen." Daniel sah Ted so fest und hart an, dass dieser schlucken musste. Auch wenn der Junge fast zwanzig Jahre jünger war, jagte er einem doch gehörigen Respekt und ja, auch Angst ein.

„Du denkst also wirklich, jemand hat Alexandra eine Falle gestellt, um sie loszuwerden?" Nickend ging Ted einen Schritt auf Daniel zu.

„Allerdings. Du kennst Alex, sie brennt für den Club. Sie hätte dieses Arschloch nicht mal mit dem Hintern angeschaut. Wieso also sollte sie ausgerechnet mit ihm Party machen?" Daniels Blick war unverändert versteinert, aber Ted sah in seinen Augen, wie es bröckelte. Daniel antwortete leise, dafür sehr präzise.

„Es muss also jemand von uns gewesen sein, der weiß, wie man sowas inszeniert. Da kommen nicht viele Personen in Frage, wenn man mich mal außen vor lässt." Langsam nickte Ted, während Daniel immer skeptischer wurde.

„Ich habe ein paar Sachen überprüft. Ganz alleine, nur Michael und ich wissen davon. Seit Alex hier angefangen hat, hat eine Person ihre Handydaten überprüft, jeden Abend. Mehrmals wurde mitten in der Nacht auf ihren Account zugegriffen, intern. Ein paar dieser Zugriffe konnten wir London zuordnen." Er räusperte sich kurz. Sie beide wussten, wer sie alle vermutlich aus London kontrollierte, also fuhr er fort.

„Doch die meisten kamen aus Jatterton." Der Gesichtsausdruck des Assistenten verschärfte sich deutlich.

„Wer?" Nachdem Ted den Namen genannt hatte, senkte

Daniel kurz den Blick, dann schlug er auf seinen Schreibtisch ein, so fest, dass alles darauf wackelte, Ted wieder einen Schritt zurückging.

„Es ist aber noch nicht eindeutig genug. Nur vom Mails mitlesen konnte Alex nicht so manipuliert worden sein. Wir brauchen mehr Daten, und dafür den persönlichen Code."

„Gut, wir überlegen uns einen Plan. Keiner erfährt davon, verstanden?" Ted war erleichtert. Er hatte Daniel auf seiner Seite. Vielleicht war es der beste Moment gewesen, um ihn von seinem Verdacht und Plan zu überzeugen. Es war Alex' Fehler, auf den Trick reinzufallen. Aber nicht, was danach kam. Sie würden sie da wieder rausholen. Wäre er nicht so erstaunt darüber, hätte er fast gelacht. Daniel half tatsächlich mal jemand anderen, außer sich selbst.

Mit jedem Tag, mit dem der Dezember näher an Weihnachten heranrückte, wurde Alex deprimierter und frustrierter. Eigentlich liebte sie diese Jahreszeit, doch dieses Jahr kam sie überhaupt nicht in Stimmung. In Deutschland hatte sie gemeinsam mit ihrer Mutter das ganze Haus weihnachtlich geschmückt, fuhr jede Woche zum Geschenke einkaufen, hatte Tonnen Plätzchen gebacken. Doch dieses Jahr konnte sie sich zu nichts aufraffen. Die Presse folgte ihr nahezu ununterbrochen, bis zum Vereinsgelände, zu ihrer Wohnung, zum Einkaufen. Das grelle Licht der Fotoapparate blendete sie, teilweise schubsten die Journalisten sie sogar unsanft, um eine Reaktion zu provozieren. Mittlerweile parkte sie nur noch in Garagen, weil die Presse dort keinen Zugang hatte. Oder noch keinen gefunden hatte.

Zudem fehlte ihr ihre Familie. Sie hatten erst kurz vor Neujahr bezahlbare Flüge bekommen, und der FC hatte keine Weihnachtspause, zu Silvester würde es anstelle einer Weihnachtsfeier eine kleine Party geben.

Und zu allem Überfluss redeten weder Luke noch Daniel kein Sterbenswörtchen mit ihr. Bei ihrem Freund hatte sie es zu verantworten, bei Daniel war sie, obwohl sie es nicht zugeben wollte, zunehmend traurig. Eigentlich seit ihrem Geburtstag hatte sie das Gefühl gehabt, ihm Stück für Stück näher gekommen zu sein. Wenn auch nur als Freunde, dennoch fühlte sie sich wohl bei ihm. Zur Zeit würde der Assistent allerdings alles geben, um sie wieder loszuwerden. Sie hatte ihn enttäuscht, obwohl sie sich so gut angestellt hatte. Schall und Rauch, alles weg.

Er strafte sie eiskalt für ihren Fehler ab, mit Ach und Krach würgte er Grußformeln raus, aber nur, wenn jemand anders mit im Raum war. Mit jedem Tag mehr, denn er sich auf reine Arbeitsanweisungen beschränkte, setzte ihr das mehr zu. Sie hasste sich dafür, so zu denken. Sie war nicht abhängig von Daniels Wohlgefallen. Die schlimme Wahrheit war, dass sie alles tun wollte, um mit ihm wieder auf einer Ebene zu sein.

Wie immer konnte sie mit niemanden darüber reden. Tom würde sie wahrscheinlich auslachen, wenn sie zugab, dass sie Daniels Bestätigung brauchte. Genauso wie jeder andere. Alle *hassten* Daniel, eigentlich müsste sie froh sein, dass er sie in Ruhe ließ. Aber sie war es nicht, im Gegenteil. Was das über sie und Daniel aussagte, schloss sie tief in ihrem Inneren weg. Für diesen Weg war sie nicht bereit.

Und sie schämte sich. Für die Sache mit Reynolds, für ihre Leichtsinnigkeit, das Debakel in Pinelly. Der ganze Verein, ihr FC, musste darunter leiden. Niemand warf es ihr vor, aber diese Schmach, dieser öffentlich gewordener, großer Fehler saß verdammt tief.

Kurz vor Weihnachten schließlich, Alex hatte sich durch den Hintereingang des Pubs geschlichen, besprachen die Jungs ihre Pläne für die Feiertage. Tobi würde sie bei Lisas Familie verbringen, Mark mit Kendra in einem edlen Hotel in London.

Blieben nur Adam, Tom und Alex übrig.

„Und Luke?" Adam sah Luke erwartungsvoll an, der gerade eine neue Runde Pints brachte. Alex sah, wie er zögerte, möglichst darauf bedacht, sie nicht anzuschauen.

„Naja, was habt ihr denn vor?" Adams Blick blieb auf Alex haften.

„Also, Alex hat eindeutig die beste Aussicht auf die City, was hältst du davon, wenn wir bei dir eine Single-Weihnachtsparty machen? Feiern wir unsere Einsamkeit an Weihnachten weg?" Sie kam gar nicht dazu, etwas zu erwidern, die anderen Jungs waren sofort Feuer und Flamme. So sehr, dass Mark und Tobi enttäuschte Gesichter zogen.

„Oh Mann, da wäre ich schon auch gerne dabei", murmelte Mark, doch Alex winkte ab.

„Keine Sorge, wie ich unsere Herren kenne, wird das nicht die letzte Party sein." Tom reichte als Antwort nur ein Augenzwinkern.

„Super, dann komm doch auch, Luke?" Alex wagte, Luke kaum anzuschauen, doch zu ihrem Erstaunen wandte er sich ihr zu.

„Wenn das ok ist?" Natürlich nickte sie. Ihr Freund fehlte ihr.

Und so kam es, dass Alex für den 25. Dezember, dem traditionellen Weihnachtstag in England, einen Truthahn bestellte und sich in der Metzgerei, unter Argusaugen der vor dem Schaufenster versammelten Presse erklären ließ, wie sie ihn am besten im Ofen zubereitete. Sie kaufte vermutlich viel zu viel Alkohol, Sherry, Wein, Punsch. Und plötzlich entschloss sie sich mitten in der Nacht doch, wenigstens zwei ihrer Lieblingsplätzchen zu backen. Wenige Tage vor Weihnachten bekam sie mit, dass Ted ebenfalls alleine sein würde, also lud sie ihn auch noch ein. Niemand sollte am Fest der Familie und Liebe einsam sein. Und weil sie so in Weihnachtsstimmung gekommen war, beschloss sie, selbst für Daniel ein Geschenk zu besorgen. Auch wenn sie nicht wusste, wann und wo sie ihm das geben sollte, und ob er es überhaupt annehmen würde.

Am 24. saß sie also in ihrer Wohnung, skypte mit ihren Eltern, einen Punsch in der einen, und einen Haufen Plätzchen in der anderen Hand. Ein paar Tränen konnte sie nicht verdrücken, als sie den wunderschönen Tannenbaum im Haus ihrer Eltern sah, doch ihr Vater munterte sie wie immer auf. Nach dem Telefonat goss sie sich ordentlich Punsch ein, prüfte, dass der Truthahn gut gekühlt für morgen vorbereitet war, und sah sich dann einen kitschigen Liebesfilm mit Happy End an. So überstand sie ihr erstes Weihnachten ohne ihre Familie. Gut beschwipst und mit Tränen auf dem Gesicht schlief sie schließlich auf der Couch ein.

„Ich sag es nur ungern, Luke, aber deine Aktionen werden immer riskanter. Die Jungs auf dem Revier werden langsam unruhig. Fahr mal einen Gang zurück." Daniel verschränkte die Arme vor der Brust, lehnte sich an sein Auto, während Luke ihm gegenüber mit den Augen rollte. Sie hatten sich in einer versteckten Ecke des Hafens getroffen, einer von Lukes Männern hatte hier Nachtschicht. Ein sicherer Ort, an dem sie sich immer trafen, keiner konnte ihnen hierher unbemerkt folgen, Handys ließen sie grundsätzlich daheim.

„Entspann dich. Die Jungs müssen seit dem Pinelly-Debakel einfach noch ein bisschen Dampf ablassen." Die Blicke beider Männer verfinsterten sich sofort.

„Apropos. Mich wundert es, dass Alex ihren Job noch hat. Hätte der Vorstand sie eigentlich nicht direkt rausschmeißen müssen?" Lukes Frage war provokativ, das wusste er, aber Daniel lehnte sich wieder nur ein Stück zurück, entkam damit für ein paar Sekunden Lukes scharfem Blick. Dem entging keinesfalls, dass Daniel das nutzte, um seine Gesichtszüge in den

Griff zu bekommen.

„Denkst du ernsthaft, ich bespreche Personalthemen mit dir?" Luke lachte auf.

„Das ist kein Personal, sondern eine Freundin. Die eingeht, wie eine welke Blume, vermutlich weil sie ihren Job noch hat und du sie für ihren Fehler jeden Tag steinigst." Daniel brauchte überraschenderweise eine Weile mit seiner Antwort.

„Der Vorstand hat entschieden, dass sie bleibt. Das respektiere ich." Sein Gegenüber schüttelte den Kopf.

„Verkauf mich nicht für dumm, Junge. Wenn du sie dort akzeptierst, auf ihrem Posten, dann weißt du etwas, dass sie entlastet. Solch eine Blamage würdest du unter normalen Umständen nie zulassen, sie hätte schon längst ihre Retourkutsche bekommen. Für sowas findest du doch immer einen Weg. Es sei denn..." Luke sprach den Satz nicht zu Ende, Daniel spannte sich merklich an.

„Bis jetzt sind wir immer fair miteinander umgegangen, Luke. Du kriegst was von mir, ich krieg was von dir. Setz das lieber nicht aufs Spiel, in dem du diesen Satz beendest." Daniel sprach leise, dafür messerscharf. Luke war zu weit gegangen, aber es war ein guter Weg gewesen, um ihn ein bisschen zu testen. Und er war voll in die Falle getappt. Früher wäre Daniel niemals auf so eine Provokation angesprungen. Jetzt schon. Was Luke mit dieser Information allerdings anstellte, wusste er noch nicht. Also hob er entschuldigend die Hände.

„Ok, ok. Ich will einfach nur wissen, ob sie wirklich reingelegt wurde. Sie würde niemals freiwillig mit diesem Kerl ins Bett steigen." Daniel schwankte innerlich, doch dann kam ihm eine Idee. Er vertraute Luke, und seine zahlreichen Kontakte in die Unterwelt waren vielleicht hilfreich.

„Ja. Wir haben ein Leck im Verein. Jemand will Alex loswerden. Und derjenige bin nicht ich." Luke schüttelte den Kopf.

„Fuck. Die Arme." Dann fixierte er Daniel erneut.

„Und du weißt, wer?" Ein Nicken genügte Luke als Antwort, er tickte aus.

„Und wieso zum Teufel ist dann noch nichts passiert?" Diesmal hob Daniel beschwichtigend die Hände.

„Wir können die Person noch nicht Hopps nehmen. Und solange das der Fall ist, kann niemand außer, Ted, Michael und mir etwas davon wissen." Er legte eine kurze Pause ein.

„Und wir könnten Hilfe gebrauchen."

Später an diesem Abend saß Daniel in seinem Arbeitszimmer und starrte wie paralysiert auf das schwarze, kleine Notizbuch vor sich. Er hatte ein Neues für sich gekauft und in einem wahnwitzigen Anflug ein Zweites. Jetzt lag es vor ihm und er wusste nicht, ob er diesen Schritt wagen sollte. Ihm ging sein Gespräch mit Alex nicht aus dem Kopf, an seinem Geburtstag. Dass ihr etwas an ihm lag, wie sie nach der Sache mit Reynolds sogar zugegeben hatte.

Immer noch glaubte ein letztes Prozent nicht daran. Dass es echt wahr. Aber es schien so. Und ein weiterer Teil in ihm kam deswegen ziemlich ins Schwanken, Trudeln, Schlingern. Piotr hatte es gemerkt, natürlich, und vermutlich Luke.

Er wollte weiter verstehen. Und dazu musste er auf Alex zugehen, auch wenn es ihm sehr schwerfallen würde. Wieder griff er nach dem Notizbuch. Sein Plan war einfach und klar: Sie weiter testen, aber immer einen Weg zurückfinden, nicht alle Mauern fallen lassen. Irgendwann würde er den wahren Grund ihrer Zuneigung schon durchschauen. Und dann endlich damit abschließen.

Pünktlich ab elf trudelten die Jungs ein, schick in Hemd und mit gestylter Frisur.

„Du meine Güte, Adam, ich habe dich noch nie im Hemd gesehen." Sie gab ihrem Freund einen Kuss auf die Wange.

„Gewöhn dich nicht dran. Das ist nur für meine Familie zur Feier des Tages, klar!" Sein Blick blieb an ihrem grünen Kleid hängen.

„Du kannst dich aber auch sehen lassen!" Beschämt senkte sie den Kopf, die Jungs und Ted nahmen bereits die Küche in Beschlag und begutachteten den Truthahn im Ofen. Als Adam sich dabei anschloss, nutzte Luke die Gelegenheit, mit Alex etwas abseits zu sprechen.

„Hey, danke, dass ich kommen durfte." Sie winkte sofort ab.

„Ist doch kein Thema." Einen Moment haftete Lukes Blick unergründlich an ihr, endlich lächelte er leicht.

„Wenn nicht an Weihnachten, wann soll man denn dann aufeinander zugehen. Meinst du, wir können das Kapitel Reynolds einfach abhaken?" Alex spürte die Hitze ins Gesicht steigen, nickte schnell.

„Unbedingt. Es tut mir leid, ich habe total überreagiert. Ich..." Luke unterbrach sie mit einem gewitzten Lächeln auf den Lippen, vorbei seine harte Art der letzten Wochen.

„Ich weiß. Du hast echt heftig viel zu tun. Passt schon. Es sollte... dir nur in Zukunft nicht mehr so auf die Füße fallen."

„Ach, danke für den Tipp, wirklich hilfreich!" Luke nahm sie kurz in den Arm, und damit war zum Glück das Eis gebrochen. Sie tranken einige Gläser Punsch, während Ted über den Truthahn wachte. Als er ihn schließlich zum Tisch brachte, überließ er es aber Alex als Hausherrin, ihn anzuschneiden. Sie hatten bestimmt schon eine Stunde gemütlich gegessen, als es plötzlich an der Tür klopfte. Erstaunt ging sie zum Türspion. Würden es die Journalisten wirklich wagen, auch an Weihnachten zu stören? Doch als sie sah, wer vor der Tür wartete, wurde ihr ein wenig schwummrig, gleichzeitig lief es ihr eiskalt den Rücken runter.

„Alex, alles ok?" Tom sah sie skeptisch an, aber sie versuchte sich an einem möglichst überzeugenden Lächeln, dann öffnete sie die Tür.

„Hi, Alexandra. Frohe Weihnachten." Daniel stand, elegant gekleidet in edlem Mantel und Stoffhose vor ihr, in der Hand hielt er ein kleines, eingepacktes Geschenk. Sein verkrampftes Gesicht sagte mehr als tausend Worte: Er hatte sich überwinden müssen, ausgerechnet heute hier aufzutauchen. Seine Augen wechselten von neutral zu abwartend, als sein Blick an ihr herunter glitt, er merkte, dass sie sich nicht nur wegen Weihnachten so gestylt hatte. Schnell sah er um die Ecke, wo die Jungs und Ted am Tisch saßen. Tom winkte fröhlich herüber, als hätten ihre Freunde den Assistenten schon längst erwartet.

„Daniel, was für ein Zufall, wenn du auch Strohwitwer und Weihnachten alleine bist, bleib doch!" Ted ließ sich seine Überraschung nicht anmerken, Daniel winkte sofort ab. Sein Gesichtsausdruck schwankte zwischen verkrampft und nervös.

„Ich will nicht stören, ich wollte nur was abgeben." Doch noch bevor er Alex unbeholfen das Geschenk in die Hand drücken konnte, war Ted schon auf Daniel zugestürmt, schob ihn in die Wohnung und zerrte ihm gleichzeitig seine Jacke herunter.

„Nichts da, Junge, wir haben sowieso viel zu viel zu essen, und du bist doch so ein leidenschaftlicher Trinker. Auch da haben wir genügend auf Vorrat." Ohne, dass Daniel sich großartig wehren konnte, saß er plötzlich zwischen Luke, der genau wie Daniel wenig begeistert guckte, und Adam, der sich nur bedingt ein fettes Grinsen verkneifen konnte. Alex eilte in die Küche, um Geschirr für den unverhofften Gast zu holen.

„Soll ich überhaupt fragen, wieso Daniel an Weihnachten mit einem Geschenk in der Hand vor deiner Tür steht?" Alex zuckte zusammen, als Tom unbemerkt die Küche betreten hatte und ihr mit dem zusätzlichen Gedeck half. Sie schüttelte nur ungläubig den Kopf.

„Fast drei Wochen spricht er kein Wort mit mir. Und plötzlich, ausgerechnet an Weihnachten, steht er vor der Tür, als wäre nichts gewesen." Sie blies lange die Luft aus, sah Tom wütend und panisch gleichzeitig an.

„Ich hasse den Kerl." Sie rechnete Tom hoch an, dass er nicht weiter darauf einging, sich einfach ein fettes Grinsen ins Gesicht klebte und Alex wieder hinaus zu den Gästen folgte.

Doch sie konnte kaum einen klaren Gedanken fassen. War ihm eigentlich bewusst, wie sein Auftauchen ankam, vor ihren Jungs, geschweige denn vor Ted?

Daniel war sein Unwohlsein deutlich anzumerken, er rutschte ein paar Mal unruhig auf dem Stuhl umher, während die Jungs wie immer waren, laut, teilweise vulgär, aber lustig. Alex saß ihm direkt gegenüber, sie beobachtete, wie er mit der Zeit und den Gläsern Punsch, die sie alle gemeinsam becherten, entspannter wurde, auch wenn er tunlichst jeden Blick in ihre Richtung vermied. Als das Gespräch sich schließlich um die Spieler von Pinelly drehte, schritt Alex allerdings ein.

„Jungs, es ist Weihnachten. Bleibt sachlich!" Ted prostete ihr mit mittlerweile roten Augen zu.

„Alex hat Recht. Keine Streitthemen an Weihnachten." Für einen Moment war es ruhig, dann schlug Adam sich so plötzlich an die Stirn, dass Daniel neben ihm zusammen zuckte.

„Weihnachten! Geschenke!" Als Toms Blick dreckig an ihr haften blieb, schwante ihr bereits Übles.

„Kleines, wir wussten ja nicht, dass deine beiden Bosse anwesend sind. Aber wir sind ja heute sowas wie eine Familie, und Familien vergessen hoffentlich auch mal peinliche Sachen." Alex zog ein gequältes Gesicht, als Adam ihr ein mittelgroßes, nicht wirklich schweres und passenderweise quietschrosa Geschenk reichte.

„Oh Gott. Leute, bitte nicht." Sie hielt sich schützend die Hand vor die Augen, doch die Jungs legten noch einen drauf.

„Hier, mit Karte." Luke brachte das Grinsen gar nicht mehr

aus dem Gesicht, während Adam sich erklärend an Daniel und Ted wandte, die offensichtlich keine Ahnung hatten, was sie gleich erwarten würde.

„Also, jetzt ernsthaft, wir wussten nicht, dass Sie auch da sind. Bitte reiben Sie das Geschenk Alex nicht unter die Nase, ok?" Ted war komplett ahnungslos, er fragte sogar Alex, ob er lieber gehen sollte. Doch der Alkohol putschte sie auf, ließ sie mutiger werden.

„Wie Sie wollen, Ted. Aber schlimmer, als für eine Bettgespielin von Neil Reynolds gehalten zu werden, kann es ja nicht kommen." Die Jungs grölten, Ted nickte anerkennend, während Daniel sich ein gequältes Lächeln ins Gesicht klebte.

Weil zu langes Warten es nur noch unangenehmer gemacht hätte, klappte Alex schnell die Karte auf.

„Für einsame Stunden im Bett." Sie sah ihre Jungs nur entgeistert an.

„Das meint ihr doch nicht ernst, oder?" Tom und Adam kamen aus dem Lachen gar nicht mehr heraus, während Luke, Daniel und Ted einen lautlosen Wettbewerb veranstalteten, wer sich in der Gegenwart des anderen am unwohlsten fühlte.

„Na los, jetzt mach schon." Mit hochrotem Kopf riss sie das Geschenkpapier weg. Kurz kehrte Stille ein, alle beugten sich neugierig darüber. Alex brauchte einen Augenblick, um zu realisieren, dass die Jungs das wirklich getan hatten. Sie hatten die Verpackung sogar signiert, Tobi und Mark hatten auch unterschrieben. Bei dem mittlerweile erreichten Bekanntheitsgrad der Männer würde sie dafür auf Ebay ein Vermögen erzielen können.

„Was soll das denn sein?" Ted griff beherzt nach ihrem Geschenk, doch Alex schob es schnell unter den Tisch. Daniels und ihre Blicke trafen sich kurz, er schwankte zwischen Schock und Amüsiertheit.

„Das... das ist gar nichts, Ted." Sie stand auf, ließ die Packung samt Karte in einer Schublade verschwinden, bemühte sich wieder um eine akzeptable Gesichtsfarbe, doch Tom konnte es nicht gut sein lassen.

„Wissen Sie, Ted, Alex arbeitet so viel. Wir haben ihr eine... Entspannungsmöglichkeit für die späten Abendstunden geschenkt." Endlich fiel der Groschen bei Ted, aber anstelle wie die anderen zu lachen, wurde er kreidebleich.

„Seht ihr, er wollte es nicht wissen!", fluchte Alex, während sie ihrem Chef schnell ein neues Glas Punsch reichte. Er nahm es dankbar an.

„So viel dazu. Jetzt seid ihr dran." Bevor ihre Freunde weiter auf ihrem Geschenk für ganz besondere Stunden rumritten, griff sie in eine andere Schublade und verteilte ihre.

„Ich muss euch gleich von vorne herein enttäuschen, das hat überhaupt nichts mit eurem Geschenk gemein." Alex zögerte kurz. Sollte sie wirklich hier vor allen anderen Daniel sein Geschenk übergeben? Sie beschloss, es zu tun. Während die Jungs ihre Präsente bereits gierig aufrissen, reichte sie ihm das etwas größere Geschenk. Es war das erste Mal seit langem, dass sie wieder normal miteinander umgingen. Er nickte langsam, dann griff er nach seinem Mitbringsel und drückte es ihr unbeholfen in die Hand.

„Hier." Schnell wandte er sich ab, während Ted als erster sein Buch ausgepackt hat.

„Alex, du hättest mir doch nichts schenken brauchen!", rief er entrüstet aus, gleichzeitig war er aber bereits in die Lektüre der Biographie eines bekannten deutschen Managers vertieft. Auch die anderen Jungs machten große Gesichter, als sie Gutscheine für gemeinsame Aktivitäten auspackten. Für Luke hatte sie sich mit einem gemeinsamen Besuch in einem Eventrestaurant etwas Spezielles einfallen lassen. Auf seiner Karte stand „Damit du auch mal bedient wirst."

Alex freute sich unheimlich, dass ihre Geschenke gut ankamen, schließlich verdienten die Jungs weitaus mehr als sie, es gab fast nichts, was sie sich nicht leisten konnten. Gemeinsame Zeit war also durchaus wertvoll für sie. Gespannt widmete sie sich nun Daniels Geschenk. Es war rechteckig, nicht besonders schwer, aber hart. Sie vermutete ein Buch. Gleichzeitig packte auch Daniel seins aus, unter den Argus Augen der Jungs.

„Wow, Daniel, das ist wirklich wunderschön." Alex lief schon wieder rot an, diesmal aus einem anderen Grund. Sein Geschenk war ein kleines Tagebuch, in dunklem Leder gebunden, mit passendem Stift. Beim Aufschlagen entdeckte sie sogar eine Widmung auf der ersten Seite.

„Für deine Gedanken. Daniel." Als sie sah, dass er mit seinem Namen unterschrieben hatte, wusste sie, dass dies seine Friedenserklärung war. Sie nahm sie dankbar an.

„Danke, Daniel, sehr aufmerksam von dir." Er nickte nur schnell, wollte am liebsten von sich ablenken, aber er kämpfte immer noch mit dem Klebeband der Geschenkverpackung. Wortlos reichte Adam ihm sein Messer. Ein wenig unwohl wurde Alex nun doch. Auch sie hatte sich an einen Satz aus ihren Gesprächen erinnert, sie hatte aber keine Ahnung, ob er das genau so witzig und schön finden würde, wie sie. Als er das Papier erfolgreich weggerissen hatte, starrte er wie zu erwarten etwas perplex auf die Buchreihe.

„Alex, erhelle uns." Adam betrachtete genauso erstaunt die Buchtitel, wie Daniel.

„Wieso bekommt Daniel die Harry Potter-Bücher?" Zögerlich erklärte sie.

„Naja, man sollte in seinem Bücherregal nicht nur Fachbücher haben. Ab und zu braucht man auch eine spannende Story, über Freundschaft, den Kampf gegen das Böse. Kommt schon, ich muss euch Harry Potter nicht erklären. Außerdem sind das wunderschön illustrierte Ausgaben." Sie warf Daniel einen kurzen Blick zu, doch er starrte immer noch ungläubig

156

auf die Bücher in seiner Hand, wenn auch mittlerweile mit einem leichten Lächeln.

„Also, finde ich." Da hob er den Kopf, lächelte diesmal aufrichtig.

„Danke, Alex. Die sind wirklich toll." Die Jungs schienen zu spüren, dass es jetzt kein Moment war, um nachzubohren, doch Ted war derjenige, der die Truppe sprengen wollte.

„Also, es war ein wirklich tolles Weihnachten." Er leerte seinen Punsch, aber sie ließ ihn gar nicht weiter ausreden.

„Oh nein, du gehst noch nicht! Erstens habe ich meine ganzen Weihnachtsfilme rausgekramt, und zweitens schiebe ich später noch einen Crumble in den Ofen. Du kannst noch gar nicht gehen, höchstens auf die Couch." Adam warf Ted einen amüsierten Blick zu.

„Hören Sie, heute haben Sie nichts zu sagen." Die Jungs begannen, den Tisch abzuräumen, während Alex dringend eine Zigarette brauchte. Als sie sich auf den Weg zum Balkon machte, folgte ihr Daniel.

„Das ist ein guter Plan, darf ich mit?" Sie nickte, schloss die Balkontüre hinter ihnen beiden.

„Tut mir leid, Daniel, ich wollte dich nicht in eine unangenehme Situation bringen. Ich hoffe, du verpasst keine anderen Termine." Daniel gab ihr schief mit einer Zigarette im Mund grinsend Feuer, dann schüttelte er den Kopf. Alex spürte sofort, dass immer noch eine gewisse Spannung zwischen ihnen herrschte, ob von der guten oder der schlechten Sorte konnte sie nicht sagen.

„Nein. Wahrscheinlich störe ich eher die Runde." Sie warf einen Blick auf die Jungs, die laut plänkelnd durch die Wohnung räumten, Ted lag schon halb eingedöst auf der Couch.

„Das glaube ich nicht." Daniel zögerte kurz, dann wandte er sich wieder Alex zu.

„Ich wollte mich bei dir entschuldigen. Mein Ausraster wegen Reynolds. Die kalte Schulter." Alex zog an ihrer Zigarette, konnte das Feuerwerk in ihrem Innern nur schwer unterdrücken. Er entschuldigte sich bei ihr. Niemals hätte sie das erwartet, sie hatte schon längst aufgegeben. Aber seine verletzenden Worte saßen noch tief, zerrten und drückten in ihr, also erwiderte sie erstmal nichts.

„Ich will nicht so sein. Ich bin kein Monster." Auch wenn Daniel es gut meinte, spukte er diesen Satz aus. Jetzt sah Alex ihn an. Sein Gesicht war hart, in Stein gemeißelt, aber sein Blick suchte ihre Augen, hoffnungsvoll. Sie fühlte sich hin und hergerissen, klare Gedanken waren kaum möglich. Von null auf hundert war er wieder ein anderer Mensch geworden, wie schon damals auf seiner Party.

„Ich weiß, dass du kein Monster bist", erwiderte sie nur leise, während sie sich immer noch wie zwei Verlorene, Gestrandete ansahen. Bei diesem Gedanken musste sie sich abwenden, meinte ihre Worte aber ernst.

„Komm das nächste Mal einfach zu mir, wenn dir etwas komisch vorkommt." Aus dem Augenwinkel sah sie, wie er fahrig seine Zigarette im Aschenbecher ausdrückte, offensichtlich von der Situation überfordert, genau wie sie. Wie einige Mal zuvor, wollte er sicherlich nicht so offen sein. Doch auch diesmal freute sie sich, wollte weiter bei ihm bleiben, mit ihm reden. Sie brauchte den arroganten und bösen Daniel, der so anders zu ihr sein konnte, bei ihr. Eine Offenbarung, die sich Alex erst zu diesem Zeitpunkt wirklich eingestand.

„Daniel." Er blieb vor der geschlossenen Balkontüre stehen, wandte sich langsam wieder zu ihr um. Sein Blick sprach Bände. Von dem sensiblen, entschuldigenden Daniel war nicht mehr als ein Funken übrig, seine Augen kleine, dunkle Punkte, die sie wütend fixierten. Alex schluckte, teilte mit ihm trotzdem ehrlich ihre Gedanken.

„Danke, Daniel. Für deine Offenheit. Jeder... braucht jemanden, wo er so sein kann, wie er wirklich ist." Sie sah, wie Daniel förmlich schwankte, sich nicht entscheiden konnte, wie er darauf reagierte.

Daniel wusste in diesem Augenblick, dass sein Plan nicht mehr funktionierte. Dass er sie nicht mehr testete, sondern ihre Zuneigung genoss. Er hatte sich verkalkuliert, die berufliche Ebene hatten sie, er eingeschlossen, verlassen. Weil er provoziert, sie mit seiner Offenheit in Sicherheit gewiegt hatte. Und sie immer weiter auf ihn zuging – und zu seiner Überraschung auch da blieb. Er sah es in ihren Augen, die Echtheit.

Das war nicht gut. Wieso nur musste sie so sein? Mit Ablehnung kam er viel besser klar.

Etwas unbeholfen sah er sie nur kurz an, versuchte, ihren warmen Blick zu ignorieren. Dann rannte er förmlich davon, mitten in den Lärm ihrer Freunde. Bloß nicht nachdenken.

Der FC kam am späten Abend des 29. Dezembers in Jatterton an, Alex spürte, wie ihr langsam die Kraft ausging. Sie konnte die Spielpause nach Neujahr kaum erwarten, mit ihren Eltern entspannt Zeit verbringen, die letzten Tage vor Abreise würden sie dann London besuchen. Wenigstens ein bisschen durchschnaufen.

Auch wenn sich sie freute, endlich ihre engste Familie wiederzusehen, hatte sie doch einen riesigen Respekt davor. Ihre Eltern mussten sie nur ansehen, um zu wissen, wie es ihr wirklich ging, so war es schon immer gewesen. Und dann der ganze Trubel um Alex selbst. Sie bekam es ja jeden Tag im Pressebriefing mit, nicht nur englische Journalisten berichteten über sie und Reynolds, das öffentliche Fernsehen in Deutschland hatte sogar einen kleinen Beitrag zum Spiel gegen Pinelly gedreht. Natürlich unter dem Stern von Alex' Abend mit dem „Feind", und dann ausgerechnet in der Sportschau. Ihr Vater hatte das mit Sicherheit gesehen, sie schämte sich abgrundtief dafür. Es gab wenige Menschen, denen sie wirklich um jeden Preis gefallen, die sie stolz machen wollte. Ihre Eltern waren da ganz vorne dabei. Wahnsinnig stolz konnten sie gerade nicht auf ihre Tochter sein.

Weil Alex am 30. Dezember noch Termine mit Ted hatte und eigentlich arbeiten musste, hatte sie einen Fahrer organisiert, der ihre Eltern abholte, sie in ihr Apartment brachte, während sie die letzten Dinge des Tages erledigte. Ted hatte ihr Morgen spontan freigegeben, deshalb war für das Spiel am 1. Januar einiges vorzubereiten.

Mit gemischten Gefühlen fuhr sie schließlich nach Hause. Immer noch hatte sie keine Ahnung, wie ihre Eltern reagieren würden. Würden sie sie anschreien, ihr die Leviten lesen? Oder schlichtweg ignorieren, welchen Mist ihre Tochter gebaut hatte?

Letztendlich hatte Alex sich zu viele Sorgen gemacht. Als sie die Türe aufsperrte, roch sie sofort wunderbares Essen – etwas brutzelte in der Pfanne, dazu gab es eingekochtes Gemüse. Comfort Food. Klassischerweise saß ihr Vater bereits auf der Couch, während ihre Mutter mit Sicherheit in der Küche werkelte. Ja, sie waren in der Hinsicht ein klassisches Pärchen, die Frau übernahm das Essen, der Mann im Wohnzimmer mit seinem Bier in der Hand. Aber eines bewunderte Alex an beiden: Sie waren immer auf gleicher Augenhöhe, ihre Mutter kochte so viel und kümmerte sich um den Haushalt, weil sie es wollte. Dafür erledigte ihr Vater andere Dinge, auf die ihre Mutter schlichtweg keine Lust und Nerv hatte. Die zwei waren mit dieser Aufteilung zufrieden und glücklich, und letztendlich kam es genau darauf an.

„Alex!" Ganz zurückversetzt in ihre Kindheit, von plötzlichen Emotionen komplett überwältigt, riss ihr Vater sie aus ihren Gedanken. Er war nicht wahnsinnig groß, ein kompakter Mann, bereits ergraute, kurze Haare, sanftes Gesicht. Obwohl sie ihn in ihren hohen Schuhen überragte, fühlte sie sich sofort geborgen, als er sie in seine Arme schloss.

„Hallo, Papa." Alex konnte einen tiefen Seufzer nicht unterdrücken, ließ sich fallen. Er schien zu merken, dass sie genau diesen Halt gerade brauchte, hielt sie fest, bis nach einigen Minuten ihre Mutter aus der Küche geschossen kam, ihn wegschob und ihre Tochter mit feuchten Augen an sich zog.

„Oh, meine Süße." Ohne viel Aufhebens wurde sie auf die Couch geschoben, dann verschwand sie wieder in der Küche, Geschirr klapperte, während ihr Vater den Fernseher ausschaltete. Er sah sie aufmerksam und streng an.

„Du siehst müde aus. Harter Tag?" Langsam nickte Alex, der Blick ihres Vaters wich nicht von ihr. Sie kannte das. Er konnte direkt in ihre Seele sehen, bald würde er etwas sagen, was sie nicht hören wollte. Doch in diesem Augenblick rettete ihre Mutter sie noch.

„So, ich dachte mir Fleischpflanzerl mit Karotten und Erbsen sind genau das Richtige. Du kannst dich hier ja nicht nur von Sandwiches ernähren." Ihr Vater lächelte breit, dann folgten sie ihrer Mutter an den Esstisch. Während des Essens erzählte vor allem ihre Mutter vom Flug, von den vielen Erlebnissen, die netten Beamten am Security Check, ob der Fahrer Alex immer zur Verfügung stünde?

„Nicht nur mir, Mama, aber dem Verein. Heute hat ihn niemand sonst gebraucht, deswegen ging das." Ihre Mutter, und vermutlich ihr Vater, hatten keine Ahnung, wie viele Privilegien ihre Tochter durch ihre Position noch so hatte, aber Alex beließ es erstmal bei dieser einen Erkenntnis. Sie würden spätestens beim Spiel merken, welchen Job sie wirklich erledigte, was alles dazu gehörte und was für Unterschiede es im englischen Fußball noch so gab. Ihre Eltern waren von der Anreise so beeindruckt, dass Alex sie nicht überfordern wollte. Doch sie hatte die beiden falsch eingeschätzt. Sie hatten gerade zu

Ende gegessen, ihre Mutter war fast am Aufstehen, als ihr Vater sich räusperte, seine Frau zurückhielt. Sie versuchte noch, ihn davon abzuhalten.

„Nein, Ulrike, ich werde jetzt mit Alex darüber reden." Alex hatte es geahnt, es wären nicht ihre Eltern, wenn sie sie nicht darauf angesprochen hätten. Ihre Mutter lehnte sich merklich nervös wieder nach hinten, während ihr Vater sie mit einem Mal sehr ernst ansah.

„In was bist du da hinein geraten, Alex? Unsere Nachbarn sprechen uns schon an, du warst in der verdammten Sportschau mit dieser unsäglichen Geschichte. So etwas sieht dir nicht ähnlich, ich erwarte eine Erklärung." Ihr Vater war nie laut geworden, in all den Jahren, doch diese Ruhe war nicht von der guten Sorte. Aus ihr sprach Enttäuschung, für Alex schlimmer als Wut. Diese verflog irgendwann, Enttäuschung setzte sich fest und war nur mit Mühe und Not wieder zu kitten.

„Dein Vater will damit nur sagen, dass wir uns große Sorgen machen, dass das alles nicht zu viel für dich wird, Alex. Es ist dein erster Job, die Presse folgt dir offensichtlich auf Schritt und Tritt. Das wäre für niemanden einfach." Doch ihr Vater wartete nicht mal, bis sie antwortete, er sprang auf, rannte im Stechschritt zur Küche, Alex hörte es klimpern. Als ihre Mutter beschämt den Blick senkte, sie nicht anschauen konnte, wusste sie, was kam. Verkrampft starrte sie ihren leeren Teller an. Sie hätte es wissen müssen. Irgendein Gefühl hatte ihr gesagt, es nicht zu tun, diesen Korb stehen zu lassen. Vielleicht weil sie genau diese Konfrontation brauchen würde, um wieder klar denken zu können, sich ihrer Wurzeln zu besinnen.

Mit einem lauten Knallen stellte ihr Vater den Korb voller leerer, hochprozentiger Flaschen auf den Esstisch, sah seine Tochter eindringlich an.

„Deine Erklärung?" Für einen Moment starrte Alex verkniffen auf den Korb, dann seufzte sie tief.

„Tut mir leid, Papa, ich hatte mich nicht im Griff." Doch dieser Ton zählte bei ihrem Vater nicht, das war keine Begründung für ihr Verhalten.

„Wieso nicht?" Er würde nicht Ruhe geben, bis sie die Wahrheit sagte, also atmete sie wieder tief durch, ihre Eltern konnte sie dabei nicht anschauen.

„Diesen Job gab es in dem Verein vorher noch nicht, ich habe niemanden, der mir sagt, wie ich ihn machen soll. Es gibt nur Erwartungen, und die nicht zu knapp. Ich bin eine Frau in einer Männerwelt, in der nur der raue, harte Ton zählt, nur der Stärkste setzt sich durch. Ich stehe für einen Wandel, und das für eine ganze Liga, verdammt, vielleicht für ein ganzes Land. Alle Augen sind auf mich gerichtet, Papa, egal, wo ich hingehe, was ich sage, alles wird bewertet." Ihr Vater wollte etwas erwidern, doch sie ließ ihn nicht. Sie musste das jetzt schnell hinter sich bringen.

„Ich war mit diesem Mann nicht im Bett. Jemand hat uns verarscht, denn wir beide können uns an nichts mehr erinnern. Er hat mir nichts angetan, versprochen, aber ich glaube, jemand hat mir eine Falle gestellt." Seufzend setzte sich ihr Vater, dann erst sah Alex ihn an. Seine Gesichtszüge waren wieder sanfter, doch ganz war er mit den Ausführungen seiner Tochter noch nicht zufrieden.

„Wieso der viele Alkohol, Alex?"

„Ich hatte das Gefühl, ich kann niemanden dem Druck anvertrauen. Ich habe gelernt, dass das nicht stimmt. Wenn ich jetzt nach einem harten Arbeitstag heimkomme, mixe ich mir nicht mehr einen Gin Tonic, sondern rufe einen meiner Freunde an, rede über den Tag, hole mir Tipps. Ich habe die Kurve schon bekommen, Papa." Etwas skeptisch kniff ihr Vater die Augen zusammen, dann versicherte er sich kurz bei seiner Frau nach Rückendeckung.

„Es wäre kein Fehler, zuzugeben, dass dieser Job dir zu viel abverlangt. Du kannst alles machen, was du willst, Alex, solange es dir gut geht. Und da bin ich.. sind wir uns zur Zeit nicht sicher, ob das der Fall ist." Jetzt war Alex soweit, es zuzugeben. Die ersten Tränen kullerten, doch ihre Eltern blieben noch auf Abstand.

„Eine Zeit lang ging es mir nicht gut, Papa, das stimmt." Sie schniefte, konnte die beiden nicht anschauen.

„Dieser Druck, öffentlich bloß nicht zu versagen, obwohl alle wissen, dass Fehler doch menschlich sind, dass niemand perfekt ist... ist so scheiße. Aber ich habe mit meinem Chef gesprochen, wie gesagt, meine Freunde und der Verein stehen hinter mir. Ich..." Sie wischte ihre Tränen weg, sah ihre Eltern nun an, die beide immer noch zurückhaltend dreinschauten.

„Es geht schon wieder besser, Papa, versprochen." Langsam nickte er, dann umarmte er sie.

„Du kannst jederzeit heimkommen, verstanden? Wir sind nicht enttäuscht, wenn du das nicht mehr willst. Wir sind stolz auf dich, alleine, weil du unsere Tochter bist, ist das ein für alle mal klar?" Ihre Mutter gab ihr einen Kuss auf die Stirn, dann war das Thema beendet. Sie räumte ab, schob Vater und Tochter zurück auf die Couch. Von der Küche aus löcherte ihre Mutter sie über ihre neuen Freunde, ihren Chef. Als sie nach einer Stunde schließlich mit Kaffee vor ihr stand, hatte sich ein breites Grinsen auf ihr Gesicht geschlichen.

„Und, Kleines, auch ein Mann dabei, den du gut findest?" Alex konnte nicht verhindern, dass sie rot anlief, doch ihr Vater kam ihr mit einer Antwort zuvor.

„Ulrike, hast du nicht gehört, wie viel sie zu tun hat? Wie soll sich denn da mit einem Mann treffen?" Das war eine sehr naive Ansicht ihres Vaters, deswegen lachten ihre Mutter und auch Alex gleichermaßen.

„Stell dich nicht so an, Tobias. Man braucht nicht viel Zeit, um einen Mann gut zu finden. Nicht wahr, Alex?" Alex versuchte, ihr verräterisches Lächeln hinter ihrer Kaffeetasse zu verstecken, ganz gelang es ihr nicht. Ihr Vater verschwand auf der Toilette, ein Zeichen, dass dieses Thema ihn entweder nicht begeisterte, oder er es schlichtweg nicht hören wollte. Beides war für sie ok.

„Und?" Ihre Mutter ließ nicht locker, und weil Alex seit Weihnachten für sich selbst zugegeben hatte, dass sie etwas für Daniel empfand, in welcher Form auch immer, beschloss sie, es ihr zu erzählen. Es würde ihr guttun, endlich mit jemanden darüber zu sprechen.

„Er arbeitet auch im Verein. Es ist aber ziemlich kompliziert, Mama. Er ist kein einfacher Mensch, ein Schritt vor, zehn zurück." Ihre Mutter schüttelte etwas irritiert den Kopf.

„Also, wenn sich zwei Menschen gern haben, ist das meiner Meinung nach nicht so kompliziert, Alexandra." Ihre Mutter nannte sie nur beim vollen Namen, wenn sie verärgert oder tadelnd war. Vermutlich war es dieses Mal ein bisschen von beidem.

„Was macht es denn so kompliziert?" Alex seufzte tief.

„Er hat eigentlich nicht mal Freunde, es gibt für ihn nur den Verein und seine Karriere. Eigentlich ist er also sehr... distanziert." Ihre Mutter sah sie erwartungsvoll an und beendete den Satz für sie.

„Aber bei dir nicht?" Zögerlich nickte Alex.

„Ab und an nicht, in manchen Momenten öffnet er sich, gibt etwas preis, nur um im nächsten Moment wieder zurückzuspringen. Ich glaube, er hat irgendwie Angst davor, keine Ahnung." Eine Weile sagte ihr Mutter nichts, ihr Vater kam zurück, sie suchte offensichtlich nach den richtigen Worten, nach dem passenden Tipp. Doch stattdessen fasste sie für ihren Mann Alex' Ausführungen zusammen. Sollte er anscheinend einen geeigneten Kommentar abgeben.

„Gib dem ganzen einfach ein bisschen Zeit, Alex. Wenn er sich weiterhin für dich öffnet, ist das doch ein gutes Zeichen, nicht?" Alex hoffte es. Schließlich spannte sich ihr ganzer Körper an, wenn Daniel in der Nähe war, wenn sie zusammen arbeiteten, im selben Meeting saßen. Sein Weihnachtsgeschenk, seine Worte. Seit einigen Tagen strich sie abends, beim Schreiben in ihr neues Tagebuch, gedankenverloren über seine Widmung, seinen Namen. Versuchte, zu verstehen, was zwischen ihnen beiden war. Aber sie kam nie dahinter, nie traute sie sich, diesen Gedanken zu folgen. Da war der Tipp ihres Vaters eigentlich recht hilfreich. Gib dem Ganzen etwas Zeit. Wie leicht ihr das dann in der Realität fallen würde, stand allerdings auf einem anderen Papier.

Alex hatte ihre Eltern gebeten, sich nicht zu schick für die Silvesterparty zu machen, trotz dem Aufstieg in die Premier League war der FC Jatterton ein auf dem Teppich gebliebener Verein. Als sie vor dem Hotel ankamen, waren die beiden dennoch geblendet, von der luxuriösen Location und dem adretten Personal, das sie empfing, ihre Mäntel abnahm und ihnen den Weg zu den Feierlichkeiten zeigte.

„Du meine Güte, also um Geld muss man sich keine Gedanken machen", raunte ihre Mutter Alex zu, die dafür nur ein feines Schmunzeln übrig hatte. Wenn sie wüsste, was sie bei den anderen Vereinen gesehen hatte, war das hier ein netter Witz. Weil ihre Mutter aber das schon beunruhigte, ließ sie sie in diesem Glauben.

Der große Saal war festlich geschmückt, an den Wänden und von der Decke hingen pompöse, goldene Schleifen, im Raum verteilt standen an die zwanzig mit langen Leinen gedeckte Tafeln, Partymusik spielte im Hintergrund. Der erste Kellner drückte ihnen bereits Champagner in die Hand, den Alex' Vater nur müde lächelnd ansah, da entdeckte sie ihre

Freunde.

„Gut, da sind die Jungs, folgt mir." Sie bahnte sich mit ihren Eltern im Schlepptau einen Weg durch die Tafeln, an denen teilweise die Spieler mit ihren Familien saßen. Sie grüßte nur kurz, würde später eine Runde drehen.

„Super, da bist du ja!" Tom sah sofort, dass Alex' Eltern von der Situation etwas überfordert waren, und schaltete einen Gang zurück.

„Mister und Ms. Müller, wie schön Sie kennenzulernen. Ich hoffe, Sie sind gut angekommen?" Obwohl er betont langsam und deutlich sprach, sahen ihre Eltern ihn an, wie wenn ein Blitz einschlagen würde. Sie hatten vermutlich kein Wort verstanden.

„Mama, Papa, das ist Tom, ein guter Freund von mir. Er sagte, es ist schön euch kennenzulernen und ob eure Reise gut war." Die Augen weiteten sich, sie nickten fleißig in Toms Richtung. Der grinste nur schief und bedeutete ihnen pantomimisch, sich zu setzen. Etwas müde zwinkerte Alex Tom zu. Nach einer Weile schienen sich ihre Eltern, die sich in dem großen Saal ehrfürchtig umsahen, zu entspannen, auch die Englischkenntnisse waren ihnen wieder eingefallen. Ihr Vater riss mit Tom und Tobi ständig irgendwelche Fußballwitze, während ihre Mutter mit Adam ein deutlich ernstes Gespräch über ihre Gesundheit und ihr Essverhalten führte. Bei dem Satz „Sie muss auf jeden Fall drei Mal am Tag was essen, sonst kommt ihr ganzer Biorhythmus durcheinander" ging sie allerdings dazwischen und überzeugte ihre Mutter, dass ihr Biorhythmus nun wirklich nicht ein Thema für eine Silvesterparty war. Adam reagierte sehr nett, obwohl er sich merklich ein Lachen verkniff.

„Ms. Müller, ich versichere Ihnen, wir passen alle gut auf, dass Alex genügend isst und schläft, versprochen." Höchst zufrieden nickte ihre Mutter bestätigend, doch Alex konnte darüber nur den Kopf schütteln. Wenn sie nur wüsste. Naja, irgendwie hatte sie es gewusst.

Besonders freuten sich ihre Eltern, als sie Ted und Michael kennenlernten. Auch die beiden gaben sich einige Mühe, langsam und deutlich zu sprechen, und lobten Alex natürlich bis in den Himmel. Ihr Vater legte irgendwann einen Arm um sie und gab ihr einen Kuss aufs Haar, er war sichtlich gerührt.

„Ted, hör auf, sonst werde ich noch rot." Der restliche Abend bis Mitternacht verlief für Alex relativ entspannt, die Jungs beschäftigten ihre Eltern, darum war sie sehr dankbar. Sie gingen ihr nach der kurzen Zeit zwar nicht auf die Nerven, aber sie konnte ihnen seit ihrem gestrigen Gespräch nicht mehr richtig in die Augen schauen. Sie wusste genau, auch wenn ihre Eltern es nie so sagen würden, sie hatte sie enttäuscht. Sie hatten sie anders erzogen, und die Enttäuschung schmerzte mehr, als jeder Anschiss von Daniel, jeder böse Artikel, der über sie erschien.

Apropos Daniel, nach seinem merkwürdigen Auftauchen an Weihnachten und dem Geschenk herrschte wieder Funkstille zwischen ihnen beide, auch sie hatte sich nicht getraut, nur eine Nachricht zu schreiben. Es fühlte sich viel zu fragil an, als dass sie jetzt daran rütteln wollte. Erstaunlich genug, dass er überhaupt gekommen war. Sie hatte ihn schon ein paar Mal auf der Party gesehen, abseits, aber ihre Blicke hatten sich nicht getroffen, ehrlicherweise hatte Alex immer nur kurz rüber geschaut. Was sollte sie auch großartig zu ihm sagen? Nach ihren offenen Worten war er mehr oder weniger geflüchtet, hatte sie stehen lassen. Alex' Meinung nach sollte er den nächsten Schritt machen.

Zu Mitternacht hatte sich der Verein etwas Besonderes ausgedacht, jeder bekam kurz vor zwölf Uhr einen Ballon, sie ließen dann zum Glockenschlag alle gemeinsam steigen. Normalerweise glaubte sie nicht an Neujahrsvorsätze, doch dieses Jahr fasste sie einen: Trink endlich weniger, Alex, dachte sie verkniffen mit einem Seitenblick auf ihre Eltern. Wie Ted schon sagte, sie könnte es sich sonst mit ihren wichtigsten Personen noch verscherzen.

Erst als sich die beiden danach verabschiedeten und die etwas reduzierte Feiergesellschaft in den Saal zurückkehrte, sah sie Mark an diesem Abend. Er stand mit Tom an der Bar in Begleitung einer großen, blonden Frau, die ein so unverschämt enges Kleid trug, dass vermutlich nicht nur Alex bei diesem Anblick heiß wurde. Das konnte niemand anderes als Kendra sein.

„Perfektes Timing, Alex, ich wollte euch beide schon längst vorstellen." Mark deutete auf die schlanke Frau, um deren schmaler Taille er einen Arm gelegt hatte. Das blonde Haar floss ihr wie ein Vorhang in Locken um das zarte Gesicht, im krassen Kontrast dazu standen dunkel geschminkte, tiefgrüne Augen. Sie war bestimmt 1,90 Meter, und, wie Alex und wahrscheinlich alle anderen in diesem Raum schon bemerkt hatten, trug ihren dünnen Körper fast grenzwertig zur Schau.

„Oh, Liebes, Alex, wunderbar dich kennenzulernen!" Innerlich erschrak Alex etwas, als Kendra sprach. Ihre Stimme war so hoch und kreischend, dass Alex sich kaum vorstellen konnte, wie Mark das die ganze Zeit aushalten konnte. Dann fiel ihr ein, dass er es herzlich wenig ertragen musste. Kendra beugte sich zu Alex rüber, drückte ihr so schnell zwei Luftküsschen auf die Wange, dass sie überhaupt nicht reagieren konnte. Tom verkniff sich von Kendra und Mark unbemerkt das Lachen neben ihr.

„Ich habe schon so viel von dir gehört! Mark kann gar nicht aufhören, von deinen Heldentaten zu erzählen, da könnte man schon ein bisschen eifersüchtig werden." Kendras Augen funkelten, und obwohl ihre Stimme wie ein Singsang klang, wusste Alex dadurch, dass ihre witzig rübergebrachte Drohung nicht ganz ohne Ernst gemeint war.

„Ach, da musst du dir keine Sorgen machen, Kendra. Ich erledige einfach nur meinen Job." Langsam nickte Kendra, dann wandte sie sich wieder an ihren Mann zu.

„Mein Baby gehört mir, niemanden sonst." Sie verwickelte Mark in einen so unanständigen Kuss, dass selbst Tom sich ungläubig abwandte.

„Und, wie läuft es so?" Er sah Alex mit hochgezogenen Augenbrauen an.

„Meine Eltern sind gegangen. Ich mag sie, aber ich brauche schon nach Tag Eins ein bisschen Abstand." Es hatte nicht so ernst klingen sollen, aber sie war wirklich erschöpft.

„Was ist los?" Das Lächeln war aus Toms Gesicht verschwunden.

„Eigentlich nichts. Aber sie wussten schon immer, wenn ich ihnen etwas verheimlicht oder Scheiße gebaut habe. Es ist nicht nur der Artikel, es ist…" Alex wedelte unsicher in der Luft, verlor dann doch plötzlich den Mut, sich ganz zu offenbaren.

„Es sind Eltern, Alex, die kennen jeden scheiß wunden Punkt. Und besitzen ein großes Talent, diesen Punkt zu treffen. Jedes verdammte Mal." Tom sagte das mit solch trockener Überzeugung, dass sie auflachen musste. Er hatte so Recht. Sie hatten schließlich auch lange genug Zeit gehabt, diese Stellen zu finden.

„Komm, ich hol dir einen Drink, lass es uns wenigstens ein bisschen feiern." Sein Blick fesselte sie, überzeugte sie viel zu schnell.

„Na schön. Aber ich bin nicht schuld, wenn ihr morgen beim Spiel nicht richtig fit seid." Tom hob selbstsicher die Arme.

„Kleines, haben wir dich da schon jemals enttäuscht?" Eine Stunde später hatten sich alle Spieler brav verabschiedet, wie immer war es die kleine Management-Runde, die an den Tresen den letzten Absacker trank. Obwohl Alex es hatte vermeiden wollen, war neben Ted, Michael und weiteren Mitarbeitern auch Daniel anwesend. Lange würde es nicht mehr dauern, bis sie sich wohl nicht mehr ignorieren konnten. Tatsächlich, als alle müde nach Hause aufbrachen, sprach Daniel Alex an, die anderen waren schon vorgegangen.

„Hi, frohes neues Jahr." Langsam nickte sie.

„Danke, dir auch." Sein Blick ruhte lange auf ihr, sie wich ihm aus.

„Ich fahr dich heim." Es war keine Frage, er erwartete keine Antwort, und sie war zu müde, um zu widersprechen. Wortlos stieg sie in der Tiefgarage in seinen schicken Mercedes, doch Daniel fuhr nicht direkt los.

„Ich habe mich bei dir noch nicht richtig für dein Weihnachtsgeschenk bedankt. Und dass ich mit euch feiern durfte." Alex wollte nicht auf das Geschenk eingehen, sondern antwortete ausweichend.

„Naja, du wurdest ja mehr oder weniger gezwungen, zu bleiben. Ich hoffe, das war ok." Ein feines Lächeln stahl sich auf Daniels Gesicht, als sie wagte, ihn anzusehen.

„Du weißt, ich habe keine Familie, bin eher zurückgezogen. Es hat sich eigentlich ganz gut angefühlt, mal irgendwo in der Mitte zu sitzen, wo es nicht um die Arbeit geht." Schon wieder begann das vor und zurück, dachte sie. Es fühlte sich an, als zog er sie zu sich, und sie war wehrlos und kam ihm immer näher. Er fuhr los.

„War wirklich schön, Daniel." Er warf ihr nur kurz einen Blick zu, abwartend, unsicher.

„Und, fühlen sich deine Eltern wohl bei dir?" Sie war froh über den Themenwechsel, auch wenn sie sich fragte, wieso Daniel es tat.

„Ja, schon." Sie seufzte, räusperte sich kurz.

„Obwohl ein paar Tage frei haben und entspannen auch nicht schaden hätte können." An einer roten Ampel sah Daniel sie etwas spöttisch schmunzelnd an.

„Kannst du das eigentlich, nichts tun?" Sie fuhr sich lachend übers Gesicht.

„Sehr witzig, aber ja. Vielleicht müsste ich mich wieder daran gewöhnen, aber ich bin mir ziemlich sicher, dass es funktionieren könnte." Danach schwiegen die beiden eine Weile, bis Alex etwas ansprach, was sie sich den Abend über gedacht hatte, aber erst jetzt aus ihr hervorbrach.

„Ich wusste gar nicht, wie viele der Spieler Familie haben. Kinder. Ich meine, ich lese das in den Akten, natürlich, aber sie halten sie komplett im Hintergrund, abseits des ganzen Trubels. Muss schön sein, so eine Zuflucht zu haben." Daniel stoppte vor ihrem Apartment, sah sie nachdenklich an. Alex konnte ihm nicht in die Augen blicken, versuchte sich, möglichst schnell abzuschnallen. Sie war müde, ausgelaugt, hatte sich ihm gegenüber eine Schwäche eingestanden. Sie musste weg von hier. Doch bevor sie aufstehen konnte, hielt Daniel sie zurück.

„Wünscht du dir eine Familie?" Alex erschrak, seine Augen waren wieder so dunkel, aber diesmal aus Enttäuschung, nicht aus Wut. Immer noch gab es Momente, in denen sie nicht zu ihm durchdrang, ihn nicht verstand. Dennoch antwortete sie ihm ehrlich.

„Ja, tut das nicht jeder?" Kurz zögerte sie, sprach dann doch weiter. Kaum jemand wusste davon, aber sie entschied sich dazu, es ihm zu erzählen. Vertraute es ihm an.

„Ich hatte bis jetzt nur eine feste Beziehung, gleich nach dem Abi. Ich war ziemlich verliebt, ich hatte das Gefühl, mir steht die Welt offen, nichts ist unmöglich. Dann habe ich ihn mit einem anderen Mädchen erwischt. Und dann nochmal. Ich glaube, seitdem kann ich mir das ganze Konzept von einer lebenslangen Partnerschaft nicht mehr so richtig vorstellen."

Daniels Inneres war pures Chaos. Immer wieder landete er bei Alex, in ihrer Nähe, also ließ das keinen anderen Schluss zu, dass er das gerne tat. Aber das war falsch, schrecklich falsch. Wenn er sie ansah, spürte er die gleichen Gedanken. Gut und schlecht zugleich.

Und trotz allem, weil er merkte, wie traurig sie war, griff er spontan nach ihrer Hand.

„Komm schon, Alex, heute beginnt ein neues Jahr. Ein guter Prozess." Ohne eine Sekunde nachzudenken, fuhr er über ihren Handrücken. Das war so unerwartet, überraschend schön, dass in diesem Moment erst recht alles in ihm zusammenbrach. Es ging nicht.

Schnell zog er seine Hand wieder zurück, griff fahrig nach dem Lenkrad.

„Das ist die Müdigkeit, Alex. Genieß deine Auszeit." Aus dem Augenwinkel sah er, wie sie nickte.

„Ok. Gute Nacht, Daniel."

„Bis morgen", war alles, was er sagte, dann düste er so schnell los, das Alex die Tür gar nicht zumachen musste, sie alleine von der Beschleunigung, von Daniels Wunsch, von ihr wegzukommen, zufiel.

Alex hätte es nie gedacht, aber die Tage mit ihren Eltern waren am Ende wie ein Balsam für ihre Seele. Trotz ihrer mittlerweile 25 Jahre war sie mit Minute eins wieder die kleine Tochter, um die man sich kümmern musste, jeder auf seine eigene Art. Nach dem Gespräch über ihren Lebensstil war dieses Thema erstmal begraben gewesen, ihre Mutter konzentrierte sich vor allem darauf, ihrer Tochter genügend Kalorien unterzujubeln, während ausgerechnet ihr Vater irgendwelche Spielanalysen sein ließ, sie einfach über England sprachen.

Es dauerte bis zum Abreisetag, auf dem Weg zum Flughafen, als ihre Mutter ein ganz anderes, unerwartetes Thema anschnitt.

„Sag mal, Alex, diesen Kollegen, den du ganz gut findest, der war doch bestimmt bei dem Spiel auch dabei, oder?" Alex schluckte. Manchmal war es eben nicht immer einfach, so ehrlich mit seinen Eltern zu sein. Sie bereute es nicht, dass sie ihnen von Daniel erzählt hatte, insbesondere den Tipp ihres Vaters hatte sie sich zu Herzen genommen. Trotzdem spürte sie, wie sie immer noch sehr verletzlich war, also antwortete sie vorsichtig, musste sich auf den Verkehr konzentrieren.

„Ja, als wir unten in den Katakomben waren, Mama." Sie sah im Rückspiegel, wie ihre Mutter mit schmalem Mund die Augenbrauen hochzog.

„Da hat es doch nur vor Männern gewimmelt, Liebes. Wer denn davon?" Die Folgefrage war vorhersehbar gewesen, Alex hatte nur um Zeit gespielt, alle in diesem Auto wussten es. Mit einem Mal wurde Alex kleinlaut.

„Der Assistent des Vorstands." Alex sah in den Gesichtern ihrer Eltern, dass sie nach einer Erinnerung an Daniel kramten, sich erinnerten, wie er mit verkniffenem Blick ihnen die Hand geschüttelt hatte, unbeholfen mit Alex umgegangen war. Sie dachte an seine Vergangenheit, wie schwierig es wohl für ihn gewesen sein musste, wie ihre Eltern in den Katakomben nicht hätten offensichtlicher stolz auf ihre Tochter sein können. Wie sie jeden dort unten angeschaut hatten, als wäre er eine biblische Erscheinung.

Ihr Vater sagte zu Alex' Offenbarung erstmal gar nichts, während ihre Mutter etwas vage blieb.

„Ah, ok." Ein ungutes Gefühl machte sich in ihrem Magen breit. Ihre Eltern schienen nicht begeistert von Alex' Schwäche für den Assistenten, da sah ihr Vater ihre Mutter leicht entrüstet an.

„Ok? Ulrike, hast du nicht gesehen, wie er sie angesehen hat?" Er wandte sich Alex zu, die sich sichtlich überrascht auf den Straßenverkehr konzentrieren musste.

„Du hast gesagt, es ist kompliziert zwischen euch, das sieht man. Und er schwankt, ist unsicher." Alex konnte kaum glauben, was ihr Vater aus einer einzigen Begegnung herauslas. Und sollte es nur sein, um sie aufzubauen - egal. Er unterstützte sie in ihren bislang so geheim gehaltenen Gefühlen – es fühlte sich nach purer Erleichterung an. Es war ok.

„Tobias, mag sein, aber Alex soll trotzdem behutsam sein. So ganz durchschaue ich ihn nämlich nicht." Ein seltenes, aber typisches Gespräch ihrer Eltern, dachte Alex schmunzelnd. Ihr Vater, obwohl man es auf den ersten Blick nicht erwartete, war sanftmütig, sensibel, während die Vorsichtigkeit ihrer Mutter manchmal selbst im Weg stand, ihr viele Dinge im Leben verbaut hatten.

Ihr Vater wandte sich wieder nach vorne, griff Alex' Schulter, sah sie über den Rückspiegel ernst an.

„Kleines, hör auf dein Herz. Du magst diesen Mann, sonst hättest du uns nichts von ihm erzählt. Und ein gefühlsloser Idiot wäre nicht so unsicher gewesen, als er uns begrüßt hat. Also, er mag dich auch. Liebe ist immer gefährlich, Ulrike, man weiß nie, ob es gut geht, bevor man es nicht ausprobiert hat." Damit wandte er sich wieder seiner Frau zu, während Alex unbemerkt von den beiden Tränen in die Augen stiegen.

„Alex wird schon wissen, ob sie diesem Assistenten trauen kann. Sie macht das schon."

Pressing

„Scheiße, Mark, wir sind viel zu spät dran!" Alex sah genervt auf die Uhr, während ihr Freund durch seine Wohnung rannte und da etwas einpackte, dort etwas raussuchte. Und dabei trug er noch nicht mal eine Hose und Schuhe.

„Mein Gott, kannst du dir keinen Wecker leisten?" Endgültig mit den Nerven am Ende griff sie nach einer Tasche, die ihr Freund im Flur bereits abgestellt hatte, als er sich zum Glück endlich fertig anzog. Mark erwiderte etwas, doch sie hörte in dem Moment schon gar nicht mehr zu. Ein Klackern aus der soeben aufgehobenen Tasche erregte ihre Aufmerksamkeit. Der Reißverschluss war sowieso nicht zu, also riskierte sie einen Blick hinein – und erstarrte.

Sie wusste, welche Mittel die Spieler nehmen durften, der Verein gab sie ihnen regelmäßig aus, kontrollierte und protokollierte alles, intern und für die Kontrolleure der Liga. Doch diese Pillen hatte Alex noch nie gesehen, sie hatten eine grüne, unauffällige Verpackung, aber das verwirrendste war die Aufschrift. Dort stand nicht etwa Marks Name, sondern der eines André Smith. Es gab im ganzen Verein niemanden, der so hieß.

Als Mark vor ihr stoppte, ihr die Tasche abnahm und ihr bedeutete, nach draußen zu gehen, damit sie endlich zum Mannschaftsbus fahren konnten, reagierte sie für einen Augenblick nicht, blickte ihren Freund nur abwartend an. Doch auch er rührte sich nicht. Alex wusste, er sah in ihren Augen, was sie dachte, was sie da eben entdeckt hatte, aber er tat es mit seinem üblichen Lächeln ab, schob sie durch Tür, sperrte hinter sich ab.

In Sekundenbruchteilen entschied sie sich, ihn erstmal nicht darauf anzusprechen. Sie hatte keine Ahnung, was für Pillen das waren, die ihr Freund da mit sich rum trug, für welchen Zweck sie auf einen André Smith ausgestellt waren.

Doch die ganze Fahrt nach Southampton ließ sie der Gedanke nicht los. Mark war wie immer, laut, aufgedreht, ständig einen Spruch auf den Lippen. Nichts war ihm anzumerken, dass Alex vielleicht ein dreckiges, kleines und vor allem gefährliches Geheimnis aufgedeckt hatte. Und auch deshalb sprach sie ihn nicht darauf an. Ja, sie waren seit einem halben Jahr sehr gute Freunde geworden, aber sie war sich sicher, wenn sie ihn unter Druck setzte, würde er dennoch nichts preisgeben, es herunterspielen. Wenn es das war, was Alex vermutete, war das kein Ponyhof, nichts, was er wie sonst mit einer flapsigen Handbewegung wegwischen konnte. Und noch weniger Alex.

Sie hatte einen Haufen Dokumente abzuarbeiten, mit ihren Anmerkungen zu versehen, doch sie konnte sich nicht konzentrieren. Es war schon neun Uhr abends, als sie an Teds Hotelzimmer klopfte. Erstaunt ließ er sie eintreten, aber anstelle mit ihm zu reden, schaltete sie erst den Fernseher an, drehte fast auf volle Lautstärke. Ted sah sie wie von Sinnen an, es gelang ihm nicht, ihr die Fernbedienung zu entreißen, stattdessen trat sie ganz nah an ihn heran. Ja, vielleicht verhielt sie sich paranoid. Aus gutem Grund.

„Zum Teufel, Alex, was ist denn nur in dich gefahren?" Für einen kurzen Augenblick zögerte Alex dann doch. Sie hatte den Jungs zu Beginn der Saison etwas versprochen, sie konnte und musste Geheimnisse für sich bewahren. Aber hier handelte es sich um Betrug, das konnte dem ganzen Verein um die Ohren fliegen. Von Marks Gesundheit ganz zu schweigen. Also redete Alex.

„Haben wir ein Protokoll für einen internen Dopingverdacht, Ted?" Noch nie hatte sie ihren Chef so gesehen. Erst wich ihm jedwede Gesichtsfarbe aus dem Gesicht, er befand sich für einen winzigen Augenblick in einer Art Schockstarre. Dann geschah das Gegenteil, Alex hatte riesigen Respekt vor ihm in diesem Moment. Sein Kopf fing an zu glühen, er bekam die Farbe einer reifen Tomate, seine Augen weiteten sich. Alex wollte vor ihm zurückweichen, doch er hielt sie leicht am Arm fest.

„Nie wieder sprichst du darüber, verstanden? Nie wieder! Wenn ich dir eines beibringen kann, dann das du dich darin nicht einmischst! Niemand tut das! Hast du das verstanden? Kein Wort darüber, zu keinem! Du weißt *nichts*!"

Dann schmiss ihr Chef sie wütend aus seinem Zimmer.

Alex fühlte sich aufgeputscht, hektisch, fand nicht zur Ruhe. Das Gespräch mit Ted war bei Weitem nicht so gelaufen, wie sie es sich vorgestellt hatte. Aber wenn sie ehrlich zu sich war, was hatte sie denn erwartet? Dass Ted sie zwingen würde, zu verraten, wer dopte und ihn dann hochkant rausschmiss? Sie hätte es besser wissen müssen. So naiv war die Liga nicht, war kein Fußballverband der Welt. Es war klar, dass gedopt wurde. Aber so lange keiner dabei erwischt wurde oder draufging, war die gute Show auf dem Rasen tausendmal wichtiger.

Alex wurde zynisch, genervt. Auch wenn sie den Drang nach Alkohol die letzten Wochen besser in den Griff bekommen hatte, heute nicht. Heute schien es keine andere Lösung zu geben, als den Frust zu betäuben.

Sie hatten in einem schicken Hotel eingecheckt, doch die Minibar in ihrem Zimmer verdiente nicht mal diesen Namen, also rannte sie förmlich in die Lobby, in der Hoffnung, die Bar

178

wäre noch nicht geschlossen. Sie hatte Glück, der Barkeeper bediente fleißig ein paar spättrinkende Gäste. Erst als sie sich seufzend an die Bar setzte, merkte sie, wie der Mann neben ihr sie anlächelte. Daniel.

„Hatten wir das Thema nicht schon mal? Ich dachte, du wolltest dein Buch benutzen." Sie bestellte erst einen Gin Tonic, dann wandte sie sich an Daniel. Er trug keinen Anzug, sondern einen legeren Pulli und Jeans, einzelne Haarsträhnen hatten sich gelöst und verdeckten Teile seiner heute vor Schalk blitzenden Augen. Alex musste sich zusammenreißen, ihn nicht vor Erstaunen und auch Hingabe anzustarren. Sie schaffte es, sich zu fokussieren.

„Du hast mir mal gesagt, es werden Momente kommen, die nicht schön sind, die man aber trotzdem aushalten muss." Sein Blick wurde ernst, er nickte langsam.

„Heute ist so ein scheiß Tag." Eine Weile schwieg Daniel, starrte seinen Drink an. Alex wusste nicht mehr zu sagen, spürte plötzlich heftig, wie der Job mehr von ihr forderte, als sie es je für möglich gehalten hatte. Der Druck schnürte ihr buchstäblich die Kehle zu.

„Ich habe dir an dem Abend auch gesagt, dass ich dir nicht mehr als einen Monat gebe. Weil ich dich nicht für stark gehalten habe." Alex traute sich kaum, ihn anzuschauen, während sie aus dem Augenwinkel sah, wie er sich zu ihr herüberbeugte. Sein schwerer, aufregender Duft stieg ihr in die Nase.

„Ich habe mich geirrt. Du bist stark. Du hast mehr ausgehalten, als ich je für möglich gehalten habe. Glaub an dich, was anderes brauchst du nicht." Sie blickte langsam auf, fragte sich, ob das wirklich der gleiche Daniel war, wie zu Beginn der Saison. Sein Gesicht war nicht mehr als einen halben Meter entfernt, er sah sie eindringlich und aufrichtig an. Sie versuchte, die Situation runterzuspielen, wollte sich ob dieses großen, ehrlichen Lobes nicht zu sicher wiegen.

„Woher der Sinneswandel?", antwortete sie also nur leise, da lachte Daniel auf.

„Du bist gut, du erledigst einen tollen Job. Engagiert, motiviert, die Männer vertrauen dir, man kann sich auf dich verlassen. Ab und zu gibst du ein bisschen zu viel Gas, aber das macht vermutlich jeder Berufsanfänger, der sich beweisen will und muss." Alex konnte es kaum glauben, Daniel hatte sie tatsächlich aufgeheitert. Baute sie auf.

Als sie das realisierte, wandte sie sich ihm wieder zu, langsam und vorsichtig, in der Erwartung, er hätte wie die letzten Male einen mentalen Rückzieher gemacht, war sich seiner Offenheit bewusst und ruderte bereits zurück. Doch nicht dieses Mal. Kurz dachte Alex sogar, er würde, wie damals im Auto, nach ihrer Hand greifen, doch stattdessen schlug er ihr nur kumpelhaft auf die Schulter. Aber auch das sagte mehr aus, als tausend Worte. Er blieb offen, den ganzen restlichen Abend. Nach der schwierigen Zeit vor Weihnachten, seine undurchsichtige Art, waren sie nicht mehr nur einfach Arbeitskollegen. Alex ließ es zu, wünschte sich insgeheim nichts mehr als das.

An diesem Abend in der Hotelbar realisierte Daniel es endgültig: Alex hatte diesen Einfluss auf ihn, gegen den er nicht mehr ankämpfen konnte und ehrlicherweise auch nicht mehr wollte. Sie war eine ausgezeichnete Mitarbeiterin, klug, witzig. Wieso also nicht mehr Zeit mit ihr verbringen? Was sprach dagegen, sich auf diese gegenseitige Anziehung einzulassen? Selbst an Weihnachten, eine Zeit unter Freunden, hatte er nichts von Ablehnung der anderen Gäste gespürt. Er war nicht wie sonst der Buhmann, Überbringer schlechter oder unangenehmer Nachrichten gewesen. Hatte wohl irgendwie dazugehört. Es schien, als gelänge es ihm, abseits des Vereins und Piotr wo dazugehören. Dank Alex.

Er betete inständig, dass diese beiden Leben nebeneinander

existieren konnten. Und wenn es nicht ging, dass sie es einsah. Aber bis dahin beschloss er an diesem Abend, es einfach zu genießen.

Auf Adams Zimmer gab es kein Wasser mehr, also war er kurz vor Mitternacht an die Hotelbar gegangen. Er stand noch halb im Gang, doch der Blick öffnete sich bereits in Richtung Tresen, als er die beiden sah. Instinktiv blieb er abwartend im Flur verborgen stehen und beobachtete Alex und Daniel. Er trug nicht wie sonst einen Anzug, war locker gekleidet, auch sie hatte sich vermutlich schon gedanklich in den Feierabend verabschiedet. Es war schließlich kurz vor zwölf Uhr nachts. Und außerdem sah das Gespräch so offensichtlich nicht nach Arbeit aus. Daniel suchte immerzu Alex' Blick, während sie für alle Augen zu sehen sichtbar geschmeichelt, aber unruhig ständig auf ihrem Hocker umherrutschte. Die ganze Zeit lächelte. Über Dinge, die Daniel sagte.

Adam zog sich noch ein Stück weiter zurück. Natürlich hatte er schon an Weihnachten gemerkt, dass irgendetwas zwischen den beiden war. Auch Tom war auffällig still zu diesem Thema gewesen, als er mit Luke und ihm nach der kleinen Party bei Alex gemeinsam heimgegangen war. Etwas ging also vor, und jetzt sah Adam es live.

Er sparte sich das Wasser, rannte förmlich wieder in Richtung seines Zimmers, klopfte dann aber bei Tobi. Schlaftrunken öffnete dieser ihm die Tür.

„Alter, was ist denn los? Wieso pennst du noch nicht?", murmelte er, während Adam, ohne zu fragen, an ihm vorbeiging.

„Adam, was machst du denn da?" Er hatte Lisa total vergessen, die ihn vom Bett aus mit einer Mischung aus Wut und Entsetzen anstarrte, das Laken bis ans Kinn hochgezogen. Ein Gefühl sagte ihm, dass er die Sache zwischen Daniel und Alex nicht vor ihr besprechen sollte, also entschuldigte er sich und bedeutete Tobi, ihm in das kleine, mit einer Tür abtrennbare Bad zu folgen.

„Was zum Teufel ist denn nur los mit dir?" Tobi sah seinen besten Freund besorgt an. Adam war wie vom Blitz getroffen, vor Aufregung kaum zu bändigen. Das kannte er weder von seinem Freund, noch von seinem Teamkapitän. Als Tobi die Tür hinter sich zu zog, sah er ihn erwartungsvoll an.

„Was ist passiert?" Mit einem Mal wusste Adam nicht mehr, wieso er so überstürzt an Tobis Tür geklingelt hatte. Übertrieb er es vielleicht mit seiner Vorsicht? Dann überwand er sich doch.

„Alex. Und Daniel." Tobi erwartete offensichtlich noch weitere Informationen, denn er bedeutete ihm, weiterzusprechen.

„Naja, ich habe sie gerade an der Bar gesehen. Sie haben geredet, gelacht, Tobi. Daniel hat gar nicht die Augen von ihr lassen können." Immer noch sah er Adam so an, als würde er auf die ultimative Neuigkeit warten. Adam wedelte bedeutungsvoll mit den Händen in der Luft.

„Er trug nicht mal einen Anzug, Tobi!" Da konnte sich dieser ein Lächeln nicht mehr verkneifen.

„Sei doch froh, dass du sie nicht im Bett erwischt hast", murmelte er nur, lehnte sich dann gelassen ans Waschbecken. Adam konnte seinen Freund nur perplex anstarren.

„Meinst du das ernst?" Tobi zog die Augenbrauen hoch.

„Und wie ich das ernst meine. Komm schon, Adam, du hast doch von Weihnachten erzählt. Auch wenn niemand es für möglich gehalten hat, anscheinend ist da was zwischen den beiden. Ich meine, wir kennen Daniel nun schon ein paar Jahre, er war nie so... entspannt, wie die letzten Monate. An irgendetwas oder irgendwem wird das wohl liegen." Mit verschränkten Armen und steinhartem Blick fixierte Adam seinen

Freund.

„Und das ist ok für dich?" Diesmal wedelte Tobi mit seinen Händen amüsiert in der Luft.

„Wieso sollte es das nicht?" Obwohl das Bad so klein war, zuckte er zurück, als Adam wutentbrannt einen Schritt auf ihn zumachte.

„Weil wir den Typen kennen! Hast du den Komplott, denn er damals durchgezogen hat, um Jules loszuwerden, schon vergessen? Jeder hat gesehen, dass Jules in eine Falle getappt ist, die Daniel ihm gelegt hat – und trotzdem musste er gehen! Niemand sollte diesem Kerl je trauen." Tobi kam in dem Moment nicht umhin, Adam ein wenig zuzustimmen. Vor zwei Jahren war noch Jules, als Jeniffers Vorgänger, verantwortlich für die Presse. Es kam zu ein paar Interviews, die damalige Spieler gegeben hatten, bei denen seine Vorbereitung nicht, naja, ausreichend war und aus Versehen Interna, aber keine gravierenden, nach außen gedrungen waren.

Anstelle ihn wegen dieser Sache zu feuern, kam raus, dass Jules angeblich monatelang schon Gelder von Journalisten angenommen hatte, um entsprechende Leaks an die Presse zu geben. Informationen eben gezielt zu verbreiten. So berichtete es Daniel dem Team wenige Wochen später, kurz nachdem man Jules medienwirksam unehrenhaft entlassen hatte. Doch jeder, der Jules, einen fünfzigjährigen, medienerfahrenen und gleichzeitig sehr unscheinbaren Londoner kannte, wusste, dass das einfach nicht stimmen konnte. Jeder ahnte, dass Daniel diesen Coup gefahren hatte, um Jules jede weitere Zukunft im Fußball zu verbauen. Es entbrannte ein Rechtsstreit zwischen dem Verein und ihm. Von dem schon nach ein paar Tagen nichts mehr zu hören war. Und auch der ehemalige Pressesprecher meldete sich bei keinem der Spieler jemals wieder. Gerüchte hatten sich verbreitet, Daniel habe ihn erpresst, zum Schweigen gebracht. Und diese Gerüchte waren nicht die ersten ihrer Art.

„Komm schon, Alex musste selbst nach der Sache mit Reynolds nicht gehen. Wir können uns für sie einsetzen", versuchte Tobi etwas lahm zu beschwichtigen, doch auch er hatte plötzlich ein merkwürdiges Gefühl. War einem Menschen, der jahrelang kaltblütig einen Verein lenkte, auf niemanden, außer dem übergeordneten Vereinsziel Rücksicht nahm, ein solcher Sinneswandel zuzutrauen? Konnte er sowas wie Freundschaft oder gar Liebe empfinden und ehrlich meinen?

„Siehst du! Siehst du, wenn du drüber nachdenkst, bist du genauso skeptisch, wie ich!" Adam hob gewinnend sein Kinn, doch Tobi war nicht komplett überzeugt.

„Auch wenn es schwierig ist, sich vorzustellen, Menschen können sich ändern." Bevor Adam ihn unterbrechen konnte, hob er beschwichtigend die Hände.

„Ich weiß, ob wir wollen, dass Alex auf einen veränderten Daniel steht, ist eine ganz andere Frage." Bestätigend nickte Adam, fuhr sich dann übers Gesicht.

„Du hättest ihn sehen sollen, Tobi. Er saß so nah bei ihr, es hätte nur gefehlt, dass er einen Arm um sie legt. Es war wirklich so klar, dass die beiden miteinander flirten oder wie auch immer das bei Daniel abläuft. Sie war geschmeichelt, Tobi. Sie hat es genossen." Wieder schnaufte Adam laut aus, dann sah er seinen besten Freund verzweifelt an.

„Er wird ihr weh tun. Ich weiß das einfach." Tobi seufzte tief auf, legte Adam beide Hände auf die Schultern und versuchte ihn, mit einem festen Blick zu beruhigen.

„Hör zu, Kumpel. Alex ist ein großes Mädchen, und sie weiß durchaus, was für ein Mensch Daniel ist. Sie hat das von Anfang an am eigenen Leib erfahren. Wenn sie also zulässt, dass er ihr nahe kommt oder was auch immer zwischen den beiden da vorgeht – dann weiß sie, was sie tut. Dann will sie es anscheinend, und ich weiß, dass genau das dir nicht passt."

Adam wollte sich aus dem Griff seines Freundes lösen, doch er ließ ihn nicht.

„Sie ist jetzt unsere Freundin, eine wirklich gute, und alles, was wir in dieser Situation machen können, ist sie darauf ansprechen."

„Ihr sagen, dass sie einen Fehler macht?" Tobi konnte nicht vermeiden, dass er frustriert mit den Augen rollte.

„Nein, ihr sagen, dass sie vorsichtig sein soll. Mehr nicht. Vielleicht noch fragen, was sie an so einem Kerl wie Daniel findet, aber mehr auch nicht." Er sah seinen Freund eindringlich an.

„Mehr auch nicht, verstanden? Was immer zwischen den beiden ist, geht eigentlich auch nur die beiden an."

Auch wenn Adam es niemals zugeben würde, Tobi hatte Recht. Sie durften sich nicht einmischen, es war Alex' Entscheidung. Aber er wollte sie beschützen, seiner Meinung nach war Daniel ein arrogantes Arschloch, dass sich immer nur so verhielt, wie es für ihn und den Verein am besten war. Und nicht einen Schritt mehr.

Er würde Alex darauf ansprechen, in einer passenden Minute. Im Idealfall holte er sich Tom als Unterstützung, er war sich sicher, dass Tom und er gleich über Daniel dachten. Vielleicht würde sie sich es dann nochmal überlegen. Vielleicht aber auch nicht. Und auch das musste er dann irgendwie akzeptieren.

Lisa war kein schlechter Mensch, sie respektierte Privatsphäre. Wenn Adam allerdings so einen Aufstand veranstaltete, war es wegen Alex. Seine Schwäche für sie war so offensichtlich, so erbärmlich und armselig. Also schlich sie zur Badezimmertüre und lauschte. Hörte jedes Wort.

Alex und Daniel. Diese Information verwirrte sie. Entwickelten sich die Dinge doch gerade ganz anders. Sie war kurz vor ihrem Ziel, sich ihren eigentlichen Platz in diesem Verein zu sichern.

Sie beschloss, ab sofort vorsichtiger zu sein. Und Alex würde sie sowieso erstmal nicht mehr trauen.

Als Tom am nächsten Morgen zum Frühstück erschien und sich, wie meistens, zu Tobi und Adam an einen Tisch setzte, sah er sofort, dass die beiden gerade diskutierten. Adams Lippen waren wütend aufeinandergepresst, während Tobi nur mit hochgezogenen Augenbrauen seinen Kaffee umrührte.

„Morgen, Jungs. Alles klar?" In dem Moment stieß auch Mark dazu, sah Tobi interessiert an, der immer noch kopfschüttelnd nur seine Tasse anstierte.

„Leute, so früh am Morgen schon Stress, was ist los?" Mark erkannte sofort, dass nur ein flotter Spruch die Stimmung auflockern konnte, auch wenn ihr Kapitän erkennbar mit sich kämpfte.

„Ich sag dazu nichts", gab Tobi knapp zu, da schoss es förmlich aus Adam heraus.

„Jetzt stell es nicht so hin, als würde nur ich mir Sorgen machen. Du bist gestern genauso ins Grübeln gekommen." Tom hatte keine Ahnung, auf was er hinaus wollte, selten war ihr Kapitän so impulsiv.

„Schieß halt endlich los." Mark bedeutete Adam zu erzählen. Er lehnte sich weit vor, die anderen taten es ihm nach. Tom war gespannt, welches Geheimnis sie nun zu hören bekamen.

„Alex und Daniel. Gestern kurz vor Mitternacht an der Bar. Augenscheinlich haben sie nicht über Arbeit geredet. Und verdammt viel Spaß dabei gehabt." Während Tom Adam wenig beeindruckt anstarrte, brachte Mark nur ein Glucksen raus.

„Hat er sie aufs Zimmer begleitet, oder was?" Adam sah seinen Freund so angewidert an, dass Tom eine spitzfindige Antwort im Hals stecken blieb. Er war wirklich auf hundertachtzig.

„Nein! Ach, was weiß ich, keine Ahnung!" Mark verstand immer noch nicht Adams Problem, als Tom langsam dämmerte, woher der Wind wehte.

„Wir wissen alle, das Daniel ein Arschloch ist. Und keiner von uns will, dass sie was mit ihm anfängt. Oder?" Adam sah seine Freunde erwartungsvoll an, doch Tobi hielt sich genauso wie Tom mit einer Antwort zurück, während Mark weiter provozierte, ohne es in diesem Augenblick zu merken.

„Gönnst du ihr den Spaß nicht? Ich meine, Daniel schaut schon gut aus, und ein bisschen Kopf abschalten könnte Alex nicht schaden, wenn sie bei uns schon nicht ran darf." Bevor Adam komplett ausrastete, ging Tom beschwichtigend dazwischen.

„Adam, sie weiß, wer und was Daniel ist. Aber wenn da was zwischen ihnen ist, wonach es nach Weihnachten nun wirklich irgendwie aussieht, dann ist das ihr Bier." Gerade wollte Adam energisch etwas erwidern, doch Tobi brachte ihn mit einem Tritt unter dem Tisch zum Schweigen.

„Morgen, Jungs!" Alex setzte sich, sichtlich gut gelaunt, zwischen Tom und Adam, merkte aber sofort, dass die Stimmung gedrückt war.

„Ähm, bei welchem Gesprächsthema störe ich gerade?" Sie nippte an ihrem Kaffee, ihr Blick blieb schließlich an Tom haften. Er versuchte, möglichst überzeugend zu grinsen.

„Männer brauchen auch ab und zu Geheimnisse, Kleines. Thema lange Dusche und so." Es war natürlich vollkommen vom Himmel gelogen, und Tom war sich sicher, dass Alex es durchschaute, aber sie spielte mit.

„Schon klar, bin schon wieder weg." Sie wollte gerade aufstehen, als plötzlich und ausgerechnet Daniel hinter ihr stand. Er war ganz der Alte, Anzug, zugeknöpft, Haare perfekt zurück gegelt. Innerlich kochte Adam bereits, Tom sah es ihm an. Jeder sah es ihm an, weshalb Adam schnell den Blick senkte, sich auf sein Frühstück konzentrierte.

„Alex, hast du dir zufällig meinen Bericht zu Tottenham schon durchgelesen, mir dein Feedback geschickt?" Nur wer sie gut kannte, so wie Tom, sah, wie sie sich etwas zu fest auf ihren Stuhl abstützte, zu hastig antwortete, während Daniel die Gelassenheit in Person war, unbeeindruckt seinen Espresso schwenkte.

„Nein, ehrlich gesagt noch nicht. Brauchst du es schnell?" Zu ihrer aller Überraschung grinste Daniel gefährlich.

„Ich brauch es immer schnell." Nicht nur Alex blieb erstmal eine Antwort im Hals stecken. Marks Hand inklusive darauf befindlichem Brötchen erstarrte mitten in der Bewegung, Tobi rührte nicht wie von Sinnen weiter in seinem Kaffee, Tom starrte Daniel nur perplex an. Nie, in alle den Jahren, hatte er Daniel einen Witz reißen hören. Und dann auch noch einen unanständigen.

Alex wusste nicht, was sie sagen sollte, senkte kurz den Blick, da schlug Daniel ihr leicht, aber vielleicht zu übertrieben locker auf die Schulter.

„Kleiner Scherz. Schau es dir auf der Heimfahrt an."

„Klar, kein Thema." Daniel nickte allen lässig zu, dann setzte Alex sich wieder hin. Ihr hatte es immer noch die Sprache verschlagen, während Mark sie kopfschüttelnd ansah und Adam vor Wut scheinbar gleich explodierte.

„Er braucht es immer schnell?" Alex atmete tief durch, wollte Daniel vermutlich gegenüber Mark in Schutz nehmen, doch Adam schlug kurz so unerwartet auf den Tisch, dass sie neben ihm zusammenzuckte. Dann stand er auf, rannte davon.

„Adam?" Aber er ließ sich nicht zurückhalten, von keinem.

Ein paar Tage später holte Daniel Ted spätnachts zuhause ab und fuhr mit ihm in den Hafen. Ted verbarg seine Unruhe. Wenn er eines die letzten Monate neu gelernt hatte, dann Daniel erstaunlicherweise zu vertrauen. Wieso auch immer. Aber als sie im Hafen ankamen, wurde ihm doch wieder etwas anders. Keine Menschenseele, nur schummrige, dunkle Flecken. Auf dem hellen Spielfeld fühlte er sich wohl, das hier war bei Weitem nicht seine Welt.

Luke erwartete sie schon. Die Vorstellungsrunde zwischen Ted und dem Pubbesitzer fiel knapp aus, die Männer kamen schnell zum eigentlichen Grund ihres Treffens.

„Du hattest Recht. Ein paar meiner Leute wurden für diese Nacht rekrutiert, in der Alex und Reynolds angeblich was miteinander hatten. Es hat... eine Weile gedauert, bis sie alles gestanden haben." Ted beobachtete, wie sich Luke gedankenverloren über seine wunden, immer noch blutigen Fingerknochen fuhr, da fing Daniel seinen Blick mit hochgezogenen Augenbrauen wieder ein.

„Und was genau haben sie gestanden?" Luke seufzte vor Wut und Frustration auf.

„Alles. Für ordentlich Geld haben sie die beiden in der Tiefgarage betäubt, auf das Zimmer gebracht, sie wach gepusht, das Foto geschossen, wieder betäubt, ausgezogen und auf dem Bett liegen lassen." Diesmal war es Ted, der laut aufstöhnte, sich mit ein paar schnellen Schritte abreagierte. Dann wandte er sich an die beiden Männer.

„Gut, damit haben wir den Beweis. Deine Jungs sollen aussagen, damit..." Doch Luke ließ Ted nicht ausreden.

„Meine Jungs haben Scheiße gebaut und ihr restliches Leben werden sie die Strafe dafür abbezahlen. Für das, was sie Alex damit angetan haben. Aber niemals verrate ich meine Leute an die Cops." Daniel nickte.

„Ich will das unter dem Radar lösen, Ted. Ich hab die Fühler schon ausgestreckt, bald hab ich genügend Vertrauen gesammelt und komm an den Code." Als Daniel gelassen erläuterte, wie genau sein weiterer Plan aussah, war Ted zwar von der rabiaten Vorgehensweise nicht sonderlich überrascht, dennoch wollte er wenigstens einmal seine Bedenken äußern.

„Dein Plan in allen Ehren. Aber bist du dir sicher, dass du es so weit treiben willst?" Daniels Blick wurde kalt und so gefährlich, dass nicht nur Ted, sondern auch Luke einen Schritt zurückgingen.

„Denkst du, ich würde das wirklich tun, wenn es nicht unbedingt nötig wäre? Sie wurde verdammt nochmal betäubt, in einer Falle gelockt, von unseren eigenen Leuten! Ich will, dass jemand dafür leidet, blutet, Ted, und wenn ich mit demjenigen fertig bin, wird er sich nie wieder trauen, Alex oder Jatterton auch nur einmal noch zu nahe zu kommen!" Ted erwiderte nichts, versuchte, sich von Daniels überschäumender Wut nicht einschüchtern zu lassen. Doch dann sprach ausgerechnet Luke Teds Bedenken aus.

„Wenn Alex das jemals rausfindet... wie genau du an die Infos gekommen bist, Daniel. Sie..." Kurz zögerte er, überwand sich, fortzufahren.

„Sie schätzt dich. Und sie hat nichts übrig für solche... Spielchen." Ted zog scharf die Luft ein, dieser Luke nahm sich bei Daniel ganz schön viel raus. Der Assistent trat bedrohlich auf Luke zu, der aber hart und unbeeindruckt blieb.

„Ich habe das unter Kontrolle." Ted hoffte es nur bitterlich.

Es war eine Woche her, seitdem Alex und Daniel ihr offenes Gespräch an der Hotelbar hatten. Von da an fühlte sie sich wie in einem Strudel, der kein Ende hatte. Sie hatten an diesem Abend viel geredet, über die Opfer, die man brachte, wenn man solch einen Job wie sie hatte. Die wenige Freizeit, die Anstrengung, die Verantwortung. Sie hatten sich sogar über Beziehungen, ihre Einstellung dazu unterhalten. Im Nachhinein war Daniel auffallend still gewesen, hatte Verständnis gezeigt, doch hatte Alex ihm seine Details aus der Nase ziehen müssen. Seine vielen lockeren Bekanntschaften, von denen keine eine Bedeutung für ihn hatte.

Das ganze Gespräch war neben Offenheit von einem leichten Schalk geprägt, erst mit etwas Abstand wurde ihr klar, dass sie die komplette Zeit geflirtet hatten.

Und die daraus entstandene Spannung ließ die kommenden Tage nicht nach. Erst die Aussage ausgerechnet vor ihren Jungs, er bräuchte es immer schnell. Du meine Güte, das war nur der Startschuss. Besonders wenn sie alleine waren, fielen weitere solcher Kommentare, bei denen Alex sofort einen Schlag in ihrem Bauch verspürte. Daniel drehte total auf, riss sie mit. Zumindest ihr gegenüber machte er keinen Hehl daraus, dass er die gewagten Spielchen, Witze genoss. Und sie bescherten ihr mehr als nur ein paar schlaflose Nächte.

Doch nicht nur deswegen wurde Alex zunehmend aufgewühlt. Selbst wenn andere dabei waren, hatte sich sein Auftreten geändert. Beim nächsten Auswärtsspiel wurde es für sie und ihre Freunde offensichtlich. Hatte er sich sonst immer etwas zurückgezogen, sowohl in der Kabine, als auch im Hotel, suchte er dieses Mal die Gesellschaft. Er riss in den Katakomben Witze, so gute, dass Tobi ihn dafür lobte. Als Alex am Abend mit den Jungs das erfolgreiche Spiel an der Bar ausklingen ließ, setzte er sich dazu. Er erheiterte alle so, dass Mark ihm sagte, dass er öfter dazukommen sollte. Doch damit beließ Daniel es nicht. Zum einen warf er ihr mehr als einmal offensichtlich Blicke zu, grinste sie leicht und leider provokativ an, dass es Alex schwindelig wurde. Und im Anschluss war sie mit den grinsenden Gesichtern ihrer Freunde konfrontiert.

Insbesondere das wurde zum Problem. Die Männer fanden es nicht nur amüsant, dass Daniel so offen, vor allem Alex gegenüber, wurde, sondern bläuten ihr fast schon täglich ein, vorsichtig zu sein. Sie alle hatten ein Gerücht über ihn parat, welches sie Alex in einer ruhigen Minute unterbreiteten, sie vor ihm warnten. Vor allem Luke wurde deutlich. Eines Abends stand er plötzlich vor ihrer Tür und ließ sich nicht davon abbringen, ehe er ihr seine Meinung zu Daniel gesteckt hatte. Und die hatte es in sich.

„Hör zu, Alex. Du kennst ihn erst seit dieser Saison. Und mag sein, dass er dir gegenüber... zahmer geworden ist. Aber wenn es um den FC geht, Ziele des Vorstands, wird er skrupellos, sofort, und würde dich ohne mit der Wimper zu zucken, mit aus dem Weg räumen. Oder hast du den Beginn der Saison vergessen, wie du dir den Arsch aufreißen musstest, bis er dich irgendwann akzeptiert hat?" Alex schüttelte den Kopf.

„Nein, hab ich nicht. Aber hast du schon mal daran gedacht, das wir als Verein nicht so weit gekommen wären, wenn es anders gelaufen wäre?" Luke zögerte für einen Moment, das nutzte sie aus.

„Ich weiß, wie ehrgeizig er ist, das der Verein alles für ihn ist. Ich weiß, was er alles dafür tut. Ich arbeite schließlich mit ihm." Da unterbrach ihr Freund sie.

„Weißt du nicht, glaub mir. Aber ist auch egal. Sei einfach vorsichtig, in Ordnung?" Alex rollte mit den Augen.

„Ja, das sagt ihr mir alle schon zum hundertsten Mal. Ist angekommen. Auch wenn ich glaube, dass eure Sorgen total unbegründet sind. Diese Saison ist keinem von euch etwas zu Ohren gekommen, was Daniel denn ach so Verwerfliches getan hat. Außer, dass er mich zu Beginn rausschmeißen wollte." Luke presste verkniffen die Lippen zusammen, senkte den Blick.

„Siehst du! Maximal flirtet er mit mir. Und, ehrlich, das macht Spaß. Ein bisschen Bestätigung schadet niemanden."

Und das stimmte. Also genoss sie die Situation weiter, auch wenn es einfach nur eine Phase sein könnte, die bald wieder vorbei sein würde.

Aus Eigenschutz verbot sie sich Gedanken über diese plötzliche, heftige Entwicklung, gab nicht Acht auf die Worte ihrer Freunde, schenkte sich selbst und ihrem Bauchgefühl kaum Beachtung. Genoss die Welle, auf der sie schwebte, wenn Daniel ihr einen extra Blick zuwarf, ihr in einem unbeobachteten Augenblick ein Kompliment zuraunte. Sie brauchte in ihrem Leben endlich wieder positive Gefühle. Dieses Siegesgefühl, dieses Adrenalin war einfach zu gut, zu verführerisch, als das auch nur ein einziges rationales Argument sie oder ihn davon abhalten konnte, weiterzumachen. Sie liebte es. Und sah nicht, wie viel dünner ihr Eis, das gemeinsame Eis zwischen Daniel und ihr, wurde.

Alex liebte die Montagabende im Pub, auch und vielleicht gerade jetzt. Es lenkte sie von Daniels stetigen Anspielungen ab. Glücklicherweise hielten sich auch ihre Freunde damit zurück, aller Überraschung ging es heute einfach mal nur die am Tisch Anwesenden. Und um Bier, reichlich Bier.

Je später der Abend wurde, desto unanständiger wurden die Themen. Mark und Tobi berichteten unter Gegröle der anderen Männer so detailliert und intensiv von Nächten mit ihren Freundinnen, dass Alex sich mit hochrotem Kopf hinter ihrem Pint versteckte. Doch noch schlimmer wurde es, als die Jungs sich an sie wandten.

„Und, Alex, hast du unser Weihnachtsgeschenk schon zur Genüge ausprobiert?" Ihr blieb ein Lachen im Hals stecken.

„Komm schon, uns kannst du es ja sagen!", munterte sie Mark weiter auf, während die anderen dreckig um die Wette grinsten. Es kostete Alex wahnsinnig viel Überwindung, schließlich ehrlich zu antworten.

„Hmm", genügte für ihre Freunde vollkommen, die entsprechenden Schlüsse zu ziehen. Sie fingen laut an zu grölen, riefen Luke zu sich her, während Alex am liebsten in ihrem Stuhl versinken wollte.

„Dafür musst du dich doch nicht schämen!", prustete Luke los, da endlich gab Alex sich einen Ruck und reagierte richtig darauf.

„Wisst ihr was, ihr könnt mich mal! Ihr habt vielleicht ein Leben außerhalb des Vereins, habt Freundinnen und damit anscheinend ein reges Sexleben. Mein Leben besteht gerade zu 100 % aus unserem Verein und somit heißt das – keine Befriedigung für die liebe Alex." Mark schüttelte den Kopf, deutete verschmitzt auf Luke, den in dem Moment alles aus seinem Gesicht fiel, genau wie Alex.

„Also, das stimmt nicht ganz. Der Herr hier gehört nicht zum Verein. Wenn du ihn nett fragst, kann er dir bestimmt einige Wünsche erfüllen. Nicht wahr, Luke?" Das war hinterhältig und etwas unter die Gürtellinie, dafür fing er sich sowohl von Luke als auch von Alex einen Tritt ein.

„Nicht cool, Mann." Doch Mark zuckte nur unbeeindruckt die Schultern, dann funkelte er sie wieder voller Schalk an.

„Gib zu, dass dir Sex fehlt, Alex. Sag einfach die Wahrheit, wie lang ist es her?" Sie schüttelte den Kopf.

„Wieso ist das denn wichtig?" Mark bereitete die Arme vor ihr aus.

„Keine Ahnung, kann man sich nicht auch mal über sowas unterhalten? Ich meine, ich liebe Sex zum Beispiel. Und du weißt, dass Kendra und ich nicht oft zusammen sind. Wenn wir es aber sind, geht die Post ab, so oft es geht. Dafür sind die Wochen, teilweise Monate dazwischen... einfach nur hart. Eine einsame Nummer, wenn du verstehst." Er zeichnete mit seiner rechten Hand ein sehr plastisches Bild, von welcher einsamen Nummer er da sprach. Alex schüttelte nur wieder den Kopf, versuchte, sich hinter ihrem Bierglas zu verstecken.

„Du bist 25 Jahre, in der Blüte deines Lebens. Es ist schon etwas unfair, dass du dich selbst dafür geißelst. Schnapp dir halt hier im Pub mal einen?" Die anderen Männer sahen sie

194

erwartungsvoll an, langsam bekam Alex den Eindruck, dass Mark nicht nur oberflächlich mit ihr sprach, sondern wirklich ihre Meinung hören wollte. Also atmete sie tief durch, überwand sich wieder, ehrlich zu ihren Freunden zu sein.

„Na schön, klar wäre es mal wieder geil, vernascht zu werden. Zufrieden?" Tatsächlich mit der Welt im Reinen nickte Mark bestätigend, während Toms Grinsen ebenfalls immer breiter wurde.

„Also, war ja gar nicht so schwer." Er kostete seine Kunstpause aus, Alex wusste bereits davor, auf was er hinauswollte.

„Aber ich glaube nicht, dass Alex unbedingt hier in dem Pub suchen muss. Sie sollte beim nächsten Auswärtsspiel einfach mal an Daniels Tür klopfen. Spätnachts. In Unterwäsche. Bei seinem jetzigen Verhalten würde er bestimmt nicht nein sagen." Wieder grölten die Jungs, Alex schoss zum sicherlich hundertsten Mal das Blut in den Kopf.

„Nicht schon wieder", murmelte sie, während Luke unruhig zwischen den lachenden Freunden hin und her sah.

„Wie oft noch, es ist nichts zwischen Daniel und mir." Alex' nicht wirklich überzeugende Ausrede sorgte nur für neues Gegröle, Adam winkte etwas frustriert ab.

„Du brauchst es gar nicht mehr abzustreiten, wir sind hier unter uns, an die Hälfte des Gesprächs werden wir uns morgen eh nicht mehr erinnern können. Also gib endlich zu, dass ihr zwei aufeinander steht." Das viele Bier hatte Alex aufgeputscht, sie zeigte drohend mit dem Zeigefinger auf ihren Freund.

„Lass es, ok?" Auch wenn sie ihren Jungs vertraute, diese... Sache zwischen Daniel und ihr war viel zu fragil, eigentlich kaum zu glauben, dass sie es lieber für sich behielt. Natürlich fiel es ihr schwer, ihre besten Freunde anzulügen. Adam setzte mit funkelnden, überraschend wütenden Augen an, etwas erwidern, da rettete sie Luke vor einer unangenehmen Konfrontation.

„Hey, Leute, seht mal her!" Er hatte den Fernseher lauter gedreht, alle wandten sich ihm zu, auch wenn Adams Blick weiterhin skeptisch an ihr haften blieb. Leider half die nun angekündigte Sendung nicht wirklich ihrer Verteidigung. In einem Vorspann eines spätabendlichen Sportberichts wurden zunächst Alex, und dann Daniel eingeblendet, allerdings nur unter dem Titel „Power-People Premier League". Alex war erstaunt. Von Elaine hatte sie im heutigen Pressebriefing nichts dazu gehört, und das war ungewöhnlich.

„Lass lauter, Luke." Er nickte ihr zu, dann verschwand er hinter die Bar, aufräumen. Sie waren eine der letzten Gruppen im Pub, bald war es schon elf Uhr. Eigentlich höchste Zeit nach Hause zu verschwinden, was Alex aber erst im Anschluss an diesen Artikel machen würde.

Der Bericht stieg mit ein paar seichten Themen ein. Spielerfrau hier, Supermodel da. Die große Liebe seit Kindertagen. Relativ plakative und einfache Storys. Dann wurden wieder die beiden Moderatoren eingeblendet.

„Liebe Zuschauer, ich bin mir sicher, vor allem die Dame in unserem Power-Couple-of-the-week ist Ihnen allen ein Begriff. Alex Müller, die schöne und überaus talentierte Team Managerin aus Deutschland, die die Jungs des FC Jatterton fest im Griff hat." Etwas irritiert sah sie ein Foto von sich selbst. Power-Couple-of-the-week? Doch nicht sie und Daniel? Während der eine Moderator Alex´ Bild betrachtete, übernahm der zweite.

„Sie ist nicht nur talentiert, sondern auch noch bildhübsch. Wie letztens hier auf einer Gala des FC zu sehen. Wunderschönes Kleid." Alex fiel buchstäblich alles aus dem Gesicht, als Filmaufnahmen von einer Benefizgala des FC vor ein paar Tagen gezeigt wurden. Sie im Blitzlichtgewitter.

Dann fiel es ihr ein. Wie dieser Moment weiter abgelaufen

war.

Noch bevor der Moderator ihn ansagte, wusste sie, wer neben Alex erschien. Daniel. Er hatte gemerkt, dass es ihr vor den vielen Fotografen etwas unheimlich war, sich demonstrativ neben sie gestellt, einen Arm schützend auf ihren Rücken gelegt und sie anschließend galant vom Teppich geführt.

„Und sehen Sie nun, wer sich in den letzten Wochen erstaunlich oft an ihrer Seite zeigt? Daniel, der nicht minder attraktive Pole, der die Vereinsgeschicke im Auftrag des Vorstands leitet. Sieht er nicht sexy in diesem Anzug aus? Und sehen sie, wie vertraut die beiden miteinander umgehen? Wir haben noch mehr Fotos." Während Alex immer noch vollkommen geschockt auf den Bildschirm starrte, wurden mehr Aufnahmen von ihr und Daniel gezeigt. Allerdings komplett harmlose Sachen. Nebeneinander am Spielfeldrand, auf dem Weg zum Bus, zum Flugzeug. Sich unterhaltende Kollegen.

„Wir sind gespannt, denn die letzten Jahre war Daniel immer ein auffälliger Playboy, nie darum bemüht, seine vielen und schönen Bettgeschichten zu verheimlichen. Aber jetzt? Keine News mehr darüber, keine Partys. Nur noch Alex Müller. Und weil die beiden einfach einen super Job machen und den FC Jatterton mit großen Schritten in Richtung Klassenerhalt führen: Unser Power-Couple-of-the-Week. Seien sie versichert, wir bleiben dran. Wir haben zum Abschluss noch eine Aufforderung: Daniel, wieso hast du Alex noch auf kein richtiges Date ausgeführt?" Alex war immer noch sprachlos. Tom schlug ihr mit einem fetten Grinsen auf dem Gesicht auf den Rücken.

„Na?" Sie konnte nichts erwidern, starrte perplex in ihr Glas. Das hatte sie überrascht, eiskalt. Schnell holte sie ihr Handy raus, rief Elaines Kontakt auf und tippte eine kurze Mail.

„Bericht über Daniel und mich als Power-Couple der Liga. Wieso wussten wir nichts davon??"

Vielleicht reagierte sie über, denn ehrlich gesprochen, sah man nur für jeden zugängliche Bilder, der Rest war pure Spekulation ohne Anhaltspunkt. Für die Medien. Aber Alex brachten sie in Rage. Und Wallungen.

„Komm schon, Alex, anscheinend brauchst du unser Weihnachtsgeschenk gar nicht mehr. Krall dir halt einfach Daniel." Alex entgegnete nichts auf seinen Witz, kippte nur den Rest ihres Biers runter. Sie fühlte sich hintergangen. Der Abend hatte so gut angefangen, wieso konnten sie es nicht einfach dabei belassen?

„Alex, das war doch nur ein Scherz?", versuchte Mark sie noch abzuhalten, sich fahrig ihren Mantel überzuwerfen, doch sie winkte nur ab.

„Es ist eh schon viel zu spät, und der Bericht hat mir nur den Rest gegeben. Ich hätte davon wissen sollen, das ist alles. Gute Nacht, Jungs, bis morgen." Ohne großartig eine Reaktion abzuwarten, stürmte sie aus dem Pub. Sie bemerkte nicht, wie ihr alle etwas perplex und mit einem kleinen schlechten Gewissen hinterher sahen.

Ihre Gedanken rasten immer noch. Sie ging zu Fuß heim, hoffte, das würde sie abkühlen, doch das Gegenteil passierte, sie wurde schneller, vor allem gedanklich. Sie hätte nie geglaubt, dass die Situation sie so überfordern würde. Ja, sie und Daniel kamen sich näher, das konnte man nicht von der Hand weisen. Aber es war alles so instabil, fragil. Ohne auch nur den leisesten Plan für die Zukunft. Und dann mussten die Jungs auch immer und immer wieder darauf herumreiten. Zum krönenden Abschluss der Bericht, der sie unerwartet erwischt hatte.

Ihren nächsten Schritt konnte sie sich im Nachhinein nicht

erklären. Klar, sie wollte ihn informieren. Aber es war mehr.

„Hi, Alex. Ich nehme an, du hast den Bericht gesehen." Daniels Stimme klang amüsiert, doch sie fuhr sich immer noch verwirrt über das Gesicht, atmete laut durch.

„Oh Mann, ja. So ein Scheiß. Ich habe Elaine schon gefragt, wieso wir davon nichts wussten." Zu Alex′ Erstaunen lachte Daniel am anderen Ende der Leitung kurz auf.

„Sowas passiert. Der Bericht ist nicht mehr als ein verzweifelter Versuch, eine Story aus... keine Ahnung was zu basteln." Schweigen kehrte zwischen den beiden ein, während Alex mittlerweile fast daheim war.

„Ok, wenn du entspannt bist, bin ich es auch", murmelte sie irgendwann, wollte das Gespräch beenden, doch Daniel räusperte sich.

„Was meinst du, sollte ich den Vorschlag aus dem Bericht aufgreifen, dich auf ein Date einladen?" Alex stand vor ihrer Wohnungstüre, erstarrte, wie vom Blitz getroffen.

„Ich meine, vielleicht kann man es auch gar nicht als Date bezeichnen. Ein ehemaliger Spieler gibt in zwei Wochen eine große Party in London, und wir könnten vorher in ein schickes Restaurant gehen, uns eine schöne Zeit machen. Ein bisschen als Belohnung für unsere harte Arbeit." Alex′ ganzer Körper war wie unter Starkstrom, gespannt wie ein Bogen. Immer noch unfähig, auch nur ein Wort rauszubringen. Er tat es wirklich, riss die letzten Grenzen zwischen ihnen ein.

„Ähm, ok, anscheinend macht dich nur der Gedanke daran sprachlos, tut mir leid, das ich gefragt habe." Daniel klang zu Alex′ Erstaunen geknickt, das hatte sie noch nie erlebt. Sie musste reagieren, fand endlich ihre Sprache wieder.

„Nein, tut mir leid, Daniel, ich war nur überrascht. Das, ähm, ist aber auch keine Fangfrage, oder?" Alex hatte sich erst nicht getraut, zu fragen, aber bei Daniel fuhr man mit Direktheit am besten. Fast hatte Alex seine Reaktion schon erwartet, er lachte lauthals los.

„Nein, keine Fangfrage. Ich würde ehrlich gerne den Abend und die Party in London mit dir verbringen." Ihre Knie gaben nach. Nur langsam drang es in ihr Gehirn vor: Daniel hatte sie auf ein Date eingeladen. *Er wollte gerne Zeit mit ihr verbringen.* Meinte er das wirklich ernst? Alex beschloss, es so zu behandeln. Schließlich empfand sie das Gleiche.

„Ich würde gerne mit dir nach London fahren." Sie spürte förmlich, wie Daniel am anderen Ende der Leitung leise lachte.

„Schön. Dann haben wir einen Plan." Obwohl Alex sich an diesem Abend wie erschlagen fühlte, machte sie so gut wie kein Auge zu. Daniel und sie. Eine gemeinsame Nacht in London. Sie erzählte niemanden davon.

Piotr war selten in Jatterton, das Meiste an Vereinsarbeit überließ er Daniel. Aber wenn er in der City war, stieg er im edelsten, diskretesten Hotel der Stadt ab, Daniel besuchte ihn dann immer zum Abendessen, egal, was sonst auf der Agenda stand. So auch an diesem Abend Ende Januar. Sie aßen beide ein ausgezeichnetes Steak, als Piotr das Gespräch auf die Situation zwischen Jatterton und Pinelly lenkte.

„Die Jungs in Pinelly werden langsam unruhig. Nur zwei Monate bis zum Rückspiel, aber sie können es kaum erwarten, endlich ihren Emotionen freien Lauf zu lassen." Daniel seufzte nur, während Piotr seine Mundwinkel im Millimeterbereich zu einem Lächeln verzog.

„Ich weiß. Für blinde Gewalt habe ich herzlich wenig übrig. Aber wir könnten ihnen dennoch ein kleines Geschenk machen. Natürlich mit Gegenleistung." Daniel sah seinen Mentor erstaunt an.

„Normalerweise kommen wir ihnen nicht entgegen. Wieso jetzt?" Piotr zuckte nur die Schultern, den Blick auf sein Steak vor sich gerichtet.

„Eine besondere Saison, ein besonderes Spiel. Ein bisschen Pressewirbel könnte uns nicht schaden. Mal was anderes, als das Getuschel über dich und Alexandra Müller." Piotr sah seinem Schützling an, wie er versuchte, seine Reaktion zu kontrollieren. Wie er darin versagte, sich räusperte und fahrig einen Schluck Wein nahm. Schon alleine durch dieses Verhalten wusste Piotr alles. Daniel verlor nie die Beherrschung.

„Wie gesagt, klär das mit Pinelly. Lassen wir sie auf unserem Gebiet spielen, gib den Bullen und unseren Jungs aber einen Tipp, dass sie wenigstens ein bisschen vorbereitet sind." Langsam nickte Daniel, auch wenn er seinen Chef immer noch nicht ansah. Mit einem Schnipsen verschaffte sich dieser schließlich seine Aufmerksamkeit. Daniels Blick war für ihn vollkommen untypisch unsicher, abwartend. Innerlich schüttelte Piotr nur den Kopf. Er war so viel mehr von Daniel gewohnt, erwartete mehr.

„Junge, ich kann nur raten, dir diese Frau aus dem Kopf zu schlagen. Ich habe es dir an unserem ersten Tag unserer gemeinsamen Karriere gesagt, und ich wiederhole mich normalerweise nicht. Keine Frau darf jemals im Weg deiner Ziele stehen. Geschweige denn, lass den Feind nie sehen, wie wichtig dir jemand ist, der sich nicht selbst wehren kann. Ana konnte sich nicht wehren, und sie musste bitterlich dafür büßen. Du weißt es doch noch, oder?" Piotr hielt Daniels Blick fest, er nickte.

„Ja, Piotr."

„Gut. Sie wussten, wie gerne ich bei ihr bin, wie sie mich um den Verstand gebracht hat. Ich war unvorsichtig, letztendlich hat sie mit dem Leben dafür bezahlt." Er packte seinen Schützling unerwartet am Nacken, zog ihn über den Tisch näher. Auch wenn man es als väterliche, erklärende Geste verstehen konnte, hätte es genauso gut als eiskalte Drohung aufgefasst werden können. Daniel war sehr wohl klar, das Letzteres gemeint war.

„Ich möchte nichts Unnötiges tun. Nur alleine bist du stark, mein Junge. Also bleib es auch." Piotr sah in seinen Augen, wie viel Mühe er sich gab, möglichst überzeugend zu wirken. Doch ihm schwante Übles. Daniel war sein bester Mann und gerade in diesem Augenblick nicht wirklich bei der Sache. Weil er wahrscheinlich bei dieser Frau sein wollte.

Wie schon gesagt, Piotr hasste Gewalt. Er würde seinen Schützling die nächste Zeit genau überwachen, auch wenn sich alles in ihm gegen eine solch drastische Maßnahme sträubte. Aber wenn Daniel nicht bald zur Vernunft kam, würde er sich etwas einfallen lassen müssen, um seine einzige, wirkliche Vertrauensperson wieder in die richtigen Bahnen zu lenken.

Eigentlich hatte Alex gehofft, sie und Lisa würden nach dem jetzigen Auswärtsspiel gemeinsam Essen gehen, wieder mal etwas Zeit miteinander verbringen. Doch sie war innerlich stark aufgewühlt, als Lisa sie harsch abwies, vor Tobi und Adam, als sie aus dem Mannschaftsbus ausstiegen.

„Nein, danke. Ich hab schon was Besseres vor." Alex war bei dieser Antwort wie erstarrt, sah Lisa nur ungläubig hinterher, wie sie mit ihrer kleinen Tasche davon stiefelte. Tobis Blick war nicht minder überrascht, wenn auch leicht wütend.

„Ist alles ok mit ihr?" Tobi zuckte nur etwas hilflos mit den Schultern, Adams Stirn warf tiefe Falten.

„Keine Ahnung. In letzter Zeit ist sie ein bisschen... sensibel, weiß auch nicht." Dass ihr Freund nicht weiter darauf einging, zeigte Alex, dass Tobis und Lisas Probleme anhielten, keine Besserung in Sicht war.

„Ok, na, vielleicht hat sie einfach einen schlechten Tag", murmelte sie, auch wenn sie das Thema für die nächsten Tage nicht mehr losließ.

Sie stupste Mark an, heute würde sie ihn nach Hause fahren. Sein Geheimnis, sein merkwürdiges Verhalten wegen der Pillen hielten sie immer noch in Schach, ausnahmsweise war sie froh, dass er, ziemlich schnell, nachdem sie losgefahren waren, sie mit einer anderen Sache ablenkte.

„Ich wollte mich bei dir entschuldigen, Alex." Sie sah Mark erstaunt an, ob er wieder einen Witz machte, doch seine Augen blieben ernst. Langsam nickte sie.

„Ok, und für was?"

„Wegen der Sache zwischen Daniel und dir. Klar, wir machen unsere Witze, aber nachdem wir den Artikel gesehen haben, hat man gemerkt, wie nahe dir das geht. Und das tut mir leid." In diesem halben Jahr war ihr Freund noch nie demütig gewesen. Als sie kurz zu ihm rüber sah, wirkte er ehrlich. Erstaunt lachte sie auf.

„Mark, was ist los?" Er schüttelte den Kopf.

„Nichts. Ich will dir damit nur sagen, dass trotz all der Witze, die wir über dich und Daniel reißen, ich das respektiere. Ich meine, Liebe ist eine starke Kraft, man sollte sie nie unterschätzen. Und wenn du und Daniel euch gefunden habt, er ja anscheinend auch ein normaler Mensch sein kann, wieso nicht. Menschen können sich ändern." Für eine ganze Weile konnte Alex nicht antworten, zu sehr überrannten sie ihre Gefühle. Der erste ihrer Freunde hatte ernsthaft gesagt, dass Daniel und sie ok waren. Und das ausgerechnet von Mark, der immer einen flotten Spruch auf den Lippen hatte, selten ernst war. Irgendwas hatte sich geändert, das spürte sie.

„Ich weiß doch nicht, was zwischen Daniel und mir ist", murmelte sie schließlich, da schlich sie wieder das altbekannte Grinsen auf Marks Gesicht.

„Aha, also etwas ist da schon!" Wie immer bekam er dafür einen leichten Klaps auf die Schulter, doch auch Alex musste lachen.

„Mark! Du weißt es selbst ganz gut, du hast mir selbst die

eine oder andere Geschichte über ihn erzählt. Gerüchte. Alle warnen mich vor ihm." Sie wusste nicht mehr weiter, Mark sprang ein.

„Aber? Komm schon, Alex. Daniel hat sich geändert, seitdem du da bist. Das hat etwas zu sagen. Der Kerl ist eigentlich knallhart, für ihn zählt nur das Business. Nie hat er sich auf Partys blicken lassen, geschweige denn mit uns über etwas anderes als Fußball geredet. Letztens hat er mich nach meinem Parfum gefragt." Weil Mark total übertrieb, musste Alex erneut lachen, doch er war noch nicht fertig.

„Und außerdem ist es einfach putzig, wie er dich anschaut." Ein Seitenblick auf ihren Freund verriet ihr, dass er schon wieder dreckig grinste. Sie spielte mit.

„Ach ja, und wie?" Marks Grinsen wurde breiter.

„Als würde er dich am liebsten vernaschen, auf der Stelle, egal, wer zusieht." Wie immer bei solchen Themen lief Alex knallrot an, konzentrierte sich auf den Verkehr vor sich, während Mark erstaunlicherweise schwieg.

„Wie gesagt, ich habe keine Ahnung, ob und was zwischen Daniel und mir ist. Danke für deine Entschuldigung, Mark, ich weiß das sehr zu schätzen." Er grinste immer noch, hatte aber den Wink mit dem Zaunpfahl verstanden – erstmal war für Alex das Thema Daniel beendet. Es ganz damit belassen, konnte er dann dennoch nicht.

„Weißt du, ich finde es einfach schön, wenn sich zwei Menschen gefunden haben, die sich anschauen, als wäre ihnen gerade der Heilige Geist erschienen, ihre Rettung von allem. Nichts kann ihnen in dem Moment etwas anhaben." Alex hielt vor Marks Apartmentkomplex, sah ihren Freund diesmal ernst an, ohne etwas zu erwidern. Er seufzte tief.

„Ich war Kendra seit der ersten Sekunde komplett verfallen. Sie kriegt alles, was sie von mir will. Wir sind jetzt schon drei Jahre verheiratet und es ist nicht einfach, über einen Ozean hinweg eine Beziehung zu führen, egal, wie viel Geld man hat." Er senkte verklemmt den Blick, da entschied Alex, etwas zu erwidern.

„Habt ihr Probleme?" Schnell schüttelte Mark den Kopf, auch wenn sie ihm das nicht komplett abnahm.

„Nein. Ich versuche, dir nur zu sagen, dass du etwas, was sich gut anfühlt, halten sollst. Es passiert vermutlich nicht oft, dass Menschen sich für andere ändern, so wie Daniel es für dich tut." Mark wischte Alex' Augenrollen mit einer schnellen Handbewegung weg.

„Du willst es nicht hören, weil es die Sache nur verkompliziert. Aber ich sage dir, als jemand, der seit Jahren in einer sehr komplizierten, meistens schmerzhaften Beziehung steckt: Nimm die Momente, die Person, die dich glücklich macht. Mehr sag ich nicht, ok?" Damit drückte er Alex einen Kuss auf die Wange, lächelte breit, wieder ganz der alte Mark, und verschwand. Und hinterließ sie mit einer ganzen Batterie an Gefühlen.

Mark war noch nie so ehrlich zu ihr gewesen. Aus den wenigen Sätzen, die er gesagt hatte, verstand sie viel mehr, als er vermutlich preisgeben wollte. Sie war in Sorge, um Mark, diese Pillen, um seine Beziehung zu Kendra. Sie sollte nicht schmerzhaft sein. Klar, es gab immer Auf und Abs. aber eine Partnerschaft war eben genau das: Gemeinsam durchs Leben gehen, glücklich, weil man es zusammen tat. Alex war sich nicht mehr so sicher, ob Mark das wirklich war. Nur wie ihm das sagen?

Und dann seine Sätze zu Daniel. Er hatte ihr geraten, sie solle Personen, die sie glücklich machten, nachgeben. Tat Daniel das? Sie war gerne bei ihm, ja, und darüber hinaus? Vermutlich würde vieles ihr Abend in London zeigen, aber mit welchen Erwartungen ging sie dorthin?

Für solche Überlegungen war sie bei Weitem nicht bereit.

Fahrig lenkte sie ihren VW wieder auf den Straßenverkehr, schob diese Gedanken fürs Erste ganz schnell weg.

Grobes Foul

Alex war sich nicht sicher, ob sie sich anders schick machte, als für bisherige Events. Aber irgendwie musste sie zugeben, dass sie sich heute, kurz vor ihrer Abfahrt nach London, besonders viel Mühe gab. Ausgiebige Dusche, edle Unterwäsche, Lockenstab, elegante Schminke. Alles, was sie selbstsicher wirken ließ. Daniels und ihr erstes Date.

Bevor sie die Wohnung verließ, betrachtete sie sich im Spiegel. Ja, sie war anders schick. Das enge, schwarze Kleid, dass sie noch aus ihrer Studienzeit hatte, war vorne sehr hoch geschlossen, dafür raffiniert an Rücken und teilweise seitlich ausgeschnitten. Die Haare trug sie offen, hatte sie gelockt, sodass sie ihr Gesicht umrandeten. Die hochhackigen Schuhe machten sie vermutlich um zehn Zentimeter größer, aber es waren Alex' Lieblingsschuhe. Zur Not würde sie die ganze Nacht darin aushalten.

Als sie mit dem Fahrstuhl in die Garage fuhr, wegen der Journalisten hatten Daniel und sie vereinbart, dass er sie dort abholen würde, nahm ihre Aufregung schlagartig zu. Sie wusste, wenn das hier aus irgendeinem Grund schief gehen würde, bedeutete das ihr Ende in Jatterton. Mal wieder. Nach allem, was sie von Daniel gehört hatte, die Gerüchte, seine Kaltblütigkeit. Doch dann musste sie daran denken, wie er zu ihr war. Die letzten Monate schon. Seine Offenheit. Sie hatte Dinge aus seiner Vergangenheit erfahren, die keiner der Spieler, wahrscheinlich auch nicht Ted, wussten. Und schließlich hatte er sie nach dem Date gefragt. Er wollte das, entgegen seiner eigenen Anweisung, keine Beziehungen innerhalb des Vereinsapparats einzugehen. Einer seiner ersten Sätze zu ihr. Ein kleiner Rest Unsicherheit blieb Alex dennoch erhalten.

Ein blauer Audi stand in der Ecke der Garage, davor Daniel. Kurz schluckte Alex, auch er hatte sich rausgeputzt. Neben einer dunklen Jeans trug er ein schwarzes, sehr enges Hemd, das er aber an den Ärmeln lässig hochgekrempelt hatte. Die Haare waren perfekt nach hinten gegelt, frisch rasiert. Schon von Weitem nahm sie ein neues Parfüm an ihm wahr. Er sah Alex schief lächelnd, wenn auch mit einem kleinen Funken Zögern an. Einzelne Strähnen seines Haares lösten sich, fielen ihm leicht vor die Augen.

„Wow, du siehst toll aus, Alex." Sie wandte geschmeichelt den Blick ab, blieb kurz vor ihm stehen. Er trat einen Schritt auf sie zu, gab ihr einen erstaunlich sanften Kuss auf die Wange. Ihr Herz überschlug sich förmlich.

„Ich hab uns einen Fahrer besorgt." Er hielt ihr die Türe auf, dann düsten sie in Richtung London. Währenddessen sprachen sie hauptsächlich über die Gäste des heutigen Abends. Laut Daniel würde die Crème de la Crème des britischen Fußballs dort sein, Spielerlegenden, Trainer, weltweit hochkarätige Berater. Vielleicht sogar ein paar deutsche Spieler und Coaches.

„Und wie kommst du an eine Einladung?" Alex blickte Daniel schelmisch grinsend an, doch er erwiderte den Blick fest, stolz.

„Wir haben uns ganz zu Beginn meiner Zeit in Jatterton kennengelernt, er hat die Saison darauf nach Chelsea gewechselt, seitdem ging es steil bergauf für ihn. Er hat aber nie vergessen, wo er eigentlich herkam, welcher Verein ihm die Weichen gestellt hat. Wer ihm einige Leute vorgestellt hat." Wissend nickte Alex, es wäre eine gute Gelegenheit für sie gewesen, nach Daniels Vergangenheit zu fragen, den Gerüchten. Doch sie tat es nicht. In diesem Moment, an diesem Abend wollte sie die Wahrheit nicht erfahren. Wenn Daniel ihr überhaupt alles erzählen würde - vermutlich nicht.

„In unserem Business bist du entweder richtig, richtig gut und überzeugst rein mit deiner Leistung – oder du kennst die richtigen Leute." Daniels Satz klang etwas steif, rausgewürgt, er sah stur nach vorne.

„Ich glaube, bei dir ist es beides, Daniel." Obwohl Alex es ernst gemeint hatte, sah er sie nur spöttisch an.

„Ich bin gut in den Dingen, die der Vorstand mir aufträgt. Ich hatte noch nie komplette Eigenständigkeit." Innerlich erschrak Alex sehr über diesen Satz. Man hätte seine Aussage auch leicht als Affront gegenüber dem Vorstand auffassen können, als würde er seinen Schützling kleinhalten, ihn keine eigenen Entscheidungen treffen lassen. Daniels scheinbare Unzufriedenheit mit seinem Chef beunruhigte sie mehr als alles andere. Sie hatte immer gedacht, die beiden wären ein Herz und eine Seele, Daniel loyal bis in den Tod.

„Jetzt schau nicht so. Ich bin genau da, wo ich sein will." Daniel schien zu spüren, dass er vielleicht ein Stück zu weit gegangen war. Kurz fuhr er über ihre Hand, sah sie leicht lächelnd an. Auch wenn sie schnell nickte, das Thema für ihn abhakte, sein Satz würde sie noch lange beschäftigen.

Die restliche Fahrt sprachen sie über unverfängliche Themen. Daniel wollte alles von Alex' Familie wissen, ihre Eltern, wie sie in Deutschland gelebt hatte. Ihr Studentenleben. Von ihrer Entscheidung, nach England zu ziehen.

„Ich war ungebunden, bis auf meine Eltern und ein paar Freunde habe ich nichts zurückgelassen, nichts aufgegeben. Bei so einer Chance überlegt man nicht lange." In dem Moment hielten sie bereits in völliger Dunkelheit vor einem Restaurant.

Sie folgte Daniel hinein und in eine Ecke etwas abseits. Ein edler Laden, dachte Alex, wenige, kleine Tische mit viel Abstand zueinander, Nischen und Säulen, die die Tische voneinander abschirmen sollten. Daniel wurde mit Namen von einem der Kellner begrüßt und sofort in eine geschützte Ecke geführt, Alex der Stuhl gerückt. Er räusperte sich unsicher, als sie den Blick weiter über den Raum schweifen ließ, anstelle sich der Speisekarte zu widmen.

„Ist das ok?" Schnell wandte sich Alex wieder Daniel zu, nickte. Beschloss, ihr Gespräch wieder auf ihn zu lenken.

„Also, du weißt jetzt so ziemlich alles von mir. Meiner Familie, Deutschland. Was ist mir dir? Ich weiß, dass du Polen hasst. Willst du mir mehr erzählen?" Sie wagte sich sehr direkt nach vorne. Aber wieso musste nur sie so offen sein? Der Wissensstand in einer... Beziehung sollte schließlich gleich sein.

Daniels Blick wurde verkniffen, zunächst rettete der Kellner ihn. Wie bei ihrem ersten gemeinsamen Essen zu Beginn von Alex' Zeit in Jatterton übernahm er die Bestellung für sie beide. Doch im Gegensatz zu damals störte Alex das heute nicht. Sie genoss, dass er für sie etwas aussuchte, fasste es als nette Geste auf. Daniel schwieg, bis der Kellner ihren Wein brachte, dann sah er sie sehr fest, direkt und fast schon grob an. Alex wusste, wie viel Kraft ihn das nun kosten würde.

„Ich bin mir nicht sicher, ob du das wirklich wissen willst, Alex. Es ist keine schöne Geschichte." Betont gelassen nahm Alex einen Schluck Wein, diesmal hielt sie seinen Blick fest.

„Ehrlich gesagt, glaube ich das nicht. Schau dich um, welche Position du inne hast, mit welchen Leuten du dich triffst. Für einen kleinen, unbedeutenden polnischen Jungen, ist das eine ziemliche Leistung." Tief in ihrem Inneren hämmerten die Gerüchte, doch sie schob sie schnell wieder weg. Irgendwann würde sie Daniel fragen. Heute wollte sie ihn einfach weiter kennenlernen, nicht darüber nachdenken. Genießen.

Er brauchte eine Weile, zu antworten, augenscheinlich kam er mit ihrer Aufmunterung oder ihrem Lob für ihn nicht klar. Leider bestätigte Alex das nur noch mehr in ihrer Vermutung, dass viel mehr in Daniel steckte, als er nach außen zugab.

„Du bist sehr großzügig, das muss man dir lassen." Leicht lächelnd nahm sie wieder einen Schluck Wein, beschloss ehrlich zu antworten.

„Man könnte es auch naiv nennen." Für eine Weile blickten sie sich wortlos an, dann atmete Daniel tief durch.

„Wie schon an meinem Geburtstag gesagt, kann sich kein normaler Mensch vorstellen, wie es ist, wirklich niemanden, außer sich selbst zu haben. Deswegen versuche ich es auch gar nicht, Alex." Kurz pausierte er, Alex blieb still, ließ ihn so viel erzählen, wie er wollte, schaffte.

„Der Fußball war meine Rettung. Auch wenn ich selber nie spielte, habe ich alles dafür gegeben... mehr als du jemals begreifen wirst. Der Vorstand hat mir die Chance geboten, damit Geld zu verdienen, gutes Geld. Ich kann mich nicht beschweren." Sie lächelte ihn aufmunternd an, aber sein Blick blieb steinern.

„Doch seine Vergangenheit kann man niemals ganz ablegen, Alex. Das solltest du nie vergessen." Fahrig nahm er einen Schluck Wein, konnte sie wieder nicht anschauen, in dem Moment brachte der Kellner ihr Essen. Für eine Weile wusste Alex nicht, was sie erwidern sollte. Es war, als wäre Daniel sonnenklar, welche Fragen sie umtrieben, und gerade hatte er ihr die Antwort gegeben. Es gab Kapitel in seiner Geschichte, die ihr nicht gefallen würden. Die nicht mal mit Naivität wegzuwischen wären.

Er schien zu spüren, dass sie zögerte. Er räusperte sich, zwang sie mit seinem Blick, ihn anzuschauen.

„Vielleicht war es eine blöde Idee. Der Fahrer kann dich jederzeit heimbringen." Ohne zu überlegen, schüttelte Alex ih-

ren Kopf, so vehement, dass Daniel und sie selbst davon überrascht waren.

„Ich will nicht fahren!" Daniels Blick schwankte zwischen
Zweifel und Freude, doch er erwartete mehr von Alex. Wieder
antwortete sie ehrlich.

„Ich kann nur erahnen, was du durchgemacht hast. Und mir
ist klar, welche... Dinge über dich erzählt werden. Aber ich ler-
ne dich als eine andere Person kennen. Jeder baut in seiner
Laufbahn mal Scheiße. Ich war damals aber nicht dabei, kann
mir kein Urteil darüber erlauben. Also konzentriere ich mich
auf den heutigen Daniel. Und mit dem will ich einen schönen
Abend in London verbringen." Im Nachhinein konnte Alex
kaum glauben, was sie da gesagt hatte. Im Prinzip hatte sie ihm
die Vergangenheit abgeschrieben, es war ihr egal, das hier und
jetzt zählte. Naiv, wie sie selbst zugegeben hatte. Aber Daniel,
wie er vor ihr saß, wegen ihr seine Regeln brach... sie konnte
nicht anders. Sie wollte einfach nur mit ihm sein, wie sie in
dem Moment feststellte. Vermutlich rannte sie mit offenen
Augen, im vollen Bewusstsein über das Risiko, ins Feuer. Vielleicht aber auch nicht.

Daniel war klar, dass Alex schon einige Geschichten über
ihn gehört hatte. Teilweise hatte er sich absichtlich keine Mühe
gegeben, sie zu verheimlichen. Es war Teil seiner Strategie,
dass die Leute Angst vor ihm hatten, nicht sicher sein konnten,
welche Antwort sie erwartete, wenn man ihn enttäuschte.

Und dennoch, nachdem sie all das wusste, blieb sie im Restaurant sitzen, begleitete ihn zu der Party, sah wunderschön
aus, lächelte ihn mehr als einmal ganz besonders an.

Immer und immer wieder redete er sich ein, dass die Feier
gut für sie war, wie viele Leute sie durch ihn kennenlernte.
Dass der anschließende Spaziergang, den sie durch das nächtli-
che London die Themes entlang unternahmen, nichts zu be-

deuten hatte. Dass sie einfach einen guten Draht zueinander hatten.

Doch wenn Daniel wirklich ehrlich zu sich wahr, hätte er sie von sich fernhalten sollen. Sie war so viel besser als er. Er verstand nicht, wieso sie überhaupt Zeit mit ihm verbringen wollte. Wieso sie über seine Witze lachte, sich im Auto auf der Heimfahrt leicht an ihn lehnte, seine Nähe suchte.

Er hätte so viele Dinge nicht tun sollen, bevor Alex im Verein angefangen hatte, aber auch innerhalb des letzten halben Jahres. Er selbst hatte einige Schalter umgelegt, hatte bewusst seine Mauer eingeschlagen, weil es bedeutete, mehr von ihr zu erfahren. Erst hatte er sich gewehrt, sich nicht eingestanden, dass er beeindruckt von ihr war. Aber jetzt... jetzt ließ er es zu.

All das führte Daniel auf einen Weg, den er niemals gehen wollte. Er hinterging seinen Chef, Mentor, ging bewusst ein Risiko ein. Dennoch war ihm neben Piotr noch nie jemand begegnet, der ihn akzeptierte, wie er war. Wie er wirklich war, der eine andere, bessere Seite an ihm hervorbrachte und sie augenscheinlich genoss. Zu der er sich hingezogen fühlte, mehr als nur für eine Nacht.

Auf der Heimfahrt beobachtete Daniel die schlafende Alex lange. Sie war seine Schwäche, aber auch sein Verlangen. Wochenlang hatte er gezögert, hin und her überlegt. Doch er wollte nicht mehr. Vorsichtig, darauf bedacht, sie nicht zu wecken, legte er einen Arm um sie. Genoss die Wärme, die sie ausstrahlte. Zum ersten Mal in seinem Leben war er bereit, sich diese Schwäche einzugestehen. Und versank ganz in ihr.

Alex musste auf der Heimfahrt leicht eingenickt sein, denn sie zuckte zusammen, als ihr Wagen vor ihrem Haus hielt. Räuspernd stieg sie langsam aus, war dann doch erstaunt, dass Daniel es ihr gleich tat und anschließend das Taxi wegschickte. Sie sah ihn nur fragend an.

„Ich kann den Weg Heim auch laufen. Schadet bestimmt nicht. Ich bringe dich noch hoch." Ehrlicherweise war Alex viel zu erschöpft, als das sie Daniel hätte groß abwehren können. Und gleichzeitig freute sie sich, dass er bei ihr blieb. Sie ertappte sich sogar dabei, wie sie sich im Fahrstuhl leicht an ihn anlehnte. Sie war müde und immer noch betrunken, eine gefährliche Kombination. Und Daniel sah selbst mit offenem Hemd und durcheinandergewirbelten Haaren verdammt attraktiv aus.

Sie blieb vor ihrer Tür stehen, drehte sich langsam zu ihm um. Leicht lächelnd beobachtete er sie. Plötzlich kam ihr eine Idee.

„Ich habe etwas für den perfekten Ausklang." Sofort zog er die Augen hoch, doch so hatte Alex das bei Weitem nicht gemeint. Zumindest nicht absichtlich. Schnell winkte sie ab.

„Nein, ich meine, eine Flasche Wodka und ein phänomenaler Blick über die City. Die Sonne wird gleich aufgehen, ich bezweifle, dass du so einen Ausblick schon mal gesehen hast." Es war brandheiß, was sie da vorschlug, sie wusste es. Aber sie tat es. Daniel suchte in ihren Augen nach Zweifeln, Unsicherheiten, vielleicht auch nach einer Falle. Aber er würde nichts finden, denn Alex war sich ihrer Sache so sicher. Weil er es war. Die letzten Wochen waren so offensichtlich gewesen, was sie beide wollten. Sie hatte keine Lust mehr, sich zu wehren. Wieso es also nicht darauf ankommen lassen.

Langsam nickte Daniel verschlagen.

„Du weißt, zu einem Wodka sag ich nie nein." Lächelnd öffnete Alex schließlich ihre Wohnungstüre, schmiss ihre Schuhe achtlos in eine Ecke und griff auf Ihrer Bar nach der Wodka-Flasche. Ausgerechnet die, die Daniel ihr geschenkt hatte. Er nahm grinsend zwei Gläsern, dann folgte er ihr die Wendeltreppe nach oben.

„Das klingt jetzt echt schräg, aber wir müssen das Fenster hier über dem Bett aufmachen." Kopfschüttelnd zog Daniel sich die Schuhe aus und trat auf das Bett, um das Fenster zu öffnen.

„Nette Nummer, Alex", murmelte er, doch sie zuckte nur gespielt die Schultern. Sie versuchte, möglichst zielsicher, die Gläser mit einem Schluck Wodka zu füllen, dann lehnten sich beide über das Fenster hinaus in Richtung City.

Alex hatte nicht übertrieben. Zu ihrer linken ging gerade die Sonne auf und tauchte den Hafen und die Stadt in ein bläulich-rosa Licht, was die Angewohnheit hatte, das alles nicht mehr so schlimm war. Es machte Dinge einfacher, oder erträglicher. Sie wusste nicht, welches von beiden, als Daniel sprach.

„Alex, wieso bist du so normal zu mir? Eigentlich hasst mich jeder." Sie nahm einen langen Schluck aus ihrem Glas, sah ihn nicht an, ließ sich Zeit mit ihrer Antwort.

„Wieso sollte ich dich hassen? Wir kommen doch gut klar. Es... passt." Da sah sie ihn schließlich an, er zog gerade wieder seine Augenbrauen hoch, war sich augenscheinlich nicht sicher, wie er diese Reaktion einordnen sollte.

„Es passt? Wie schmeichelhaft." Kurz lachte sie auf, dann wurde sie ernst.

„Naja, ich meine, wir behandeln uns wie... Leute, die sich mögen, gerne zusammen sind." Sie redete sich um Kopf um Kragen, Daniel leerte sein Glas in einem Zug, sah hart aus dem Fenster. Alex hatte keine Ahnung, was gerade in ihm vorging. Sie fühlte sich machtlos, ausgeliefert, wollte etwas dagegen tun. Trank ihr Glas aus, damit Daniel nicht auf sie warten musste. Als er jedoch sprach, war seine Stimme so dunkel und rau, wie sie ihn noch nie gehört hatte. Ihr lief ein Schauer über den Rücken, bis hinunter in ihre nackten Zehen. Ohne es zu wollen, atmete sie schwerer.

„Die sich mögen?" Er hielt ihren Blick gefangen, sie wusste nicht, ob er gleich ausrasten würde, so schwarz waren seine Augen mit einem Mal. Obwohl sie in diesem Augenblick voller

Angst und Respekt vor ihm war, nickte sie langsam. Schließlich hatte sie die Wahrheit gesagt, es gab daran nichts zu rütteln. Sie verbrachten gerne Zeit miteinander. Zumindest sie mit ihm. Auch wenn es sie einige Monate gebraucht hatte, um sich das einzugestehen.

Seine Augen fingen an zu funkeln, und bevor Alex es realisierte, war er schon vorgesprungen, drückte sich mit solcher Leidenschaft an sie, dass ihr die Luft wegblieb. Nur kurz verharrte er so, sie war immer noch regungslos, suchte in seinem Blick nach einer Erklärung. Doch so weit kam sie nicht, denn in diesem Moment beugte er sich zu ihr runter, küsste sie. Es war, als würde Alex die Fassung verlieren, sie verlor Bodenkontakt, spürte wie in einem Nebel, wie sie ihr Glas fallen ließ, sich mit beiden Händen an seine Arme krallte, sogar während des Kusses immer wieder nach Luft schnappte. Daniel überrannte sie. Noch nie hatte ein Mann sie so überwältigend geküsst, so voller... Leidenschaft.

Entschlossen drückte sie ihn leicht weg, doch er blieb nah bei ihr, sie spürte seinen schweren Atem auf ihrem Gesicht, während sie versuchte, ihren Kopf zu ordnen. Aber das war von vorne herein ein auswegloses Unterfangen, ihr Körper war voller Adrenalin, sie verzerrte sich jetzt schon so nach mehr, dass sie keinen klaren Gedanken fassen konnte.

„Alex?" Sie bemerkte, dass sie immer noch an seinen Armen klammerte, sie immer noch unverschämt nahe beieinander waren, aneinandergepresst. Langsam nickte sie, konnte ihn aber nicht ansehen, sondern nur einen Punkt auf seiner Brust fixieren.

„Soll ich gehen?"

Alex zuckte zusammen, als Daniel aus dem Bad kam und seine Sachen zusammensuchte. Kurz überlegte sie, still liegen zu bleiben, ihn einfach gehen zu lassen, doch dann entschied sie sich anders. Vorsichtig richtete sie sich auf. Er zog gerade seine Boxershorts an, mit dem Rücken zu ihr, weshalb er erst nicht bemerkte, dass sie ihn so gut beobachten konnte. Seine Narben.

Der komplette Rücken war eigentlich eine ganze Narbe, nicht verheilte Abschürfungen, vielleicht Verbrennungen. Sie hatte sie gespürt, vor wenigen Augenblicken noch, doch sie hatte nichts gesagt. Was hatte Daniel erlebt, was war geschehen, dass ihn mit solch Narben zurückließ?

Er riss Alex aus ihren Gedanken, als er sich umdrehte, bemerkte, wie sie ihn ansah. Sein Blick sprach Bände. Frag nicht.

„Ich sollte heimfahren. Duschen. Geht ja schließlich schon in zwei Stunden weiter", gab er knapp von sich, während er fahrig sein Hemd anzog. Mit einem Mal fühlte sich Alex schmutzig. Sie hatten einen Fehler gemacht, beide, sie hatte es drauf ankommen lassen. Das könnte sie ihren Job kosten. Plötzlich den Tränen nahe, stand sie auf, griff nach einem T-Shirt und zog es sich eilig rüber. Daniel sollte das nicht sehen. Sie gab vor, etwas in ihrer Kommode zu suchen, nur um seinen Blick zu entgehen. Da spürte sie seine Hand auf ihrer Taille, dann die Zweite, die sie sanft an ihrer Schulter zu ihm hindrehte. Sie hielt den Kopf gesenkt, obwohl es ein gutes Zeichen war, wenn er ihr so nahekam.

„Ich würde wirklich gerne bleiben, Alex. Lass uns... lass uns einfach erstmal so weitermachen, ok? Ich... vielleicht haben wir einen Fehler gemacht, vielleicht auch nicht." Alex konnte kaum glauben, dass Daniel einen Fehler zugab. Vielleicht. War sie *vielleicht* kein Fehler gewesen?

Sie wollte sich wieder umdrehen, aber er ließ sie nicht. Er drückte sie gegen die Kommode, sie entkam seinem Griff nicht. Erst da sah sie ihn an, doch zu ihrer Überraschung blickte er sie sanft, leicht belustigt an.

„Wieso wehrst du dich? Ich will dich nur nochmal küssen.

Wenn du auch willst. Ich will zeigen, dass ich das gerade ernst gemeint habe. Ich habe gegen meine Vorsätze gehandelt. Schon mehrmals, aber immer nur wegen dir. Das ist beunruhigend und gleichzeitig wahnsinnig... scharf. Verstehst du das irgendwie?" Alex hatte kaum genickt, da küsste er sie wieder. Sie sog schnell die Luft ein. Verdammt, es fühlte sich einfach so unfassbar gut an.

Als Daniel im Aufzug stand, atmete er immer noch schwer. Wieso zum Teufel war er nur so schwach? Wieso hatte sie ihm zeigen müssen, dass er ihr etwas bedeutete? Dass sie enttäuscht wäre, wenn er sofort ginge?

Sie hatte ihn fest in der Hand, vermutlich ohne es zu wissen.

Obwohl er innerlich auf Wolken schwebte, noch nie so voller Adrenalin und Endorphine war, ständig an die letzten Stunden denken musste, hämmerte letztlich nur ein Gedanke wieder und wieder in seinem Kopf. Hoffentlich erfährt *er* nichts davon.

Alex kam genau fünf Minuten vor dem anstehenden Training in ihrem Büro an, gehetzt hatte sie nicht mal Zeit, sich einen Kaffee von irgendwo her zu holen. Nicht mal das Drive In war mehr drinnen gewesen, obwohl sie nichts lieber gehabt hätte, als einen großen Cappuccino und einen Schoko-Muffin. Seufzend begutachtete sie sich nochmal in einem kleinen Spiegel, den sie in ihrem Schreibtisch deponiert hatte. Ihre Augenringe waren kaum zu übersehen, aber sie konnte nicht umhin, ein spezielles Funkeln in ihren Augen, in ihrem ganzen Gesicht wahrzunehmen. Hoffentlich sahen es die anderen nicht. Sie fühlte sich so gut, musste automatisch lächeln, wenn sie an die heutige Nacht dachte.

Daniel war... unglaublich gewesen. Auch wenn es ihr an Beziehungserfahrung mangelte, der eine oder andere One Night

Stand während ihrer Studienzeit bot ihr einen Vergleich. Noch nie war sie so davon geschwebt, wie bei ihm. Vollkommene Ekstase. Es war weit mehr, als nur blanker, lustvoller Sex. Vor einigen Monaten hätte sie nicht gedacht, dass es so kommen würde, aber Daniel und sie waren verbunden, auf eine ganz spezielle Art.

Und obwohl ihre gemeinsame Nacht der logische Schluss aus den letzten Wochen war, fühlte es sich viel fragiler, riskanter, aufregender an, als je zuvor. Sie hatten einen entscheidenden Schritt gewagt, auch wenn sie sich immer noch nicht zu hundert Prozent sicher war, wie Daniel es sah. Zumindest hatte er zugegeben, dass sie eine Ausnahme in seinem Verhalten war. Das konnte sie vermutlich als Kompliment auffassen. Das hieß allerdings noch lange nicht, dass damit die Sache klar war, ob es dann nicht doch nur eine einmalige Nummer, ein Kick für ihn war. Das war das Zerbrechliche.

Im Stechschritt rannte sie an den Spielfeldrand, wo Tom und Adam ein paar Dehnübungen absolvierten. Tom brachte das Grinsen nicht aus seinem Gesicht, als er Alex erblickte.

„Na, sieh mal an. Wer hat denn da verschlafen?" Sie fokussierte ihre ganze Kraft darauf, eine möglichst neutrale Gesichtsfarbe zu behalten. Ein leichtes Lächeln konnte sie aber nicht verhindern. Sie hatte Tom von der Veranstaltung in London erzählt, allerdings nicht, dass Daniel es als Date bezeichnet hatte.

„Klappe, Tom. Die Erwachsenen können am Abend die Sau raus lassen und leisten am nächsten Tag trotzdem klasse Arbeit." Adam schüttelte nur den Kopf, während Tom seinen Blick immer noch auf Alex fixiert hielt.

„Jetzt mal ernsthaft, wann warst du zuhause?" Kurz überlegte sie, zu lügen oder gar nicht zu antworten, doch dann entschied sie sich anders. Tom war ihr bester Freund, Adam eine Vertrauensperson. Und nur von der Ankunft in ihrer Wohnung konnten sie nichts zusammenzählen. Hoffentlich.

„Sonnenaufgang. Wie gesagt, mir gehts gut. Ich bräuchte nur dringend einen Kaffee." Tom verstand, er würde nicht mehr aus ihr heraus bekommen, also schenkte er ihr noch ein letztes fettes Grinsen, dann trabten beide in Richtung Spielfeld, wo Michael gerade alle zusammen trommelte. Plötzlich tippte sie jemand von der Seite an.

„Hier, ich dachte mir, nach einer Nacht in London könntest du den gebrauchen." Ted reichte ihr leicht lächelnd eine Tasse Kaffee. Das war zwar kein Cappuccino, aber immerhin koffeinhaltig.

„Woher weißt du denn von London?" Ted gab ihr wortlos eine Zeitung, die bereits passend aufgeschlagen war. Alex wurde etwas blass, als sie die Fotos von sich und Daniel sah, doch Ted verkniff sich nicht mal mehr ein Grinsen.

„Das hier gefällt mir besonders gut." Er deutete auf ein Foto, dass Daniel und sie gerade im engen Gespräch inmitten der feiernden Menge zeigte.

„Alles gut, Alex, so sind die Geier nun mal." Ted schwieg eine Weile, die Jungs hetzten über das Spielfeld. Ihre Gedanken schweiften mehr als ein Mal ab, obwohl sie eigentlich konzentriert sein musste. Normalerweise besprachen sie und Ted oft die Strategien.

„Heute bist du aber wirklich abwesend. Bist du gar nicht daran interessiert, wie wir uns gegen Leicester aufstellen?" Alex biss sich auf die Zunge, sah Ted entschuldigend an.

„Tut mir Leid. Ich bin etwas müde." Ted bedachte sie mit einem undurchsichtigen Blick, dann wandte er sich wieder neutral dem Spielfeld zu, begann in monotonem Ton ihr die Spielaufstellung vorzukauen. Alex gab alles, um zu folgen, auch wenn es ihr schwerfiel. Erst später am frühen Abend, es war zwar Sonntag und bevor sie zu Tom zum Abendessen fuhr, wollte sie noch ein paar Nachrichten abarbeiten. Sie kam zur

Ruhe, konnte sich ganz auf ihre Mails fokussieren. Doch nicht lange. Natürlich war er irgendwann gekommen. Wie immer in engen Anzug, sein Sakko über den Arm, die schwarze Umhängetasche in der anderen Hand, der Blick leicht amüsiert.

„Es ist Sonntag, Alex. Wieso bist du nicht daheim?" Lächelnd senkte sie den Kopf, während er ganz eintrat und die Tür hinter sich schloss.

„Das Gleiche könnte ich dich auch fragen." Er räusperte sich, legte Tasche und Sakko auf ihrer Couch ab, trat zu ihrem Schreibtisch, lehnte sich neben sie an den Tisch an. Automatisch stand sie auf.

„Wir sollten kurz reden. Über gestern. Heute Nacht." Langsam nickte Alex, musste sich anstrengen, Daniel weiter anzuschauen. Eine kalte Hand zog plötzlich mit aller Kraft in ihren Eingeweiden. Er hatte leise, angestrengt gesprochen, nicht liebevoll. Das würde kein gutes Gespräch werden, sie spürte es sofort. Er sah es, legte den Kopf schief, berührte mit seinem Finger ganz vorsichtig ihre Hand.

„Wir wissen beide, dass heute Nacht, also eigentlich heute früh, niemals hätte passieren dürfen. Es ist gegen die Regeln. Es könnte uns beide den Job kosten." Bevor Alex nur einen Augenblick darüber nachdachte, schoss ihre Antwort bereits aus ihr hervor.

„Bei Brandt und Lisa ist es auch ok." Sofort biss sie sich auf die Zunge, wollte sich schon abwenden, doch Daniel hielt sie zurück. Sie hatte sich verraten. Hatte ihre Hoffnung preisgegeben. Sie war erwachsen, stand eigentlich darüber. Eine einmalige Sache durfte ihr nichts ausmachen.

„Alex." Ohne, dass sie es beeinflussen konnte, hatte er sie näher gezogen, sodass er direkt in ihr Ohr sprach, anschauen konnte sie ihn nicht. Seine Hand auf ihrem Rücken spürte sie wie tausend Stromschläge.

„Versteh mich doch richtig. Ich war noch nie mit einer Frau, wie mit dir, im Bett. Ich bereue es nicht." Der Atem an ihrem Ohr wurde stärker, während sie die Augen vor Anspannung schließen musste. Spielte er das Spiel wirklich weiter mit ihr?

„Im Gegenteil. Am liebsten würde ich es sofort wiederholen wollen, wieder ganz nah bei dir sein. Aber wir haben einen Job zu erledigen. Lass es uns einfach erstmal gut sein lassen, sehen, wo uns die nächsten Wochen hintragen. Wir können uns keine überstürzte Affäre leisten, wenn dann machen wir es richtig." Daniel fuhr mit seinen Lippen an ihrem Nacken entlang, küsste sie ganz kurz hinters Ohr, ging sofort wieder auf Abstand, räusperte sich. Ließ Alex komplett von Sinnen stehen. Wo sein Mund, sein schwerer Atem sie berührt hatten, brannte ihr Nacken wie Feuer. Geschweige denn vom Rest ihres Körpers. Etwas wehmütig sah sie ihm hinterher, wie er wortlos das Zimmer verließ, ohne sich nochmal umzudrehen.

Es war nicht fair. Eigentlich sollte er einen Schlussstrich ziehen. Doch wenn er sie sah, war er verloren. Sie war ihm verfallen, er wusste es. Und er wollte es so. Die gemeinsamen Stunden waren selbst für ihn erstaunlich. Keiner seiner Gehirnzellen war aktiv gewesen, er hatte sich einfach treiben lassen – das tat er sonst nie in seinem Leben.

Wäre da nicht Piotr. Und seine ganz eigenen, vielen kleinen und dunklen Geheimnisse, von denen Alex nie erfahren durfte. Er war nur der Mensch, den sie in ihm sehen wollte. Denn wenn sie sah, wie er wirklich war... er wusste genau, wieso er Alex vor sich selbst beschützen sollte. Eigentlich. Weil er böse war. Ein Monster, auch wenn sie es irgendwie schaffte, die Seite in ihm kleiner werden zu lassen. Doch im Vergleich zu ihm war sie so rein, eine weiße Weste. Keine Laster. Außer ihre Schwäche für ihn.

Daniel fluchte innerlich den ganzen Heimweg. Wieso nur war er zu ihrem Geburtstag gegangen.

Immer und immer wieder schärfte er sich ein, Piotr nichts davon zu erzählen. Wenn es etwas gab, für das sein Mentor überhaupt kein Verständnis hatte, waren es Gefühle und Liebe.

Er zuckte beim letzten Wort automatisch zusammen. Liebe? Er schlug sich ins Gesicht, versuchte, sich zu konzentrieren. Liebe. So ein Schwachsinn. Für sowas war er doch gar nicht gemacht, nicht fähig. Wahrscheinlich.

Wie so vieles behielt Alex auch die Nacht zwischen Daniel und ihr für sich. Natürlich erzählte sie ihren Freunden von dem Abendessen, der Party. Den ganzen wichtigen Leuten, die sie kennengelernt hatte. Der Abend endete allerdings offiziell, nachdem Daniel sie pünktlich zum Sonnenaufgang zuhause abgesetzt hatte. Besonders Tom nahm ihr diese Geschichte nicht ab, hielt sich interessanterweise aber zurück. Jeder schien zu ahnen, dass bei weiterem Nachbohren Alex' Fassade bröckeln würde. Vor allem als neue Presseartikel zu Daniel und ihr rauskamen. Sie hatten nichts in der Hand, auch wenn die Bilder, die die Meute von ihnen beim nächtlichen Spaziergang an der Themes geschossen hatte, teilweise sehr... intim wirkten. Elaine hatte die Presse dennoch relativ gut im Griff, vor allem, weil weitaus wichtigere Themen anstanden. Der Verein schritt scheinbar mühelos durch die Pokalspiele, in der Liga war der Europa League-Platz zumindest immer noch in Reichweite. Alex war also froh, dass Ende Februar in einer zweiwöchigen Länderspielpause wenigstens ein bisschen Zeit zum Durchschnaufen blieb.

Eigentlich hatte sie gehofft, mit Lisa ein wenig shoppen zu fahren, den Kopf ausschalten. Doch ihre Freundin war weiter auf Abstand, hatte immer eine Ausrede parat, wieso sie keine Zeit mit Alex verbringen konnte. Als sie Tobi darauf ansprach, blieb er ihr eine Antwort schuldig, auch ihm gegenüber schien sie sich die letzten Wochen distanziert zu haben.

Tom war nach einigem Hin und Her zu Jeniffer nach London gefahren. Alex war seine Schwäche für die ehemalige Pressesprecherin schon länger aufgefallen, er hatte es aber erst erzählt, als die beiden sich sicher genug waren. Mark verbrachte die freie Zeit in den USA, Tobi bei seiner Familie, also waren es meistens nur Adam und sie, die sich nicht nur montags im Pub trafen, bei einem Pint mit Luke die Länderspiele kommentierten.

Daniel und sie blieben ebenso auf Abstand. Wegen der Spielpause gab es keine gemeinsamen Reisen, nicht so viele Termine, bei denen sie aufeinanderstoßen konnten. Keine Nachrichten, Anrufe, nur rein berufliche Gespräche.

Innerlich hatte sie die Hoffnung schon aufgegeben, dass er auf sie zuging, gegen Ende der Spielpause siegte die Enttäuschung. Es war nur der One Night Stand gewesen, der Reiz hatte gesiegt, Daniel würde wieder der Charmeur und Mann für schnelle Nächte werden. Und sie? War dem „Bad Boy" mit all seinen Klischees verfallen. Klassisch unreflektiert war sie ihm in die Falle gegangen, obwohl sie jeder gewarnt hatte. Sie stand auf dem Balkon, es war Ende Februar und durch Wales zog eine Kaltfront. Es schneite nicht, aber der Wind blies eisig über sie hinweg. Heute Abend spielte Deutschland gegen Spanien, ein richtiger Knüller, den sie hier im Warmen, ausnahmsweise mal alleine, anschauen würde. Sie zog gerade die Balkontüre hinter sich zu, da klingelte es. Es konnte eigentlich nur Adam sein, der ihr Gesellschaft leisten wollte. Doch als sie die Tür öffnete, stand Daniel da. In dickem Strickpulli und einer Flasche Wein in der Hand.

„Ich dachte, so ein Spitzen Heimspiel lässt sich besser zu Zweit anschauen?" Sein Blick blieb unergründlich. Sofort hasste sie sich für ihre Gedanken, während ihr Bauch solche Freudentänze veranstaltete, dass ihr übel wurde. Also doch kein

Klischee? Vorsichtig nickte sie, dann ließ sie ihn eintreten. Sie war nicht auf Besuch eingestellt, sie trug Leggings und einen Schlabberpulli. Als Daniel bereits nach den Weingläsern aus dem Regal griff und sich anschickte, es sich auf der Couch bequem zu machen, sah sie ihn unsicher an.

„Ok, ich geh mich schnell umziehen. Das Outfit ist nicht für andere Leute gemacht." Sie wollte an ihm vorbeigehen, doch er hielt sie zurück, lächelte sie fein an.

„Nein, bleib. Das soll ein entspannter Abend sein. Und in den Leggings siehst du... süß aus." Alex musste sich wirklich beherrschen, ihm nicht in die Arme zu fallen. Stattdessen nickte sie langsam, wandte sich an ihm vorbei zur Couch und ließ sich in die Kissen sinken. Sie hatte keine Ahnung, was sie sagen sollte. Daniel reichte ihr ein Glas Wein, doch als sie es anhob, merkte sie erst, wie sehr sie zitterte.

„Hör zu, Alex. Ich habe gesagt, wir schauen, wo die Zeit uns hinträgt. Und heute Abend hatte ich das Gefühl, bei dir sein zu wollen. Also bin ich gekommen. Wenn ich wieder gehen soll, sag es mir. Ich würde es verstehen." Immer noch blieb sein Blick unergründlich, auch wenn sie meinte, einen Funken Unsicherheit zu erkennen. Vor einigen Monaten wäre sie in lautes, vermutlich hysterisches Lachen verfallen, hätte jemand behauptet, Daniel wolle außerhalb der Arbeit „bei ihr sein". Aber jetzt, nach all dem, was zwischen ihnen vorgefallen war? Langsam wandte sie sich ihm zu, fuhr mit ihren Fingern über seine Hand, brachte ein einigermaßen überzeugendes Lächeln zustande. Ihr ganzer Körper vibrierte vor Anspannung. Sie spielten ein gewagtes Spiel, und sie beide wussten es.

„Bleib. Bitte. Ich freu mich wirklich, dass du gekommen bist. Auch wenn es vielleicht nicht so ausschaut." Zu Alex' Erstaunen griff er nach ihrer Hand, sah sie skeptisch an.

„Was ist los?" Sie war sich unsicher, ob sie ihm die Wahrheit sagen sollte. Den Grund ihrer Angst. Doch Daniel war hier bei ihr, hatte sie sehen wollen. Hatte seinen Gefühlen nachgegeben. Also sollte sie das wohl auch tun.

„Es fühlt sich irgendwie gefährlich an. Mit uns beiden. Ich... genieße die Zeit mit dir. Weiß aber genau, dass alles ganz schnell vorbei sein kann." Daniel legte den Kopf schief, kein Grinsen, nur unendlich tiefe, dunkle Augen.

„Weil?" Alex lachte kurz auf.

„Weil es nicht erlaubt ist. Weil der Vorstand mich rausschmeißt, wenn er es mitkriegt. Und keine Ahnung, was dann mit dir passiert." Daniel seufzte tief, beugte sich weiter zu ihr. Sie saßen nun direkt nebeneinander, Alex spürte seine Präsenz mit aller Macht.

„Mach dir darüber keine Gedanken. Aber ja, wir sollten uns wirklich sicher sein, bevor wir irgendwem etwas davon erzählen." Und ehe sie es registrierte, küsste er sie, presste sie an sich, dass ihr die Luft wegblieb. Mit Mühe und Not stellte sie noch ihr Weinglas sicher auf dem Tisch ab, da zog er sie auch schon auf sich, vergrub sein Gesicht in ihren Haaren. Sie konnte nicht mehr klar denken, sein Parfüm vernebelte ihr die Sinne. Sie küssten sich weiter, wie als hätte es die paar Wochen Funkstille zwischen ihnen beiden nie gegeben.

Ein Klopfen. Alex verkniff sich einen leisen Aufschrei, blieb regungslos auf Daniel sitzen, während er nur ähnlich geschockt zur Tür starrte.

„Alex! Ich dachte, du solltest niemals alleine ein Fußballspiel anschauen. Schon gar nicht, wenn Deutschland spielt." Adam. Sie schloss die Augen, diesmal grinste Daniel, schob sie lautlos neben sich.

„Ist schon ok. Es ist nicht verboten, dass ich hier bin." Etwas zögerlich sahen sie sich kurz an, dann nickte er wieder. Fuhr ihren Kopf entlang, um losgelöste Strähnen an die richtige Stelle zurückzuschieben. Tief durchatmend stand sie schließlich auf, richtete ihre Leggings und den Pulli, hoffte, man würde ihr die Aufregung nicht ansehen. Aus dem Augenwinkel sah sie, wie Daniel das Gleiche mit sich und dem Sofa vollführte. Er war nicht wirklich die Ruhe selbst, auch wenn er sich alle Mühe gab.

„Hi!" Ihr Freund sah sie erstaunt an. Unter dem Arm trug er ein Sixpack Bier.

„Wenn wir nicht ins Pub gehen, kommt das Pub eben zu uns." Er drängte sich ohne viel Fragen an ihr vorbei, blieb allerdings wie angewurzelt stehen, als er Daniel auf der Couch erblickte. Er lächelte Adam fein an, betont locker, aber doch mit einem leicht bedrohlichen Unterton.

„Hughes. Wie schön." Kurz sah Adam Alex an, die nicht wusste, was sie sagen sollte.

„Ähm, ich wollte nicht stören", murmelte er schließlich, doch Daniel winkte sofort ab.

„Ach was. Ein Abend unter Freunden macht mehr Spaß, wenn mehr Freunde da sind." Nicht nur Alex fiel bei diesem Satz vermutlich alles aus dem Gesicht. Er sprach von Freunden? Adam sah sie komplett von Sinnen an. Nach dem Motto, meinte der Kerl das gerade wirklich ernst?

„Eben, das Pub kommt hierher." Alex schob ihren Freund weiter in die Wohnung, nahm ihm das Bier ab und verschwand in die Küche. Geschützt vor den Blicken stützte sie sich kurz an der Küchenzeile ab. Vielleicht war es gar nicht so verkehrt, wenn Adam hier war. Dann würden Daniel und sie nicht wieder auf dumme Gedanken kommen.

„Sicher, dass ich nicht störe?" Unbemerkt war Adam in die Küche getreten, sah sie aufmerksam an. Möglichst selbstsicher nickte sie.

„Na klar." Sie wollte noch etwas hinzufügen, wusste aber nicht was. Alles hätte sie verraten. Langsam nickte er, seine Augen sahen sie so an, wie bei ihrer ersten Begegnung, als sie sich fast wegen dem Clubabend überworfen hatten. Er kannte sie. Also sagte sie doch etwas.

„Adam, komm schon. Daniel und ich? Bitte." Spöttisch reichte sie ihm ein Bier. Eine klägliche und wenig überzeugende Antwort.

Zum Ende der Spielpause trafen sich die Jungs und Alex wieder im Pub, nur ein paar Tage, nachdem Adam Alex und Daniel überrascht hatte. Sie freute sich darauf, die Erlebnisse ihrer Freunde zu hören, doch der Respekt vor einer Konfrontation mit Adam wegen Daniel war gehörig. Allerdings dauerte es eine Weile, bis es Thema wurde, zunächst berichtete Tobi etwas zerknirscht von seiner Zeit mit Lisa.

„Es war alles andere als harmonisch, das kann ich euch sagen. Ständig hat ihr irgendetwas nicht gepasst, sie war so angespannt und zickig. Ich habe langsam echt keine Ahnung, was ihr Problem ist." Alex seufzte.

„Tut mir Leid, Tobi, aber zu mir ist sie weiterhin auch auf Abstand. Teilweise antwortet sie mir gar nicht, nur noch, wenn es um Berufliches geht. Such doch nochmal das Gespräch?" Tobi zuckte hilflos mit den Schultern.

„Das habe ich mittlerweile schon ein paar Mal probiert. Sie blockt immer." Er winkte ab.

„Leute, wenn es so weiter geht, muss ich vermutlich irgendwann einen Schlussstrich ziehen, so ist das keine schöne und gute Beziehung." Eine beklemmende Stille setzte ein, keiner am Tisch wusste etwas zu sagen. Schließlich ergriff Adam das Wort und lenkte das Gespräch in die von Alex so gefürchtete Richtung.

„Wenden wir uns doch erfreulicheren Themen zu." Seine Augen blitzten, während sie sich nur genervt durch die Haare fuhr und die anderen herzlich wenig Ahnung hatten, auf was ihr Freund raus wollte.

„Komm schon, gib zu, dass du und Daniel den Abend eigentlich anders verbringen wolltet, als mit mir." Tom verschluckte sich an seinem Bier, Mark und Tobi starrten Alex mit großen Augen an.

„Ich hab dir an dem Abend schon gesagt, dass das nicht stimmt. Schließlich war es ein netter Abend, oder nicht?" Ihr Ablenkungsmanöver schlug fehl, Adam schüttele den Zeigefinger.

„Nett hin oder her, du hättest deinen Blick sehen sollen, als ich vor der Tür stand. Mehr ertappt ging nicht." Mark wedelte aufgeregt mit den Händen hin und her.

„Moment mal, kann mich jemand erhellen? Ich hab keine Ahnung, von was ihr da eigentlich sprecht." Adam brachte das Grinsen nicht aus seinem Gesicht, während sich Alex mürrisch nach hinten lehnte, die Arme vor dem Körper verschränkte.

„Deutschland gegen Spanien. Ich bin zu Alex gegangen, spontan, doch Daniel ist mir zuvorgekommen. Die beiden saßen mit einem schönen Glas Wein schon auf der Couch." Tobi fielen fast die Augen raus, Tom sah sie nur perplex an, doch Mark brachte wie immer den blöden Spruch dazu.

„Tja, ich glaube kaum, dass die beiden das Spiel wirklich aktiv angeschaut hätten, was?" Adam nickte bestätigend, aber Alex blieb eisern.

„Ich sag es euch nicht nochmal. Da ist nichts zwischen Daniel und mir. Wir verstehen uns gut, er wollte das Spiel auch anschauen, mehr ist da nicht. Damit ist das Thema gegessen, verstanden?" Überraschenderweise sagte keiner der Jungs mehr ein Wort, was Alex mehr irritierte, als beruhigte. Erst auf dem gemeinsamen Nachhauseweg mit Tom sprach er sie drauf an.

„Alex, ich weiß, dass du uns etwas verheimlichst. Ich sehe es in deinem Blick. Du bist total überdreht und siehst gleichzeitig irgendwie anders aus." Alex wollte etwas erwidern, ihn abweisen, doch Tom winkte sofort ab.

„Spar dir das. Jeder von unseren Freunden weiß es, glaub mir." Er seufzte tief, sah sie mehr besorgt als gewitzt an.

„Ich bin ja froh, wenn es dir gut geht. Wenn du glücklich bist, wirklich. Lass dich nur nicht von ihm blenden. Es wird die Situation kommen, denn die kam bei Daniel bis jetzt immer, wo er einen Coup, eine Aktion bringt, die dir den Boden wegreißt." Diesmal setzte Alex sich durch, konnte etwas erwidern.

„Menschen können sich ändern, Tom. Ich glaube, sogar Daniel ist dazu fähig." Jetzt wirkte ihr Freund ehrlich verzweifelt.

„Du bist doch sonst nicht so naiv, Alex! Bitte sei einfach vorbereitet, wenn es doch passiert. Du steckst schon so tief in seinem Sumpf drinnen, da kommt man nicht so leicht wieder raus." Jetzt wurde Alex wütend. Tom kannte ihre Schwäche genau, dass sie teilweise nicht mehr rational reagierte. Ihr Herz stärker war, als ihr Kopf. Anstelle das ihr bester Freund sich vielleicht freute, ihre Euphorie ob Daniels Wandel teilte, goss er noch zusätzlich Öl ins Feuer. Da war ihr das Lustigmachen um einiges lieber.

„Jetzt mach mal einen Punkt. Er ist kein Schwerverbrecher, er ist Assistent. Du weißt nicht, wie er sein kann, wenn wir alleine sind. Also spar dir deinen Vortrag." Alex hasste ihre ruppige Art, schließlich meinte er es eigentlich nur gut. Sofort sah sie ihn entschuldigend an, doch zu ihrer Überraschung lächelte er leicht.

„Schon in Ordnung. Du hast niemanden verdient, der dich enttäuscht, das ist alles." Sie winkte dankbar und spöttisch zugleich ab. Sie sollte bald erfahren, wie Recht Tom mit seiner Warnung behielt.

Sie waren gerade auf dem Trainingsgelände angekommen, bereits mit einigen Minuten Verspätung, als Tobi aufseufzte.

„Verdammt, meine Handschuhe sind nicht hier dabei." Alex

hatte am Spielfeldrand neue Mails gecheckt, als sie Tobis Blick auffing. Sie nickte sofort, nahm die nervösen Handzeichen zwischen Ted und Michael nur am Rande wahr.

„Kein Problem, euer Mädchen für alles holt es!" Tobi warf ihr eine Kusshand zu, dann trabte sie zurück zu den Umkleiden. Dort hatte er sie bestimmt vergessen. Schon wieder in ihre Mails vertieft, öffnete sie die Seitentüre - und erstarrte erstmal instinktiv.

Sie hatten sie nicht bemerkt, aber die Geräusche aus dem hinteren Bereich der Umkleidekabinen in Richtung der Duschen war eindeutig. Möglichst lautlos pirschte sie sich weiter vor, wieso, wusste sie nicht ganz genau. Vermutlich war es Neugier, und, wie in einem Horrorfilm. Es war klar, gleich würde Schreckliches passieren, aber trotzdem konnte man den Blick nicht abwenden.

Innerlich tippte sie auf Elaine und Russels Mitarbeiter Dereck, die beiden klebten jede freie Minute aneinander, wieso also nicht ein bisschen Nervenkitzel in den Kabinen riskieren?

Plötzlich entdeckte sie Tobis Handschuhe, er lag offensichtlich mitten auf seinem Platz. Schmunzelnd griff sie danach. Doch als sie sich weiter vorwärts bewegte, der Quelle der unanständigen Geräusche näher kam und vorsichtig einen Blick um die Ecke wagte, fiel ihr Inneres wie ein Kartenhaus zusammen. Die zwei, die sich auf der Handtuchablage austobten, waren nicht Elaine und Dereck. Und auch sonst niemand, denn sie dort ansatzweise erwartet hätte.

Es waren Lisa und Daniel.

Keine fünf Minuten später brachte Alex Tobi seine Handschuhe. Es fiel ihr überraschend leicht, ihre Emotionen wegzusperren, nach außen möglichst normal zu wirken. Doch hinter ihrem Schutzwall lag buchstäblich alles in Trümmern. Daniel, der Scheiß Kerl. Natürlich hatte er sie verarscht, sie ausgenutzt, mit seinem Gesülze. Schon wieder war sie auf so einen Typen reingefallen, hatte nicht auf die Warnungen Acht gegeben. Jetzt zahlte sie den Preis dafür.

Und dann auch noch Lisa. Ihr Verhalten der letzten Wochen ergab plötzlich Sinn, ihre Ablehnung gegenüber Tobi, Alex. Sie hatte Besseres zu tun, sich schon längst von ihnen allen distanziert.

Das Training wurde beendet, ohne das sie groß Notiz davon nahm. Zurück im Büro schloss sie das erste Mal seit über einem halben Jahr die Türe hinter sich – und blieb es auch den ganzen Tag. Sie musste sich im Klaren sein, wie es weiter ging, was ihre Entdeckung bedeutete. Nicht für sich oder Daniel, sondern für Tobi. Es war ihre Pflicht, es ihm zu sagen.

Kurz nach sechs Uhr stand sie auf, um Tobi zu schreiben, ihn nach einem Treffen zu fragen, da wurde ihre Türe aufgemacht. Daniel.

Langsam ließ sie ihr Handy sinken. Für diese Konfrontation war sie noch nicht bereit.

„Seit wann hast du denn die Tür zu?" Während er so wie immer war, versuchte Alex sich an einem überzeugenden Lächeln. Fraglich, wie lange sie das durchhalten würde.

„Hmm", war alles, was sie rausbrachte. Er betrachtete sie nachdenklich, schloss die Tür hinter sich. Machte dann den ersten, entscheidenden Fehler. Kam näher.

„Du siehst ehrlich irgendwie scheiße aus. Ich kenne einen guten Italiener, er macht ausgezeichnete Lasagne. Nach einem harten, anstrengenden Tag gibt es nichts Besseres, um seine Kräfte wieder zu mobilisieren. Ich lass uns welche liefern." Alex fragte sich ernsthaft, ob er wusste, was sie gesehen hatte. Denn ohne Absicht konnte man diese Worte nicht beschissener wählen.

„Nein, danke", presste sie also nur heraus, bedacht, ihn nicht direkt anzusehen. Sonst wäre sie vermutlich sofort explodiert. Aber Daniel schien es immer noch nicht zu kapieren, er beging den zweiten Fehler. Berührte sie.

„Was ist los." Er fing ihren Blick ein, legte seine Hand auf ihre Schulter. Da konnte sie nicht mehr. Ihre den Tag über aufgestaute Wut entlud sich in einer so heftigen und schnellen Ohrfeige, dass Daniel es nicht hatte kommen sehen. Sein Kopf blieb für eine Weile nach links gewandt, unfähig zu verstehen, was hier gerade vorging.

„Gut, ich sag dir, was los ist." Alex' Stimme war nicht mehr als ein leises Zischen, so sehr schnürte ihr die Wut ihre Kehle zu.

„Du hältst mich für dumm, und ich bin schön auf deine Spielchen reingefallen. Ich hab mich in dir getäuscht, irgendwie gedacht, du könntest dich ändern. Hab mich auf dich verlassen, dich hier reingelassen." Sie deutete auf ihr Herz, während Daniel sie nun mit seinen tiefschwarzen Augen ansah. Es war ihr egal. Sollte er sie feuern, was auch immer. Jetzt würde sie mit ihm abrechnen. Sie war die Einzige, die vor ihren Freunden zu ihm gestanden hatte, und dann hinterging er sie so eiskalt?

„Der schlimmste Fehler meines Lebens war, zu glauben, das man dir und deinen Taten trauen kann. Ich hätte mich niemals auf dich einlassen sollen. Du widerst mich an." Jetzt hatte sie die Grenze überschritten, das wusste sie. Mit vor Zorn funkelnden Augen trat er dicht an sie heran.

„Was willst du mir *wirklich* sagen, Alex?" Sie blieb so nah bei ihm stehen, obwohl ihr Körper vor Anspannung und auch Angst vor dem Folgenden zitterte.

„Ich hab dich gesehen, wie du sie gevögelt hast. Wie sie gebettelt hat um mehr." Es war das erste, aber nicht das letzte Mal, das Alex sah, wie etwas in Daniel bröckelte, ein Teil seiner Fassade, vielleicht auch seines alten Ichs. In dem Moment war sie allerdings von Hass und Verletzung so zerfressen, dass sie davon nur am Rande Notiz nahm. Er erwiderte nichts, also schoss sie nach.

„Ich gehe jetzt zu Tobi und werde ihm das stecken. Und wir zwei sind auch durch." Sie wollte sich an ihm vorbeidrängen, doch er hielt sie zurück. So fest, dass sie sich nicht wehren konnte. Sie wand sich, stattdessen drückte Daniel sie jedoch mit Leichtigkeit gegen die Wand. Aus seinem Blick sprach nicht Wut, sondern Trauer.

„Das kann ich nicht zulassen." Sie hatte aufgegeben, von ihm wegzukommen, aber er ließ nicht von ihr ab, hielt sie weiter fest.

„Was?" Er konnte sie nicht anschauen, rang mit sich. Alex wusste instinktiv, dass etwas nicht stimmte. Dass Daniel nicht nur gegenüber Tobi seinen Arsch retten wollte.

„Du wirst es noch verstehen. Aber wenn du jetzt zu Brandt gehst, ihm die... Affäre erzählst, war alles umsonst." Sie starrte Daniel nur fassungslos an. Das konnte nicht sein Ernst sein.

„Du willst mich verarschen, oder?", flüsterte sie entsetzt, als ihr die Tragweite seines Satzes bewusst wurde.

„Das ist Teil eines Plans, einer... List? Deswegen schläfst du mit ihr?" Er antwortete ihr nicht. Auch Alex war für den Moment unfähig zu sprechen. Dann sah sie ihn wieder an. Realisierte, zu was er fähig war. Wollte weg von ihm, doch immer noch zwang er sie, nahe bei sich zu bleiben.

„Du wirst verstehen, was für einen Sinn es hatte, versprochen." Vor Verzweiflung versuchte sie ihm, nochmal eine Ohrfeige geben, aber diesmal fing er sie ab.

„Ich habe nicht gelogen, Alex. Mit allem. Nach London. Du bist besonders für mich. Das hat sich dadurch nicht geändert." In diesem Augenblick wusste sie, dass er es auch so meinte. Aber gleichzeitig tat er ihr unendlich leid. Wie krank musste er sein, dass er so was durchzog, mit einer vergebenen Frau ins Bett zu steigen, um was auch immer für ein Ziel zu erreichen?

Wenn für ihn jemand anders eigentlich ach so wichtig war?

„Nein, Daniel, ich will das nicht hören." Sie wandte sich ab, versuchte, erste Tränen zu verbergen. Endlich ließ er sie los, doch die Kraft fehlte ihr, sich von ihm zu entfernen.

„Bei jedem normalen Menschen, würde so etwas wie zwischen uns etwas ändern. Aber du hast kein Verständnis dafür. Für dich geht es nur um deine Ziele. Alles andere muss zurückstecken." Eine Weile erwiderte Daniel nichts, dann trat er zurück. Ließ Alex mit ihren stummen Tränen alleine.

„Du wirst deine Antworten bekommen, ich kann dir jetzt nicht mehr sagen." Sie sammelte sich kurz, dann suchte sie ihre Sachen zusammen, ging wieder auf ihn zu.

„Du hast 24 Stunden Zeit, bevor ich es Tobi sage. Und im Gegensatz zu dir, halte ich mein Wort."

Daniel rief Luke an. Unter lautstarkem Protest und einigen unschönen Sachen, die Luke ihm an den Kopf warf, ließ er sich zähneknirschend breitschlagen, ein Auge auf Alex zu haben. Er wollte kein Risiko eingehen, dass Alex nicht doch noch zu Tobi fuhr, auch wenn er sich dafür ein gebrülltes „Ich habe dich gewarnt, dass dir die Scheiße um die Ohren fliegt" von Luke anhören durfte.

Dann griff er nach dem USB-Stick in seiner Schublade. Zum Glück war er gestern von Luke fertig gestellt worden. Alex hatte ihm das Messer auf die Brust gesetzt, er brauchte den ausschlaggebenden Hinweis *jetzt*. Also ging er ein paar Stockwerke tiefer, während er inständig hoffte, dass die sich auf dem Stick befindliche Software auch wirklich funktionierte. Auch hier hatte Luke wieder seine Kontakte spielen lassen, und in den letzten fünf Jahren hatten sie immer geliefert. Die vergangenen Wochen hatte er sich Lisas Vertrauen erschlichen, und ja, erschlafen. Jetzt war es soweit, die Früchte davon zu ernten.

Er klopfte nicht an Lisas Tür, sie wirbelte vor Überraschung herum, vergas ihren PC zu sperren. Perfekt, so musste er sich keine Ausrede einfallen lassen, welche Daten sie für ihn raussuchen sollte. Denn der vermaledeite Stick arbeitete nur, wenn der PC online und entsperrt war. So der Plan.

Daniel lächelte gefährlich, schloss die Tür hinter sich und verriegelte sie. Lisas Gesichtsausdruck schwankte zwischen Erstaunen und Unsicherheit.

„Irgendwie habe ich das Gefühl, für heute noch nicht ganz mit dir fertig zu sein." Bevor Lisa großartig reagieren, nur einen Gedanken an ihren PC verschwenden konnte, schob er sie auf ihren Schreibtisch. Ihr Blick änderte sich schlagartig.

„Gott sei Dank, das Gefühl hab ich auch." Während sie gierig sein Hemd öffnete, legte er ihren Kopf zurück, sodass sie nicht sah, wie er mit der anderen Hand den Stick aus seiner Hosentasche fischte, sich dann damit hinter sie abstützte. Gerade rechtzeitig, denn sie war schon bei seiner Hose angekommen, hielt jedoch abrupt inne. Plötzlich sah sie ihn gefährlich böse an.

„Du hältst dich doch an dein Wort, oder? Wir waren uns einig, Alex muss weg." Daniel nickte, Lisa lächelte zufrieden.

„Gut, denn schon alleine dieser Gedanke macht mich rattenscharf." Endlich war sie so abgelenkt und auf ihre Befriedigung aus, dass Daniel den Stick unbemerkt von ihr einstecken und nach wenigen Minuten entfernen konnte. Dass er das Gleiche bei sich und Lisa tat, war von solch bitterer Ironie, dass ihm übel wurde. Aber er zog sein Programm durch und verschwand danach, so schnell es ging, wieder aus ihrem Büro. An seinem Rechner angekommen, checkte er in Windeseile die gezogenen Daten. Es hatte geklappt, alles da. Die ungenehmigten Profilzugriffe, die gefakten Mails. Sogar die Bezahlung.

Daniel rief Ted und Michael zu sich, besprachen ihren Plan. Noch heute Nacht würde Alex Gerechtigkeit widerfahren. Er betete inständig, dass sie ihn dann verstehen würde.

Natürlich hatte Alex am nächsten Tag einen Kater. Das mit ihrem Neujahrsvorsatz hatte nicht lange angehalten, aber schließlich musste sie auch eine Ausnahmesituation durchstehen. Ziemlich schnell war fast die halbe Wodka-Flasche leer gewesen, als Luke plötzlich vor der Tür gestanden hatte, wieso auch immer, denn in ihren Schmerzen erinnerte sie sich nicht mehr daran, ihn kontaktiert zu haben. Es war egal. Bis sie eingeschlafen war, hatte sie ihren Freund vollgeheult. Ohne Lisa zu erwähnen, sie hielt ihr Wort. Aber das Daniel ein Arschloch war, hatte sie Luke bestimmt ein Mal die Minute vorgebetet. Er war ruhig geblieben, hatte keine Fragen gestellt und ihr auch nicht das obligatorische „Ich habs dir ja gesagt" reingedrückt. Sondern stoisch ihre Hasstiraden ertragen und eine Runde Tequila nach der anderen mit gekippt.

Dementsprechend derangiert sahen sie beide um sechs Uhr morgens aus. Während Alex versuchte, mit möglichst viel Schminke zu überdecken, wie unfassbar mies sie sich fühlte, sah Luke ihr dabei wortlos und nachdenklich zu.

„Versuch, Daniel heute nicht den Kopf runter zu reißen." Sie sah ihren Freund als Antwort nur spöttisch an, doch auf dem Weg ins Büro merkte sie erst, wie ungewöhnlich der Satz von ihm war. Ihrer Meinung nach hatte sie allen Grund dazu, Daniel in die Hölle zu schicken.

Aber so weit kam Alex gar nicht. Bereits am Empfang erwartete sie ein Securitymann, der sie bat, ihm in den Keller zu folgen. Ein ungutes Gefühl beschlich sie. Daniel würde sie wegen ihres gestrigen Gesprächs doch nicht feuern. Oder?

Sie hörte mehrere laute Stimmen aus unterschiedlichen Zimmern, konnte aber keine richtig zuordnen, bis der Security die erste Tür öffnete.

„Jetzt beruhigen Sie sich, Brandt!" Ted klang aufgebracht,

als Alex den Raum betrat, sprang Tobi direkt auf sie zu. Neben ihrem Chef war auch Michael in dem kleinen Besprechungsraum, beide sahen müde und gezeichnet aus. Was war hier los? Aber ihr blieb keine Zeit, Tobi schäumte schon wieder über.

„Alex, irgendetwas stimmt hier nicht. Ted sagt mir seit einer Stunde nichts, weißt du, was hier los ist?" Alex sah Ted beunruhigt an, doch der hob nur besänftigend die Hände. Hinter ihm fuhr sich Michael seufzend übers Gesicht.

„Brandt, Alex weiß genauso wenig, wie Sie, deswegen wollten wir ja warten. Sie sollen es beide als Erstes erfahren." Sie beschlich ein verdammt ungutes Gefühl. Weil sie Tobis unruhigen Blick auf sich spürte, nickte sie ihm zu, dann setzten sie sich ihren Chefs gegenüber.

„Du hast bestimmt mitbekommen, dass Lisa heute Nacht nicht heimgekommen ist." Oh Gott, sie ist tot, war Alex' erster Gedanke, und wohl auch Tobis, denn er drohte schon wieder rasend zu werden.

„Ihr geht es gut! Wir mussten sie hier seit gestern spätabends festhalten, weil... wir sie gefeuert haben." Doch nicht wegen ihrer Affäre mit Daniel, dachte Alex. Als Ted jedoch weitersprach und sich diesmal ihr zuwandte, verstand sie mit einem Mal, wieso sie hier saß. Nicht als Tobis moralische Unterstützung. Sondern weil es um sie ging.

„Diese merkwürdige Nacht mit Neil Reynolds. Du hast nicht zu viel getrunken und auch Reynolds trägt ausnahmsweise mal keine Schuld. Lisa hat euch beide reingelegt. Sie hat die Mails an euch beide für den jeweils anderen gefälscht und dann zwei Gorillas bezahlt, euch zu betäuben und... in Szene gesetzt." Alex starrte Ted regungslos an, Tobi neben ihr fand seine Worte dagegen schnell.

„Das kann nicht sein, das würde Lisa nie machen!" Der Coach seufzte.

„Bist du dir da ganz sicher?" Michael drückte auf einen

238

Knopf und hinter ihnen auf den Monitoren ploppten zig Screenshots und Nachrichten auf. Immer noch wie paralysiert ging Alex darauf zu.

„Wir haben die gefälschten Mails und die Aufträge an die Gorillas. Und sie war so dämlich, dem Journalisten die Dokumente über unseren Server zu schicken." Doch sie entdeckte mehr, Zugriffe auf ihren Account. Jede Mail an und von Daniel hatte Lisa mitgelesen, jedes Protokoll, das sie verfasst hatte. All ihre SMS.

Langsam drehte sie sich wieder um. Auch Tobi blieb still. Jetzt erkannten beide die Tragweite.

„Wieso?" Tobis Stimme war eiskalt. Michael räusperte sich, sah Alex dabei nicht an.

„Wir haben... sie hat zugegeben, dass sie von Anfang an Alex' Job wollte. Und sie sie mit der Aktion eigentlich hatte schassen wollen. Danach hat sie andere Wege gesucht, es zu versuchen." Und da, erst in diesem Augenblick, fiel es Alex wie Schuppen von den Augen. Erst das mysteriöse, dritte Foto, sie kotzend vor dem Club. Lisa hatte Tobi und Adam an diesem Abend abgeholt. Vermutlich hatte sie da schon gewusst, wer sie war. Und die Situation ausgenutzt.

Und Daniel. Er hatte diese Infos direkt von Lisa erhalten, indem er die Affäre mit ihr begonnen hatte. Sie so in Sicherheit gewiegt, um an noch mehr zu kommen.

Ihr wurde schlecht, das wurden langsam zu viel Offenbarungen für einen verkaterten Morgen. Sie musste sich setzen.

„Und ich hab das alles nicht gemerkt. Tut mir so leid, Alex." Ted und Alex schüttelten gleichzeitig den Kopf.

„Wenn es jemanden leidtun sollte, dann mir, Brandt. Ich habe als Chef versagt, habe Lisa nicht wahrgenommen und Alex nicht schützen können." Mit einem Schlag war sie komplett kraftlos, konnte ihrem Freund nur zunicken. Langsam ertrug sie es nicht mehr.

„Lisa unterschreibt gerade eine Vereinbarung, sie wird nie ein Wort darüber verlieren und ordentlich Schadensgeld leisten. Damit ist ihr Kapitel zumindest beim FC beendet." Ted sah Tobi sorgenvoll an, doch der winkte sofort ab.

„Sie soll ihre Sachen holen, eigentlich hatten wir zwei schon vor Monaten miteinander abgeschlossen." Als Michael die Tür öffnete und jemanden von der Security einen entsprechenden Hinweis gab, wurde in diesem Augenblick Lisa von gleich vier weiteren Sicherheitsmännern den Gang entlang eskortiert. Obwohl Tobi, ihr Lebensgefährte, direkt neben ihr stand, galten Lisas hasserfüllte Blicke nur Alex.

„Wir sind durch." Sie hatte ihn nicht kommen sehen, aber Daniel betrat den Raum, groß, stark, aber genau wie Michael und Ted müde. Er sah Alex an. Doch seinen Anblick setzte dem Ganzen noch die Krone auf. Ohne etwas zu sagen, drängte sie sich an ihm vorbei, ignorierte, dass er sie zurückhalten wollte. Sie musste weg von hier.

Irgendwie überstand Alex dann auch diesen Tag. Sie arbeitete, betete inständig, dass Daniel nicht nochmal auftauchte, und zum Glück tat er es nicht. Ted hatte ihr sehr sachlich erklärt, dass Daniel zunächst die Vereinbarung für Lisa überwacht und nach ihrer kurzen Begegnung nach London zum Vorstand gefahren war, um ihn auf den aktuellsten Stand zu bringen. Sie hatte kaum darauf reagiert, und als Ted ansetzen wollte, weiter auszuführen, war sie wieder geflüchtet.

„Komm, wir gehen ins Mollys. Ich glaube, keiner braucht heute ein frisch gezapftes Pint mehr als du." Adam stand in der Tür, auch er gezeichnet vom Tag. Die Nachricht war heute im Verein eingeschlagen, wie eine Bombe, auch wenn nichts nach außen drang, es rumorte offensichtlich.

Langsam nickte sie, packte zusammen, doch da trat Ted in ihr Büro.

„Fünf Minuten, Hughes. Alex und ich müssen noch was besprechen." Adam schloss die Tür, während sie ihren Chef müde ansah. Er rang mit sich.

„Alex, ich weiß, dass du gestern was mitgekriegt hast. Das hätte nicht passieren dürfen." Sie blickte nach unten, sofort poppte das Bild aus der Umkleidekabine wieder in ihr auf. Scham und Wut schnürten ihre Kehle zu.

„Es mag sich merkwürdig anhören, aber es war der einzige Weg, an Lisas persönlichen Code zu kommen, ihre lokale Daten. Das ging nur... weil sie sich sicher gefühlt hat." Alex traten Tränen in die Augen, so sehr quälte sie das Thema. Niemals wollte sie diese ganze Sache mit ihrem Chef besprechen.

„Ted, ich will einfach nur vergessen, ja? Eine Freundin hat mich hintergangen, mit jemanden.... es hätte andere Wege gegeben, aber Daniel kennt nur dieses dreckige Spiel! Es... ähm..." Sie hob frustriert die Arme, fand schlichtweg keine Worte mehr.

„Schlaf ein paar Nächte drüber. Dann wirst du verstehen, dass es nur so ging, deine Weste wieder reinzuwaschen. Vor dem Vorstand, vor dem ganzen Verein. Daniel hätte das nicht tun müssen, ja, aber dann hätten wir mit Sicherheit auch nie den endgültigen Beweis in die Hände bekommen. Dafür war Lisa dann doch zu vorsichtig."

Den restlichen Abend geisterten Teds Worte in ihrem Kopf umher. Vielleicht mochte er Recht haben, aber der Zweck heiligte nun mal nicht alle Mittel. Was für sie zählte, war der Anblick von Daniel und Lisa. Und zu was er fähig war, welche moralische Grenze er überschritt.

Ja, das war der Coup, vor dem Tom sie so eindringlich gewarnt hatte. Und ja, sie war nicht auf die Wucht vorbereitet gewesen. Der Schmerz saß tief, auch Daniels Worte vom Vorabend, die nun einen anderen Sinn hatten, änderten nichts an der Situation in ihrem Inneren: Sie fühlte sich unfassbar verarscht und wertlos.

Die nächsten Tage verbrachte Alex möglichst zurückgezogen. Mittlerweile war Lisas Posten von einem externen Profi namens Kemal übernommen worden. Er war der Inbegriff eines Sicherheitsexperten, groß, riesige Muskeln, angsteinflößend. Sie mochte ihn. Daniel und sie sprachen kein einziges Wort mehr miteinander, es musste jedem auffallen, dass etwas nicht stimmte. Aber Alex konnte einfach nicht. Immer noch flackerte das Bild von ihm und Lisa vor ihrem inneren Auge, jede Sekunde, wenn sie zur Ruhe kam. Oder Daniel sah.

Doch auch er blieb auf Distanz. Bei manchen Meetings ließ er sich über Ted entschuldigen, sollten sie dennoch im gleichen Raum sitzen, sprach er sie nur in äußersten Notfällen an. Wenn er es nicht anders formulieren konnte. Es dauerte nicht mal zwei Tage, da stand Michael in Alex′ Büro und stellte sie zur Rede.

„Hören Sie, Michael, ich weiß zu schätzen, dass Sie versucht haben, die Wahrheit ans Licht zu bringen. Mit welcher Methode auch immer. Ihnen und Ted mache ich auch keinen Vorwurf. Aber Daniel...“ Alex konnte nicht mal weitersprechen, da setzte sich der Trainer ihr gegenüber auf den Stuhl vor ihren Schreibtisch.

„Mag sein, dass Sie wütend sind. Dürfen Sie auch. Ich kann Ihnen nur raten, die Sache zwischen Daniel und Ihnen zu klären. Die Jungs werden unruhig. Sie merken, dass über die Sache mit Lisa hinaus etwas ist.“ Alex wollte einhaken, doch Michael bedeutete ihr unwirsch, ihn ausreden zu lassen.

„Ich habe keine Lust, dass der Vorstand wieder Anrufe bekommt, er von Berater Drohungen bekommt, dass ihre Spieler streiken, wenn Ihnen, Alex, etwas passiert oder sie gehen müssten! Sobald der Vorstand von dieser Situation mitbekommt, wird es nicht nur für Daniel unangenehm. Wirklich nur ein gut gemeinter Tipp, Alex. Bleiben Sie professionell, egal was Daniel Ihnen angetan hat."

Das brachte Alex dann doch zum Nachdenken. Denn Michael hatte Recht. Aktuell belasteten Daniels und Alex' private Beziehung den Verein.

Das nächste Spiel war gegen Westham United, das Pokalachtelfinale. Es wurde kein einfachen 90 Minuten, aber die Jungs waren mal wieder in Topform, sie rauschten mit einem 3:1 ins Pokalviertelfinale. Während die Männer sich duschten und Alex im Mannschaftsbus Mails bearbeitete, sah sie aus dem Augenwinkel, wie Daniel das Gleiche draußen machte. Michaels mahnende Worte klangen ihr immer noch in den Ohren, also bedeutete sie ihm mit Klopfzeichen in den Bus zu kommen. Abwartend blieb er am Eingang stehen.

„Ich will nicht mit dir reden. Weil es immer noch weh tut. Aber was die Arbeit angeht, sollten wir wieder auf die normale Ebene zurückkommen. Wir müssen schließlich perfekt zusammenarbeiten, die Leute merken, dass das aktuell nicht der Fall ist und werden nervös." Langsam nickte Daniel, dann setzte er sich wortlos auf seinen Platz im Bus, zückte sein Handy. Ab da wurde die Stimmung zumindest oberflächlich besser. Beruflich redeten sie normal, fachlich und sachlich miteinander, doch darüber hinaus gab es nichts mehr. Kein mitgebrachter Kaffee, kein Augenzwinkern, keine anzüglichen Kommentare. Alex' Schmerz wurde zu einem beständigen Teil ihres Alltags. Sie verrichtete ihre Arbeit, den Rest betäubte ihre Trauer. Seit der großen Enttäuschung ihrer ersten richtigen Beziehung hatte sie sich nie getraut, echte Nähe zugelassen. Dass die Sache mit Daniel sie so verletzte, tief einschnitt, zeigte ihr einmal mehr nur, wie schell und viel er ihr bedeutete. Bedeutet hatte.

Eine Woche später erzählte Tom, dass Jeniffer zu Besuch

war, also schrieb sie sie an, lud beide zum Abendessen ein. Es hatte ein paar Tage gedauert, bis Alex verstanden hatte, dass Jen genauso Lisas Opfer geworden war, ansonsten mit Sicherheit noch beim FC gearbeitet hätte. Obwohl sie alle zur Verschwiegenheit verpflichtet waren, hatte sie ein Recht darauf, zu erfahren, was wirklich geschehen war.

Jen lächelte nur erschöpft, als Alex erzählte, Tom legte ihr eine Hand auf die Schulter.

„Ich weiß, Alex. Mach dir keine Sorgen, irgendwie wusste ich schon, dass da was nicht stimmte." Sie senkte beschämt den Blick.

„Es tut mir leid, dass du den Job nicht behalten konntest, ich mich nicht für dich eingesetzt habe." Und das meinte sie auch so. Erst jetzt verstand sie, wie egoistisch sie gehandelt hatte. Damals hatte sie keinen Gedanken an ihre Kollegin verschwendet. Ein weiterer Punkt auf der Liste von Verhaltensänderungen, die diese fortgeschrittene Saison langsam zollte. Jen lächelte wieder fein.

„Ich weiß. Aber zu diesem Zeitpunkt hätte ich das Daniel auch nicht vorgeschlagen." Alex ließ das nicht gelten.

„Das ist keine Entschuldigung." Jen schüttelte den Kopf.

„Du bist sehr hart zu dir, härter, als du sein solltest. Du sitzt hier, entschuldigst dich. Bist einsichtig. Was willst du denn noch tun?" Alex konnte ihre Frage nicht beantworten, also sprach sie weiter.

„Alle reagieren bei diesem Druck, der beim FC herrscht, anders. Und seien wir mal ehrlich: Daniel hat dich anfangs gepiesackt, wie sonst keinen. Manchmal habe ich mich gefragt, ob er das macht, weil er dich mag." Tom und Jen lachten darüber, doch Alex blieb das Lachen im Hals stecken. Diesmal nützte Tom die Pause.

„Was ist eigentlich bei euch beiden nach London und dem Länderspiel passiert? Seitdem ist er auffällig zurückgezogen."

Als sie Jen einen verunsicherten Blick zuwarf, lächelte Tom.

„Sie weiß alles." Alex fixierte eine Weile ihren leeren Teller, fand keine passenden Worte.

„Er hat es getan, oder?" Toms Stimme war plötzlich ganz leise.

„Was?" Ihr Freund wurde laut, wütend.

„Dir weh getan!" Alex rang immer noch mit ihrer Antwort.

„Es ist kompliziert." Ihr Freund schlug auf den Tisch, aber ihre Antwort war zumindest nicht gelogen. Tom sollte nie die ganze Wahrheit erfahren, also lenkte sie ihn auf eine andere Fährte.

„Es ist mein Fehler, ihr habt es mir alle gesagt. Meine Schuld, mit Ansage." Er deutete drohend auf Alex, die ob seiner impulsiven Reaktion fast schon lachen musste. Auch Jen belächelte Tom gütig.

„Du hast was deutlich Besseres, als dieses Arschloch verdient!" Wieder nickte sie.

„Da stimme ich dir voll und ganz zu."

Es war wie jede Woche ein ausgelassener Montagabend, Alex saß inmitten ihrer Freunde, sah ein Rugbyspiel an, während Tom die ganze Zeit nur von Jeniffer schwärmte. Alex gönnte es ihm, es tat gut zu sehen, wie er immer mehr aufblühte, auch wenn die beiden unter der Fernbeziehung litten. Dennoch erinnerte es sie an ihre eigene Situation. Klar, sie hatte es sich ausgesucht, aber die Abende im Büro oder daheim, immer arbeitend, sie zehrten an ihr. Hätte sie jemanden, der sie ablenkte, ihr das viele Arbeiten ausredete, würde sie sich mit Sicherheit ausgeglichener fühlen.

Schnell schob sie diese Gedanken fort. Denn in Wahrheit verbot sie sich nicht diesen einen Gedanken, sondern nur Daniel. Nach knapp zwei Wochen hatten sie mit Mühe und Not einen normalen Ton, einen normalen Umgang gefunden, doch sie konnte ihm einfach nicht verzeihen, egal, wie sehr sie es versuchte. Brachte diese Bilder nicht aus ihrem Kopf.

Es war schon elf Uhr, als sie aufstand und ihre Jacke überzog.

„Jungs, ich bin für heute raus. Ich hab morgen einen Haufen Strategiebesprechungen vorzubereiten. Und das Spiel gegen Pinelly liegt mir sicherheitstechnisch immer noch im Magen, auch wenn Ted mich deswegen ständig beruhigen will." Tom sah sie aufmerksam an.

„Nimmst du dir ein Taxi?" Sie schüttelte den Kopf.

„Nein, ich muss den Kopf ein bisschen frei bekommen. Außerdem ist es nicht weit, es sind doch nur fünfzehn Minuten." Sie gab ihm einen Kuss auf sein strubbeliges Haar, dann den anderen.

„Bitte, sei vorsichtig, es ist echt schon spät." Tobi sah sie eindringlich an, aber als Antwort ließ sie nur ihr Pfefferspray in der Jackentasche aufblitzen.

„Jetzt macht euch keine Gedanken, ich schreib euch, wenn ich daheim bin, ok?" Ihre Freunde sahen nicht unbedingt überzeugt aus, aber Alex ließ sich nicht davon beeindrucken. Es war ihre Stadt, sie hatte sich hier noch nicht mal eine Sekunde unwohl gefühlt. Die Jungs sollten sich also nicht so haben.

Damit winkte sie Luke zu, ging heim.

Es dauerte keine fünf Minuten, da fiel Toms Blick nach unten.

„Oh, verdammt, Alex ist ihr Diensthandy aus der Tasche gefallen!" Er fischte es unter dem Tisch hervor.

„Gib, ich laufe ihr hinter her." Adam schnappte sich ihr Handy, während er sich schon seine Jacke überwarf. Sofort als er rausging, roch er es. Rauch. Schnell sah er sich um, konnte jedoch kein Feuer erkennen. Er hörte auch keine Sirenen. Etwas verwundert, aber nicht beunruhigt, ging er die Gassen entlang, von denen er wusste, das Alex sie auch immer benutzte. Es war stockdunkel, niemand auf den Straßen. Montagabend eben.

Als er nach wenigen Minuten um die nächste Ecke bog, brauchte er nur einige Sekunden, um zu begreifen, dass er genau im richtigen Moment gekommen war. Er sah die Flammen, etwas verbrannte mitten in einer schummrigen Gasse. Mehrere Gestalten schwenkten brennende FC-Flaggen, in der Mitte lag eine Person reglos auf dem Boden. Obwohl sie viele hundert Meter entfernt war, erkannte er sie an den roten Schuhen, die sie heute trug. Alex.

„Hey, verschwindet!" Adam dachte nicht mal eine Sekunde daran, dass er sich selbst damit in große Gefahr begab. Schließlich war auch er in Unterzahl. Doch die Gestalten hatten augenscheinlich nicht mit Gesellschaft gerechnet, sie ließen erschrocken die Flaggen fallen, nur wenige Zentimeter neben Alex' immer noch unbeweglichen Körper, dann rannten sie davon. Sie setzten darauf, dass Adam bei ihr bleiben würde, Ihnen nicht nachstellte. Sie konnten entkommen.

Adam brauchte nur wenige Sekunden, bis er bei Alex war, die brennenden Flaggen mit den Schuhen beiseiteschob, sich dann zu ihr runter beugte.

„Alex, komm schon." Er fühlte Puls, doch sie war merklich geschunden. Ein Auge geschwollen, Schrammen im Gesicht, sie stöhnte leicht auf, als er sie hochhob, in seine Arme, weiter reagierte sie aber nicht.

„Alex, bitte, wach auf!"

Dunkelheit umgab Alex, ein undurchdringlicher Nebel, sie spürte stechenden, brennenden Schmerz, der sich immer deutlicher in ihrem ganzen Körper ausbreitete, sie kämpfte dagegen an. Jemand berührte sie, der Schmerz wurde stärker, doch gleichzeitig roch sie neben dem Rauch, der Hitze, ein bekann-

247

tes Parfüm. Eine ungekannte Ruhe umgab sie. Sie gab sich ihrem Leiden hin. Jemand war gekommen. Sie war nicht alleine. Sicher.

Es gab selten Tage, wo Daniel nachts sein Handy ausschaltete. Heute war einer davon. Meistens rief sowieso niemand an, ab und zu eine alte Liebschaft, die ihm dann so versaute Sachen zuflüsterte, dass das Einschlafen anschließend wieder leicht fiel. Aber nicht in letzter Zeit. Und heute war er so müde, er brauchte dringend erholsamen Schlaf. Es war ihm nicht vergönnt. Ein dumpfes Geräusch, wie wenn jemand mit seinem ganzen Körper gegen die Tür donnerte, im immer gleichen Rhythmus. Kurz überlegte er es, einfach zu ignorieren, aber das Geräusch wurde so penetrant, und sein Portier hätte niemand hoch gelassen, wenn es nicht gerechtfertigt war.

Mit einem Puls auf hundertachtzig, hochroten Kopf, stürmte Daniel zur Tür. Nichts konnte so wichtig sein, ihn um halb eins in der Nacht zu wecken.

„Was zum Teufel?" Daniel starrte in Teds todernstes Gesicht. Sofort wusste er, dass Ted ihn nicht aus einem lapidaren Grund aus dem Bett geholt hatte.

„Zieh dich an, wir müssen ins Krankenhaus. Alex wurde überfallen." Er brauchte einen Augenblick, um zu realisieren, was Ted ihm da sagte. Er konnte das nicht ernst meinen.

„Na los! Ich mache keine Scherze! Hughes hat sie durch Zufall gefunden, überall um sie herum lagen verbrannte Vereinsflaggen, kannst dir vorstellen, was die für eine Scheiße mit ihr anstellen wollten." Immer noch reagierte Daniel nicht wirklich.

„Verdammt, jetzt beweg dich endlich!" Ted schubste ihn so hart in seine Wohnung zurück, dass Daniel endlich aufwachte.

„Wie geht es ihr?" Ted seufzte tief.

„Sie hatte wohl Glück. Ein paar Kratzer, ein gebrochener Arm, Schädeltrauma. Aber du kennst die Schweine, die hätten durchaus noch mehr Schaden mit einer wehrlosen Frau anfangen können." Alles, was Daniel verstand, war, das Alex außer Lebensgefahr war.

Er ging so schnell in sein Ankleidezimmer, dass er sich am Türrahmen die Schulter schmerzhaft anstieß, doch er spürte eigentlich nichts. Er dachte nur an Alex, wie sie leblos in einer Gasse lag, alleine, keiner war ihr zu Hilfe gekommen. Wehrlos, chancenlos. Er blieb vor seinem Schuhregal stehen, das mitten im Zimmer stand, die Regale nach außen, von jeder Seite zugänglich. Plötzlich fiel ihm etwas ein. Ein Gespräch, dass er und Piotr vor Monaten geführt hatten.

Lassen wir die Jungs von Pinelly doch ein bisschen in unserem Revier spielen. Klär das, Daniel. Sein Chef hatte ihm den Auftrag gegeben. Er hatte erlaubt, dass Hooligans aus Pinelly sich in Jatterton rumtrieben.

„Ted." Wie in Zeitlupe drehte sich Daniel zu dem Manager um, der immer wieder nervös auf seine Uhr schaute.

„Was denn, brauchst du jetzt eine Typberatung, oder was? Wir müssen jetzt echt los!" Doch Daniel starrte Ted so voller Hass an, dass dieser erstarrte. Noch nie hatten seine Augen so dunkel, pechschwarz ausgesehen.

„Ted, waren diese Kerle, die Alex das angetan haben... waren die aus Pinelly?" Ted schluckte. Daniel konnte einem wirklich eine scheiß Angst einjagen, auch wenn man selbst gar nicht gemeint war.

„Die Polizei ist sich mehr oder weniger sicher. Die Jatterton-Fahnen waren angekokelt, aber es gab einen Pinelly-Fanschal, der lag in einer Pfütze, wie, als hätte ihn jemand verloren."

Daniel war unfähig zu sprechen. Für Ted sah es so aus, als würde er förmlich implodieren. Doch dann griff er neben sich und riss den Schuhschrank aus seiner Halterung, verteilte die Bretter und Schuhe im ganzen Ankleideraum. Ted zuckte automatisch zurück. Heilige Scheiße, dachte er sich nur, Alex bedeutete ihm wirklich etwas.

Ted wagte nicht, Daniel die nächsten Sekunden anzusprechen, während er im selbst verursachten Chaos stand und schwer atmend vor sich hinstierte. Doch irgendwann schien er zu realisieren, dass er sich endlich zusammen reißen musste. Ohne ein weiteres Wort zu sagen, griff er im Schrank nach Kleidung und zog sich vor Ted um. Als er schließlich an Ted vorbei ging, nahm er von einem Regal einen Autoschlüssel.

„Mein Wagen ist viel schneller."

Es war immer noch dunkel, als Alex dumpf bemerkte, wie sie langsam zu sich kam. Schmerz erfüllte ihren ganzen Körper, ihr Kopf pochte unangenehm, wie wenn er in einem Schraubstock geklemmt war.

„Langsam, Alex." Leise verstand sie Teds Stimme, eine Hand berührte ihren Arm, doch automatisch zuckte sie zurück. Ein Wimmern entrang sich ihrer Kehle, während sie immer noch nicht ihre Augen aufbrachte. Dafür bildeten sich in ihrem Inneren Bilder, Gestalten. Dunkle Personen, Feuer. Jemand drohte ihr. Böse Augen verfolgten sie.

Ein Zucken ging durch ihren Körper, sie versuchte, vor den Gestalten zu fliehen, die Stimmen um sie herum wurden unruhig, unverständlich.

„Alex, ruhig!" Da endlich schaffte sie es, die Augen zu öffnen, mit solcher Wucht fand sie in die Realität zurück, richtete sich so abrupt auf, dass ein greller Schmerz durch ihren ganzen Körper zuckte. Sofort fiel sie in sich zusammen, hielt die Augen aber offen. Ted und Michael standen mit sorgenvollem Blick direkt hinter einem Mann in weißem Kittel, der sie gerade wieder sanft in die Kissen drückte. Etwas versteckt in der Ecke stand Daniel, sein Gesicht in Stein gemeißelt, der Blick abwartend und skeptisch auf Alex gerichtet. Schnell wandte

Alex sich ab, dem Arzt zu. Unterdrückte die aufsteigende Panik, als sie sah, dass ihr linker Arm vollkommen bandagiert war. Mit der anderen Hand griff sie vorsichtig nach ihrem Kopf, der zweiten Quelle ihres Schmerzes, doch der Arzt hielt sie zurück.

„Noch nicht, Alex. Kommen Sie erstmal an." Sanft hielt er ihren Arm fest, fixierte ihren Blick auf sich und zwang sie damit, sich tatsächlich zu beruhigen. Zu erkennen, dass sie wirklich in Sicherheit war. Die dunklen Gestalten waren verschwunden. Aber sie waren da gewesen.

„Was ist passiert?", murmelte sie irgendwann leise, da ließ sie der Arzt langsam los, trat einen Schritt zurück, damit Ted sich an ihr Bett setzen konnte.

„Du wurdest überfallen, Alex. Hooligans aus Pinelly. Wir wissen nicht, ob sie dich extra abgepasst haben, aber es ist schon ein merkwürdiger Zufall." Sie konnte Daniel nicht ansehen, mehr als einmal hatte er sie gebeten, nachts nicht alleine durch Jatterton zu spazieren. Sie senkte beschämt den Blick.

„Tut mir leid. Ich war unvorsichtig." Keiner sagte etwas, doch als Alex schließlich aufsah, blickte sie in verständnislose Gesichter.

„Sag mal, spinnst du jetzt?", herrschte Daniel sie als Erster so scharf an, dass sie automatisch zusammenzuckte.

„Diese Arschlöcher haben dich hergedroschen, das ist doch nicht deine Schuld?!" Erneut senkte Alex den Blick, während sie aus dem Augenwinkel beobachten konnte, wie Ted den Kopf schüttelte.

„Dein Arm ist angebrochen, Schädeltrauma, du hast... einige blaue Flecken abbekommen. Aber es wird wieder. Und sie werden dir nie wieder etwas antun." Ted klang mit einem Mal so bedrohlich, dass Alex wieder aufblickte.

„Sie sind erwischt worden?" Ted stand auf, begann, unruhig im kleinen Zimmer auf und ab zu gehen. Daniel schüttelte den Kopf.

„Nein. Aber das werden sie. Ich hab meine Kontakte bei der Polizei schon angefunkt. Du musst ihnen alles erzählen, solange es noch frisch ist." Sie nickte, doch der Arzt ging mahnend dazwischen.

„Ja, und solange Sie es aushalten, Alex." Wieder nickte sie, dann fiel ihr etwas ein.

„Wer hat mich gefunden? Ich glaube, mich hat jemand hochgehoben." Michael seufzte, stützte sich auf ihr Bett ab.

„Hughes. Er tigert draußen schon stundenlang mit Luke rum, will nicht gehen, bis er dich gesehen hat." Automatisch schüttelte sie den Kopf. Natürlich Adam und Luke. Ihre Retter in der Not.

„Gut, also ich kann nur strenge Ruhe empfehlen. Mit einem Trauma ist nicht zu spaßen. Schlafen, schlafen, schlafen." Der Arzt war dabei, die drei Männer recht widerwillig rauszudrängen, doch Alex entfuhr wieder ein merkwürdiges Wimmern. Sie wollte nicht alleine sein. Sie war sich sicher, die dunklen Gestalten würden wieder kommen. Angst packte sie, die sie eigentlich nicht so zeigen wollte. Erstaunlicherweise blieb Daniel in seiner Ecke stehen, sah sie fragend an.

„Wenn ich verspreche, ruhig zu sein und sie in Ruhe zu lassen, kann ich bleiben?" Der Arzt sah Alex skeptisch an, doch sie nickte. Bei niemand sonst würde sie sich so sicher fühlen.

„Na, schön. Aber wirklich, wenn nicht, schmeiße ich Sie sofort raus." Dafür bekam er von Daniel nur ein abschätziges Grunzen. Als würde ihn irgendjemand zum Gehen bewegen können, wenn er das nicht wollte. Ted und Michael nickten ihr aufmunternd zu.

„Ruhen Sie sich aus, wir kommen morgen wieder." Erst jetzt bemerkte Alex, dass es draußen stockdunkel war. Es musste mitten in der Nacht sein.

Daniel zog sich einen Stuhl heran, setzte sich, ohne ein Wort zu sagen, neben sie. Sie dachte sofort an die letzten Wo-

252

chen, wie sie sich nach ihren stürmischen, emotionalen Tagen von null auf hundert distanziert hatten. Und jetzt saß er da, bei ihr. Beschützte sie. In dem Moment musste sie zugeben, niemand anderen wollte sie in diesem verletzlichen Augenblick neben sich haben. Trotz den Geschehnissen, seiner Intrige. Vorsichtig sah sie ihn an, wie er sich auf dem Stuhl einrichtete, seine Jacke über die Lehne hing. Schließlich trafen sich ihre Blicke, sein Blick wurde weich, er war sichtlich hin und her gerissen, wie er reagieren sollte.

„Danke, dass du da bist, Daniel", murmelte sie kaum hörbar, doch er verstand.

„Es tut mir so leid, Alex." Zu ihrer Überraschung stützte er seinen Kopf auf seine Arme ab, seufzte tief auf. Sie konnte ihn nur erstaunt anschauen.

„Daniel, du kannst doch nichts dafür. Ich habe den Personenschutz abgelehnt, ich bin spät Nachts durch die Stadt gegangen, obwohl jeder was dagegen hatte. Und diese Idioten haben mich zusammen geschlagen. Das alles waren nicht deine Entscheidungen." Plötzlich sah er sie so verzweifelt an, dass ihr ein Schauer über den Rücken lief. Er beugte sich zu ihr vor, griff nach ihrer unverletzten Hand, umschloss sie mit seiner Zweiten. Brachte kein Wort raus. Alex war verwirrt, verstand nicht, wieso er so heftig reagierte. Sie entrang sich seinem Griff, ließ ihre Finger bedächtig zu seinem Gesicht wandern, berührte seine Wange. So, wie sie es schon mal in einer anderen Nacht getan hatte. Immer noch sprach tiefe Verzweiflung aus seinen Augen. Vom alten Daniel war nicht mehr die leiseste Spur übrig. Langsam wurde es Alex merkwürdig.

„Daniel?", flüsterte sie, doch er hielt dem Blick stand, wollte etwas sagen. Plötzlich klopfte es an der Tür, die beiden zuckten zurück, sofort war Daniel wieder er selbst, selbstbewusste, harte Augen. Durch die Türe traten zwei Männer, bullige, tätowierte Kerle, die Daniel respektvoll zunickten.

„Miss Müller, mein Name ist Derek Smith, mein Kollege Sam Brady. Wir untersuchen Ihren Fall bei der Polizei." Auch wenn Alex diese Namen irgendwie merkwürdig vorkamen, eher wie Decknamen klangen und sie so gar nicht wie Polizisten aussahen, vertraute sie Daniel. Langsam nickte sie, versuchte, sich einigermaßen aufzurichten. Die Polizisten blieben mit Abstand vor dem Bett stehen.

„Gut. Erzählen Sie uns bitte alles, an was Sie sich erinnern können. Wann sind Sie aus dem Pub heimgegangen?" Alex antwortete schnell.

„Es war kurz nach Elf Uhr. Das Pub schenkte schon die letzte Runde aus." Smith notierte sich etwas auf seinem Block, während Brady Alex nicht aus den Augen ließ. Er stellte die nächste Frage.

„Haben Sie den gleichen Heimweg, wie immer genommen? Zu Fuß?" Sie nickte.

„Ja, ich nehme immer den gleichen Weg. Die Adeline Street zur Carlisle rüber auf die Moorland Road." Brady hakte ein.

„Dort haben die Männer sie angegriffen?" Den Blick gesenkt wedelte Alex nur vage mit der Hand, brachte keinen Ton raus.

„Schon gut, Sie machen das super, Ms. Müller. Lassen Sie sich Zeit." Bradys Stimme war sehr sanft geworden, sie atmete tief durch, würgte ihre Antwort schnellstmöglich raus. Wie ein Pflaster, dann tat es am wenigsten Weh.

„Es waren vier Männer, vermummt, sie hatten Fackeln, unseren Fahnen brannten. Sie haben mich eingekreist. Es ging total schnell, sie haben... nicht lange gebraucht, um mich zu überwältigen. Sie haben kein Wort gesprochen. Der erste Haken riss mich um, dann haben sie am Boden weiter gemacht." Sofort stieg Alex der Geruch der brennenden Fackeln in die Nase, ihr Blick flackerte, ihr wurde übel, heiß und kalt gleichzeitig.

„Alex?" Sie schüttelte den Kopf, wehrte Daniel ab, der sie halten wollte, doch als sie zum Bad sprintete, war es vorbei. Noch auf dem Weg zur Toilette gaben ihre Beine nach, sie klappte förmlich zusammen und erbrach sich auf der Türschwelle.

„Warte, ich ruf jemanden." Die Polizisten sagten kein Wort mehr, während Alex, immer noch kniend, den ganzen Boden vollkotzte.

„Ich habe Ihnen doch gesagt, das ist zu viel!" Der Arzt kniete sich neben sie, fühlte ihren Puls, ihre Stirn. Sie zitterte mittlerweile am ganzen Körper.

„Kommen Sie. Jetzt ist Schluss, Sie müssen sich ausruhen." Aus dem Augenwinkel sah Alex, wie Daniel die beiden Polizisten nach draußen brachte. Während der Arzt sie langsam ins Bett bugsierte und eine Schwester bereits mit einem Putzeimer anrückte, hörte sie Daniels Stimme bedrohlich leise, aber deutlich. Er schien nicht zu merken, dass sie ihn hören konnte.

„Gebt mir Bescheid, wenn ihr sie habt. Ich will mir die Schweine selber vorknöpfen." Für einen Moment schwankte Alex. Hatte sie das gerade wirklich gehört?

Doch im nächsten Augenblick verlor sie ihr Bewusstsein, alles verschwand in einem dunklen Nebel. Und damit zunächst auch Daniels Worte.

Alex' Zustand besserte sich nach dieser Nacht schnell, sie hielt sich an die vom Arzt verschriebene Bettruhe, riss sich zusammen, nicht ihre Mails zu checken und auch keine Nachrichten zu sehen. Daniel, Ted und Michael hielten sie auf dem Laufenden. Sie hatten der Presse über den Vorfall berichten müssen, das Krankenhaus hätte mit Sicherheit dem Druck der Meute nachgegeben. Also Angriff. Seitdem kochte Jatterton förmlich über, es gab nur ein Thema – der gemeinsame Hass gegen Pinelly. Und das Rückspiel rückte immer näher. Auch wenn Ted den Sicherheitsapparat aufgestockt, jeder Spieler einen Personenschützer zur Seite und selbst London Polizeiverstärkung nach Jatterton beordert hatte, Alex war nicht beruhigt. Hooligans hatten sie mitten in ihrer Stadt angegriffen, hatten sie... ja, vermutlich verbrennen wollen. Zu was waren diese Menschen dann also noch alles fähig?

Doch nicht nur das – ganz England diskutierte über die Wehrlosigkeit von Frauen gegenüber männlicher Gewalt. Es schien, als würden auf Alex' Rücken sämtliche Konflikte der Neuzeit im Bezug auf Frauen ausdiskutiert werden. Erst die immer noch mindere Position im Berufsleben, jetzt Gewalt gegenüber Frauen. Auch wenn sie sich natürlich bewusst war, dass dieses Thema seine Berechtigung hatte und auf jeden Fall nach vorne gebracht werden sollte, beteiligte sie sich nicht an der Diskussion. Mit Elaine und Daniel hatte sie vereinbart, sich rein auf der Fußball- und Ligaebene zu bewegen.

Zwei Tage waren vergangen, Michael, Ted und Daniel saßen in ihrem engen Zimmer und besprachen das weitere Vorgehen, als Alex mit einem Statement jedwede Farbe aus dem Gesicht der Männer vertrieb.

„Ich will beim Spiel dabei sein." Daniel reagierte als Erster.

„Ganz bestimmt nicht." Auch beide anderen Männer waren wenig begeistert.

„Alex, du bist doch eh schon die Zielscheibe und bringst dich damit nur noch mehr in Gefahr." Ted schüttelte vehement den Kopf, aber sie hielt weiter dagegen.

„Wenn ich nicht komme, denkt Pinelly, sie haben gewonnen. Die Fans werden kochen und wir keine Chance haben. Wenn ich aber auf der Bank sitze, werden *unsere* Fans die Oberhand in *unserem* Stadion haben. Und das wird den Jungs auf den Platz helfen. Sie werden mich da brauchen." Alle wussten, dass Alex Recht hatte, aber keinem gefiel das. Daniel schüttelte immer noch den Kopf, dann seufzte er.

„Ich sag dir was: wenn Kemal und die Polizei nichts dagegen haben und einen entsprechenden Plan haben, dich sicher auf die Bank und zurück zu bringen, meinetwegen." Ted konnte sein Erstaunen nicht verbergen.

„Willst du mich verarschen? Das kannst du doch nicht zulassen, Daniel! Die werden die erstbeste Gelegenheit nutzen, Alex wieder anzugreifen!" Michael seufzte tief, während er Alex mit einem durchdringenden Blick fixierte.

„Das Stadion wird voll mit Polizei sein, alle Besucher werden mehr gefilzt, denn je, Scotland Yard ist vor Ort. Die Gefahr liegt eher bei der An- und Abreise. Für alle von uns." Wieder ein fester, prüfender Blick.

„Es liegt an Alex, ob Sie sich die Belastung zutraut." Ohne eine Reaktion abzuwarten, sprang Ted auf und suchte nach dem Arzt, dem er noch auf dem Weg zum Zimmer von Alex' Plan erzählte. Dieser sah sie mit einer Mischung aus Mitleid und Respekt an.

„Ehrlich, Mr. Kucholsky, ich kann Ihr nichts verbieten. Ihre Werte sind alle gut, Sie wird morgen sowieso entlassen. Und ob Sie danach ins Stadion fährt oder Heim, ist alleine Ihre Entscheidung. Ich kann Ihr nur raten, sich danach noch für ein paar Tage zu schonen." Damit war Ted jede Argumentationsgrundlage entglitten, das wusste er schnell. Er sah sie wütend an.

„Wenn unser Sicherheitsteam oder die Polizei oder irgendeiner von uns nur einen winzigen, beschissenen Verdacht hat, dass Pinelly nochmal so eine Scheiße plant, bist du beim Spiel raus, verstanden?" Sanft nickte Alex, konnte sich das Grinsen aber erst nicht mehr verkneifen, als Ted sich grummelnd seinen Notizen zuwandte.

So kam es, dass sie am nächsten Tag mit einem Ablenkungsmanöver aus dem Krankenhaus geschafft wurde. Ted sorgte für die Aufmerksamkeit der Presse, als er durch den

Vorderausgang verschwand, während Alex und Daniel in einen Bus stiegen, der sie vor Blicke geschützt ans Stadion brachte. Sie waren natürlich viel zu früh, der Mannschaftsbus, mit Polizeieskorte vom Trainingsgelände begleitet, würde erst in einer Stunde eintreffen. Auch sollte sich Alex nicht vor dem offiziellen Einlauf zeigen, um die Fans nicht auf unnötige Ideen zu bringen. Also verbrachten Alex und Daniel, der sie mit Argus Augen beobachtete, die zwei Stunden vor Spielbeginn im Umkleideraum, dem sichersten Platz. Er war weiterhin schweigsam, ließ sich von ihr nichts mehr entlocken. An sich war er so wie immer, vor ihrer gemeinsamen Nacht, der ganzen Sache mit Lisa. Seine Ruhe half ihr, die Aufregung über ihren baldigen Auftritt zu verdrängen.

Als die Mannschaft sich umzog, waren Daniel und Alex kurz vorher verschwunden, keiner wusste, dass sie sich im Stadion aufhielt. Erst, als sich das Team vor dem Einlauf nochmal in der Mannschaftskabine versammelte, trat Alex, gefolgt von Daniel, aus einem Versorgungsraum, zeigte sich ihren Jungs. Diese konnten ihre Freude kaum im Zaum halten, sie merkte aber sofort, dass alle sichtlich emotional und aufgeladen waren, wie ein angespannter Bogen nur darauf warteten, ihre Energie loszuwerden.

„Es war Alex' deutliche Entscheidung, heute hier zu sein, auch wenn man sieht, dass sie eigentlich noch nicht ganz fit ist." Teds Stimme schwankte zwischen Bewunderung und Mahnung, dann ergriff Michael das Wort.

„Es wird ein wahnsinnig schwieriges Spiel. Ich muss nicht an unsere letzte Begegnung mit Pinelly erinnern. Aber heute haben wir mehr Selbstbewusstsein, wir sind auf einem guten Weg, uns noch einen Europa League-Platz zu sichern und es vielleicht sogar ins Pokalfinale zu schaffen. Diese Kerle da draußen, schon gar keine verrückten Hooligans, halten uns nicht davon ab, genau das zu machen, was wir können: Geilen

Fußball für unsere Fans zu spielen und denen da draußen zu zeigen, dass wir da sind!" Die Kabine summte vor Aufregung, die Männer klatschten in die Hände, motivierten sich gegenseitig, die Stimmung war kaum mit dem letzten Spiel gegen Pinelly zu vergleichen.

Alex umarmte alle Spieler, wollte ihnen dadurch zeigen, dass sie da war, dass sie die Kraft hatte, hier zu sein, also sollten sie auch die Stärke haben, diese besondere Begegnung durchzustehen.

Als sie mit Abstand der Startelf folgte, vibrierte mittlerweile das ganze Stadion. Es knallte, rumorte, das Geschrei der Fans hallte durch die engen Gänge. Die Anspannung der letzten Wochen würde sich in wenigen Minuten entladen. Ein bisschen mulmig wurde Alex dann doch, sie blickte sich etwas suchend nach Ted um, der aber direkt hinter ihr war, ihr beruhigend kurz eine Hand auf die Schulter legte.

Die Kameras waren vor den beiden Startelfs aufgebaut, es dauerte nicht lange, bis sie Alex bemerkten, die wie immer alle abklatschte, letzte, motivierende Worte sprach. Aus dem Augenwinkel sah sie Neil Reynolds, wie er sie ungläubig anstarrte, doch sie achtete nicht darauf. Daniel sah sich nochmal nach ihr um, wartete kurz auf sie, bevor er die Stufen zum Stadioneingang bestieg, dann betrat auch Alex wieder den Kokon aus Fangeschrei, Blitzlichtgewitter und aufgeregten Reportern. Sie würde keinen Kommentar abgeben, Kemal hielt die Meute von der Trainerbank zurück, sodass sie Daniel bis an den Rand der Bank folgte, einen Seufzer nur leise unterdrückte. Ihr Kopf wummerte bereits von dem Lärm, sie kam nicht umhin, ihren bandagierten Arm zu berühren, dessen Inneres ebenso pochte. Daniel bemerkte es sofort.

„Ok soweit?" Er verdeckte sein Gesicht mit der Hand, dass niemand der Reporter auf die Idee kam, seine Lippenbewegungen zu interpretieren, man wusste ja nie. Kurz nickte sie. Trotz der Situation, ihrer Geschichte, war Alex froh, dass sie neben ihm saß. Auch Ted sah sie in dem Moment zwar angespannt, aber dennoch aufmunternd an. Sie waren ein Team auf dem Rasen, egal was darum herum geschah, und so verhielten sie sich. Glück über ihren Platz in diesem Verein flutete ihren Körper, gab ihr Kraft.

Schon die ersten Spielminuten waren kaum mit dem Hinspiel in Pinelly zu vergleichen. Jatterton hatte den Gegner in einem Schraubstock und ließ nicht los. Sie unterbrachen, wo sie nur konnten, das Passspiel, grätschten sauber rein, scheuten keinen Zweikampf und schalteten nach einem Ballgewinn blitzschnell um, hohe Bälle in das Mittelfeld und in den Sturm, um den Druck hochzuhalten. Sie ließen sich nicht provozieren. Alex war so stolz auf ihre Mannschaft, sie boten den sichtlich immer schwächer werdenden Pinellys die Stirn, kämpften bis an ihre Schmerzgrenzen. Das Pochen in ihrem Kopf war verschwunden, ab und zu krachte sie mit ihrer Bandage vor Anspannung gegen die Sitzbank, und der Schmerz war dann tatsächlich kaum erträglich. Sie ließ sich aber nichts anmerken, ihre volle Konzentration galt dem Spiel. Erst als sie zur Halbzeitpause bei einem 0:0 mit den Spielern in Katakomben verschwand, dachte sie wieder auf den Angriff auf sie. Dann sah sie aus der Ferne Neil. Er stand auf der anderen Seite, hinter einer Meute aus Journalisten, die sich alle auf sie stürzten. Sein Gesicht blieb unergründlich, er musste den großen Bluterguss sehen, der auf Alex' linker Wange prangte und selbst mit viel Schminke nicht komplett zu überdecken gewesen war. Aber mehr nicht. Schon wie beim letzten Spiel gingen sie nicht aufeinander zu.

Michael schaffte es, die Mannschaft in den Katakomben weiter zu motivieren, zu pushen, sie liefen heiß, waren scharf aus das ersehnte Tor. Doch ihnen war auch klar, je mehr sie nach vorne preschten, desto größer war hinten die Lücke. Es galt also eine perfekte Balance zu finden.

Es dauerte nicht lange, und sie fanden sie. In der 64. Spielminute luchste ein Abwehrspieler den Ball sauber dem Pinelly-Stürmer ab, spielte sofort an Mark weiter, der einen hohen Pass an den im rechten Außenfeld komplett freistehenden Tom schoss. Kurz legte er ihn sich zurecht, es waren vielleicht zwanzig Meter zum Tor. Mit einer unfassbaren Geschwindigkeit peitschte er den Ball in einer perfekten Kurve in das lange Eck, der Torwart war mit den Fingerspitzen noch dran, dann knallte der Ball ins Tor – und Jatterton schrie sich die Seele aus dem Leib. Die ganze Bank sprang auf, es war ein Befreiungsschlag für alle. Das Stadion kochte über, plötzlich war alles in Vereinsfarben getaucht, selbst Tobi rannte aus seinem Tor quer über den Platz zu dem Tumult der Jungs, Tom war überhaupt nicht mehr zu sehen.

Die Bank lag sich in den Armen, besonders Alex bekam natürlich das Meiste ab, aber das interessierte sie gar nicht. Sie hatten es geschafft. Klar, es war noch eine knappe halbe Stunde zu spielen, sie waren gestärkt aus der Halbzeit gekommen, hatten schnell die Oberhand gewonnen und ein starkes, psychologisch wertvolles Zeichen gesetzt.

Als sich alle wieder beruhigt hatten, sich nach dem Tor auf ihre Positionen stellten, wandte sich Tom zur Bank um, deutete auf Alex. Erst ein Wink zum Tor, dann die gereckte Faust in ihre Richtung. Sie legte ihre bandagierte Hand aufs Herz. Tom hätte ihr keine schönere Geste schenken können.

Das Spiel verlief in etwa so weiter, erst gegen Ende der neunzig Minuten verlor Jatterton langsam an Schlagkraft, es kam zu einigen brenzligen Situationen, die Tobi mit viel Geschick wieder entschärfte. Doch letztendlich konnte Jatterton den Sieg retten, holte drei wertvolle, hochverdiente Punkte, die jeder Kommentator ihnen anrechnete.

Die Stimmung in den Katakomben war ausgelassen, aber das änderte sich schnell, als beide Mannschaften, mit Abstand natürlich, ihre Busse betraten. Die Männer waren Profis, zumindest am heutigen Tag, sie gingen sich einfach aus dem Weg. Doch über ihnen tobten Fans, Alex erhielt ein Sicherheitsupdate auf ihr Handy. Die Polizei hatte das Stadion abgeriegelt, es gab extreme Ausschreitungen, Sirenen heulten auf, das Knallen wurde immer lauter, Warnschüsse der Polizei fielen. Wie es schien, stieg einigen Anhängern das emotionale Spiel zu Kopf.

Die Mannschaften wurden angewiesen, in ihren Bussen zu warten, bis sich die Lage soweit normalisiert hatte, dass sie ungefährdet ihre Heimreise antreten konnten. Da wurde sich Alex bewusst, dass sie großes Glück hatte, dass ihr nichts passiert war. Mit einem Mal kehrte der Schock zurück, sie sah im Bus etwas panisch um sich, doch Daniel merkte es sofort.

„Alex, ganz ruhig", murmelte er, reichte ihr ein Wasser, Ted neben ihr legte wieder eine Hand auf ihre Schulter.

„Ich hab es dir gesagt, mach langsam", grummelte er etwas ungehalten, dann blickte er sich um.

„Edwards!" Tom kämpfte sich durch die ausgelassene, aber wegen des durch die geschlossenen Bustüren zu hörendem Geschrei gedrückte Stimmung zum Management vor.

„Alex bleibt erstmal bei dir, alles klar? Der Arzt hat ihr grünes Licht gegeben, doch ganz trau ich dem Frieden nicht. Ich wäre beruhigter, wenn sie ein paar Tagen bei dir bleibt, ok?" Tom konnte sich ein kleines Grinsen nicht verkneifen, während Alex ihr Zittern unterdrücken musste.

„Na klar. Keine Sorge, bei mir wird sie keinen Finger krümmen müssen." Ein drohender Blick von Daniel reichte aus, um das Lächeln aus seinem Gesicht zu wischen.

„Ich mein das ernst, Leute. Ich kümmer mich um Alex." Sie schüttelte den Kopf.

„Schön und gut, aber könnt ihr bitte auch mit mir reden? Ich sitze noch hier, bin ansprechbar, verstanden?" Tom nickte Daniel diesmal wieder grinsend zu.

„Siehst du, ihr gehts gut, wenn sie noch solche Sprüche klopfen kann." Doch ganz stimmte das nicht, wie Alex selbst einige Stunden später feststellen musste. Der aufwühlende Tag zollte schließlich seinen Tribut. Sie war in Toms Wohnung etwas zu eilig aufgestanden, um einen neuen Tee zu holen, da wurde es ihr schwarz vor Augen. Zum Glück bekam sie noch einen Stuhl zu greifen, an dem sie sich langsam nach unten hatte gleiten lassen können.

Tom rief sofort den Arzt an, er verordnete für einen Tag strikte Bettruhe. Er trug Alex also in sein Bett (Tom bestand drauf, auch wenn sie wie ein Kesselflicker dabei fluchte), sie bekam den Sportsender eingestellt, um sich abzulenken, während Tom neuen Tee aufsetzte und ihr Suppe aufgab. Doch als er zurückkam, war Alex bereits tief und fest eingeschlafen.

Als Daniel am nächsten Tag Tom ablöste, um über Alex während seines Trainings zu wachen, schlief sie gerade. Sie sprachen kein Wort, bevor Tom ging, er setzte sich zu ihr und arbeitete. Immer wieder glitt sein Blick zu ihr, sie sah aus wie Engel. Ein gebeutelter Engel. Alles seine Schuld, dachte er. Als er seine Schuldgefühle nicht mehr unter Kontrolle brachte, trat er zu ihr hin, kniete sich neben das Bett, legte sein Gesicht an ihres. Was hatte er ihr nur alles angetan?

Ihr Geruch war köstlich, er sog sie ein, atmete tief in jede Pore seiner Lunge, noch nie in seinem Leben hatte er etwas so genossen, wie das Gefühl der Nähe, das Alex bei ihm auslöste.

In dem Moment hörte er ein Geräusch hinter sich, er fuhr ertappt herum – und sah Tom in der Tür stehen, die Arme verschränkt. Doch kein gewinnendes Grinsen im Gesicht, er sah Daniel einfach nur an. Aber er erwartete eine Erklärung. Daniel dachte nicht mal im Traum daran, ihm auch nur irgendetwas zu sagen, also packte er seine Sachen zusammen, drängte sich an ihm vorbei und schoss förmlich zur Tür. Doch Tom ließ ihn nicht so schnell gehen.

„Denk nicht dran, jetzt einfach abzuhauen." Es war das erste Mal, dass ein Spieler seine Stimme gegen ihn erhob. Mit wütendem Blick drehte er sich wieder um, doch Tom war alles andere als beeindruckt. Leise schloss er die Tür zu seinem Schlafzimmer, dann stürmte er schon fast auf Daniel zu.

„Ich weiß, dass du mal ein richtiges Arschloch warst. Du hast jede Menge krumme Scheiße abgezogen, auch in Jatterton. Mit Leuten, die mir am Herzen lagen." Er ging einen Schritt näher, die beiden Männer standen nur noch wenige Zentimeter auseinander. Daniel war erstaunt, wie viel Tom sich traute.

„Aber nicht mit Alex. Sie hat etwas tausend Mal besseres verdient, als dich. Aber sie liebt dich. Denke ich. Das muss ich akzeptieren. Aber ich werde sie nicht jedes Mal vom Boden aufkratzen, wenn du neue Scheiße baust, Daniel." Toms Stimme war so drohend geworden, dass Daniel ihm tatsächlich jedes Wort glaubte. Eine kleine Spitze konnte er sich trotzdem nicht verkneifen.

„Stehst du etwa auf sie, Edwards?" Trotz Daniels bulligen Körper schaffte es Tom durch den Überraschungsmoment, Daniel wegzustoßen, dann packte er ihn an seinem Hemdkragen, die Augen vor Wut zu kleinen Schlitzen verengt.

„Du verdammter Drecksack. Ich schwör dir, brech ihr nochmal so das Herz, wie mit der Aktion mit Lisa, ich mach dir dein Leben zur verdammten Hölle." Das hatte Daniel nicht kommen sehen. Erstaunt starrte er Tom an.

„Sie hat nichts erzählt, aber es ist schon komisch: Lisa ist weg und ihr beide sprecht kein Wort mehr. Es muss also was mit dir zu tun gehabt haben. Es schreit förmlich nach dir. Wieso auch immer braucht sie dich. Verhalte dich entsprechend, mehr will ich nicht." Tom ließ ihn vorsichtig los, räusperte sich, suchte dann wieder seinen Blick.

„Es tut mir leid, Daniel. Aber sie braucht endlich jemanden in ihrem Leben, der es schafft, sie glücklich zu machen, in dieser... komplizierten Welt." Zu Toms Überraschung senkte Daniel den Kopf.

„Ob du es glaubst, oder nicht, aber nichts anderes wünsche ich mir auch für sie." Für Tom war es tatsächlich kaum zu glauben, dass Daniel sich plötzlich öffnete.

„Hör mal, du bist eigentlich ein guter Kerl, seitdem du Alex kennst. Hast keinen Stock mehr im Arsch. Und bis auf die Sache mit Lisa hat man nichts mehr über unsaubere Geschäfte gehört. In dir steckt ein anderer, besserer Daniel, da hat Alex schon Recht. Ich weiß, wir sind vermutlich keine Freunde, aber auch mehr als nur Arbeitskollegen." Er hob seine Handflächen, obwohl Daniel gequält dreinschaute.

„Bleib so, Typ, dann könnte das mit dir und Alex ja vielleicht wirklich etwas werden." Daniel schüttelte den Kopf.

„Es ist nicht einfach so, dass man seine Vergangenheit wegwischt. Alex versteht das noch nicht." Wieder hob Tom die Arme.

„Unterschätz Alex nicht, sie kann mehr ab, als man auf den ersten Blick denkt! Das müsstest du doch mittlerweile am Allerbesten wissen." Daniel konnte nichts erwidern, verabschiedete sich schließlich von Tom. Er hatte es nur gut mit ihm gemeint, ihm lag etwas an ihr und dafür trat er ein. Das respektierte er, er wusste, dass Alex bei ihm in guten Händen war. Für den ehemaligen Frauenhelden von Jatterton, Tom Edwards, kaum vorzustellen, aber wie es schien, brachte sie nicht nur in Daniel etwas Besseres hervor.

Tom hatte gesagt, Daniel hatte in dieser Saison, bis auf die Sache mit Lisa, keine Scheiße gebaut. Das stimmte nicht ganz, das würden jedoch weder Tom noch Alex je erfahren. Er war wieder in dunkle Gewohnheiten zurückgefallen, aber es hatte nicht anders sein können. Es war nicht nur, dass er Pinelly nach Jatterton gelassen hatte, ihnen den Freifahrtschein ausgestellt hatte.

Mit den Dämonen der letzten Nacht, seinem Rückfall zu seinem alten Verhalten, würde er noch viele Wochen kämpfen, ganz alleine mit sich selbst.

Luke tigerte im Hafen unruhig auf und ab. Letzte Nacht ging ihm nicht aus dem Kopf. Ja, Daniel war eiskalt und es war nicht das erste Mal, dass er live miterlebt hatte, wie jemand dafür bezahlte, sich nicht nach Daniels Wünschen und Vorgaben zu richten. Aber diese Eskalation, diese massive Gewalt, die Luke gestern gesehen hatte – das war nicht der beherrschte, kalkulierte Daniel. Das war ein Mann voller Emotionen gewesen. Unfassbar gefährlich und unberechenbar. Die Geschehnisse dieser Nacht würden ihn noch für eine Weile verfolgen.

Der schwarze Mercedes des Assistenten glitt durch den Hafen, hielt lautlos vor ihm. Als er ausstieg, wirkte er wie immer, doch Luke sah in seinen Augen, dass es ihm nicht gut ging, unruhig hüpften die dunklen Punkte hin und her.

„Was ist denn so Dringendes?" Er schluckte. Er musste Daniel darauf ansprechen – ihn vor sich selbst warnen. Früher hätte er das mit Sicherheit gelassen. Aber nicht nach dieser Saison, was sie gemeinsam erlebt hatten. Utopisch zu glauben, sie beiden wären Freunde. Dennoch hatten sie sich über das erwartbare Maß einer Geschäftsbeziehung arrangiert.

„Ich habe mich unerkannt erkundigt. Die Jungs haben ihre Botschaft erhalten und die Cops denken, sie haben ihre Quittung bekommen. Innerhalb von Pinelly." Daniel hob gelangweilt die Schultern.

„Das weiß ich bereits. Und dafür musste ich herkommen?" Er drehte sich schon um, doch Luke hielt ihn zurück.

„Daniel, diese Kerle sind gestern fast gestorben! Zwei waren mehrere Minuten schon tot, wachen vielleicht nie wieder aus ihrem Koma aus, ein anderer wird nie wieder gehen können!" Daniel blieb mit dem Rücken zu ihm stehen, während er versuchte, möglichst unbeirrt weiterzureden.

„Ich kenne dich, ich weiß, wie du bist. Aber das..." Daniel drehte sich um, sagte nichts, starrte Luke einfach nur an.

„Meine Jungs und ich standen dabei, nur daneben. Wir haben nicht einen Finger bewegt." Er schluckte, als Daniel nur provokativ die Augenbrauen hob.

„Und?" Luke breitete fassungslos die Arme aus.

„Fahr einen Gang runter! Das war haarscharf an einer Katastrophe vorbei!" Daniel lächelte gefährlich.

„Nett, sowas ausgerechnet aus deinem Mund zu hören. Ich dachte immer, dich würde nichts schockieren." Wieder nahm Luke seinen Mut zusammen.

„Ich hab das wegen Alex gemacht. Aber nochmal so einen kranken Scheiß... musst du es alleine machen. Ich bring niemanden um, und ich will auch nicht dein Komplize dabei sein." Langsam nickte Daniel.

„Gut." Er ging nun endgültig zum Wagen, stieg aber noch nicht ein.

„Ich hab das auch wegen Alex gemacht. Das weißt du, oder?" Daniels Augen waren pechschwarze Löcher, die Luke fixierten. Er hob als Bestätigung nur den Kopf. Erst als Daniel außer Sichtweite war, entspannte er sich wieder, atmete tief durch. Dann murmelte er mehr zu sich selbst, als zu irgendwem: „Das weiß jeder, verdammt."

Zwei Tage später, kurz vor ihrem Abflug nach Newcastle klopfte es an Alex' Bürotür. Sie rieb sich seufzend den Nacken, während sie zur Tür ging. Das Trauma zollte immer noch seinen Tribut, die Verspannungen und Schmerzen würden wohl eine ganze Weile anhalten. Aber immerhin war sie nicht mehr ans Bett gefesselt, konnte wieder einigermaßen arbeiten. Auch wenn alle um sie herum tunlichst genau darauf achteten, dass sie nicht zu viel machte.

Vor der Tür standen zwei Polizisten, obwohl sie zivil gekleidet waren, erkannte sie sofort die Marke an ihrem Gürtel. Die beiden Männer, älter, mit Bart, sahen sie ernst an, nickten kurz.

„Ms. Müller, haben Sie ein paar Minuten für uns? Worthington und Adams von der örtlichen Polizei." Der rechte Polizist, Adams, sprach so sachlich und ohne Miene zu verziehen, dass Alex automatisch an ihre Eltern denken musste. Wieso sollte sonst die Polizei sie an ihrem Arbeitsplatz aufsuchen?

„Ist was mit meinen Eltern?", fragte sie also panisch, während sie die beiden Männer einließ. Schnell schüttelte diesmal der linke Mann, Worthington, beruhigend den Kopf.

„Nein, Ihrer Familie geht es gut. Es geht um den Überfall auf Sie. Unser Revier hat Neuigkeiten." Erleichtert nickte Alex, dann bekam sie eine Mappe in die Hand gedrückt.

„Es waren vier Hooligans aus Pinelly, bekannte Schläger." Alex schlug die Bilder um. Große Männer, tätowiert, erfüllten alle Klischees. Sie erkannte keinen davon.

„Tut mir leid, aber sie trugen alle Masken, ich kann niemanden identifizieren oder bestätigen." Langsam nickte der rechte Polizist, seufzte leise.

„Ich weiß, aber das müssen sie vermutlich auch nicht. Anscheinend haben die Kerle eine Linie überschritten, innerhalb ihrer Organisation. Sie müssen es sich nicht anschauen, wie die Schweine zugerichtet worden sind." Er deutete wieder auf die Mappe, mit leicht zittrigen Händen blätterte Alex weiter. Sie dachte nicht mal viel darüber nach, wollte einfach nur sicher sein, dass die Kerle ihre Quittung bekommen hatten. Es war furchtbar zu denken, aber pure Erleichterung durchströmte sie.

„Wie gesagt, kein schöner Anblick. Alle haben nur knapp

überlebt, einer wird nie wieder seine Beine richtig spüren können." Alex ertrug die Bilder nur eine Sekunde, dann schlug sie
die Mappe rasch zu, drückte sie dem Polizisten in die Hand.
Gesichter, in Krankenhausbetten, so zerschunden, dass sie
kaum mehr als das zu erkennen waren. Sowas kannte sie nur
aus Thrillern, Krimiserien. Niemals im echten Leben.

„Sie müssen sich jetzt auf keinen Fall mehr Sorgen machen.
Diese Sache ist vorbei, niemand aus Pinelly wird wieder in ihre
Nähe kommen. Kollegen aus der Szene sagen, dass die Bot-
schaft ziemlich klar ist." Kopfschüttelnd drehte sich Alex zur
Seite, musste sich unauffällig an einem Regal abstützen.

„Woher wissen Sie denn, dass diese Männer mich überfallen haben?"

„Masken. Die gleichen, die Sie uns beschrieben haben. Am
Tatort. Leichte Brandspuren." Sie konnte nur nicken, die Polizisten räusperten sich.

„Ich weiß, Sie müssen jetzt los nach Newcastle, aber wir
dachten, Sie möchten das vielleicht vor Ihrer Abreise wissen."
Schnell drehte sich Alex nach den Polizisten um, begleitete sie
zur Tür, auch wenn sie sich immer noch wie in einer Blase befand.

„Wer hat diese Männer denn... Andere Hooligans?" Langsam nickten die beiden.

„Ja, das vermuten wir stark. Sie haben wahrscheinlich bei
Ihnen auf eigene Faust gehandelt, entgegen dem Willen ihrer
Organisation und dafür... naja, mehr als nur eins auf den Deckel bekommen." Die beiden verabschiedeten sich, ließen Alex
mit einem merkwürdigen Bauchgefühl zurück, während sie
ihre Unterlagen für das Auswärtsspiel packte. Sie hatte genügend Kriminalfilme gesehen, eine Menge gelesen, um zu wissen, dass derjenige, der das getan hatte, im Blutrausch gewesen
war, außer sich vor Wut. Und das nur wegen ihr? Sie hatte ja
glücklicherweise noch nicht mal ernsthaften Schaden davon

getragen, abgesehen von psychischen Themen vielleicht. Aber das würde Pinelly wohl herzlich wenig beeindrucken.

Sie kamen im Dunklen in Newcastle an, die meisten verzogen sich direkt auf ihre Zimmer, doch Tom hielt sie in der Lobby zurück.

„Alles ok? Du wirkst etwas zerstreut." Sie konnte Tom nicht anlügen, also erzählte sie ihm die Wahrheit, berichtete vom Besuch der Polizisten. Seine Augen wurden bei dem Bericht immer schmaler, am Ende ihrer Ausführung fuhr er sich nur seufzend über das Gesicht.

„Du willst das bestimmt nicht hören, ich weiß. Aber... wir haben es dir gesagt, oder?" Tom musste nicht genauer ins Detail gehen, Alex wusste sehr gut, was er meinte. Die Gerüchte, die Geschichten über Daniel. Steckte er dahinter? Sie antwortete Tom nicht, doch er hielt ihren Blick fest.

„Ich weiß nicht, was ich dir sagen soll, Kleines. Ich.. Daniel tut Dinge für dich, weil du ihm etwas bedeutest. Wahrscheinlich hat er sowas noch nie gefühlt, dieses eiskalte Arschloch. Aber wenn du dich darauf einlässt, nicht zur Polizei gehst... kannst du das wirklich mit deinem Gewissen vereinbaren?" Wieder antwortete sie nicht darauf, bedankte sich bei Tom für sein Vertrauen und seine Offenheit, dann flüchtete sie auf ihr Hotelzimmer.

Tom hatte so Recht. Ihr Gewissen war schon seit einer Weile abhandengekommen, seit Daniel und sie sich näher gekommen waren. Sie wollte es nicht wahrhaben, aber durch die Zeit in Jatterton waren ihre alten, ach so gepriesenen Werte verschwunden. Neil, Mark, Jeniffer. Es schien, als hätte das Vereinsleben sie einfach mit einer kleinen Handbewegung weggewischt. Genauso wie ihre eigentliche Vorsicht vor genau solchen Typen. Doch sie war sich auch nicht sicher, ob sie jetzt nicht ihr wahres Gesicht zeigte, und die Alex davor nur eine Fassade war?

Sie tigerte auf und ab, kam zu keinem Ergebnis. Sie wusste nur, sie musste mit Daniel darüber reden. Um halb zwölf Uhr nachts überwand sie sich, überquerte den leeren Hotelflur und klopfte an seine Tür. Erstaunt öffnete er, trug nur Shirt und Boxershort, war offensichtlich auf dem Weg ins Bett.

„Alex, alles ok?" Er ließ sie eintreten, während sie sich erstmal nur fahrig übers Gesicht streichen konnte.

„Die Polizei war heute bei mir. Sie haben die Männer geschnappt, die mich überfallen haben." Gelassen lehnte sich Daniel an ein Regal, verschränkte die Arme und sah Alex ergründlich mit seinen dunklen Augen an. Sie erzählte ihm nichts Neues.

„Ich weiß, sie waren davor bei mir." Das war alles, kein weiterer Satz. Alex fokussierte ihn stur, ebenfalls stumm, doch Daniel entkam kein weiteres Wort.

„Das ist alles?" Gerade mal eine von seinen Augenbrauen hob sich überrascht.

„Was willst du hören, Alex?" Diesmal verschränkte sie die Arme vor der Brust, stellte sich vor ihn, weiterhin den Blick fest auf seine Augen fixiert.

„Es waren nicht die gleichen Polizisten, wie die aus dem Krankenhaus. Sie waren *echte* Polizisten. Ich glaube, dass du im Krankenhaus irgendwelche Leute beordert hast, damit die mir die frischesten Informationen entziehen können und für dich die Typen finden." Alex wusste, hätten Daniel und sie nicht die Vergangenheit, die sie nun mal hatten, wäre sie nach diesem Satz in hohem Bogen rausgeflogen. Aber nicht so, nicht heute.

Daniels Gesicht verzog sich zu einem leichten, boshaften Lächeln, er schien vollkommen unbeeindruckt von ihrem Vorwurf.

„Sie sind Polizisten, bloß nicht die aus deiner Idealvorstellung. Also wirklich, Alex?" Alex hob frustriert die Hände.

„Weißt du, ich weiß es nicht. Ich weiß nur, dass ich in all

dem Strudel, der mich die erste Nacht im Krankenhaus gepackt hat, einen Satz nicht vergessen kann. Einen Satz, den du gesagt hast. *Ich will mir die Schweine selbst vorknöpfen.* Und jetzt sind sie halb tot. Was soll ich nun davon halten, Daniel?" Sie konnte nicht mehr unterdrücken, wie verzweifelt sie klang. Daniel sollte das nicht getan haben. Auch wenn die Erleichterung über ihre dadurch gewonnene Sicherheit immer noch in ihr pochte, alle anderen Gefühle in den Schatten stellte.

Als sein Gesicht sich verzog, die Augen schmal, tiefschwarze Punkte, der Mund angestrengt zusammen gepresst, hatte sie die Linie überschritten.

„Was wäre, wenn ich das wirklich getan hätte, Alex? Wenn ich wirklich zu so etwas fähig gewesen wäre? Was würdest du dann von mir denken?" Er hatte sich vor sie aufgebaut, kurz packte er sie am Arm, doch sie hatte keine Angst vor ihm. Niemals würde er ihr etwas antun. Im Gegenteil. Alex war sich sicher, dass er nur alles erdenklich Mögliche tun würde, um sie zu schützen.

„Ich würde denken, dass ich nicht auf meine Freunde gehört haben, die mich all die Monate vor dir gewarnt haben." Er schnaufte tief, wandte sich enttäuscht und frustriert ab, nur um sich dann plötzlich ganz nah zu ihr zu stellen, er hätte sie leicht umarmen können. Doch er tat es nicht.

„Soll ich dir sagen, was du denken solltest, Alex? Dass du jetzt endlich wieder sicher bist und kein Bastard aus Pinelly oder sonst wo dir je wieder zu nahe kommt!" Aus seiner Stimme sprach pure Verzweiflung, weil er nicht verstand, wieso Alex ihm Vorwürfe machte. Und genau da wusste sie, dass er es getan hatte. Eigentlich hatte sie es die ganze Zeit gewusst, was für ein Mensch Daniel war. Durch ihre Gefühle für ihn war sie blind dafür geworden.

„Daniel, du hast Menschen verletzt, für immer gezeichnet?", flüsterte sie leise, versuchte, seinen Blick einzufangen, doch er konnte sie nicht anschauen.

„Du kannst nicht über sowas richten." Ohne vorherige Anzeichen schoss Daniel plötzlich wieder nach vorne, packte sie an beiden Armen und drückte sie gegen die Wand. Ein kleines Aufflackern von Angst musste sie nun doch unterdrücken.

„Mag sein, aber ich richte über die Personen, die dir weh tun, Alex! Ich versuche, dir die ganze Zeit irgendwie zu sagen, wie ich für dich fühle. Niemals wirst du das verstehen oder akzeptieren, ich weiß. Deswegen richte ich genauso hart über mich, glaub mir." Er kam noch näher, presste sich an sie, doch Alex wandte den Blick nicht ab. Ihre Gefühle für Daniel waren da, egal, was er tat, wie er sich verhielt, ob sie wollte, oder nicht. Ohne zu überlegen, legte sie ihre Hände auf sein Gesicht, um ihn zu beruhigen. Aber die Verzweiflung in seinen Augen stieg von Sekunde zu Sekunde.

„Du hast keine Ahnung, wie sehr ich mich dafür hasse. Du siehst, wer ich wirklich bin, hast mich nicht verdient, und trotzdem kann ich dich nicht loslassen. Du bist alles für mich, Alex." Als er ihren Körper mit fahrigen Händen abfuhr, sein Gesicht neben ihres legte und ihren Duft einsog, vor kaum zu bändigenden Gefühlen schwer atmete, musste sie die Augen schließen. Nie und nimmer hätte sie gedacht, dass sie seine Taten ausblenden konnte. Aber dieses Gefühl, die seine Handlungen ausgelöst hatten. Seine Worte. Sie hatten gewonnen. Der unnahbare Daniel war ihr verfallen. Und sie ihm. Egal, welche Dinge er tat, mit welcher Brutalität oder welche emotionale Linie er damit überschritt. Er tat es für sie. Noch nie war jemand so für sie eingestanden. Sie wollte es nicht, sie wehrte sich mit jeder Faser ihres Körpers, einen so brutalen, intensiven Mann zu lieben. Aber sie tat es.

Daniel war hin und hergerissen, als Alex um zwei Uhr nachts sein Zimmer verließ. Ständig wandelte er auf einer un-

273

sichtbaren Grenze, hasste sich für seine Gefühle für sie, wollte sie in den Wind schießen. Dann versetzte ihre bloße Anwesenheit ihn in solche Ekstase, dass er kaum klar denken konnte. Geschweige denn, wenn sie ihn an sich ranließ. Er hatte es von Anfang an in ihren Augen gesehen, sie wusste, was er getan hatte. Sie wollte nicht die Bestätigung, um sich für immer von ihm zu entfernen. Ihre Erleichterung trieb sie zu ihm, ließ sie irgendwie doch verzeihen. Seufzend schloss er sein Tagebuch. Nicht nur Alex schrieb tagtäglich ihre Erlebnisse auf, er tat es bereits seit fünfzehn Jahren. Es half ihm, Situationen besser zu verstehen. Aber die hier war gerade einfach nur beschissen, egal, wie man es drehte.

„Boss, das müssen Sie sich ansehen." Piotr hasste es, mitten in der Nacht aus dem Schlaf gerissen zu werden. Jedem seiner Mitarbeiter war klar, dass Sie nicht mehr für ihn arbeiten würden, wenn sie es wagten, ihn wegen einer Kleinigkeit zu wecken. Also würde Czarek schon wissen, was er tat. Seufzend folgte er seinem Sicherheitsmitarbeiter in ein Nebenzimmer, der voll mit Monitoren waren. Auf den meisten war nichts zu sehen, schließlich war es fast drei Uhr.

„Also, was ist so wichtig?" Czarek druckste ein wenig rum, aber ein strenger Blick seines Chefs ließ seine Stimme fester werden.

„Den Jungs ist kurz nach Mitternacht etwas aufgefallen, sie wussten nicht, ob sie es melden sollen, deswegen haben sie erst mich gerufen. Deswegen sehen wir nichts live, aber wir haben die Aufnahme noch. Ich habe entschieden, das sie es wissen sollten." Langsam nickte Piotr, während ihm ein Stuhl gereicht wurde und er vor einem Laptop Platz nahm.

„Wir haben keinen Ton, aber ich denke... es ist klar, was los ist." Zuerst sah Piotr Daniel, wie er sich seines Anzugs entledigte, nebenbei lief der Fernseher. Soweit so gut. Etwas irritiert

274

und ungeduldig sah Piotr kurz zu seinem Mitarbeiter, doch der deutete wieder höflich zu dem Bildschirm. Daniel war in seiner Bewegung erstarrt, ging zur Tür, dann folgte ihm eine Person aufs Zimmer, sichtlich aufgeregt. Alexandra Müller. Piotr war innerhalb einer Sekunde von null auf hundert. Zitternd wandte er sich Czarek zu.

„Es passiert nicht gleich das, was ich denke, oder?" Der Blick seines Mitarbeiters war buchstäblich von Todesangst gepackt, aber er nickte.

Und so sah Piotr zu, wie sein Schützling und die Team Managerin erst diskutierten, sichtlich emotional, Daniel schließlich die eine Linie, die ihm sein Mentor auferlegt hatte, überschritt. Piotr sah selbst auf dem leicht verpixelten Bild, wie sehr er sich nach der Frau verzehrte, alles um ihm herum ausblendete. Er hatte in seinem Leben schon einiges gesehen, aber es war verstörend für ihn, mit wie viel Zärtlichkeit Daniel mit Alexandra umging. Er hatte immer geglaubt, sein Schützling würde nach ihm kommen, bislang hatte er ihm in Sachen Brutalität, Kaltblütigkeit in nichts nachgestanden. Wie es schien, war das nun vorbei. Endgültig.

Piotr stand zunächst wortlos auf, knallte dann aber mit solcher Wucht den Laptop zu, dass Czarek ein Knacken im Gerät hörte. Vermutlich war es gebrochen, sinnbildlich für die eigentlich so intime Beziehung zwischen ihm und seinem engsten, vertrautesten Mitarbeiter. Seinem fast schon Sohn.

„Es war die richtige Entscheidung, mir das zu zeigen, Czarek. Gut gemacht. Um alles Weitere kümmere ich mich selbst. Kein Wort zu Daniel, von keinem."

Czarek hatte seinen Boss schon oft wütend, tobend erlebt. Doch dieses Eiseskälte, die sich plötzlich in dem kleinen Raum ausgebreitet hat, übertraf alles bis dahin dagewesene. Noch nie war Piotr persönlich enttäuscht gewesen. Bis jetzt. Und nichts machte Czarek mehr Angst, als dieses Gefühl.

In Jatterton beruhigte sich die Stimmung nur langsam, immer noch patrouillierte auffällig viel Polizei durch die Straßen, und Kemal bestand weiterhin auf die Personenschützer für jeden aus dem Verein. So standen also neben den üblichen Montagabend-Pubgänger des FC ebenso Securitys an der Bar und beobachteten ihre Schützlinge, skeptisch begutachtet von den normalen Pubbesuchern.

Die Jungs waren aufgekratzt, der Sieg gegen Pinelly ließ ihre Endorphine weiterhin Achterbahn fahren, weshalb sich Alex anbot, die nächste Runde Pints selbst an der Bar zu holen. Sie wollte ein paar ruhige Minuten verbringen, musste sich entspannen. Ihr Kopf wummerte teilweise immer noch übel, also beschloss sie, anstelle eines Biers ein Wasser zu trinken. Luke belächelte das zwar, sah sie dann aber doch besorgt an.

„Alles gut bei dir?" Langsam nickte Alex, sie wusste sofort, dass er auf ein spezielles Thema raus wollte.

„Ja, was ist los?" Luke fixierte seinen Blick kurz auf die Gläser vor sich, dann beugte er sich zu ihr, darauf bedacht, dass die Personenschützer neben ihr nicht hörten, was er zu sagen hatte.

„Hör mal, ich habe gehört, was mit den Jungs aus Pinelly geschehen ist. Wer es wahrscheinlich getan hat. Ich weiß, ich sag es dir gefühlt ständig, aber halte dich von Daniel fern. Es ist nicht das erste Mal, dass er sowas getan hat." Alex schüttelte frustriert den Kopf. Auch wenn sie wusste, wie Recht ihr Freund eigentlich hatte, verteidigte sie Daniel.

„Komm schon, Luke, nicht schon wieder. Daniel ist ein ganz böser Mensch, ja, habe ich mittlerweile verstanden." Luke seufzte tief, beugte sich noch näher zu ihr.

„Ich kann dir jederzeit mehr erzählen. Die Frage ist nur, ob du es wirklich hören willst." Alex sah ihren Freund lange an. Wollte sie es? Mit einem Mal spürte sie, dass sie es musste.

Alles zu wissen. Wenn es jemals eine Chance zwischen Daniel und ihr geben konnte, dann nur so. Sie gestand es sich ein – ihn lediglich als den Mann zu sehen, der er jetzt war, war naiv.

Also tat sie so, als würde sie auf die Toilette gehen, denn dorthin folgten die Personenschützer immerhin nicht, dann öffnete sie eine ganz andere Türe und traf in einem Nebenraum Luke, der sie immer noch sorgenvoll ansah.

„Daniel und du... ich weiß, du willst das alles nicht hören. Wenn das wischen euch weitergeht, solltest du wirklich wissen, was auf dich zukommt." Alex hob seufzend die Schultern, auch wenn ihr Herz bis zum Anschlag schlug. Sie hatte einen Heiden Respekt vor den Dingen, die Luke ihr gleich sagen würde.

„Ich hab mich bei alten Vereinsmitgliedern umgehört, die Daniel seit dem ersten Tag kannten, dann aber aufgrund der Umstrukturierung gehen mussten. Sie hatten ihre eigenen Kontakte in Polen, haben Einiges über den Vorstand und Daniel ausgegraben. Sie haben nie ein Wort gesagt, denn hätten Daniel und der Vorstand gemerkt, was sie wussten, hätten sie sie vermutlich zum Schweigen gebracht." Alex starrte Luke nur ungläubig an, doch er blieb todernst.

„Damit ihr Verein in Polen weiter aufsteigt, haben sie reihenweise Gegner aus dem Weg geschafft, da sind Spielmanipulationen noch das kleinste Übel. Natürlich konnte nie jemand etwas den beiden anlasten, keine fragwürdigen Schiedsrichterentscheidungen, keine plötzlichen Verletzungen der Stammspieler, keine... Brände in Vereinsheimen." Diesmal schluckte Luke, suchte augenscheinlich nach passenden Worten. Sofort musste sie an die Narben auf Daniels Rücken denken. Waren es tatsächlich keine Schürfwunden, sondern Brandnarben?

„Und das ist nur die Spitze des Eisbergs, Alex. Der Vorstand hat nie nur mit Fußball sein Geld verdient, Daniel hat ihm bei all seinen illegalen Geschäften geholfen. Er hat eine böse Vergangenheit, und du solltest dich fragen, ob du das einfach ignorieren kannst. Ob du dich wirklich für immer sicher mit ihm fühlst, auch wenn ihr vielleicht irgendwann doch getrennte Wege gehen solltet." Alex reagierte nicht, Luke schloss sie in seine Arme.

„Tut mir leid, Alex. Ich will nur, dass du sicher bist." Er ließ sie nicht los, plötzlich wurde ihr die Situation unangenehm. Luke und sie waren schon seit Beginn kompliziert gewesen, unterbewusst hatte stets die Möglichkeit im Raum gestanden, dass sie beide etwas anfangen könnten. Alex war sich sicher, dass er nichts dagegen gehabt hätte.

„Luke, du sagst das aber nicht, um mich von Daniel fernzuhalten, weil du..." Sie konnte den Satz nicht aussprechen, sah ihn vorsichtig an, sein Blick wirkte mehr gequält als wütend. Immer noch hielt er sie fest, doch plötzlich etwas steifer, als davor.

„Komm schon, Alex, die mega erfolgreiche Managerin und der einfache Pubbesitzer?" Er seufzte tief, ging auf Abstand.

„Ich war immer da für dich, und werde es auch immer sein, versprochen. Du bedeutest mir aber einfach viel zu viel, als dass ich dich ohne einmischen diesem Idioten überlasse." Damit verschwand er, ließ sie ratlos zurück.

Es dauerte noch ganze drei Tage, kurz vor der Abreise zum nächsten Auswärtsspiel, bis Alex sich traute, Daniel anzusprechen. Wie immer war es spätabends, sie konnte sich schon längst nicht mehr auf ihre Arbeit konzentrieren, als sie ihn in seinem Büro aufsuchte. Auch er ackerte sich am PC ab, sah sie möglichst neutral an, als sie zu ihm trat, sich ungefragt vor seinen Schreibtisch setzte.

„Wir müssen über uns reden, Daniel. Über unsere Situation. So kann es nicht weitergehen." Langsam nickte er, packte seinen Laptop ein.

„Komm, wir reden woanders", murmelte er nur knapp. Perplex räumte sie also auch ihre Sachen notdürftig zusammen, dann folgte sie ihm in sein Auto, doch er fuhr nicht los.

„Als wir in London essen waren, da habe ich gesagt, dass mich deine Vergangenheit nicht interessiert. Dass es darum geht, wer du jetzt bist, weil du mir jetzt gefällst." Sie atmete tief durch, während sie beide nur stur nach vorne durch die Windschutzscheibe, auf die graue Wand des Parkhauses blickten.

„Damals habe ich sogar selbst gesagt, dass man es für naiv halten könnte. Und genau das ist es, dein Verhalten gegenüber... den Hooligans hat mir das nochmal gezeigt." Sie würgte den letzten Satz nur raus, fing an zu zittern. Sie wollte dieses Gespräch nicht führen, aber sie musste. Sie hatte eine Entscheidung getroffen und betete inständig, Daniel würde es verstehen.

„Ich muss wissen, wer du vor einem Jahr noch warst, Daniel. Ich muss all deine Geheimnisse kennen. Ich kann... dir nicht mehr nahe sein, wenn diese Ungewissheit über uns schwebt. Ich will keine Überraschungen mehr, ich will alles wissen, um dann zu spüren, ob meine Liebe für dich stark genug ist, das auszuhalten." Immer noch sah sie ihn nicht an, aus dem Augenwinkel konnte sie aber erkennen, wie Daniel zunehmend unruhiger wurde, insbesondere als sie ihm gestand, dass sie ihn liebte.

„Tu das nicht, Alex", murmelte er mit trauriger Stimme, doch sie schüttelte vehement den Kopf. Obwohl sie innerlich immer schwächer wurde, sie nicht weiter reden wollte.

„Ich kann dir ansonsten nicht vertrauen. Ich kann meinen Gefühlen für dich nicht trauen, wenn ich dich nicht wirklich kenne. Ich weiß, was du für mich getan hast, welcher Gefahr du dich ausgesetzt hast. Aber das macht dich nicht für immer zu einem besseren Menschen. Wenn ich das beurteilen will, muss ich alles von dir wissen. Keine Geheimnisse. So funktioniert das in einer Beziehung." Daniel atmete schwer und frustriert neben ihr, schlug dann plötzlich mit solcher Wucht gegen das Lenkrad, das Alex zusammen zuckte.

„Verdammt, das geht nicht! Und das weißt du genau! Wieso stellst du mir überhaupt so eine Forderung?" Da erst sah sie ihn an, blickte in zutiefst verletzte Augen, eine verletzte Seele. Die eigentlich nichts mehr wollte, als bei ihr zu sein, alles andere darum herum zu vergessen.

„Es muss sein. Du und ich... geht nur mit vollkommener Offenheit, Vertrauen. Ich will dich Daniel, glaub mir, aber ich muss genau wissen, auf was ich mich einlasse." Immer noch schüttelte er den Kopf, erwiderte aber nichts mehr. Er ließ Alex gehen, ohne ein weiteres Wort.

Wenn Daniel wirklich ehrlich zu sich war, verstand er Alex. Er hatte damals in London schon gewusst, dass sie bestimmte Dinge an ihm, seine Vergangenheit, nicht sehen wollte, damit sie bei ihm sein konnte. Wäre da nicht Lisa gewesen, und diese Dreckskerle aus Pinelly. Er hatte es für sie getan, alles, und letztendlich war ihm genau das zum Verhängnis geworden. Hätte sie von all dem nichts mitbekommen, hätte sie nicht mehr über seine Zeit vor dieser Saison nachgedacht, hätte sie vielleicht nicht alles von ihm wissen wollen. Er hatte sein wahres Gesicht gezeigt, vor ihr, und jetzt wollte sie den Rest. Aber sie würde nie etwas davon erfahren, sie durfte nicht. Danach würde sie niemals mit ihm zusammen sein wollen, wenn sie wüsste, was er alles getan hatte. Mit welchen Mitteln er um seinen Platz in dieser Welt, bei Piotr gekämpft hatte.

Daniel fuhr viel zu schnell durch die City, mehr als einmal nahm er Kurven zu eng, spielte mit der Kraft seines Autos um sein Leben. Ein winziger Fehler, und es wäre zu Ende.

Schweratmend blieb er am Seitenstreifen stehen. Eine einzelne Träne ran seine Wange entlang. Niemals würden er und Alex zusammen sein, auch wenn sie ihn liebte, er konnte ihr sich selbst nicht zumuten. Sie war zu gut für diese Welt, er zu böse.

Es war das erste Mal in seinem Leben, das Daniel richtig weinte. Selbst als kleines Kind auf der Straße hatte er nie Gefühle gezeigt, nie hatte jemand auch nur ansatzweise eine Schwäche bei ihm entdeckt. Immer war er stolz darauf gewesen, wer er war. Wie er war. Es hatte ihm Erfolg eingebracht, Achtung und Respekt.

Aber nicht heute. Heute wünschte er sich, er wäre der Mann, den Alex verdiente. Um jeden Preis. Aber das war schlichtweg unmöglich.

Ende März fand schließlich das Pokalviertelfinale statt, ausgerechnet gegen ein richtiges Schwergewicht der Premier League – Liverpool. Auch wenn Alex den Verein dank seines sympathischen Trainers und der dem FC Jatterton nicht unähnlich eingeschworenem Fankern mochte – schon eine Woche davor war die Stimmung im Vereinsgebäude äußerst angespannt. Ständig gab es neue Updates zu der möglichen Spielaufstellung, zu eventuellen Taktiken der Gegner. Alex' Nächte wurden kürzer, fast rund um die Uhr galt es, Berichte zu ergänzen oder zu kommentieren, Trainingseinheiten wurden intensiver. Mehr als einmal saß einer der Spieler vollkommen platt in ihrem Büro und brauchte ein offenes Ohr. Sie gab ihr Bestes, das Drumherum für ihre Mannschaft so angenehm wie möglich zu machen, Pressetermine wurden reduziert, die Berater auf Abstand gehalten, nur die wichtigsten Informationen an die Jungs herangetragen. Die Anspannung war zum Greifen nah, als sie schließlich am späten Freitagnachmittag in Richtung Liverpool aufbrachen. Jeder stellte sich die gleiche Frage – im Ligaspiel in der Heimat hatten sie chancenlos verdient verloren. Würden sie es ein paar Monate später schaffen, mit gestärktem Selbstbewusstsein aus ihrem Sieg gegen Pinelly?

Alex war sich nicht sicher, sie wusste nur, dass der Vorstand einen deutlichen Sieg erwartete. Natürlich. Daniel gab die Botschaft knapp und neutral nach Ankunft im Mannschaftshotel an Ted und Michael weiter, die beide wenig amüsiert dreinschauten.

„Ach was. Was sich der Herr nicht alles wünscht. Ihm ist schon klar, dass wir vermutlich nur haarscharf den Europa League-Platz verpassen werden? Wir nicht mal ansatzweise Abstiegssorgen haben müssen? Ist ihm das eigentlich klar?!" Ted wurde merklich ungehalten, während Michael erstaunlich ruhig blieb.

„Ich weiß das genauso gut, wie du, Ted, also schrei nicht so rum." Daniels Blick wurde verkniffen.

„Ich mache hier nur deutlich, was der Vorstand von uns allen, wohlgemerkt, erwartet. Nur das Beste, wie immer. Also, tun wir alles, um das zu erreichen." Ihr Chef hatte dafür nicht mal eine Antwort übrig, mit hochrotem Kopf dampfte er auf sein Zimmer, ließ Daniel etwas ruppig stehen. Alex war erstaunt, Ted reagierte normalerweise nie so, und schon gar nicht gegenüber Daniel. Michael blickte seinem Kollegen gedankenverloren hinterher.

„Im Prinzip kann ich Ted nur zustimmen, aber er ist zur Zeit etwas angespannt, viele Entscheidungen für ihn zu treffen. Aber ich vermute, du wirst unsere Antwort dem Vorstand etwas sanfter rüberbringen, nicht wahr?" Langsam nickte Daniel, dann verabschiedete sich auch Michael. Mit abwartendem Blick wandte sich Daniel an Alex, die ihn unsicher anblickte.

„Hast du Lust, die Spielberichte heute zusammen anzuschauen?" Er hatte ganz leise gesprochen, sodass es sonst niemand mitbekam, aber sie schüttelte sofort den Kopf.

„Daniel, ich habe dir doch gesagt, was ich brauche." Kurz

fasste er Alex am Arm, sah sie eindringlich an.

„Du würdest mich nie wieder mit den gleichen Augen sehen, Alex. Das willst du nicht." Obwohl sie innerlich schwankte, der Ausblick auf einen gemeinsamen Abend mit ihm so verlockend war, blieb sie hart. Sie hatte eine Entscheidung getroffen, es ging hier nicht um eine Lappalie. Daniel war ein gefährlicher Mann, da durfte sie keine Kompromisse eingehen.

„Mein Vater hat gesagt, man weiß nie, wie es wird, bis man es ausprobiert hat. Tut mir leid, Daniel." Schweren Herzens ließ sie ihn stehen. Sie arbeitete bis zwei Uhr nachts, dann lag sie nochmal eine Stunde wach, fand keine Ruhe. Weinte sich in den Schlaf.

Das Spiel gegen Liverpool begann mit einem Schreckmoment und einem guten Start. Das gegnerische Team hatte einen harten Umgang, und als Adam einmal vorpreschte, realistische Chancen auf ein Tor hatte, wurde er extrem unsanft von der Abwehr in die Mangel genommen, gleich zwei Spieler grätschten ihm rein. Russel tat auf dem Platz sein bestes, aber er musste ihn in die Katakomben bringen, für zwanzig bange Minuten war nicht klar, ob mit diesem Spiel Adams Saison vorbei war. Als er an ihr vorbeigetragen wurde, sah Alex Tränen in seinen Augen glitzern, so nah ging ihm diese Situation. Doch erst setzte die daraus resultierende gelbe Karte für beide Verteidiger Liverpool unter Druck, einen Spieler schickte der Trainer vorsichtshalber auf die Bank, wechselte, um ihn vor einer gelbroten Karte und einer möglichen Sperre für die kommende Partie zu schützen. Zum anderen verwandelte Tom den durch das Foul gewonnenen Freistoß in ein wunderschönes Tor, was Liverpool gleich doppelt unter Zugzwang setzte. Sie wurden fahrig, gerieten unter Druck, und trotz des Ausfalls ihres Kapitäns, oder gerade für ihn, hielt die Mannschaft zusammen. Sie machten dicht und ließ praktisch keinen Vorstoß auf ihr Tor zu, egal, wie brutal die Angriffe wurden. Mehr als einmal blieb ein Spieler aus Jatterton auf dem Platz liegen, krümmte sich vor Schmerzen, weil die Jungs aus Liverpool zunehmend frustrierter wurden, mit krasser Härte die Zweikämpfe suchten. Doch nach knapp 94 aufregenden Minuten war es offiziell: Jatterton hatte mit 1:0 gewonnen und zog damit in das Pokalhalbfinale der englischen Liga ein.

Keiner aus dem Verein konnte es so wirklich glauben. Sie hatten einen der renommiertesten Clubs des Landes aus dem Turnier geworfen, so weit war der FC in der gesamten Vereinsgeschichte noch nie gekommen. Die nächsten Stunden verschwanden für Alex in einem Nebel aus Interviews, grölenden Fans und ihrer Mannschaft, die im Bus so sehr auf und ab tanzte, dass er wackelte, die Fahrt kurzzeitig unterbrochen werden musste. Der Trainer gab allen für den heutigen Abend sturmfrei, was in einer feuchtfröhlichen Partynacht im Keller des Hotels endete. Für Alex bedeutete das, dieser unvorhersehbare Sieg nicht nur eine Welle aus Endorphinen. Sie erwischte viel zu viel Bier, hatte natürlich mal wieder kein richtiges Abendessen gehabt, und sah sich selbst wie aus der Vogelperspektive um vier Uhr in der Früh an Daniels Zimmertür klopfen. Schnell zog er sie zu sich rein – und ließ sie für einige Zeit keinen Zentimeter von sich weichen.

Tödlicher Pass

Nach dem überraschenden und auch hier wieder befreienden Spiel gegen Liverpool erhielt Alex' Stimmung jedoch schnell einen Dämpfer. Nicht nur bereute sie ihr Auftauchen auf Daniels Zimmer an diesem Spieltag, es setzte ihr zu, wie sehr sie die gemeinsam verbrachten Stunden genossen hatte. Es tat so weh zu wissen, dass das nicht die Regel war, dass er einfach noch viel mehr tun musste, als guten, nein, phantastischen Sex mit ihr zu haben. Aber nicht das brachte sie letztendlich zum Schleudern, sondern ein relativ ernstes Gespräch, dass sie nur wenige Tage nach dem Weiterkommen im Pokal mit Michael und Ted führte. Ihr Chef hatte sie in Michaels Büro gebeten, kurz hatte sie gedacht, es würde um ihren Vertrag gehen, schließlich waren es nur noch zwei Monate bis zum Saisonende und sie begann langsam zu realisieren, dass sie einen Plan B brauchte. Für eine Zeit nach dem FC Jatterton.

Doch in dem Gespräch ging es nicht darum. Alex durchfuhr es heiß und kalt, als Ted ihr eine streng vertrauliche Mappe in die Hand drückte, auf der nur ein Wort stand. Transfer.

Es war ein normaler und nötiger Vorgang, gegen Ende der Saison eine Bilanz zu ziehen, welche Spieler sich von sich aus umsehen würden, welche man gehen ließ und welche nicht. Alex war klar, dass alleine durch das bisherige Jahr einige Spieler ihren Wert mindestens verdoppelt hatten. Sie hatte BWL studiert, sie wusste, welche Rechenspiele eine Gehaltsklasse über ihr nun durchexerziert werden würden. Doch vorbereitet war sie deswegen noch lange nicht, als sie die Mappe mit schwitzigen Händen umklammerte.

Ted schien zu spüren, dass sie damit kämpfte, aber er baute sie nicht wie sonst auf, blieb erstaunlicherweise hart.

„Schau dir die Mappe heute an, bring sie mir am Abend zurück. Nimm sie mit aufs Klo, das ist kein Scherz. Diese Mappe darf deine Hände nicht verlassen, verstanden? Mich interessiert deine Einschätzung. Sag mir, bei wem es sich lohnt, ihn zu halten." Alex bemerkte Michaels irritierten Blick in Richtung Ted, doch zunächst verkniff sie sich jedwede Frage, hielt sich genau an Teds Anweisung. Sie schloss sich für die nächsten drei Stunden in ihrem Büro ein, leitete ihr Telefon auf die Zentrale um und widmete sich voll und ganz der Mappe.

Doch schon als sie den ersten Spieler sah, wurde ihr übel. Tobi Brandt. Dann folgten fünfzehn weitere Männer, von denen anzunehmen war, dass sie bereits mit ihren Beratern und Scouts in Kontakt standen, vielleicht mit anderen Vereinen verhandelten. Schnell schlug Alex die Mappe wieder zu, versuchte, ihren Atem zu beruhigen. Verdammt. Wieso hatte sie diesen vollkommen natürlichen Abschnitt der Saison bislang ausgeblendet? Sie hatte sich so an die Montagabende im Pub, an ihre Freunde, gewöhnt, dass sie keinen einzigen Gedanken daran verschwendet hatte, wie es wohl wäre, wenn auch nur einer der Jungs nicht mehr neben ihr saß.

Alex wusste, sie musste ihr Privatleben von dieser Mappe trennen, aus rein wirtschaftlichen und psychologischen Gründen analysieren, wen sie vorschlagen würde. Wer vielleicht keine Zukunft in Jatterton hatte und dessen Ablöse hilfreich für Neuzugänge sein könnte.

Sie erstellte für jeden Spieler der Mappe eine einfache Pro und Contra Liste, darunter schrieb sie ihre Empfehlung. Dann fügte sie eine Tabelle bei, welche finanziellen Auswirkungen diese Entscheidungen hätten, welches Honorar sie anpassen mussten, mit welchen Erlösen aus den „Verkäufen" zu rechnen wäre. Alex hatte es geschafft, alles mit einer neutralen Brille zu sehen, achtete nicht darauf, welche Folgen ihre Bewertung vielleicht hätten. Sie wurde zu einer Maschine, die nichts Persönliches dachte, sondern nur die Konsequenz, positiv wie negativ, für den Verein beleuchtete.

Als sie spät am Abend an Teds Bürotür klopfte, die Mappe und ihre Notizen fest unter den Arm geklemmt, rief er sie sofort herein. Sie schloss die Tür hinter sich, reichte ihm die Dokumente über den Schreibtisch rüber.

„Setz dich, Alex. Wir müssen reden." Langsam nickte sie, setzte sich ihm gegenüber.

„Tut mir Leid wegen vorhin, auch für die letzten Tage. Ich..." Er fuhr sich seufzend über sein Gesicht.

„Der Vorstand und ich hatten eine hitzige Diskussion, nennen wir es mal so. Er ist zufrieden mit der Saison, immerhin, das war er noch nie, aber es geht wie immer ums Personal. Aber nicht nur um die Spieler." Er deutete auf die Mappe zwischen sich, als sie instinktiv wusste, auf was Ted hinaus wollte.

„Mein Vertrag wird nicht verlängert, stimmts?" Ted hielt Alex' Blick fest, während sie sich kaum bewegte. In diesem Moment hatte sie keine Idee, wie sie auf diese Situation reagieren würde. Diese Saison hatte sie so mitgerissen, auch mitgeschliffen, sie persönlich und emotional weitergebracht, sie war stolz auf sich, wie sie nach den ersten holprigen Monaten die Kurve bekommen hatte. Wie sie der ganzen Liga gezeigt hatte, dass sie durchhielt. Aber sollte das nach einem Jahr schon vorbei sein?

„Ich weiß es nicht, und das ist mein voller Ernst, Alex. Der Vorstand trifft die Entscheidung, Michael, Daniel und ich haben einstimmig für deine Verlängerung votiert. Es kann aber

287

noch dauern, bis der Vorstand sich entscheidet. Ich will, dass du das weißt, und auch, dass wir drei zu tausend Prozent hinter dir stehen." Ted atmete wieder tief durch, griff nach einer weiteren Mappe neben sich.

„Ich tu das nicht gerne, wirklich nicht. Hier sind... ein paar Kontakte, die schon starkes Interesse bekundet haben." Sie verstand nicht, was Ted meinte, so musste sie auch geschaut haben, denn etwas rabiat warf er ihr die Mappe rüber.

„Andere Vereine, Alex. Nicht nur Englische. Sie sehen, wie du ein Team unterstützen kannst, mit voller Leidenschaft und Einsatz. Das ist aufgefallen." Immer noch sprach Alex' Gesicht Bände, da schüttelte er ungläubig den Kopf, beugte sich schließlich zu ihr vor.

„Es wird Zeit, dass du dir ein wenig Gedanken über deine Zukunft machst. Sollte der Vorstand unserer Empfehlung nicht folgen. Es könnte nicht schaden, da ein kleines Druckmittel in der Hand zu haben." Wieder deutete er auf die Mappe.

„Oder du suchst dir gleich einen neuen Arbeitgeber."

Sie brauchte einige Stunden, bis sie das Gespräch mit Ted verstanden hatte, sich den Konsequenzen wirklich bewusst wurde. Ted hatte ihr einen Plan B ans Herz gelegt, denn augenscheinlich sah er nicht viel Hoffnung, dass Alex in Jatterton würde bleiben können. Obwohl sie eine sehr gute Leistung brachte, der Mannschaft sichtlich guttat, sie stärkte und ein Stück weit auch zusammenhielt. Es fiel ihr ziemlich schwer, dass nicht als Klatsche zu interpretieren. Aber ihre aufkeimende Wut richtete sich nicht gegen ihren Chef.

Es war nach Mitternacht, als sie eine Nachricht verschickte, trunken vor Wut und Müdigkeit, ohne viel nachzudenken.

„Wie kannst du eigentlich mit so einem Chef zusammenarbeiten, wie kannst du ihm regelmäßig in die Augen schauen und ihn verteidigen? Was ist sein verdammtes Problem?!"

Niemals hätte Alex das schreiben sollen. In einer obskuren Anwandlung überfiel sie Panik, weil sie sich vorstellte, dass der Vorstand aus seiner Zeit vor dem Verein über Geheimdiensttechnik verfügte, die Nachrichten ihres Smartphones mitlesen konnte.

Dann wurde Alex wieder realistisch, hielt sich die möglichen Konsequenzen nüchtern vor Augen. Sollten sie sich doch feuern. Sie hatte die Mappe mit Teds Empfehlungen bei sich, ihren Notfallplan. Was konnte ihr schon Schreckliches passieren? Im schlimmsten Fall zog sie zurück nach Deutschland, nahm einen simplen Job in einer Wirtschaftskanzlei als Beraterin an, verdiente wieder einen Haufen Geld, um mehrmals im Monat zu ihren Freunden nach England zu jetten.

Natürlich war es nicht so einfach, das war Alex mehr als klar. Damit brach sie in Tränen aus, schmiss vor Verzweiflung und Enttäuschung mit Kissen um sich. Dieser Bastard von Vorstand, dachte sie sich immer und immer wieder, was musste man nur machen, um ihn von sich zu überzeugen?

In dem Moment klingelte es, sie zuckte zusammen, doch als sie die Stimme hörte, wurde sie entspannter. Sie hatte die Tür noch nicht ganz geöffnet, da stürmte Daniel schon hinein, blickte Alex fassungslos an.

„Spinnst du eigentlich, wie kannst du sowas mitten in der Nacht schreiben? Was ist passiert?" Sie schüttelte hilflos die Arme. Sie bemerkte nur am Rande, dass er sich einfach Jogginghosen und Shirt übergezogen hatte, kein Gel mehr in den Haaren, nicht wie sonst frisch rasiert war. Er hatte einen harten Arbeitstag hinter sich und Alex brachte ihn gerade um wertvolle Stunden Schlaf. Doch er war hier.

„Ted hat es mir gesagt. Das meine Vertragsverlängerung beim Vorstand zur Entscheidung liegt. Was soll die Scheiße,

Daniel, habe ich diese Saison nicht einen guten Job gemacht, wieso straft er mich dafür ab?" Daniels Gesichtszüge zuckten, Alex wusste sofort, dass er sich beherrschen musste, nicht die ganze Wahrheit preiszugeben. Mittlerweile kannte sie ihn zu gut.

„Ich weiß es nicht, Alex, ich kann es dir nicht sagen." Er zögerte, griff dann nach ihrer Hand, drückte sie fest. Zu seinem Erstaunen wich sie nicht zurück, zumindest noch nicht.

„Der Vorstand ist auch mir gegenüber zur Zeit zurückhaltend." Das versetzte Alex in blanke Panik, anstelle sie zu beruhigen. Sie tigerte in ihrem Wohnzimmer auf und ab, während er mit verschränkten Armen vor dem Fernseher stand, sie genau beobachtete.

„Daniel. Du bist sein Assistent, sein Schüler, seine Augen und Ohren im Verein. Wie kannst du sagen, dass er zu dir zur Zeit zurückhaltend ist?" Ihre Stimme klang schrill und verzweifelt. Es war ihr egal, wie sehr Daniel Schwäche hasste, doch heute konnte sie sie nicht beherrschen. Daniel seufzte tief, ging auf Alex zu, packte sie diesmal an beiden Händen.

„Alex, hör mir zu. Piotr hat schon immer mal wieder sein eigenes Ding gemacht. Mir ab und zu Dinge hinterher offenbart. Es hatte immer einen Grund. Ich weiß, dass mein Wort bei ihm zählt, Ted hat dir sicherlich erzählt, dass unsere Empfehlung an ihn sehr klar ist, wir haben das auch mit harten wirtschaftlichen Fakten untermauert, weil er auf sowas meistens mehr Wert legt, als auf die Soft Skills." Er hielt ihren Blick gefangen.

„Ich kämpfe für dich, Alex, darauf kannst du dich verlassen."

Daniel klang mit aller Gewalt selbstsicher, optimistisch und hoffte, Alex damit aus ihrer Rage befreit zu haben. Wäre er doch selbst nur von seinen Worten so überzeugt. Wenn er ganz ehrlich zu sich war, hatte sich Piotr seit einigen Monaten von ihm entfernt, er ließ ihm zwar freie Hand im Verein, aber sein Feedback oder Anweisungen waren von einer gewissen Schärfe geprägt, die er nicht kannte. Daniel hatte eine Vermutung, doch sollte die stimmen, würde Alex ihren Vertrag nicht verlängert bekommen und er selbst weiß Gott wo landen. Spekulationen, die keinem nützten, und Daniel würde den Teufel tun und seinen Chef darauf ansprechen.

Denn jetzt war er hier, bei Alex, mitten in der Nacht. Es war nicht fair von ihm, aber er ergriff dankbar jede Gelegenheit von Nähe von ihr. Anscheinend spürte sie seinen Sinneswandel, sie sah ihn abwartend an. Immer noch standen sie dicht beieinander, er nahm ihre Hände.

„Ich glaube dir, dass du für mich kämpfst, Daniel." Ihre Stimme war kaum mehr als ein Flüstern, sie lehnte sich tatsächlich an ihn, schlang die Arme um ihn. Er hielt sie fest, wollte sie nicht loslassen, sog ihren Duft ein, genoss das Gefühl, ihr Sicherheit zu schenken. Doch dann versteifte sie sich etwas, sie blieben in ihrer Umarmung, Alex streichelte sogar sein Gesicht, ihr Blick jedoch abwartend.

„Erzähl es mir, Daniel. Alles." Er zuckte zurück. Dachte an seinen Chef. Und fand nach langer Zeit endlich den Weg, sich von ihr fernzuhalten. Brutal, gemein, aber simpel.

„Es geht nicht. Mein Leben gehört Piotr, dem Verein. Es ist kein Platz für etwas oder jemand anderen. Das solltest du langsam verstehen und akzeptieren. Es ist besser so."

„Was?" Ihr fassungsloses, plötzlich gezeichnetes Gesicht traf ihn hart.

„Du hattest von Anfang an Recht. Du solltest dich nicht auf mich einlassen. Also tu es nicht." Er löste sich und ging, ohne sich zu verabschieden. Aber er tat das Richtige. Wenn er sich von ihr entfernen würde, kehrten Piotr und er wieder zur Normalität zurück, Alex bekam ihren Vertrag verlängert und alles würde so wie früher werden.

Während der Vorbereitung auf das Pokalhalbfinale rückte der normale Ligabetrieb fast schon in den Hintergrund. Michael schonte seine besten Spieler für das Halbfinale gegen Chelsea, noch so ein Angstgegner, gegen den sie in der Liga nicht hatten gewinnen können. Es gab insgesamt nur noch vier reguläre Ligaspiele, zwei jeweils vor und nach dem Pokalspiel. Das Saisonende rückte also mit großen Schritten voran.

Für Alex wurde diese Zeit eine Phase, in der ihre gesamte Zukunft am seidenen Faden hing. Es fühlte sich an, als würde plötzlich ihr ganzer Lebensinhalt an Jatterton hängen. Das Gespräch mit Ted, ihre Einschätzung zu bestimmten Spielern, ihre Zukunft, hinter allem stand ein Fragezeichen. Noch hatte sie keinen der Empfehlungen, die Ted für sie arrangiert hatte, angesprochen. Wenn nicht in dieser Stadt, wusste sie nicht, ob sie überhaupt in der Branche bleiben wollte. Selbst obwohl der eine oder andere renommierte deutsche Fußballclub Interesse bekundet hatte. Personen, die sie bislang nur aus dem Fernsehen kannte. Aus Clubs, die sie bereits als Kind angehimmelt hatte. Aber war das wirklich sie? Hatte die Zeit in Jatterton nicht ihre Spuren hinterlassen?

Eine diese Spuren war schon heute Daniel. Die Nächte, in denen sich Alex vor Wut und Trauer ob seines Verhaltens in den Schlaf weinte, nahmen wieder zu, aber sie redete sich ein, dass es bald vorbei sein würde. Und wie sich die Saison dem Ende zuneigte und eine Nachricht vom Vorstand Tag für Tag ausblieb, bereitete auch sie sich innerlich auf ihr eigenes Ende vor. Und das Ende ihrer Zeit mit Daniel. Ein harter Schnitt, aber irgendwann würde der Schmerz vergehen. So war es ihr schon mal gegangen. Schmerz wurde erst ein beständiger Teil, dann verschwand er in den Hintergrund.

In dieser Stimmung versuchte sie, die Jungs zu ihrem Spiel gegen Chelsea zu motivieren. Überraschenderweise gelang ihr das Recht überzeugend – im wahre Gefühle unterdrücken war sie diese Saison anscheinend ganz gut geworden. Die Männer hatten ihre Euphorie der letzten Begegnungen behalten, sie waren motiviert und optimistisch. Sie hatten das unmögliche geschafft und einen mehrmaligen englischen Meister aus dem Pokal gekickt, wieso sollten sie es also nicht nochmal schaffen?

Die Partie gegen Chelsea wurde emotional, aufgeladen, aber sehr spannend. Obwohl die gegnerische Mannschaft früh in Führung gegangen war, gelang es Jatterton bis kurz nach der Halbzeitpause, dem Gegner zwei Tore abzuluchsen, jetzt kämpften sie mit aller Gewalt, um diesen Punktestand zu halten. Die Mannschaft gab alles und für jeden auf der Bank war dieses Spiel das nervenaufreibendste der ganzen Saison. Chelsea war zäh, biss sich immer wieder durch das Mittelfeld in die Abwehr der Jungs, und nicht nur ein Mal parierte Tobi mit einem spektakulären Einsatz. Das Stadion tobte, Alex' Pulsschlag blieb stetig hoch, ihr Mund war trocken, sie atmete schnell. Auch Ted und Daniel waren extrem angespannt, die komplette Bank saß wie auf heißen Kohlen.

Bis es geschah. Erst nahm sie es nur aus dem Augenwinkel wahr, doch als sie den Blick hinwandte, wusste sie instinktiv, dass etwas sehr Schlimmes passiert war. Ihr ganzer Körper spannte sich wie ein Bogen an, ein eiskalter Schauer lief von ihren Zehen bis hoch zu ihrem Scheitel, ihr Herz setzte einen Moment aus.

Mark. Wie nebenbei hatte sie gesehen, dass er hingefallen war, doch als er nicht mehr aufstand, hatten es alle bemerkt. Irgendetwas stimmte nicht. Er bewegte sich nicht, zuckte ganz leicht unnatürlich.

Sofort wollte Alex hinrennen, aber Ted hielt sie zurück.

„Die Sanis, Alex." Seine Stimme war so angespannt, dass spätestens jetzt klar war, dass wirklich etwas richtig schief lief. Sie rief über ihr Mikro nach Russel, während Adam als erster auf dem Platz erkannt hatte, dass sein bester Mittelfeldspieler nicht mehr anspielbar war. Er sprintete zusammen mit den Sanis hin, als der Schiedsrichter endlich die Situation registrierte und abpfiff. Nur am Rande nahm Alex wahr, wie der Chelsea-Block sich furchtbar aufregte – doch nicht lange.

Ein Strudel, der ihr den Boden unter den Füßen wegzog. Sie spürte, wie sie anfing zu zittern, das Gleichgewicht verlor, aber gleichzeitig solche Gewichte auf ihre Schultern fielen, dass sie komplett stillstand. Marks Augen standen unnatürlich offen, der Blick seltsam leer. Immer noch war er nicht ansprechbar.

Es verging eine schier endlose Minute. Die Bank stand regungslos vor ihren Sitzen. Alex schaffte es nicht mal, Blickkontakt zu ihren Jungs auf den Platz zu suchen, sie starrte wie gebannt auf die Sanis, die sich jetzt zu fünft um Mark scharrten. Schnell bildete die Mannschaft einen Kreis um ihren Mitspieler, um ihn von den Kameras zu schützen. Trotzdem sah Alex und vermutlich das ganze Stadion, wie Russel erst eine Herzdruckmassage ausführte, dann den Defibrillator herauszog. Sie schloss die Augen. Die komplette Arena war von einer entsetzten Stille gepackt, niemand sprach ein Wort, keine Gesänge, kein Applaus. Eine unnatürliche Atmosphäre. Ein Alptraum.

„Alex, geh mit ihnen." Ted riss sie am Ärmel und damit aus ihrer Schockstarre. Kurz sah sie ihren Chef an. Noch nie hatte sie ihn so gesehen, erstarrt, aber dennoch so kraftvoll, ihr klare Anweisungen zu geben.

„Los, jetzt!" Weil Alex riskierte, den Anschluss zu verlieren, schob er sie am Arm in Richtung Eingang der Katakomben. Sie registrierte kaum, wie Russel auf Mark kniete, eine Herzdruckmassage ausführte, während die weiteren vier die Trage schnellen Schrittes aus dem Blickfeld des Stadions verfrachteten. Alex kämpfte noch mit ihrem Headset, das sie letztendlich wegriss, vermutlich mit einem Teil der Haare, dann ließ sie es einfach fallen. Sie dachte nicht nach, fragte sich nur, wieso ausgerechnet sie Mark folgen musste. Kalte Angst, dass die Sanitäter ihn nicht mehr wach bekamen, packte ihren ganzen Körper und drückte mit aller Gewalt zu. Ihr wurde schlecht, sie würgte, unterdrückte es wieder, bis sie am Krankenwagen angekommen waren. Der Motor lief schon, Blaulicht war an, Russel sprang nach vorne, um das Krankenhaus zu informieren, wie er ihr wie durch eine Wolke zurief, Mark wurde reingeschoben, Alex direkt hinterher.

„Nimmt er irgendwas?" Der Krankenwagen war so schnell losgefahren, dass sie Mühe hatte, sich auf dem schmalen Sitz zu halten, während ein Sanitäter mühelos weiter seine Druckmassage ausführte. Der Zweite, den Alex erst jetzt bemerkte, hatte sie angesprochen und diverse Schläuche und Kanülen an Mark befestigt, einen davon in seine Nase, dann Eis auf seinem Körper verteilt. Alex hatte keine Ahnung, was er da tat.

„Hey, nimmt er was? Ampullen, Pillen, Drogen?", schrie er sie schließlich an, weil sie immer noch nicht reagierte. Ganz vorsichtig, wie in einer dumpfen Blase, nickte sie. Sie würde einen Arzt nicht anlügen, wenn es um Marks Leben ging.

„Pillen, ich weiß nicht, welche." Schnell murmelten die beiden ein paar medizinische Begriffe, die Alex nicht verstand, dann fuhr der Krankenwagen wieder eine steile Kurve und sie fiel endgültig von ihrem Stuhl, schlug sich schmerzhaft den Kopf an. Keiner nahm davon Notiz, am wenigsten vermutlich sie selbst, denn in diesem Moment fingen einige Geräte, an die Mark mittlerweile angeschlossen war, an zu piepsen. Der Sanitäter klopfte nach vorne, plötzlich tauchte Russel wieder auf.

„Er ist wieder da, wie lange?" Kurz fragte sich Alex, woher der andere Sanitäter denn zum Teufel wissen sollte, wie lang Mark wieder bei Bewusstsein sein würde, als ihr klar wurde, dass es sich um eine ganz andere Zahl handelte. Sie wollten abgleichen, wie lang Marks Herz nicht geschlagen hatte.

„Sieben Minuten." Wieder gelang es Alex nicht, großartig

zu reagieren, denn der Krankenwagen kam zum Stehen. Sie wurde unsanft zur Seite gedrückt, ihr Freund an ihr vorbeigeschoben. Kurz erhaschte sie einen Blick auf ihn, doch seine Augen waren geschlossen. Wenigstens nicht mehr diese abwesenden, leeren Augen, dachte sie, während sie der Trage und Mark ins Krankenhaus folgte. Es war schon eine Schar von Ärzten da, die Mark sofort in ihre Mitte nahm, die Sanitäter ließen los, blieben zurück, als Alex von einem Arzt beiseitegenommen wurde.

„Ms. Müller, schreiben Sie Ted, dass sein Herz wieder schlägt. Das wird alle beruhigen. Wenn es Neuigkeiten gibt, gebe ich Ihnen sofort Bescheid. Ansonsten sollen Ted und Michael sofort kommen. Ich muss alles wissen, verstanden?" Schnell nickte Alex, während sie erst jetzt realisierte, dass sie ihr Handy die ganze Zeit verkrampft in der Hand gehalten hatte. Fahrig und zittrig tippte sie wie befohlen eine SMS an Ted, als der Arzt, der von irgendwoher ihren Namen kannte, ihr eine Hand auf die Schulter legte.

„Sie wissen nicht, was er genau genommen hat?" Nein. Sie sollte, aber sie wusste es nicht. Hatte keine Ahnung, was einer ihrer besten Freunde sich vermutlich tagtäglich reinzog, um weiter die starke Leistung abzuliefern, die jeder von ihm erwartete. Unverhofft stiegen ihr die Tränen in die Augen, sie schlug sich verzweifelt vor den Mund. Sie hatte versagt. Wegen ihrer Zurückhaltung, ihrer Feigheit starb Mark vielleicht jetzt.

„Machen Sie sich keine Vorwürfe." Das half nicht wirklich, das war dem Arzt genauso klar, wie Alex, doch er warf ihr einen letzten aufmunternden Blick zu, dann ließ er sie mitten im Gang stehen. Um sie herum wuselte das Krankenhaus weiter, Ärzten rannten vorbei, Schwestern mit Klemmbrettern und Medikamentenpackungen huschten durch die Flure, ohne das Alex groß Notiz davon nahm. Sie war unfähig, sich zu bewegen, zu realisieren, was sich in diesem Moment abspielte. Es ging um Marks Leben. Sie war gerade mal 25 Jahre alt, keiner in ihrer Familie war gestorben, geschweige denn einer ihrer Freunde und Bekannte. Sie war in keinem Alter für den Tod. Und doch hatte sie ihm ins Auge gesehen. In Marks Auge, war mit ihm gefahren, kaum einen Meter entfernt. Fürs Erste war Mark ihm von der Schippe gesprungen – nur wer wusste, wie lange. Und das vielleicht auch wegen ihr, weil sie nicht den Mut aufgebracht hatte, ihren Freund anzusprechen, ihn von seiner Dummheit abzuhalten.

Sie konnte nicht sagen, wie lang sie dort stand, es war aber bestimmt eine halbe Stunde vergangen, als jemand sie hektisch an der Schulter packte.

„Alex, gibt es schon Neuigkeiten?" Ted sah sie aufmerksam an, bleich im Gesicht, während Michaels Kopf hochrot leuchtete, er sich fahrig nach einem Arzt umsah. Dann sah Alex Daniel, auch er mit versteinerter Miene, der Blick ruhig auf sie gerichtet.

Sie brachte gerade mal ein Nein raus, da stiegen ihr die Tränen wieder in die Augen, sie packte Ted am Arm. Vermutlich sprach ihre Verzweiflung Bände, denn Teds Gesichtsausdruck veränderte sich. Er wurde sanfter, verständnisvoller. Er wusste genau, mit was sie kämpfte.

„Es ist ok, dass du es ihnen gesagt hast, Alex. Wir haben alle unsere Vermutungen und die Ärzte entsprechend vorgewarnt, wenn so ein Fall auftreten sollte. Du hast alles richtig gemacht." Auch wenn Alex für einen kurzen Moment erleichtert war, konnte sie Ted nicht komplett zustimmen. Sie hatte eben nicht alles richtig gemacht. Jeder von ihnen. Aber das würde sie zu einem späteren Zeitpunkt klären. Mit sich selbst und mit Ted. Doch mit einer Absolution würde sie von niemanden rechnen können, das war ihr bereits jetzt klar.

„Dr. Jason!" Alex und Ted zuckten zusammen, als Michael über den ganzen Flur brüllte und dem Arzt, mit dem auch sie vorhin geredet hatte, zuwinkte. Schnellen Schrittes kam er auf ihre Gruppe zu. Erst jetzt realisierte sie, dass Dr. Jason ein recht junger Arzt war, doch sein verknittertes und dürres Gesicht zeugte von einem erlebnisreichen Leben. Tiefe Falten zierten seine Stirn, seine dunklen Augen wirkten müde.

„Wir haben ihn reanimieren können, aber er ist in ein Koma gefallen, an sich nicht ungewöhnlich, er war sieben Minuten ohne Sauerstoffversorgung nach einem Herzinfarkt. Wir kriegen seine Vitalfunktionen soweit stabilisiert, aber wir wissen alle, dass das nur eine Momentaufnahme ist." Michael fuhr sich fahrig durch die Haare, während Alex und Ted Dr. Jason nur konzentriert anstarrten. Daniels harte Stimme riss sie aus ihrer Trance.

„Konnten Sie etwas nachweisen?" Für einen kurzen Moment zögerte der Arzt, er hielt zwar Daniels einnehmendem Blick stand, aber Alex sah die plötzliche Angst.

„Ich kann den Test maximal eine halbe Stunde rauszögern, dann muss ich mich an das Protokoll halten." Ted und Michael nickten, doch Daniel war damit nicht zufrieden. Er drängte sich an den beiden vorbei, blieb ganz nah an Dr. Jason stehen und flüsterte ihm etwas ins Ohr, sodass die anderen ihn nicht mehr hören konnten. Obwohl das Gesicht des Arztes bleicher wurde, hielt seine Stimme dem offensichtlichen Druck stand.

„Wie gesagt, ich kann eine Verschiebung der Blutentnahme nicht länger als maximal eine halbe Stunde herauszögern, tut mir leid, Daniel." Daniel wollte etwas erwidern, doch Ted legte ihm eine Hand auf die Schulter, während Michael ihn nicht aus den Augen ließ, wie als erwarte er einen Wutausbruch. Und so wie Daniel Dr. Jason anstierte, erwartete Alex das auch.

„Wir haben gemeinsam ein Protokoll festgelegt, Daniel, mit dem wir alle mitgehen können." Teds Stimme klang ruhig und bestimmt, aber zu aller Überraschung hörte Daniel sogar darauf, trat einen Schritt zurück, fuhr sich nur fahrig übers Gesicht.

„In Ordnung, Dr. Jason. Wir bleiben hier und warten." Ted führte Daniel etwas abseits, während Michael sein Handy beackerte.

„Wir müssen Elaine informieren, sie muss allen ein Zeichen geben, vor allem der Mannschaft, das Mark zumindest erstmal am Leben ist." Alex stand immer noch wie gelähmt da, zwischen Ted und Daniel, die intensiv, aber leise diskutierten, und Michael, der mit Elaine telefonierte, eine Presseerklärung instruierte und wie die Männer informiert werden sollte.

„Was ist mit dem Spiel?", flüsterte sie irgendwann. Es war eine Nebensache, aber in dem Moment sprang es ihr so intensiv ins Gedächtnis, dass sie selbst davon erschreckte.

„Es wurde beendet. Keiner konnte mehr spielen. Die Liga hat entschieden, den Spielstand zu diesem Zeitpunkt als Endergebnis einzutragen", gab der Trainer knapp zurück, doch sie blieb wie gelähmt. Der Sieg, das Weiterkommen im Pokal war ihr egal – sie dachte nur an Mark.

Ted und Daniel traten zu Michael und Alex, senkten ihre Stimmen, als sie ernst, aber ohne Aufregung sprachen.

„Wir müssen uns auf das Schlimmste vorbereiten. Wir alle kennen die Erklärung, die in unseren Verträgen enthalten ist. Wir wissen nichts von illegalen Substanzen, es gibt nur die durch den Verein ausgegebenen und protokollierten, legalen Mittel." Alex schloss die Augen, während Daniel fortfuhr. Natürlich, die Verschwiegenheitsklausel. Sollte sie auch nur einen falschen Satz sagen, würde der Club sie auf Millionen Schadenersatz verklagen.

„Wenn die Spieler etwas genommen haben, dann auf deren Verantwortung, wir sind raus. Jeder von uns..." Da blieb sein Blick an Alex haften, die in diesem Moment wieder zu klarem Verstand kam, „muss sich tausendprozentig sicher sein, dass er nicht nur vor den Kameras, sondern auch vor den Kontrolleuren der Liga eindeutig und klar Position bezieht. Kein Doping, nicht in Jatteron." Ted stockte kurz.

„Ich weiß, wir handeln exakt nach dem Protokoll, dass der Vorstand abgesegnet hat. Müssen wir uns rückversichern?" Daniel nickte.

„Ja. Ich mache mich auf den Weg, bis dahin müssten die Ergebnisse ja vorliegen. So verlieren wir keine Zeit." Immer noch nahm Alex kaum wahr, was sich eigentlich wirklich um sie herum abspielte. Welche Entscheidungen gerade getroffen, welche Szenarien durchgespielt wurden.

„Ok. Michael, sind die Spieler im Vereinsgebäude zusammen und informiert?" Der Trainer nickte.

„Sie sind extrem unruhig, aber Elaine hat ihnen soeben gesagt, dass er lebt. Sie wird gleich herkommen. Kendra Davies habe ich bislang nicht ans Telefon bekommen. Russel schicke ich zu der Mannschaft, nicht dass uns dort noch jemand umklappt." Apropos umklappen, Alex' fühlte ihre Beine nicht mehr, wollte sich aber keine Schwäche eingestehen. Es war sowieso alles gesagt, also trat sie ein paar Schritte zurück, setzte sich auf einen Klappstuhl. Starrte nur gerade aus, ohne Regung in ihrem Gesicht. Und hoffte einfach, dass Mark der Sturschädel geblieben war und sich durchkämpfte. Überlebte.

Eigentlich hatte Daniel keine Angst vor Piotr. Aber wenn sein Boss eines nicht leiden konnte, waren es Schwierigkeiten im Verein. Und sie hatten Schwierigkeiten, grundlegende, die ihre weitere Saison, scheiße, den ganzen Club gefährden konnten.

Vor wenigen Minuten waren Davies Blutergebnisse gekommen. Positiver Dopingtest. Es würde nicht lange dauern, die Presse würde Wind davon bekommen. Also musste Piotr entscheiden, wie sie vorgingen. Angriff, mit den Infos einfach raus damit? Alles abstreiten? Ein Dopingvorwurf konnte den ganzen Verein in Verruf bringen.

Weil Entscheidungen zügig, aber ohne Zeugen getroffen werden sollten, trafen sich Daniel und sein Mentor auf halbem Weg zwischen Jatterton und London irgendwo auf dem Land, auf einer verlassenen Landstraße. Piotrs Leute blieben im Auto sitzen, nur die beiden standen mitten auf dem Feld, Handys hatten sie in den Wägen gelassen. Bloß kein Risiko eingehen.

Schon als sie aufeinander zugingen, erkannte Daniel, wie sein Chef außer sich vor Wut war, er schäumte förmlich über.

„Ich dachte, wir hätten den Beratern gesagt, die Jungs sollen nichts nehmen, was sie umbringt! Ich dachte, du wärst klar genug gewesen, Daniel!", herrschte er ihn schon an, als sie kaum drei Meter entfernt waren.

„Das habe ich, das kannst du mir glauben", gab Daniel zerknirscht zurück, doch Piotr glaubte ihm augenscheinlich kein Wort.

„Anscheinend nicht deutlich genug!" Daniel war erstaunt. Ja, sie saßen in der Scheiße. Aber Piotr schien darüber hinaus etwas gehörig gegen den Strich zu gehen. Sofort spannte er sich merklich an. Der Vorstand wusste etwas, das spürte er mit einem Mal in seinem ganzen Körper. Und dass er diese Erkenntnis nicht mit ihm geteilt hatte, bedeutete mit Sicherheit nichts Gutes. Wie immer war sein Boss ihm einen Schritt voraus, er musste improvisieren. Hoffentlich.

„Du kennst das Protokoll, der Verein wusste natürlich nichts, die Kontrolleure können alles auseinander nehmen, sie werden auf dem Trainingsgelände nichts finden, wir sind zu voller Kooperation bereit, blablabla. Hat er es überhaupt überlebt?" Daniel sah Piotr an, auf der Suche nach einer Winzigkeit von Mitgefühl. Doch davon war nichts zu sehen, seine Augen waren kalt und berechnend. Ihm lief ein Schauer über den Rücken, als sein Chef seinen Blick festhielt, seine Macht und Härte genoss.

„Wie es scheint, schon. Er liegt im Koma, die Ärzte sind nicht sicher, ob er daraus wieder aufwacht." Immer noch ließen die Männer sich nicht aus den Augen. Beide wussten, gleich würde die Situation eskalieren, aber aus einem ganz anderen Grund, als sie zunächst annahmen.

„Ich bin wirklich enttäuscht von dir, Daniel. Ich dachte, ich könnte dir den Verein in die Hände legen, du hättest alles unter Kontrolle. Stattdessen wird diese Saison immer schlimmer, ein Skandal nach dem anderen. Diese Schlampe von Team Managerin, unkontrollierbare Hooligans, jetzt Doping." Früher hätte Daniel sofort klein beigegeben. Aber heute wusste er, dass die Jungs eine klasse Saison spielten, mehr, als man von ihnen hätte erwarten können. Und in jedem Verein dopte der eine oder andere Spieler, das war ein offenes Geheimnis. Hin und wieder übertrieb es einer, so wie Davies, aber die meisten waren so klug und ließen sich nicht erwischen. Doch dieses Thema lag nicht in seiner Reichweite, er konnte nicht jeden der Männer jeden Tag jede Sekunde überwachen. Das wusste Piotr, machte es ihm dennoch zum Vorwurf. Abwartend fixierte er seinen Chef also nur.

„Du hättest es kommen sehen müssen, Daniel." Langsam ging er weiter auf Daniel zu, doch er wich nicht zurück. Was auch immer sein Mentor mit ihm vorhatte, denn etwas war es, das sah er in seinem Blick, er würde nicht kuschen, sondern mit erhobenem Haupt wegfahren.

„Genauso, wie du das hier hättest kommen sehen müssen." Piotr holte so schnell aus, dass er kaum eine Chance hatte. Besonders, als er spürte, dass Piotr unbemerkt einen Schlagring um seine Knöchel gelegt hatte und so die Wucht des Schlags ins schier Unerträgliche gesteigert hatte. Daniel hörte das Knacken seiner Rippen durch den ganzen Körper vibrieren. Sein Kopf war nach unten gebeugt, aber er war nicht in die Knie gegangen, auch wenn ihm kurzzeitig schwummrig wurde. Während er versuchte, sein Adrenalin gegen die Schmerzen zu lenken, er nach Luft japste, sprach Piotr bedrohlich weiter. Rückte endlich mit seinem wahren Problem mit ihm raus.

„Hast du wirklich gedacht, ich merke es nicht? Dass du und diese kleine Schlampe was miteinander habt? Vor allen Augen? Nicht genug, dass die ganze Liga über euch spekuliert, ich muss es auch noch live auf meinen eigenen Bildschirmen mit ansehen?" Das Blut rauschte Daniel so stark in den Ohren, als Piotr den echten Grund für seine Wut preisgab, dass er den nächsten Schlag wieder nicht kommen sah, entgegen täglichem Training, seiner verdammten Kampferfahrung, war er vor Angst komplett erstarrt. Er wusste von Alex und ihm.

Mit aller Wucht schoss Piotrs Fuß ins Daniels rechte Kniekehle, er sackte stöhnend zusammen, dann trafen ihn auch schon die nächsten Schläge. In den Rücken, in die Seiten. Er konnte kaum atmen, kämpfte mit dem Bewusstsein, das Adrenalin, dass verzweifelt versuchte, seinen Körper wieder auf Spur zu bringen, wurde dem nicht mehr Herr. Alles, was er schaffte, war seine Hände am Boden vors Gesicht zu heben, um wenigstens ein bisschen Schutz vor den einprasselnden Einschlägen zu haben.

Als Piotr schließlich aufhörte, zog er Daniel an seinen Haaren wieder auf die Knie. Doch er hatte nicht mal mehr Kraft, zu schreien. Sein ganzer Körper war ein einziges Schmerzzentrum, was machte es da schon für einen Unterschied, woher der Schmerz tatsächlich kam.

„Denk an Ana. Du hast selbst gezählt, in wie vielen Teilen sie mir diese Bastarde zurückgeschickt haben. Das willst du doch für Alex nicht auch riskieren, oder?" Piotr seufzte tief.

„Das ist meine letzte Warnung, Daniel. Krieg dich wieder in den Griff. Du kannst sie nicht haben, du gehörst mir, für immer." Ein stechender, brutaler Schmerz in seinem linken Bein. Als Piotr ihn losließ, sackte er kraftlos in sich zusammen, unfähig, nur einen Muskel in seinem Körper anzustrengen. Irgendwann würde das vielleicht wieder gehen. Aber erstmal umgab ihn Dunkelheit.

Die Ärzte ließen weder Michael oder Ted noch Alex oder einen von Marks Freunden zu ihm, solange seine Vitalwerte nicht weiter stabilisiert waren. Die Jungs waren von Michael unter lautstarken Protest wieder nach Hause geschickt worden, er, Ted und Alex selbst tigerten im Warteraum auf und ab, von Zeit zu Zeit tauchte Dr. Jason auf und berichtete von winzigen, aber stetigen Verbesserungen. Der Abend verging, es wurde Nacht, dann endlich durften sie zu ihm.

„Alex, ich weiß nicht, ob Sie das sehen sollten", wollte Michael sie aufhalten, doch daran dachte sie nicht mal im Traum.

„Vergessen Sie's, Michael. Er ist mein Freund." Alex ließ keine Diskussion zu, also folgte sie den beiden Männer auf die Intensivstation. Schaute bestimmt schon zum hundertsten Mal auf ihr Handy. Noch immer keine Nachricht von Daniel, wie es mit dem Vorstand gelaufen war. Sie hatten vereinbart, er würde ein kurzes Handzeichen geben, ob Elaine eine Pressekonferenz einberufen sollte. Aktuell befanden sie sich im Wettlauf mit der Presse, wer zuerst preisgab, dass Mark gedopt hatte. Sie waren sich vor Daniels Abreise einig, dass der Verein den ersten Zug machen musste, für seine Glaubwürdigkeit. Doch Daniel wollte das ok vom Boss, aber es blieb aus.

Marks Zimmer war erfüllt von Piepsen und dem stetigen Rauschen von Maschinen. Zu Alex' Überraschung sah er fast schon aus, wie immer. Sie hätte einen Verband erwartet, wie nach einem Unfall, doch das Einzige, was in seinem Körper versagt hatte, war sein Herz. Das konnte man nicht verbinden, nicht einfach reparieren, zumindest nicht in diesem Fall. Stattdessen führte ein Schlauch in seinen Hals, um die Sauerstoffzufuhr in sein Gehirn zu gewährleisten. Mehrere Infusionen waren ihm angelegt worden, daneben zeichneten Elektroden an seinem Kopf die Hirnaktivitäten auf.

„Bis jetzt können wir nicht sagen, was die sieben Minuten bei ihm angerichtet haben. Es kann von „es ist gar nicht passiert" bis zu starken Einschränkungen in motorischen und physischen Fähigkeiten reichen. Genaues wissen wir erst, wenn er wieder aufwacht." Dr. Jason kontrollierte einige Werte, trug sie auf einen Zettel ein, dann sah er Michael und Ted mit traurigem Blick an.

„Ihnen ist hoffentlich klar, Sie müssen hier irgendwann raus. Spätestens im Morgengrauen habe ich sonst das ganze Krankenhaus voll mit Journalisten. Das geht nicht, das kann ich keinem meiner Patienten und auch meinem Personal nicht antun." Langsam nickte Ted, dann wandte er sich Alex zu.

„Was ist mit Daniel, verdammt, hat er sich gemeldet?" Schnell schüttelte sie den Kopf. Fluchend fummelte Ted nach seinem eigenen Handy, huschte nach draußen, um es selbst zu probieren.

Alex wandte sich wieder Mark zu, ging vorsichtig ein paar Schritte auf sein Bett zu, griff seine Hand.

„Berührungen sind gut für Koma-Patienten. Man weiß nicht, wieso, aber durch Berührungen werden die Hirnaktivitäten stimuliert. Sie können das irgendwie spüren", murmelte Dr. Jason hinter ihr leise, während sie sich schwer atmend neben ihren Freund sinken ließ, die ersten Tränen stiegen ihr in die Augen.

„Oh Mark", seufzte sie, dann legte sie ihren Kopf ganz langsam auf seine Brust ab.

„Ich..." Ted war wieder zu ihnen getreten, Alex schreckte hoch.

„Es ging der Vorstand dran. Wir halten uns ans Protokoll." Ted sah immer noch verwirrt aus, starrte ungläubig sein Handy an. Michael und Alex waren gleichermaßen alarmiert.

„Der Vorstand ist an Daniels Handy gegangen?", wiederholte der Coach, Ted nickte.

„Ja, Daniel wird erstmal bei dem Vorstand bleiben. Wir sollen das ohne ihn machen, wir haben für das Protokoll grünes Licht." Sofort bereitete sich in Alex ein dumpfes, ungutes Gefühl aus. Normalerweise war Daniel immer dabei, bei jedem verdammten internen Meeting, wieso sollte er es ausgerechnet jetzt, bei der ersten, richtigen Vereinskrise nicht sein?

Allen Anwesenden war klar, dass das kaum etwas Gutes zu bedeuten hatte, doch Daniel war für sie in dem Moment nicht greifbar. Sie konnten nichts ausrichten, mussten eine Pressekonferenz organisieren und die Welt überzeugen, dass Mark alleine gehandelt hatte, damit der Verein keinen Schaden davon trug. Und irgendwann sollte Alex mit ihren Freunden sprechen. Ihnen erklären. Wenn sie selbst nicht schon alles wussten.

Bevor Ted und Michael mit den Journalisten sprachen, baten sie alle Spieler aufs Vereinsgelände. Als Alex um sieben Uhr früh ankam, war die ganze Mannschaft bereits da, gezeichnete, ängstliche Gesichter. Jeder, außer Mark. Und Daniel.

Sie sah Tom, Adam und Tobi, aber Ted hielt sie zurück.

„Noch nicht, Alex. Erst nach Michaels Ansprache, ok?" Tapfer nickte sie, dann folgte sie Ted vor die Mannschaft. Michael räusperte sich, doch die meisten Spieler waren sowieso sprachlos, der Trainer musste nicht laut reden, um verstanden zu werden.

„Das Wichtigste zuerst. Marks Werte haben sich soweit stabilisiert, er scheint sich langsam zu erholen, allerdings liegt er immer noch im Koma. Es ist kein künstliches, also muss er von selber wieder zurückfinden. Insgesamt war er sieben Minuten ohne Herzschlag, hat Sauerstoff bekommen, wurde gekühlt. Es kann aber keiner sagen, ob und wenn ja, wie er aus dem Koma wieder aufwacht. Was für ein Mensch er dann ist." Michael musste sich räuspern, ihm versagte die Stimme, er sah etwas hilfesuchend nach Ted, der sichtlich überwältigt einsprang. Alex bewunderte ihre Chefs in diesem Moment. Beides waren gestandene, starke Männer, kämpften aber um ihre Fassung. Wegen eines Spielers, der beinahe auf dem Platz gestorben wäre. Vielleicht brauchten sie danach alle Hilfe, dachte sie kurz, bevor Ted weitersprach.

„Ihr wisst alle, im Krankenhaus werden Routineuntersuchungen durchgeführt. Es steht in allen euren Verträge, ich muss es euch wirklich nicht erklären." Dann würgte Ted es raus, danach kehrte eine ungläubige Stille ein.

„Davies wurde positiv auf Amphetaminen getestet, und das nicht zu knapp. Der Verdacht liegt also nahe, dass sein Herz diese Belastung nicht mehr mitgemacht hat."

Alex ertrug die Stille nicht, schloss kurz die Augen, konnte keinem aus der Mannschaft ins Gesicht sehen. Als Erster fand Tom seine Worte wieder.

„Nein, das kann nicht sein. Mark würde niemals so eine Scheiße bauen. Er würde das sich und dem Verein niemals antun!" Toms Stimme klang so verzweifelt, dass es Alex' Herz in Stücke zerriss. Ständig pochte nur ein Satz in ihrem Inneren: Du hättest es verhindern können. Feige Sau.

„Tom, im Krankenhaus haben sie nicht nur einen Test gemacht. Das Protokoll sieht drei Testläufe vor, unterschiedliche Kulturen. Alle drei Tests haben das gleiche Ergebnis geliefert." Ted sprach mit fester Stimme, dann klinkte sich Michael wieder ein.

„Keiner von uns kann es glauben. Aber es ist passiert, wir können jetzt einfach nur hoffen, dass Mark alleine zurück zu uns findet, er wenigstens ein bisschen der Alte ist. Was anderes bleibt uns gerade nicht übrig." Die Mannschaft murrte zwar leicht, aber sie alle wussten, dass es das einzig Richtige war, sich auf Mark zu konzentrieren. Dass er hoffentlich schnell gesund werden würde.

„Michael, Alex, Elaine und ich werden gleich vor die Presse treten, diese Entwicklung gemäß unseres Krisenprotokolls bekanntgeben. Das weitere Prozedere ist klar: Die Liga wird bei uns einmarschieren, erweiterte Kontrollen durchführen, den Verein auseinandernehmen." Nach einer kurzen Pause, in der Ted in jedes einzelne Gesicht blickte, räusperte er sich, fuhr dann fort.

„Ihr habt also Zeit, zu reagieren."

Alex war sich nicht sicher, ob sie richtig gehört hatte. Hatte Ted eben gesagt, die Kontrollen würden kommen, aber es blieb noch Zeit für die anderen? Für was?

Ihr wurde mit einem Mal so schlecht, dass sie aus dem Besprechungsraum flüchtete, in die Toiletten gegenüber stürzte und das wenige, was sich in ihrem Magen befand, erbrach. Sie kotzte sich förmlich die Seele aus dem Leib.

„Alex?" Tom stand in der Tür, hielt ihre Haare, während sie sich nur langsam beruhigte.

„Ich war bei ihm, er sieht so wie immer aus. Nur mit jeder Menge Geräte um ihn herum." Sie sah ihren besten Freund nicht an, konnte ihm nicht ins Gesicht lügen, aber sie musste. Fahrig wusch sie sich die Hände. Sie durfte ihren unschuldigen Freunden nichts sagen. Sie hoffte zumindest inständig, dass Ted das nur unter Einhaltung dieses Protokolls gesagt hatte und nicht, weil noch viele weitere ihre illegalen Substanzen vom Vereinsgelände schaffen mussten.

„Wir haben schon gesprochen, wir werden Mark so schnell es geht in eine andere Klinik verlegen lassen. Wo er besser abgeschirmt werden kann, wir ihn ungestört besuchen können. Er braucht das jetzt." Alex nickte langsam, da spürte sie Toms Arme, wie sie sie hielten.

„Er lebt, das ist das Wichtigste, ok?" Eine Weile blieben sie so stehen, Alex konnte ihre Tränen nur mit Mühe unterdrücken. In wenigen Minuten begann die Pressekonferenz, es war nicht ausgeschlossen, dass die Presse auch sie unter Druck setzen würde. Sie musste vermutlich so stark wie nie zuvor in ihrem Leben sein.

„Alex, wo ist Daniel?" Sie schüttelte den Kopf.

„Ich weiß nicht. Er hat den Vorstand informiert, daraufhin kam die Anweisung, dass Ted und Michael alles nach Protokoll machen sollen. Daniel würde später zu uns stoßen. Seitdem hat keiner was von ihm gehört." Alex seufzte tief auf, blickte Tom diesmal fest an.

„Von Kendra übrigens auch nicht. Kannst du bitte versuchen, sie zu erreichen? Weder bei Ted, noch bei Michael oder mir geht sie ran." Kurz zögerte Alex, entschied sich dann doch dafür, auch wenn es sie innerlich sträubte.

„Niemand sollte darüber aus der Zeitung erfahren." Es war ihr ein Rätsel, wieso Kendra nicht zurückrief. Amerika war mindestens sechs Stunden voraus, gerade also mitten am Tag. Es gab keinen Grund, nicht an sein verdammtes Telefon zu gehen.

„Mach ich."

Damit ging Alex, konnte ihren Freund wieder nicht anschauen, wusste einfach, dass er ihr nachdenklich hinterher sah. Als sie durch die Flure zum Pressesaal schritt, hörte sie die hungrige Meute schon. Ted kam ihr entgegen.

„Du musst nichts sagen, bleib neben dem Podest stehen. Du sollst nur dabei sein, schaffst du das?" Langsam nickte Alex, kurz packte Ted sie am Arm.

„Wir kriegen das alles hin, Alex. Wir sind auf alles vorbereitet, ok?" Einen Moment zögerte Ted, dann beugte er sich zu ihr runter, sodass nur sie seine Frage verstand.

„Du hast keine... Notiz oder Nachricht zu deinem damaligen

Verdacht?" Sie wusste, er musste sie fragen, mehr als nur ihren Job, Marks Zukunft in diesem Verein, hingen davon ab. Es ging um den ganzen FC, ob er diesen Skandal überstand, oder nicht.

„Nein." Mehr brauchte Alex nicht zu antworten, Ted führte sie in den Pressesaal, der zum bersten voll mit Reportern war. Als sie den Raum betrat, flammten Blitzlichter auf, aber Elaine hatte schnell wieder die Kontrolle.

Michael wiederholte fast wortgleich die Informationen, die er vor ein paar Minuten der Mannschaft mitgeteilt hatte, doch dieses Mal mit deutlicherer, härterer Stimme. Ted fügte an, dass der Verein natürlich mit voller Kooperation die weiteren Schritte der Liga zur Untersuchung des Sachverhalts unterstützte und verneinte die Frage, dass auch nur eine Person in diesem Fußballclub Kenntnis über Mark Davies' Doping hatte. Alex fühlte sich wie eine Statue, regungslos, nicht mal richtig blinzelnd, einzig darauf konzentriert, um keinen Preis eine Gesichtsregung zuzulassen. Natürlich hielt sich ein Journalist nicht an die Regeln, die Fragen nur an die Leute auf dem Podium zu richten, und wandte sich direkt an Alex.

„Ms. Müller, es ist bekannt, dass Sie mit Mark Davies auch privat eine enge Beziehung pflegen. Sie hatten keine Ahnung von seinem Doping, fällt sowas nicht auf?" Bevor sie nur ansatzweise reagieren konnte, wies Elaine den forschen Journalisten in seine Schranken und verneinte auch hier im Namen von Alex die Kenntnis jedweder Drogenaktivitäten. Alex war froh, dass sie sich so auf ihre Kollegen verlassen konnte, doch die Situation verbesserte es nicht wirklich. Wenn sie buchstäblich überleben, sich und ihre Freunde in nicht noch größere Schwierigkeiten bringen wollte, musste sie lügen. Jeden Tag, für eine ganze Weile.

Da war es, ihr verloren gegangenes Gewissen. Er war der Preis, den sie für diesen Job zahlte. Schon wieder.

Natürlich war die Pressekonferenz nur der Anfang einer langen, kräftezehrenden Untersuchung, die die Liga nun einleiten würde. Aber im ersten Moment, als Alex in ihr Auto stieg, nach knapp eineinhalb Tage ohne Schlaf eigentlich direkt ins Bett sollte, fuhr sie erstmal nicht los. Probierte es erneut bei Daniel. Fünfzehn Stunden waren mittlerweile ohne eine Reaktion von ihm vergangen. Ihre Bauchschmerzen darüber nahmen so stark zu, dass sie Tom anrief.

„Die PK war gut, Alex. Das wird sich wieder einrenken, in ein paar Tagen wird keiner mehr davon sprechen, leider für Mark, aber gut für den Verein. Adam und ich haben ihm schon eine Privatklinik organisiert, dort wird er in ein paar Tagen verlegt, da können wir ihn dann auch ungestört besuchen." Selten war Tom so gesprächig, er redete viel zu schnell, Alex hatte Mühe, ihn richtig zu verstehen. Sie nickte nur, was Tom durchs Telefon nicht sehen konnte.

„Was ist los?" Sie berichtete Tom von Daniels anhaltendem Verschwinden. Er zögerte keine Sekunde.

„Hol mich ab, wir fahren hin." Alex war in wenigen Minuten bei Tom, sie drehten einige Schleifen in der City, um ein paar lästige Reporter loszuwerden, dann fuhren sie zu Daniels Apartment. Der Portier erkannte Alex, ließ sie hoch, aber als sie in Daniels Stockwerk ankamen, öffneten sich die Fahrstuhltüren nicht. Sie schwankte zwischen Angst und Erleichterung - immerhin war er daheim, sonst wären sie nicht so weit hochgekommen.

„Daniel? Was ist los mit dir, alles ok?", rief Alex durch die Tür, doch es kam keine Antwort. Nur ein Schlürfen, dann ein Geräusch die Türe entlang, wie wenn sich jemand abstützen musste.

„Mann, lass uns rein, wir machen uns Sorgen." Toms Blick war fest auf die verschlossene Türe vor ihnen fixiert, wie als

311

könnte er sie durch bloße Willenskraft öffnen. Doch der Erfolg blieb aus, aber immerhin antwortete Daniel. Obwohl Alex dabei ein kalter Schauer über den Rücken lief.

„Alles ok. Verschwindet wieder." Seine Stimme klang leiser als sonst, und gebrochen, vernuschelt. Alex sah Tom panisch an, doch der schüttelte den Kopf.

„Daniel, komm schon." Ein kraftloser Schlag von der anderen Seite ließ Tom und sie zurückfahren.

„Nein! Geht!" Ohne ihre Reaktion abzuwarten, setzte sich der Fahrstuhl in Bewegung, Daniel hatte sie wieder nach unten geschickt. Alex beschlich ein seltsames Gefühl. Etwas stimmte nicht, das spürte sie einfach, und wenn sie in Toms Gesicht blickte, sah sie das Gleiche.

„Tom, wir müssen irgendwie zu ihm rein, da ist was faul." Doch zu ihrem Erstaunen schüttelte ihr Freund wieder den Kopf, als sie zu Alex' Wagen zurückgingen.

„Du hast ihn gehört, er wird niemanden reinlassen. Und du musst dringend duschen und schlafen, du siehst furchtbar aus. Er ist ansprechbar, alles Weitere wird sich die nächsten Tage zeigen." Alex verstand Tom nicht, doch in dem Moment merkte sie, wie ihre Kraftreserven, an denen sie die letzten Stunden wie ein Verhungernder genagt hatte, mit einem Schlag aufgebraucht waren, sie mit einem Mal in sich zusammen sackte.

„Siehst du. Ich bring dich heim." Auf der Heimfahrt sprachen sie kein Wort, Tom brachte Alex hoch und stellte sicher, dass sie sich direkt auf die Couch legte. Fast sofort schlief sie ein. Tom deckte sie zu, dann verschwand er wieder.

Tom fand Daniels Reaktion und sein plötzliches Verschwinden natürlich genauso seltsam, wie Alex. Aber er wollte es ihr gegenüber nicht so deutlich sagen, sie hatte mit Mark und den Vorwürfen genügend zu tun, sie musste ihre Kräfte erstmal dafür verwenden.

Doch Tom konnte Daniel nochmal auf den Zahn fühlen, ein dunkles Gefühl hatte ihn beschlichen, als er ihn hatte sprechen hören. Alex' Ohren waren für solche Feinheiten noch nicht geschult, aber er hatte im Training oder bei Verletzungen oft genug erlebt, wie jemand klang, der vor Schmerzen kaum atmen und reden konnte. Dazu kam das Schlürfen. Höchst verstörende Krankheitsbilder für einen Mann, der knapp zwei Meter groß war – das konnte nur bedeuten, dass Daniel in der Unterzahl gewesen war, oder aber die Angriffe nicht hatte kommen sehen. Keines der beiden war für Tom eine wirklich beruhigende Möglichkeit.

Dass Daniel Alex in so einem Zustand nicht erschrecken wollte, verstand er. Aber er hatte sonst niemanden, außer vielleicht ihn gerade. Also betete er inständig, dass er das ähnlich sah, als er mit dem Verbandskasten aus Alex' Auto am Portier vorbeiging. Dieser nickte ihm zu, was er als gutes Zeichen auffasste. Tatsächlich gingen auf Daniels Stockwerk die Fahrstuhltüren direkt auf.

Obwohl Tom noch nie in Daniels Wohnung gewesen war, achtete er in diesem Moment nicht auf die Einrichtung, auf den Stil. Denn ein einfach an der Wand entlang gerutschter, am Boden liegender Daniel verschandelte den Eindruck des edlen Apartments sofort.

Tom hatte es geahnt, schnellen Schrittes ging er auf ihn zu, erschrak, sein Hemd war teilweise gerissen, die ganze Kleidung blutüberströmt. Dennoch brachte Daniel ein leichtes Lächeln zustande, als Tom ihn entsetzt anstarrte.

„Na, diesen Anblick hättest du dir bestimmt schon ein paar Mal gewünscht, was?" Tom reagierte erst gar nicht darauf, war erstmal beschäftigt, den eigentlich so kräftigen Mann irgendwie auf die Beine zu bringen.

„Red keinen Scheiß. Soll ich überhaupt fragen, was passiert ist? Das war aber nicht Pinelly, oder?" Daniel deutete in Richtung Wohnzimmer, dann verfrachtete Tom ihn auf die Couch. Er jaulte auf vor Schmerz, hielt sich seinen Kopf.

„Nein, nicht Pinelly. Und spar dir weitere Fragen, mehr solltest du wirklich nicht wissen." Tom kramte bereits nach Pflastern, auch wenn er bezweifelte, dass sie großartig etwas ausrichten würden, da packte Daniel ihn am Arm.

„Du bist hier, weil ich mir alleine nicht mehr helfen kann. Ich weiß das zu schätzen. Aber ein Wort zu Alex, und ich bring dich um, verstanden?" Daniel war zwar in diesem Zustand keine echte Bedrohung, doch Tom nahm ihn trotzdem ernst. Nicht, weil er Angst vor ihm hatte. Sondern weil sich Daniel in den letzten Monaten vom gehassten Assistenten zu einem einigermaßen netten Kerl entwickelt hatte. Und tatsächlich machte sich Tom gerade wirklich Gedanken um ihn. Es war zwar keine klassische Freundschaft zwischen ihnen, aber in den Grundzügen vielleicht schon. Also tat Tom ihm den Gefallen.

„Immer die gleichen Sprüche, Kumpel. Ja, bleibt unter uns." Als Antwort bekam er nur ein Grunzen, dann deutete Daniel auf die Bar.

„Ganz unten steht billiger Wodka. Du musst die Wunden desinfizieren, bevor du sie wie ein schlechter Amateur zuklebst." Kein Bitte, kein kannst du. Seufzend tat Tom wie befohlen, doch bevor er loslegen konnte, hielt Daniel ihn nochmal zurück.

„Danke, Tom. Im Ernst." Er nickte nur, wollte das Nächste einfach hinter sich bringen, und dann hoffentlich nie erfahren, wer Daniel so zugerichtet hatte und vor allem wieso. Er betete inständig, dass er schnell wieder auf die Beine kam. Der FC, alle, brauchten ihn.

Tom tränkte Stofftücher mit dem Alkohol, dann atmete er tief durch. Als er damit Daniels Wunden säuberte, war dessen Schrei vermutlich durch das ganze Haus zu hören.

Alex saß zwei Tage später an Marks Bett, er war aus dem Koma erwacht, aber immer noch nicht richtig ansprechbar. Die Ärzte hatten allerdings schon festgestellt, dass seine Reaktion in seinen Beinen etwas nachgelassen hatten, vermutlich mussten Verknüpfungen in seinem Gehirn neu trainiert werden. Neben dem bestätigten Doping und seinem umgehenden Rauswurf aus der Liga und dem FC Jatterton sowie seiner Sperre bei der UEFA und FIFA war alleine deswegen nicht mehr ansatzweise an Fußball zu denken.

Adam und Tom hatten Wort gehalten und ihn in eine Privatklinik etwas außerhalb der City verlegen lassen und übernahmen die Behandlungskosten für ihn. Denn schon nach wenigen Tagen hatte der FC Jatterton ihn wegen Rufschädigung auf Millionen verklagt, weitere Klagen durch den englischen Fußballbund waren bereits in der Vorbereitung.

Aber das Schlimmste war für Alex etwas ganz anderes. Erst vor Kurzem, nach vielen erfolglosen Versuchen, hatte Tom Kendra erreicht. Sie hätte erwartet, dass sie sich in den nächsten Flieger nach England setzte, doch das Gegenteil geschah. Sie nahm den Zustand ihres Mannes zur Kenntnis, dankte Tom für seine Unterstützung, bot nicht mal ihre Hilfe an – und das war es. Keine Anrufe beim behandelnden Arzt, bei auch nur einem von Marks Freunden. Kendra war abgetaucht, ließ nichts mehr von sich hören. Für Alex machte es den Anschein, dass Mark in ihrer Vorstellung nun kein respektabler Ehemann war, es sich nicht mehr lohnte, in diese Beziehung zu investieren. Sie konnte ihre Wut und Frustration darüber kaum im Zaum halten, auch wenn Tom immer wieder versuchte, sie zu beruhigen.

An Tag drei, die Jungs hatten Training, um nach den schrecklichen Minuten auf dem Platz und den darauffolgenden Entwicklungen wieder zu einer Art von Normalität zurückzukehren, fehlte Daniel immer noch. Er hatte Alex zwar geschrieben, dass sie sich keine Sorgen machen brauchte, dass es ihm gut ging, aber sie beschlich ein ungutes Gefühl, dass er etwas vor ihr verheimlichte.

Also fuhr sie nach dem Training hin. Erst weigerte sich der Portier, sie hochzulassen, doch mit einiger Überzeugungskraft und einigen Telefonaten, in denen er sich bei seinem Mieter rückversicherte, gelang es Alex, zu Daniel hochzufahren. Sie kannte die Wohnung ja, ging durch den Flur in Richtung des Wohnzimmers. Er stand mit dem Rücken zu ihr zum Fenster, es war ein ausnahmsweise mal sonniger Tag in Jatterton. Doch auch das warme Licht verhinderte nicht, dass Alex zu Tode erschrak, als Daniel sich schließlich umdrehte. Er hielt sich kaum aufrecht, eine Seite war eingeklappt, er stützte sich mit einem Stock.

„Daniel, was ist passiert?" Sie eilte auf ihn zu, er brachte nichts weiter, als ein müdes Lächeln zustande, verzog schmerzhaft sein Gesicht, als Alex ihn berührte.

„Au, nicht so stürmisch." Er schob sie sanft von sich weg, doch sie war alarmiert. Daniel wurde zugerichtet, aber eigentlich war er keiner Gefahr ausgesetzt gewesen. Niemand legte sich mit ihm an. Dann durchfuhr es sie heiß und kalt. Nur eine einzige Person kam so nahe an Daniel ran, um ihm weh zu tun.

Erschrocken fuhr sie zurück, sah ihn schockiert an. Er schüttelte nur stumm den Kopf. Er wusste sofort, dass sie verstand, zog sie ganz dicht an sie ran, dann flüsterte er ihn ihr Ohr.

„Du bist sicher, Alex, mach dir keine Gedanken. Er hat seinen Frust an mir ausgelassen, dir passiert nichts." Langsam folgte sie Daniel schließlich auf seine Terrasse, der Wind pfiff ihnen um die Ohren, sie standen eng beieinander, wussten, dass sie so niemand belauschen konnte.

„Er weiß es. Das mit uns. Dann kam die Sache mit Mark dazu, er ist einfach ausgeflippt." Sie drehte sich zu ihm um, sprach etwas aus, was sie schon einige Wochen, nach ihrem ersten Gespräch mit Ted über ihre Zukunft im Verein, mit sich herum trug. Jetzt war es an der Zeit, es in Worte zu fassen.

„Ich denke, es ist klar, dass ich keine weitere Saison beim FC bleiben werde. Erst Recht nicht nach..." Sie deutete gedankenverloren auf Daniels Bein.

„Ich muss meinen eigenen Weg finden, Daniel, das verstehe ich von Tag zu Tag besser. Die Geschehnisse diese Saison, nicht nur Mark, die Hooligans, unsere Beziehung... das ist nicht mein Leben, befürchte ich, der Vorstand tut mir im Grunde damit nur einen Gefallen." Er schüttelte sofort den Kopf.

„Nein. Du machst einen phantastischen Job, Alex, alles andere ist schlichtweg gelogen."

„Aber darum geht es doch gar nicht. Es geht darum, was dieser Job aus mir gemacht hat. Ja, es macht mir wahnsinnig viel Spaß, ich liebe die Jungs und das Leben hier. Aber um welchen Preis? Bin ich bereit, dafür meine ganze Freizeit zu opfern, Menschen nahe an mich heranzulassen, die ich weder von Dummheiten abhalten, noch verhindern kann, dass ich sie die nächste Saison vielleicht nicht mehr tagtäglich sehen kann?" Alex klang zunehmend verzweifelt, sie wusste das, senkte beschämt den Blick.

„Du hast den Verein schon immer als Business gesehen, dich hat nichts aus der Bahn geworfen, du kannst das trennen. Ich nicht." Das brachte Daniel erst zum Lachen, dann zum schmerzvollen Husten.

„Das ist nicht dein Ernst, oder?" Eine Weile blieben sie still nebeneinanderstehen, schließlich räusperte sich Alex wieder, ging ein wenig auf Abstand.

„Er wird dich niemals gehen lassen. Und dein Platz gehört in diesen Verein. Wenn ich nach der Saison nicht mehr da bin, können alle weitermachen, wie davor." Ein letztes wehmütiges Lächeln.

„Bitte sei vorsichtig, Daniel."

Es dauerte noch zwei Tage, bis Mark wirklich aufwachte, endlich wieder sprach. Adam und Alex waren bei ihm gewesen, spätabends, hatten an seinem Bett gesessen und ihm aus den Vorbereitungsunterlagen für das Finalspiel vorgelesen. In all dem Trubel um Mark und den Dopingvorwürfen war eine Sensationsnachricht fast untergegangen – Pinelly hatte Tottenham in einem ruppigen, bösen Spiel mit fragwürdigen Schiedsrichterentscheidungen unerwartet geschlagen. Und so stand zum kuriosen Saisonfinale ein weiteres Derby an, und dann ausgerechnet um den Pokal. Es wäre für beide Mannschaften der erste Pokalsieg der Vereinsgeschichte. Alex konnte es sich immer noch nicht ausmalen, vorstellen, aber genau als sie diesen Artikel einer Londoner Zeitung an Marks Krankenbett vorlas, regte er sich, hustete stark. Eine Krankenschwester brachte ihn ruhig in die Wirklichkeit zurück, dann sah er Adam und Alex wie von Sinnen an. Fünf Tage war er bewusstlos gewesen, man merkte ihm an, wie ihm klar wurde, das etwas ganz Schlimmes passiert war.

„Hey, Kumpel." Adam fasste seinen Freund vorsichtig an die Schulter, doch dieser reagierte nur auf die Berührung, antwortete erstmal nicht.

„Mark, wir sind es, Adam und Alex. Du bist zusammen gebrochen, warst ein paar Tage bewusstlos. Aber jetzt geht es dir wieder gut!" Sie sprach leise, sanft, doch sofort wurden Marks Augen panisch, huschten unruhig hin und her.

„Spiel?", war alles, was er im ersten Moment rausbrachte. Für Adam und Alex sagte dieses eine Wort mehr aus, als alles andere. Der Arzt schob sie beiseite, prüfte Marks Reaktionen und Werte, dann bat er sie beide nach draußen. Sein Blick war verkniffen, konzentriert. Sie wusste bereits, bevor er sprach, dass er nichts Gutes sagen würde.

„Die sieben Minuten haben wohl mehr angerichtet, als uns lieb ist. Ich habe es schon vermutet, seine motorischen Fähigkeiten sind eingeschränkt, das Sprachzentrum wohl betroffen. Geben Sie ihm bis morgen Ruhe, wir machen die Tests, dann können Sie wieder zu ihm. Dann wissen wir mehr, aber er braucht jetzt erstmal Ruhe." Alex erhaschte noch einen letzten Blick auf ihren Freund, der ihr das Herz förmlich zerriss. Mark war nicht mehr der Gleiche, er blickte wie ein kleines Kind zwischen den Arzthelfern hin und her, begriff augenscheinlich nicht, was die Menschen an ihm testeten, zu welchem Zweck, und wieso er in diesem Krankenhaus lag.

„Er kann doch jetzt nicht alleine sein!" Aber ihr Protest war wertlos, der Arzt schob sie unter Androhung von Security nach draußen. Während Adam sie wortlos nach Hause fuhr, konnte Alex ihre Trauer und Hilflosigkeit nicht mehr unterdrücken. Sie brach in Tränen aus, schluchzte wie ein kleines Kind. Einer ihrer besten Freunde hatte Schäden davon getragen, die Ungewissheit, wie hart die Einschnitte zusätzlich zu den Themen, die aus der Liga kamen, sein würden, schnitt Alex buchstäblich die Kehle an. Sie japste nach Luft. Adam fuhr links ran, nahm sie in den Arm, hielt sie fest. Ein paar Minuten später wurden ihr Gedanken klarer. Plötzlich wurde sie wahnsinnig wütend auf ihren Freund neben ihr.

„Wie könnt ihr eigentlich alle so cool sein? Keiner von euch hat je geweint! Um Mark, egal um was!" Adam fasste ihren Kopf mit beiden Händen, damit sie ihn ansehen musste.

„Ich weine auch, Alex. Seit das geschehen ist, weine ich jeden Abend, wenn ich in den Spiegel schaue! Weil ich es nicht hab kommen sehen, Alex! Ich bin sein Teamkapitän, ich wusste, dass er leichtsinnig ist, ab und zu was nimmt, um sich zu pushen, das wusste jeder von uns! Und ich bin mir sicher, du wusstest auch, das was im Busch ist, aber keiner hat etwas dagegen unternommen, wir haben alle weg geschaut! Also glaub nicht, dass du die Einzige bist, der es schlecht geht!" Er ließ sich schwer atmend in den Sitz fallen, während Alex ihn nur entgeistert anstarren konnte.

„Du wusstest es?" Langsam nickte Adam, sah sie dann wieder ruhiger an.

„Ja. Wenn du fast jeden Tag zusammen trainierst, weißt, wie dein eigener Körper und die deiner Mitspieler reagieren, dann merkst du den Unterschied, glaub mir." Alex schluckte schwer. Begriff kaum, was Adam ihr da eben sagte.

„Wie gesagt, es ist nicht deine Schuld, wir haben alle versagt, weil wir ihn nicht von dieser Scheiße abgehalten haben. Das Wichtigste ist, das wir jetzt für ihn da sind." Er setzte Alex nach ihrer kurzen Unterhaltung zuhause ab. Immer noch kämpfte sie mit sich, doch auch wenn Adams Offenbarung schrecklich war, so gelang es ihr, ein bisschen durchzuatmen. Die Last von Marks Zusammenbruch, seinem Doping, lag nicht mehr nur auf ihren Schultern. Es war furchtbar so zu denken, aber Alex half der Gedanke, dass sie nicht als Einzige lügen musste.

Alex' Befürchtung vor hartnäckigen Beobachtern der englischen Liga stellte sich als viel heiße Luft raus. Einmal wurde sie befragt, und das auch nur halbherzig, der Kontrolleur schaute sie nicht mal richtig an, bevor er eine Notiz auf seinem Klemmbrett anfertigte, dann weiter zog. Dieses Thema erwies sich schnell als unbegründete Sorge.

Ernsthafte Gedanken machte sie sich dafür um Mark. Tatsächlich hatte der Arzt Recht behalten, seine Beine führten nicht mehr die Befehle aus, die Mark ihm gab, manchmal gar nicht, manchmal nicht richtig. Er würde einige Zeit an einen Rollstuhl gefesselt sein, mit viel Übung würde er sich die Kontrolle zurückerkämpfen können. Genauso wie seine sprachlichen Fähigkeiten. Nachdem Mark nach Adams und ihrem Besuch zur Ruhe gekommen war, konnte er sich sammeln und wieder ganze Sätze sprechen. Als sie ihn das nächste Mal besuchte, war er klaren Verstandes, er wollte von ihr wissen, wie die Minuten, in denen sein Herz nicht geschlagen hatte, waren, was die Ärzte getan hatten. Objektiv ließ er sich berichten, obwohl sie mehr als nur offensichtlich mit ihrer Fassung kämpfte. Erst am Schluss bedeutete er ihr, sich an sein Bett zu setzen.

„Tut mir leid, dass du das mit ansehen musstest, Alex." Kurz stockte er, rang dann doch um die richtigen Worte.

„Ich trag die Verantwortung dafür." Sie schüttelte den Kopf.

„Du musst jetzt wieder gesund werden, ok? Der Rest ist erstmal unwichtig." Da lachte Mark auf.

„Geht so, Alex. Du kannst dir nicht vorstellen, welche Post Adam mir hierher bringt." Erst wusste Alex nicht, was sie sagen sollte, dann beschloss sie, ein wenig das Thema zu wechseln.

„Was ist mit Kendra." Das entlockte Mark wieder ein spöttisches Lächeln. Immerhin war sein Witz nicht komplett verschwunden.

„Was denkst du? Sie wird die Scheidung einreichen. Unsere Beziehung funktionierte nur so lange, wie ich ein berühmter, erfolgreicher und reicher Mann war. Ich bin nicht mal mehr ansatzweise eines davon." Alex schüttelte frustriert den Kopf, doch Mark griff etwas unbeholfen nach ihrer Hand, er umschloss ihre nur grob, zitterte. Sie legte ihre zweite Hand darauf, damit er das Zittern nicht so spürte.

„Mir war diese Entwicklung von Anfang an klar. Wenn das irgendwann rauskommt, werde ich alles verlieren. Meinen Job, meine Frau, mein Geld." Alex rutschte weiter am Krankenbett entlang, legte ihre Hand nun auf Marks Gesicht.

„Nicht alles. Deine Freunde nicht."

Tatsächlich zahlten ihre Freunde ihm das private Krankenhaus aus ihrer eigenen Tasche, die Klinik war so diskret, dass sie sich sicher waren, das ihre Namen nirgendwo auftauchten. Denn die ganze Liga, selbst offiziell der ganze Verein, hatte sich von Mark distanziert, verurteilte seine Taten sehr scharf, auch wenn alle natürlich froh waren, dass es nochmal glimpflich für ihn ausgegangen war.

Alex konnte in diesen Tagen nicht verhindern, wie sie sich Daniel vor ihre Bürotüre wünschte. Er vielleicht dann doch den Schlussstrich zwischen dem Vorstand und sich zog, ihr alles erzählte. Aber Tag um Tag verging, in dem er sie in Ruhe ließ, ihr nicht zu nahe kam, ihren Wunsch tatsächlich respektierte. Und mit jedem Tag vermisste sie ihn mehr.

Glücklicherweise war der Trubel des Saisonendspurts so groß, die Erwartungen an das Pokalfinalspiel, das in knapp zwei Wochen stattfinden würde, mal wieder so hoch, dass Alex genügend zu tun hatte. Sie pendelte zwischen ihrer Wohnung, dem Büro, dem Trainingsplatz und Marks Klinik hin und her, teilweise überkam sie in der Arbeit solche Müdigkeit, dass sie sich in ihrem Büro kurz hinlegen musste. Wie ein Mantra predigte sie sich ein, dass es bald vorbei wäre.

In diesen Tagen schaffte sie es auch endlich, Teds Empfehlungen durchzuschauen. Er hatte Recht behalten, renommierte Clubs aus ganz Europa hatten Interesse für die kommende Saison bekundet. Manche mehr, manche weniger deutlich. Alex war hin und hergerissen, führte schließlich das eine oder andere Telefonat. Trotz der Dopingvorwürfe bestand bei allen weiterhin Interesse, sie musste in einigen Fällen nur ja sagen. Doch plötzlich fiel ihr die Abkehr von Jatterton schwer. War sie sich sicher, dass sie diese intensive Arbeit noch ein Jahr oder mehr durchstehen konnte? Würde sie wieder solche Freunde finden, in eine eingeschworene Truppe dazustoßen, eine Familie?

Das bezweifelte sie stark, und damit hatte sie ihre Entscheidung eigentlich schon getroffen. Die Saison und ihr Job hatten davon gelebt und sie davon gezerrt, dass der Verein alle darin als Familie betrachtet hatte, eine Gemeinschaft, alle für einen, einer für alle. So war es gelungen. Alex musste an die wirklich großen europäischen Clubs außerhalb Englands denken. Barca, Madrid, Turin, Paris, ja, auch der FC Bayern zählte dazu. Nie und nimmer konnte sie sich bei diesen Kalibern an Egos, Lebensläufen und Geldern dahinter vorstellen, dass sie so „normal" geblieben waren, so mit sich reden ließen, wie es ihre Jungs hier getan hatten. Und das war auch ok so. Aber für Alex zählten der Teamgeist und der Sport, nicht, wie viele Spielminuten man zu welchem Preis auf dem Platz stand.

Also ließ sie die Empfehlungen wieder in der Mappe verschwinden, vernichtete sie trotzdem nicht. Es war kaum vorstellbar, aber sie hatte immer noch keinen Plan B. Um Geld machte sie sich keine Sorgen, im letzten Jahr war sie kaum dazugekommen, ihr großzügiges Gehalt auszugeben, dass ihr der Verein für ihre Leistung zahlte. Und ein bisschen Auszeit würde nicht schaden. Regeneration.

Wie so vieles in Alex' bisherigem Leben öffneten sich die Türen an einem Tag plötzlich von selbst. Es war der vorletzte Pubabend dieser Saison, die Jungs, bis auf Mark natürlich, waren gekommen und Luke hatte sie hinter die Tresen gebeten, in einen kleinen Raum, kaum beleuchtet, dann zog er eine Flasche mit dunkler Flüssigkeit hervor.

„Leute, es war eine wahnsinns Saison. Darauf müssen wir anstoßen!" Jedem goss er ein Schnapsglas voll ein. Alex bekam in dem Moment das Grinsen nicht mehr aus dem Gesicht, ein vergessen geglaubtes Gefühl. Schon lange hatte sie sich nicht befreit gefühlt, aber als sie für sich beschlossen hatte, nicht im Fußball zu bleiben, zumindest mal vorerst nicht, war ein großer Klotz von ihren Schultern gefallen. Den sie aber mit ihren Jungs noch nicht teilen konnte. Erst nach dem Endspiel, sofern der Vorstand ihr die Entscheidung nicht abnahm, würde sie mit ihren Zukunftsplänen rausrücken.

Tom schien ihre Emotionalität zu spüren, er legte einen Arm um sie, während sie anstießen, nach dem ersten Schluck kräftig husteten.

„Boah, was für ein Zeug", prustete Tobi, dann räusperte sich Adam.

„Jungs, Alex, ich denke, im Sinne einer kleiner Abschiedsfeier für die Saison ist das jetzt eine gute Gelegenheit." Noch bevor ihr Kapitän weitersprach, wusste sie, was kam. Sie sah es in seinem Blick, sie hatte es in ihrer Empfehlung für Ted selbst geschrieben. Adam war ein erfahrener, sehr guter Spiele, viele große Clubs leckten sich die Finger nach ihm. Sie hatte ihm eine achtzigprozentige Wahrscheinlichkeit beschienen, dass er ein Angebot eines anderen Vereins annehmen würde.

Und tatsächlich, als er fortfuhr, sah er Alex leise lächelnd an.

„Es war eine erfolgreiche, harte und erlebnisreiche Saison. Keiner von uns hätte zu träumen gewagt, dass wir so weit kommen!" Die Jungs stimmten murmelnd mit ein, doch an Toms verkrampfter Hand auf ihrer Schulter wusste sie, dass auch Tom ahnte, auf was dieses Gespräch hinaus lief.

„Es ist Zeit für Veränderungen. Die Saison war geil, hat aber Spuren hinterlassen. Sportliche, aber vor allem persönliche. Ich schwör euch, auch in Spanien hat man Länderspielpausen, und der erste Flieger nach London gehört dann immer mir!" Die Männer fielen sich in die Arme, Alex mitten drinnen. Sie hatte jeden Tag auf solch eine Nachricht gewartet, es wäre utopisch anzunehmen, dass keiner „ihrer" Jungs Jatterton verlassen würde. Nicht nach diesem Erfolg, nicht nach dieser unglaublichen Saison.

„Ich... es fällt mir wahnsinnig schwer, aber ich muss mich Adam anschließen." Tobis Gesicht wirkte gequält, unsicher, er blickte abwartend in die Runde.

„Die Sache mit Lisa hat mir gezeigt, dass es so viel in der Welt zu entdecken gibt, dass es an der Zeit sich, sich neuen Herausforderungen zu stellen, so abgedroschen, wie das auch klingen mag. Ich werde euch alle schrecklich in Italien vermissen." Wieder drückten sich alle, und auch wenn es egoistisch klang, ihr fiel ein Stein vom Herzen, als sie Tom auf dem Heimweg, den sie zu zweit antraten, auf seine Pläne ansprach.

„Ich bin hier am richtigen Ort, Alex. Ich habe auch Angebote bekommen, viele. Aber ich will nicht. Und der Verein ist froh, wenn er mich halten kann, wir haben uns schon geeinigt. Ich will hier in dieser Stadt mein Glück weiter versuchen, mich um Mark kümmern." Sie blieb stehen, sah Tom lange erstmal wortlos an. Mitten in der Nacht standen sie in der City, als Alex eine Idee kam. Doch dazu musste sie Tom etwas anvertrauen.

„Tom, mein Vertrag wird wahrscheinlich nicht verlängert, das musst du aber für dich behalten." Langsam nickte Tom, sah zunächst verkniffen nach unten, dann seufzte er tief.

„Scheiß Vorstand, ohne Witz. Sie kriegen niemand besseren als dich und verkacken es so." Toms ehrliche Worte brachten Alex, zwar mal wieder mit Tränen in den Augen, zum Lachen.

„Aber es ist ok, Tom. Ohne die ganze Truppe wäre es nicht das selbe gewesen. Adam hat es vorhin gesagt, die Saison war teilweise... hart an der Schmerzgrenze, jeder hat es vorher gewusst, jeder gesagt, aber wenn man dann mitten drinnen ist, fällt es einem erst hinterher auf, wie viel es gekostet hat. Persönlich, mental." Langsam nickte ihr Freund, dann setzten sie sich wieder in Bewegung, Alex berichtete von ihren Plänen, der Auszeit, die sie so dringend brauchte und auch leisten konnte. Kurz zögerte sie, aber Tom kam ihr zuvor.

„Ich hab den gleichen Gedanken. Glaube ich zumindest. Adam und ich haben Mark ein Haus etwas abseits der City am Meer besorgt. Er wird dir zwar bestimmt nicht erlauben, ihn zu pflegen, aber Gesellschaft kann ihm bestimmt nicht schaden."

Vor Dankbarkeit brachte Alex erstmal kein Wort mehr raus, dann fiel sie Tom um den Hals.

„Ich weiß nicht, wie ich dir danken kann, Tom. Für alles. Ich konnte dir die ganze Zeit vertrauen, ohne dich wäre ich verloren gewesen." Zufrieden nickte Tom, blickte stolz auf Alex.

„Ich weiß. Glaub mir, da bin ich am allerstolzesten auf mich." Lachend gingen die beiden Freunde nach Hause. Sie wusste, dass alles doch noch seinen Weg und seine Richtigkeit fand. Veränderungen waren normal, aber fiel es ihr schwer, damit umzugehen. Sie musste einen Weg finden, und wenn es zunächst nur hieß, von einem Teil ihrer Freunde Abschied zu nehmen.

Finale

Die Saison endete für den FC Jatterton mit einer vielleicht guten Nachricht. Nur zwei Punkte trennten den FC am letzten Spieltag von einem Europa League-Platz, sie schlossen die Saison im oberen Mittelfeld ab. Auch wenn man munkelte, dass der Vorstand mit dieser „halben" Erfüllung seiner Vorgabe nicht komplett begeistert war, so liefen alle in der Vereinszentrale ziemlich zufrieden mit diesem Ergebnis durch die Gänge.

Und dann war da ja noch das kurz bevorstehende Derby gegen Pinelly. Ein würdiges Finale stand in Wembley an, ein walisisches, das emotionsgeladene Spannung weit über Wales hinaus versprach. Alex wusste: Etwas Besseres und Nervenaufreibenderes konnte es zum Saisonabschluss nicht geben. Auch wenn die Gefahr einer Niederlage und damit tiefen Blamage nicht zu unterschätzen war. Jeder beim FC, jeder in Jatterton brannte darauf, Vereinsgeschichte zu schreiben. Und natürlich Pinelly die Schmach zu bescheren.

Eine Woche noch bis zum Pokalfinale, die gesamte City vibrierte wieder mal vor Aufregung um das anstehende Derby, über das mittlerweile das ganze Land diskutierte und darauf hin fieberte, bat Ted Alex um ein Gespräch. Sie wusste instinktiv, dass es um ihre Zukunft im Verein ging.

Teds Gesichts sprach Bände, als sie sein Büro betrat. Er

wollte diese Unterhaltung genauso wenig führen, wie sie selbst. Langsam setzten sie sich in seine Sitzgruppe, Ted seufzte tief.

„Ich habe heute früh nochmal mit der Sekretärin des Vorstands gesprochen, Alex. Du weißt ja, dein Vertrag ist befristet für ein Jahr, mehr konnten wir aufgrund der Sondersituation damals nicht zusagen. Leider habe ich immer noch keine Rückmeldung bekommen, ich wollte dir das nur schon mal sagen, denn du erwartest vermutlich jeden Tag eine Rückmeldung." Langsam nickte sie, konnte erstmal nichts erwidern.

„Vielleicht weiß Daniel ja mehr, du könntest dich mal mit ihm unterhalten." Ted betrat dünnes Eis, aber er vermutete wirklich, dass Daniel mehr wusste, zumindest eine Tendenz, wie der Vorstand entscheiden würde. Doch Alex winkte nur ab.

„Die Antwort kenn ich schon." Sie gab sich nicht mal Mühe, ihre Frustration über diese nichtssagende Aussage von Ted zu verbergen, auch wenn er persönlich nichts dafür konnte. Ziemlich unhöflich stand sie nach den wenigen Sätzen von ihrem Chef auf.

„Alex, du weißt, ich will dich um jeden Preis behalten, aber ich habe das nicht in der Hand!", rief er ihr hinterher, doch seine Mitarbeiterin hatte in dem Moment die Tür schon geschlossen. Es würde sie überraschen, wenn der Vorstand sich jetzt noch, kurz vor dem Endspiel, für sie entscheiden würde. Natürlich saß diese Abfuhr, obwohl sie sich bereits darauf eingestellt hatte. Es tat verdammt weh, mehr, als sie es sich vorgestellt hatte.

Sie schloss ihre Bürotüre, ließ ihren Blick durch die Fenster auf das Trainingsgelände schweifen, dann auf die mit Notizen und Analysen vollgeklebten Wände. Ihre Energie, ihr Herzblut von einem Jahr harter Arbeit steckte dahinter. Und für was?

Alex war durchaus klar, dass sie übertrieb, dass der FC froh sein konnte, dass sie diese Saison da gewesen war. Aber es fühlte sich nicht danach an.

Von ihren Emotionen überwältigt, ließ sie sich an der Tür entlang nach unten sinken. Trotz ihrer positiven Pläne für die Zukunft wummerte ihr ganzer Körper. Versagerin.

Die nächsten vier Tage verbrachte Alex wie in einer Blase. Mit jeder Minute, die verging, in der eine weitere Nachricht vom Vorstand ausblieb, wurde sie geknickter, durfte sich aber insbesondere gegenüber den Jungs nichts anmerken lassen. Denn die waren wie auf einer Wolke, rasten über Gefühle weg wie eine Dampfwalze. Auf dem Platz, bei den letzten Trainings der Saison, performten sie wie nie zuvor, von Müdigkeit eines der anstrengendsten Jahre ihrer bisherigen Karrieren war nichts zu spüren. Alle brannten darauf, den Pokal zu holen, ausgerechnet gegen den Erzfeind. Sollten sie also die Zeichen so interpretieren, wie sie es tat, wäre die Luft raus. So behalf sich Alex mit einer Notlüge und erzählte ihren Freunden, der Mannschaft, sie müsse bis zum letzten Spiel der Saison warten. Denn spätestens dann würde sie selbst die Dinge in die Hand nehmen und kündigen. Sie würde mit erhobenem Haupt diese Stadt verlassen, egal wie.

Es waren die letzten Stunden vor Abreise nach London, Alex packte gerade einige Dokumente zusammen, hatte ihr ganzes Büro auf Vordermann gebracht, wer wusste schließlich schon, ob sie nach dem letzten Spiel überhaupt jemals das Vereinsgelände nochmal betreten würde. Da klopfte jemand in den Türrahmen, Daniel.

„Können wir reden?" Sie zuckte nur lapidar mit den Schultern, er schloss die Tür hinter sich.

„Weißt du schon, was du in der Sommerpause machst?" Alex starrte Daniel für einen Moment nur fassungslos an.

„Meinst du das wirklich ernst? Ich tanz hier wie ein Affe um den heißen Brei, damit keiner der Spieler mitkriegt, dass ich immer noch nichts zu meinem Vertrag weiß, und du fragst mich nach meinen Ferienplänen?" Ihre Stimme klang viel zu schrill, viel zu vorwurfsvoll, doch sie hielt den Druck der letzten Tage nicht mehr aus. Sie hatte sich kaum unter Kontrolle, Daniel merkte das sofort.

„Ich weiß, ich habe den Vorstand inständig gebeten, schnell eine Entscheidung zu treffen. Für... alle ist das kein Zustand." Dafür hatte Alex nur ein zynisches Auflachen übrig.

„Schon klar. Nein, keine Pläne. Einfach nur weg hier, Mark Gesellschaft leisten, den jeder hier vergessen zu haben scheint." Sie fuhr sich frustriert übers Gesicht. Sie hatte die Augen geschlossen, als Daniel plötzlich direkt vor ihr stand, ihr sanft eine Hand auf die Wange legte. Es war der erste Körperkontakt seit Monaten, die die beiden hatten, sie zuckte nicht zurück.

„Du kannst so stolz auf das sein, was du hier erreicht hast, Alex. Geh nicht so." Sie ließ seine Nähe weiter zu, innerlich füllte seine Berührung ihren Körper mit dringend benötigter Wärme. Für einen Moment verdrängte sie den Rest, gab sich seiner Zuneigung hin.

Hätte er nur einfach weiter geschwiegen.

„Ich will mit dir wegfahren, Alex, nur wir beide. Ein Neuanfang." Sie riss erstaunt die Augen auf, zuckte nun doch vor ihm zurück.

„Tickst du noch richtig?", fuhr sie ihn harsch an, aber er breitete verzweifelt die Arme aus.

„Und ob!" Sie zeigte mit dem Zeigefinger auf ihn, wütend ob seinem Drang, das zu bekommen, was er wollte, obwohl sie eine andere Entscheidung getroffen hatte.

„Weißt du was, das ist genau dein Problem! Du denkst, du kannst hier rein spazieren, als wäre die letzten Monate nichts passiert, nichts geschehen, als wären wir ein ganz normales Paar, das seinen Sommerurlaub plant! Verdammt, Daniel, das sind wir aber nicht! Ich habe dir eine Forderung gestellt, aber du ignorierst es einfach, weil du immer deinen Willen bekommst, egal, was sonst ist! So geht das aber nicht, also verschwinde!" Alex war so sauer, so frustriert, weil Daniel sich widersetzte, sie nicht respektierte, dass sie ihm den Rücken zuwandte, ihre Tasche packte. Und weil er nichts mehr sagte, ging sie, doch bevor sie die Tür erreichte, hielt er sie mit einem Satz zurück.

„Aber ich liebe dich, Alex."

Vollkommen fassungslos drehte sie sich wieder um. Das hatte er nicht gesagt. Bevor sie innerlich komplett durchdrehte, öffnete sie demonstrativ die Tür.

„Nein, tust du nicht." Sie hatte zwar leise gesprochen, aber Daniel hatte es sehr gut verstanden.

Alex rannte durch das Gebäude in Richtung der Tiefgarage, unfähig, einen klaren Gedanken zu fassen. Scheiß Kerl. Er war nur verzweifelt, konnte das nicht ernst gemeint haben.

Kurz vor ihrem Auto zuckte sie zusammen, als eine dunkle Limousine überraschend vorfuhr. Die hintere Seitenscheibe fuhr lautlos runter. Ein eiskalter Schauer überfiel Alex, als sie den Vorstand erkannte. Mit undurchsichtigem Blick blitzte ein gefährliches Lächeln auf, dann nickte er ihr zu.

„Ich glaube, ich schulde Ihnen noch ein Gespräch. Steigen Sie ein."

Nach einer unruhigen Minute sprintete Daniel Alex hinterher. Ja, er hatte seine Worte im Affekt gewählt. Aber sie waren echt, verdammt. Er liebte sie, endlich sah er es ein. Er musste einen Weg finden, dass Alex und Piotr, beide Welten, nebeneinander existieren konnten. Irgendwie würde das schon gehen. Nur verlieren wollte er Alex auf keinen Fall, koste es, was es wolle.

Doch in der Tiefgarage angekommen, beschlich ihn gleich ein merkwürdiges Gefühl, auf das er die letzten Jahre gelernt hatte, sich zu verlassen.

Aus dem Augenwinkel bemerkte er noch den pechschwarzen Maybach, der die Garage soeben verließ. Piotrs Wagen.

Zum anderen stand Alex' Auto noch an Ort und Stelle. Und weit und breit keine Alex.

Blanke Panik durchflutete ihn. Er hatte sich an Piotrs Anweisung gehalten, sich nicht mit mehr ihr getroffen. Bis eben, aber das hatte er nicht wissen können. Oder?

Was also zum Teufel hatte sein Chef mit Alex vor, wieso besprachen sie das nicht in den Büros?

Immer noch vollkommen von der Spur fuhr er sich durch die Haare. Ein Anruf bei seinem Chef könnte es für Alex nur noch schlimmer machen. Alles Weitere lag ab jetzt bei Piotr. Im Moment konnte er nichts für sie tun.

Schnell verließen Piotr und Alex Jatterton, die Landschaft wurde rau und felsig, wo das Meer neben ihr peitschte. Erst nach zehn Minuten Fahrt, in denen sie wie versteinert neben diesem Riesen von Mann saß und kein Wort rausbrachte, sprach er.

„Sie wissen sicher, dass ich Ihren Vertrag nicht verlängern kann, oder?" Natürlich, das war nun echt keine Überraschung mehr. Langsam nickend schaffte sie es sogar, ihn anzuschauen. Harte Augen fixierten sie prüfend.

„Sie sind klug, Alexandra, irgendwo werden Sie es weit bringen. Aber nicht in meinem Verein. Dafür haben Sie zu viel Mist gebaut. Neil Reynolds, ihr Alkoholproblem. Davies hatten sie erst Recht nicht unter Kontrolle." Er hielt ihren Blick weiterhin fest, auch wenn sie das Gefühl hatte, gleich würde sie sich an seinen stechenden Augen verbrennen. Und Piotr fing gerade erst an.

„Und dann noch Daniel." In dem Moment ruckelte der Wagen, fast schon im Takt zu Alex' aussetzendem Herzen, aber es gab ihr Gelegenheit, endlich wegzusehen. Sie waren an einem Strand angekommen, wild schlugen die Wellen gegen die Brandung. Ohne ein weiteres Wort stieg Piotr aus, also tat sie es ihm gleich. Als sie sich umsah, erblickte Alex nichts, keine Menschenseele. Angst umklammerte ihren Körper mit einem Mal. Piotr war ein gefährlicher Mann und sie mitten im Nirgendwo mit ihm alleine. Niemand würde sie schreien hören. Auch wenn sie sich damit versuchte, zu beruhigen, dass er mit ihrem Verschwinden den Erfolg seines Vereins im Pokalfinale torpedieren würde – ihre Unruhe war real und berechtigt, als sie daran dachte, wie Piotr Daniel, seinen Schützling, zugerichtet hatte. Was würde er also erst mit ihr anstellen?

Alex folgte dem Vorstand an die tosende Brandung, wartete, bis er sich genüsslich eine Zigarre angezündet hatte. Er hatte sich für das Finalwochenende schick gemacht, edler, grauer Dreiteiler, glatt rasiert.

„Genau, bei Daniel war ich stehen geblieben", flüsterte Piotr nach schier endlosen Minuten und sah sie endlich wieder an.

„Ich weiß nicht, wie viel er Ihnen über unsere gemeinsame Zeit in Polen erzählt hat. Wie wir uns kennengelernt haben." Er erwartete keine Antwort von ihr, also blieb sie still.

„Daniel war ein Straßenjunge, ohne Heimat, schon damals... Nun ja, gebrochen und deswegen brandgefährlich. Dank seiner Brutalität hatte er mit zwölf schon ein ganzes Viertel unter sich." Alex durchfuhr es heiß und kalt. Wieso erzählte er ihr das?

„Ich muss zugeben, erst wollte ich ihn aus dem Weg schaffen, kein Kind sollte meine Ziele gefährden. Doch dann erkannte ich Daniels wahren Wert, zu was er fähig war. Dass er absolut keine Skrupel kannte." Piotr drehte sich bedrohlich zu

Alex um, doch sie blieb starr stehen, konnte gerade einmal flach atmen. Er sah ihr das sofort an, lächelte böse und kam noch einen Schritt näher.

„Sie sind zwar tough, Alex, aber nicht so oberflächlich, dass Sie nicht wissen wollten, mit was für einem Mann Sie ins Bett gestiegen sind. Ich kenne Frauen, wie Sie. Daniel hat sie angemacht, weil er genau weiß, wie der Hase läuft. Er hat Macht und lange Zeit den Finger an Ihrem Abzug. Aber weil er nicht abgedrückt hat, bilden Sie sich ein, Sie wären was Besonderes für ihn. Das sind Sie nicht. Daniel kennt keine Liebe, keine Gefühle, nur Loyalität und den Hunger nach Macht. Er gehört mir." Piotr blies seinen Rauch direkt in Alex' Gesicht, sie schloss die Augen, hustete, wagte aber immer noch nicht, sich von der Stelle zu rühren.

„Daniel hat unsägliche Dinge für mich getan, er kennt keine Grenze, wenn er etwas für mich erledigen soll. Sie sind nicht dumm, Ihnen ist sicher klar, was ein Verein tun muss, um erfolgreich zu werden: Gewinnen. Daniel hat das geregelt, mit allen. Den Spielern, den anderen Vereinen, der Liga, den Schieris. Selbst die Ultras hat er gegeneinander aufgehetzt, um Spiele zu beeinflussen. Alle hat er bestochen, bedroht. Und wenn man gewinnt, kommen die Sponsoren, dann das Geld für talentierte Spieler." Er lachte Alex offen an, nahm wieder genüsslich einen Zug seiner Zigarre.

„Aber das waren die harmlosen Sachen, Alexandra. Mit dem Fußball haben wir uns beide danach gesehnt, ein halbwegs normales Leben zu führen. Für unsere Verhältnisse..." Gedankenverloren blickte er aufs Meer hinaus, sodass Alex zunächst den Mut aufbrachte, in sein Gespräch einzusteigen.

„Falls es darum geht – Daniel hat nie etwas von seiner Vergangenheit oder Ihnen erzählt. Ich kann also niemandem etwas verraten." Sie verstummte sofort, als Piotr sie scharf, aber mitleidig ansah.

„Eigentlich dachte ich, sie wären klüger." Er trat ganz nahe an sie heran, sie spürte seinen rauchigen Atem. Ihr Herz pochte ihr bis zum Hals.

„Daniel würde nie riskieren, Ihnen von seinem wahren Ich zu erzählen. Aber ich schon. Weil ich will, dass Sie ihn anschauen und den Mörder in ihm erkennen, der er wirklich ist!" Jetzt verstand Alex, sehr gut. Piotr wollte die Macht, die er all die Jahre augenscheinlich über Daniel hatte, nicht teilen. Er würde mit Sicherheit nichts beschönigen, sondern ihr die knallharte Wahrheit stecken. Schien, als würde sie letztendlich doch ihren Willen bekommen, nur anders, als erhofft. Derweil brannten Piotrs Augen immer noch wie Feuer, er war nun so nah bei ihr, dass kein Blatt Papier mehr zwischen sie passte.

„Wussten Sie, dass Daniel ohne mit der Wimper zu zucken, Frau und Kinder eines unserer Mitarbeiter erschossen hat? Er hatte Schutzgelder und Waffen unterschlagen, das konnten wir nicht tolerieren." Alex versuchte, keine Regung in ihrem Gesicht zuzulassen, wusste aber nicht, ob es ihr gelang. Piotr fuhr fort.

„Das blieb kein Einzelfall. Ehefrauen von Polizisten, Zuhälter, Prostituierte. Es war allen klar, wenn sie sich nicht an Daniels, meine Regeln hielten, ging es erst ihren Liebsten und dann ihnen an den Kragen. Daniel hatte nie einen einzigen Tag ein schlechtes Gewissen deswegen." Piotr legte eine Kunstpause ein, während Alex kaum atmen konnte. Wenn es stimmte, was er sagte, war Daniel zumindest damals nicht weit von dem Monster entfernt, für was er sich immer noch hielt.

„Im Gegenteil, ich hatte den Eindruck, er genießt es. Also hab ich ihm genügend solcher Jobs gegeben." Mittlerweile wurde es Alex schwindelig, aber das Adrenalin, das durch ihren Körper pulsierte, hielt sie aufrecht. Buchstäblich am Leben.

„Natürlich gab es auch Leute, die sich uns in den Weg gestellt haben. Hat er Ihnen mal von seinen Brandnarben auf dem

Rücken erzählt?" Bevor sich Alex dunkel an Lukes Geschichte eines brennenden Vereinsheims erinnern konnte, zog Piotr urplötzlich eine Waffe und richtete sie auf Alex. Sie spürte ihren Körper nicht mehr, hörte es nur noch rauschen.

„Wie gesagt, ich weiß von nichts!" Ihre Stimme krächzte ungewollt vor Angst und blanker Panik, doch dafür belächelte Piotr sie nur spöttisch. Wieder ein Zug seiner Zigarre, die Waffe weiterhin auf sie gezielt.

„Die Brandnarben. Genau." Er sprach im Tonfall eines netten Wanderausflugs weiter.

„Es war der letzte Baustein, um in die beste polnische Liga aufzusteigen. Machen Sie sich keine falschen Vorstellungen, die polnische Liga ist ein Drecksloch und sie werden damit nicht reich. Reich wurde ich durch die vielen Schmiergeldzahlungen, die Daniel mir organisiert hat, die vielen Waffendeals zwischen dem Nahen Osten und Osteuropa. Daniel hat immer alle aus dem Weg geschafft, die nicht gezahlt haben. Oder deren Familien. Es stinkt fürchterlich, aber Menschen in Säure aufzulösen ist der beste Weg, sie *wirklich* verschwinden zu lassen. Aber ich schweife schon wieder ab." Alex fühlte sich wie in einem furchtbar gefährlichen Film. Das passierte alles gerade nicht wirklich.

„Daniel sollte den letzten Verein, den Endgegner der Saison, vom Verlieren überzeugen. Der Trainer war nicht überzeugt, also tat Daniel genau das." Sie zuckte zusammen, als Piotr die Waffe näher zu ihrem Kopf brachte und entriegelte, war aber unfähig, nach hinten auszuweichen.

„Der Trainer hat nicht so entsetzt geschaut, wie Sie. Er weiß, zu was Daniel damals schon fähig war. Also wehrte er sich." Piotr wedelte mit der Waffe und den Armen in der Luft. Und bevor Alex sich versah, löste sich ein Schuss, direkt neben ihrem Kopf. Ein Kreischen schoss ihr durch Mark und Bein, sie sackte vor Schmerz zusammen, doch Piotr zog sie am Kinn hoch.

„Der Schuss hat eine nicht richtig isolierte Stromleitung getroffen und ein Stromschlag den Trainer erwischt. Er war sofort tot. Ein Brand entstand, ein herunterfallendes Stück Holz rauschte auf Daniel und verschandelte seinen Rücken. Als er es aus dem Gebäude herausgeschafft hat, brüllte er vor Schmerz. Da ist das, was Sie gerade eben spüren, ein Witz!" Er verstärkte den Griff um Alex' Hals, hob sie weiter hoch, sodass sie weniger Luft bekam.

„Er hat danach nicht aufgehört! Es hat ihm nie etwas ausgemacht, weil ich ihm gesagt habe, dass es ok ist."

Piotr fixierte ihren Blick, während Alex einfach nur hoffte, dass es bald vorbei war. Egal, wie. Das war nicht mehr ihre Welt. Sowas konnte sie nicht aushalten, so viel Mühe sich Daniel vielleicht noch gab.

„Neben ihm sind Sie genau das Mauerblümchen, dass Sie sein sollten, und ich bin mir ziemlich sicher, auch wenn Sie mit dem Gedanken gespielt haben, es aber *nie* wirklich wissen wollten. Hauptsache, Sie lassen sich ein paar Mal gut durchvögeln." Wieder griff seine Hand fester zu, sodass sie nach Luft japste.

„Ich schwöre Ihnen, lassen Sie sich nie auf ihn ein! Verschwinden Sie aus seinem Leben, verschwinden Sie nach dem Pokalspiel! Das ist meine Stadt und meine Männer. Wenn ich Daniel sage, er soll Sie umbringen, dann würde er das tun. Sie sind nichts weiter, als eine kleine, oberflächliche Hure, die den Ruhm und den Stress nicht aushalten konnte, den Nervenkitzel brauchte." Er ließ Alex so abrupt fallen, dass ihre Knie nachgaben und sie auf die harten Steine fiel, sich immer noch hustend den schmerzenden Hals hielt. Piotr räusperte sich, kniete sich neben sie. Mit der Pistole strich er ihr einige Strähnen aus dem Gesicht.

„Gut, ich denke, ich habe mich klar ausgedrückt. Nach dem

Finale geht das Kapitel Jatterton und erst Recht Daniel für Sie zu Ende, kapiert?" Langsam nickte Alex, da stand Piotr zufrieden auf, schnipste die Zigarre ins Meer und verstaute seine Pistole.

„Ich habe trotz allem Anstand. Ein Wagen wird Sie in die Stadt zurückbringen." Federnden Schrittes ging er zu seiner Limousine zurück, während eine zweite, nicht ganz so schicke, bereits vorfuhr. Alex sah ihm fassungslos hinterher, da drehte er sich nochmal um, lächelte teuflisch.

„Gutes Gespräch, nicht wahr?"

Daniel erreichte Alex seit über einer Stunde nicht mehr, er wagte es nicht, Piotr anzurufen. Es waren nur noch wenige Stunden bis zur Abfahrt nach London. Er geriet in echte Sorge. Also fuhr er schließlich zu ihrem Apartment. Alarmiert sah er die offen stehende Eingangstüre. Augenblicklich griff er nach seiner kleinen Waffe, die er für Notfälle immer unter seinem rechten Arm bei sich trug. Doch die Wohnung war ordentlich, aufgeräumt – und im oberen Stockwerk packte Alex gerade ihre Sachen. Sofort versteckte er die Waffe wieder, erleichtert, sie zu sehen, ging dann schnellen Schrittes auf sie zu.

„Wo warst du so lange, wieso gehst du nicht an dein Handy?" Noch bevor er neben ihr stand, spürte er, dass sie anders war, nicht ganz anwesend, kaum auf sein unerwartetes, persönliches Erscheinen reagierte.

„Alex?" Erst als er sie vorsichtig am Arm berührte, sprang sie förmlich zurück, presste sich an ihre Kommode. Begann, zu zittern.

Daniel wusste sofort, was das bedeutete.

„Was ist passiert?" Er sprach scharf und eindringlich, damit Alex ihn wahrnahm. Tatsächlich sah sie ihn an, wenn auch mit einer gehörigen Portion Respekt.

„Ich bin raus. Nach dem Finale. Weg vom FC, weg aus Jatterton. Er hat meinen Vertrag nicht verlängert." Daniel schloss kurz die Augen, verstand nicht. Er hatte sich ferngehalten, Piotrs Anweisungen erfüllt. Wieso ließ er dann jemanden gehen, der ausgezeichnete Arbeit lieferte?

„Ich verstehe das nicht", murmelte er gedankenverloren vor sich hin, während Alex wieder ihre Tasche packte, nach seinem Satz kurz auflachte.

„Oh, ich versteh das sehr gut." In dem Moment ging sie fahrig an ihm vorbei und etwas blitzte unter ihrem dünnen Rollkragenpullover hervor. Den sie vorhin noch nicht getragen hatte.

Blitzschnell hielt Daniel sie fest, doch sie zuckte sofort wieder zurück, konnte ihn nicht ansehen.

„Fass mich nicht an." Ihre Stimme war kaum mehr ein Krächzen. Er raste innerlich. Das konnte Piotr einfach nicht getan haben.

„Was hat er getan, Alex." Wieder wich sie vor ihm zurück, doch diesmal folgte er ihr. Musste sicher sein, dass Piotr wirklich diese Linie überschritten hatte.

„Es ist egal, Daniel, es ist vorbei! Nach dem Finale werden wir uns nie wieder sehen, dafür hat er gesorgt." Erneut blieb sie vor ihrer Kommode stehen, aber sie ließ ihn näher ran.

„Wie?" Sie schlang die Arme schützend vor ihren Körper.

„Ich weiß es. Deine Vergangenheit, was du alles für ihn getan hast. Zu was du schon mal alles fähig warst. Er hat dafür gesorgt, dass ich dich nie aushalten kann." Alex würde bei sowas nie lügen, aber Daniel konnte es trotzdem kaum fassen. Ja, Piotr und er hatten sich entfernt, dennoch war er stets treu geblieben, hatte all die Aufgaben seines Chefs erfüllt. Er hatte die Saison gut gemeistert. Das er Alex wegen ihm rausschmiss, sie bedrohte und auch noch seine Taten ausplauderte...

Von unbändiger Wut gepackt, griff er langsam an ihren Hals, eine Träne ran ihr stumm die Wange herunter, sie schloss die Augen.

Als er die roten Flecken auf ihrem Hals sah, fühlte er nicht, wie sonst eine Explosion brodeln. Keine von dem Durst nach Gewalt kitzelnden Fingern, kein Adrenalin, das seinem Körper manchmal zu so viel Kraft verhalf, dass er kaum selbst verstand, wie brutal er sein konnte.

Nein, dieses Gefühl war anders. Tausend Mal schlimmer.

Daniel atmete flach, mit zittriger Hand schob er den Stoff zurück, streichelte kurz Alex' Wange, wischte dann ihre Träne fort.

„Es tut mir so leid. Er hätte dich da nie mit reinziehen sollen. Jetzt... weißt du wenigstens, wer ich wirklich bin." Als Alex die Augen öffnete, sah sie ihn überraschenderweise recht klar an.

„Es ist vorbei, Daniel. Er bekommt seinen Willen, so der so. Dein Platz ist in diesem Verein, bei ihm. Meiner nicht. Und das ist ok." Er verstand sie, sie klammerte sich an diese Aussicht, dass es bald endete. Aber er glaubte ihr nicht und zweitens stimmte es nicht. Wenn Piotr so weit ging, würde er nie aufhören. Denn genauso hatte es bei Ana angefangen. Und diesen Weg würde Daniel niemals zulassen. Koste es, was es wolle.

„Es ist nicht vorbei, Alex." Während sie realisierte, was genau er damit sagte, war er bereits flink die Wendeltreppe herunter und fast bei der Tür, als Alex ihn zurückhalten wollte.

„Daniel, tu das nicht!" Er schüttelte den Kopf. Er musste schnell handeln, sonst würde er es für immer bereuen.

„Er hätte dich niemals anfassen dürfen. Niemals."

Für Alex vergingen die kommenden Stunden, die Fahrt nach London, wie in einer Blase. Niemand drang so wirklich zu ihr durch, obwohl sie durchaus noch gebraucht wurde. Das Hotel rief ständig bei ihr an, weil etwas mit den Zimmern oder der Buchung für die Abschlussfeier nicht stimmte. Michael

340

ging mit ihr hundert Mal die morgigen Abläufe auf dem Spielfeld durch, auch wenn sie alles bereits Tage zuvor festgelegt hatten. Alles war vorbereitet, perfekt wie immer. Bereit für eines der spektakulärsten Finale, den die englische Liga seit Langem sehen würde.

Doch Piotrs Blick, sein fester Griff um ihr Kinn, sein blanker Hass in seinen Augen. Sie ließ das Gefühl nicht los, dass der Plan, den sie mit Tom für ihre Zeit nach morgen, nach dem letzten Match der Saison hatte, nicht aufgehen würde. Der Vorstand hatte sie aus Jatterton geschmissen. Nachdem sie wusste, was Daniel für ihn alles gemacht hatte, fähig war... ja, sie fürchtete um ihr Leben, blanke Furcht hatte sie fest im Griff. Nicht vor Daniel, sondern vor Piotr, ob die beiden ihren Kampf weiter über sie austragen würden.

Sie sah es Daniel an, er wusste, was in ihr vorging. Und gleichzeitig blickte sie in sein schwarzes, dunkles Inneres. Sie hatte es in seinen Augen gesehen, als sie ihm ihren Hals gezeigt hatte. Etwas war gebrochen in ihm, unheilbar verloren gegangen. Alex war froh, dass sie in London genügend zu tun hatte, dankbar, über die Ablenkung. Und im selben Augenblick hoffte sie inständig, dass Daniel keine Dummheit beging. Nicht wegen ihr.

Er suchte ihre Nähe, wollte mit ihr reden, doch direkt nach der Ankunft im Hotel flüchtete sie sich erst auf ihr Zimmer, dann auf die Dachterrasse, wo der Verein ein kleines Barbecue vor dem großen Tag morgen schmiss. Sie prüfte die Bestellungen, stand zur Verfügung für letzte Fragen des Personals. Sie konnte nicht mit Daniel sprechen, ertrug es nicht.

„Wow, nicht schlecht." Alex fuhr zusammen, als Ted plötzlich neben ihr auftauchte, nachdenklich auf die Terrasse mit Blick auf die Londoner Skyline sah. Er blieb still, schließlich räusperte sie sich. Ted hatte ein Anrecht darauf zu erfahren, wie der Vorstand sich entschieden hatte. Falls er es nicht eh schon wusste.

„Ich werde nächste Saison nicht dabei sein, Ted. Mir wurde es vorhin… mitgeteilt." Wieder sagte ihr Chef erstmal nichts, begutachtete für eine Weile seine Schuhe, kämpfte sichtlich mit sich.

„Ich sag es dir gerne erneut. Ich wollte dich halten, um jeden Preis. Aber er sitzt am längeren Hebel, und ich werde das Gefühl nicht los, das mehr hinter dieser Entscheidung steckt." Spöttisch lachte Alex.

„Da kannst du deinen Arsch drauf verwetten." Erstaunt grinste Ted, schlug ihr auf die Schulter.

„Naja, dann können du und Daniel hoffentlich wenigstens neu anfangen, oder?" Sie zog nur die Augenbrauen hoch, blickte Ted perplex an.

„Wie bitte?" Ihr Chef verbarg sein schelmisches Grinsen kaum.

„Naja, das wolltet ihr doch die ganze Zeit schon. Jetzt wärst du nicht mehr im Verein, Daniel kann in seiner Freizeit machen, was er will." Traurig senkte Alex den Blick, Ted verstand.

„Es ist überhaupt nicht so einfach, Ted." Er seufzte, beobachtete Möwen, die über ihnen in Richtung des weit entfernten Meeres flogen.

„Ich bilde mir etwas darauf ein, Daniel ziemlich gut zu kennen, Alex. Er hat nie über etwas Persönliches geredet, es ging immer nur um den Verein. Er brennt für dieses Leben, für diese Position, für seinen Chef." Ted konnte ja nicht ahnen, wie viel mehr Alex wusste. Also ließ sie Ted fortfahren.

„Seit er dich kennt, seitdem du ihn von dir überzeugt hast, er sich wohlgemerkt das erste Mal wirklich geöffnet hat, ist viel für ihn passiert. Er hat etwas für dich getan, obwohl es für den Verein nicht notwendig gewesen wäre. Und das nicht nur einmal. Für jemanden, der nie persönliche Beziehungen hatte, ist das ein riesiger Schritt, Alex. Das weißt du, also gib dem ganzen

Zeit." Sie war unfähig, zu antworten. Nicht nur, weil nichts von dem, was ihr Chef gerade gesagt hatte, in Wirklichkeit so simpel war. Ted hatte ihr so viel mehr, als nur diese Chance eröffnet. Das ganze Jahr war er an ihrer Seite, auch er, nicht nur Daniel, hatte Lisa für sie aus dem Weg geschafft, dafür gesorgt, dass sie einen festen Stand im Verein hatte. Persönlich hatte sie einiges von ihm gelernt.

Ohne großartig zu überlegen, fiel sie ihm um den Hals. Kurz zögerte er erstaunt, dann drückte er sie.

„Ich werde dir nie sagen können, wie viel mir diese Chance bedeutet hat, Ted. Dieser Vertrauensvorschuss, dein Glauben in meine Fähigkeiten, obwohl ich so etwas noch nie gemacht hatte. Ich kann dir niemals genug dafür danken, Ted." Er schüttelte den Kopf, dann sah er sie an.

„Du musst mir nur eines versprechen – werd kein Fremder, schau ab und zu mal bei uns vorbei, in Ordnung? Michael wird mir da zustimmen." Alex nickte. Egal, was die nächsten Stunden passieren würde, dieses Versprechen würde sie halten.

Daniel war kaum er selbst. Er bekam Alex' Blick, ihre unfassbare Angst nicht aus seinem Kopf. Schon lange waren Piotr und er nicht mehr die Partner, Lehrer und Schüler, wie sie es einst waren. Es war an der Zeit, einen sauberen Schlussstrich zu ziehen. Ihn konnte er verprügeln, verschandeln, bestrafen. Es war ihm egal. Aber nicht Alex. Sie hatte nichts in diesem Konflikt zu suchen, er hatte sie da rausgehalten. Niemals würde er zulassen, dass er ihr nochmal etwas antun konnte. Dass weder Alex noch er das Gefühl haben mussten, hinter jeder Ecke würde ein Auftragskiller warten. Denn das tat sie, er sah es in ihrem Blick. Tiefe Verstörung, verständlicherweise. Deshalb hatte sie ja auch nichts von seiner Vergangenheit erfahren sollen, genau so würde sie nämlich wieder reagieren, wenn sie wirklich jedes Detail wusste, da war er sich ziemlich sicher.

Aber es gab noch ein letztes Ding, einen letzten Coup, den er fahren würde, um Alex zu schützen. Damit sie nie wieder Angst haben müsste.

Bevor das Barbecue begann, fuhr er mit einem Taxi in eine schummrige Gegend Londons, seine Kontakte hatten ihm gesteckt, wo sich der harte Fan-Kern aufhielt. Er stieg aus, glitt durch die mittlerweile bereits dunklen Gassen, um mögliche Verfolger abzuschütteln. Wer wusste schon, ob Piotr ihn nicht aufgrund der Situation beschatten ließ.

Als er sich sicher war, dass ihm niemand folgte, schlüpfte er erst durch einen Bretterverschlag, öffnete dann eine Küchentür, ging, ohne auch nur ein Wort zu den Köchen und Angestellten zu sagen, an ihnen vorbei, die Treppe hinunter. Der Flur, den er ein paar Meter entlang ging, war nicht wirklich beleuchtet, er erkannte nur Schemen am Ende des Ganges. Räuspernd trat er ein. Einige Männer erschraken, nur einer sah ihm mit einer Mischung aus Respekt und Wut an.

„Was willst du denn hier? Diese Sachen solltest du lieber nicht sehen." Luke schob sich abwartend vor einen Stadionplan, die anderen Männer, alle in seinem Alter, Muskelprotze, tätowiert und mit einigen Vereinschals, Mützen und Jacken bekleidet, taten es ihm gleich. Daniel winkte ab.

„Das interessiert mich nicht. Ich brauche eure Hilfe." Luke kniff die Augen zusammen, sah ihn immer noch abwartend und skeptisch an.

„Du brauchst unsere Hilfe? Ich dachte, wir hatten uns beim letzten Mal auf etwas geeinigt?" Er verschränkte die Arme, doch Daniel entlockte das nur ein müdes Lächeln.

„Es ist mir vollkommen egal, welche Pinelly-Arschlöcher ihr zu Brei schlägt, welche Fensterscheiben zu Bruch gehen. Wirklich, es geht mir richtig am Arsch vorbei, tobt euch aus." Luke zog als Antwort nur die Augenbrauen hoch.

„Wir haben dir bei den Wixern geholfen, die Alex zusammen geschlagen haben. Was willst du noch?" Daniel richtete sich auf, die Männer um Luke herum spannten sich merklich an, doch sowohl Daniel als auch Luke waren davon vollkommen unbeeindruckt.

„Es geht um Alex. Und um den Vorstand. Es ist ihre und meine Versicherung, dass der Vorstand sie in Ruhe lässt. Ein für alle Mal." Daniel wusste ganz genau, Luke musste nur Alex' Namen hören und er hatte ihn auf seiner Seite. Er nickte sofort, dann gab er einem seiner Jungs ein Zeichen. Sie entspannten sich wieder, traten beiseite, damit die beiden sich ungestört unterhalten konnten.

„Was brauchst du?" Ohne viel Emotionen zu zeigen, reichte Daniel Luke mehrere Notizbücher, dunkel, aber unauffällig.

„Sicherheit."

Alex brachte trotz der angespannten Situation kaum ein Wort raus. Die ganze Nacht hatte sie wach verbracht, mit ihrem lächerlichen Pfefferspray in der Hand, die Tür immer im Blick. Stunde um Stunde passierte – nichts. Jetzt war sie wieder gefordert, im Ligaalltag. Nur noch dieser eine, letzte Tag. Dann würde sie das hinter sich lassen. Und Daniel mit dazu.

Sie erledigte das Notwendigste mit den Veranstaltern, den Funktionären der Liga vor Ort, doch darüber hinaus hielt sie die Anspannung und den Druck nicht anders aus, als sich immer mehr einzuigeln. Sie sprach weder mit Ted, Michael oder ihren Freunden viel, mit Daniel sowieso gar nichts, bis sie sich in den Katakomben des tobenden Wembley-Stadions einfanden. Vor dem vermutlich größten und aufregendsten Stadioneinlauf ihrer Karriere.

Auch wenn sie wusste, dass sie eigentlich Michael zuhören musste, brachte sie es nicht fertig. Sie blickte in reihum hochkonzentrierte, voll fokussierte Gesichter, alle hingen dem Trainer an den Lippen, sogen jedes seiner letzten Worte für diese Saison in sich auf. Sie alle würden heute nicht mehr als das Beste geben.

Dieselbe Routine, wie die vielen Spiele zuvor. Nur das dieses Mal vor der Startelf des FC Pinelly jemand auf Alex wartete, bevor sie ihrer Mannschaft ein letztes Mal die Hand reichte, sie umarmte. Neil Reynolds war die gleiche Anspannung ins Gesicht geschrieben. Er blickte sie unsicher an. Kurz überlegte sie, ihn einfach zu ignorieren, doch das war sie nicht. Egal, was sonst lief, sie war immer fair geblieben, also würde sie es auch am letzten Spieltag sein.

„Eine aufregende Saison, was?" Alex nickte, er spürte sofort, dass sie mehr, als nur so einen schnöden Satz von ihm erwartete. Er kam näher, versteckte seinen Mund hinter der vorgehaltenen Hand, damit kein dämlicher Journalist auf die Idee kam, seine Lippen zu lesen.

„Ich hatte nichts mit dem Presseartikel zu tun. Ehrlich. Das wollte ich dir noch sagen." Wieder nickte Alex, senkte kurz den Blick. Er gab es tatsächlich zu, sagte sogar die Wahrheit.

„Ich weiß. Und mir tut meine damalige Drohung leid. Das war nicht fair." Erleichtert nickte nun auch Neil.

„Ok. Dann möge der Bessere gewinnen." Alex spürte förmlich das Raunen in den Katakomben, als die beiden sich die Hand gaben, Fotos wurden geschossen, doch ihr war es egal. Sie konnte sich in den Spiegel sehen und mit einem guten Gefühl sagen, dass sie über den Dingen stand, das Richtige tat.

Als sie bei ihrem Team fast durch und am Anfang bei Tom, Adam und Tobi angekommen war, lächelten sie sie fein an.

„War das Absicht? Die Jungs aus Pinelly fanden die Sache nicht so cool." Unauffällig sah sich Alex um, Neil wurde gerade leise, aber offensichtlich von seinem Chef zusammengefaltet. Leicht grinsend wandte sie sich wieder zu ihren Freunden.

„Ach, echt? War mir nicht klar, dass das dort nicht gut ankommt." Und in diesem Augenblick wusste sie, dass sie gewin-

346

nen, den Pokal nach Jatterton holen würden. Neil und die Reaktion seiner Mannschaft hatten ihr gezeigt, wer hier wirklich
hinter seinem Verein stand, wer wirklich bis zum Äußersten
gehen würde – und wer die Verhaltensweise egal, von wem sie
aus dem Club kam, verstand und sie respektierte. Deswegen
liebte sie den FC. Ihren FC. Denn auch wenn sie bald woanders
arbeiten würde – nichts würde mit dem hier zu vergleichen
sein. Und das war ok. Zumindest damit fand Alex in diesem
kleinen Augenblick ihren Frieden.

Ganz so einfach, wie sie es zu Beginn im Gefühl hatte,
machte es ihnen Pinelly dann doch nicht. Sie blieben hart, bis-
sen sich in Zweikämpfen fest, verschenkten kaum Bälle. Aber
der FC stand ihnen da in nichts nach, und so führte Jatterton
nach 80 Minuten mit nur einem Tor. Das Stadion kochte, Alex
verstand teilweise ihre eigene Stimme nicht, wenn sie sich mit
Ted oder Michael abstimmte, beide Fanblöcke sangen und
schrien sich die Seele aus dem Leib, um ihrem Team die Unterstützung zu geben, die sie brauchten.

Richtig brenzlig wurde es für die Mannschaft in der 87. Minute. Den Jungs ging langsam merklich die Puste aus, und Pinelly wusste das leider für sich zu nutzen. Tom erwischte den
gegnerischen Stürmer ungut bei dem Versuch, den Ball aus
dem Sechzehner zu befördern, der Schiri schien Alex etwas
unschlüssig – und schließlich gab er einen Elfmeter für Pinelly.
Jattertons Bank tobte, Michael schrie über den ganzen Platz,
während Daniel, Ted und sie selbst wie versteinert sitzen blieben. Doch es führte kein Weg daran vorbei, die Entscheidung
war gefallen, und eben jener Stürmer schnappte sich den Ball
und legte ihn genüsslich vor Tobis Tor ab.

Die Bank bildete eine kollektive Kette, die Jungs auf dem
Platz taten es ihr gleich. Tobi wusste, seine ganze Mannschaft,
der ganze Verein stand hinter ihm, egal wie es nun ausging.
Denn jedem war klar, sollte er diesen Ball nicht halten, würde

Pinelly auf Verlängerung setzen. Und das würden sie vielleicht nicht durchhalten.

Quälend lange Sekunden vergingen, nachdem der Schiri mit einem Pfiff den Strafstoß freigab, weitere Sekunden vergingen, bis das ganze Stadion realisierte, dass Tobi Brandt den Elfmeter gehalten hatte. Für einen Augenblick blieb er auf dem Ball liegen. Pinellys Stürmer sank mit den Händen vors Gesicht fassungslos auf den Boden – und aus der Fankurve und von der Bank aus Jatteron brandete ein solches Gebrüll auf, das Alex in ihrem eigenen Jubel die Ohren fiepten. Tobi hatte pariert, die 89. Minute war bereits angebrochen. Mit Nachspielzeit blieben dem FC Pinelly nur wenige Minuten, das Spiel nach diesem vergebenen Elfmeter wieder zu drehen.

Und sie schafften es wirklich nicht. Vier Nachspielzeitminuten später pfiff der Schiedsrichter endlich ab – und der FC Jatterton war zum ersten Mal in seiner Vereinsgeschichte Pokalsieger.

Während die ganze Bank kollektiv das Spielfeld stürmte, vergrub Alex ihr Gesicht hinter ihren Händen, versuchte, den Druck, den sie die letzten Stunden immer stärker und schwerer gespürt hatte, wegzuatmen. Doch sie schaffte es nicht mehr, zu atmen. Das hier war das Ende. Das phänomenale Ende der trotz aller Geschehnisse vermutlich besten Zeit ihres Lebens.

Immer noch kam sie kaum zum Durchatmen, da umarmte sie der Erste. Ted. Er hielt sie einfach nur fest, wusste genau, was in ihr vorging. Dann wurde es lauter, sie hörte ihre Freunde, die Mannschaft. Ted löste sanft ihre Hände vom Gesicht, sie blickte in strahlende Gesichter. Tom zog sie zu sich, sprang mit ihr auf und ab, grölte wie ein Bekloppter. Der Druck wurde leichter.

Dann Adam. Er packte ihren Kopf, grinste dämlich. Im Stadion war es immer noch so laut, er rief ihr etwas zu, doch sie verstand kein Wort. Plötzlich jemand von hinten, Tobi. Auch er sprang wie ein Flummi auf und ab, freute sich wie ein kleines Kind zu Weihnachten. Das Atmen fiel ihr endlich leichter. Schließlich lachte Alex befreit.

Die Jungs zogen sie mit aufs Spielfeld. Jeden ihrer Spieler schloss sie in die Arme, gratulierte, bedankte sich für die tolle Zusammenarbeit und die klasse Leistung diese Saison. Zu mehr war ihr Gehirn nicht fähig. Vor der Fankurve kam der ganze Verein zusammen, wirklich alle, auch Elaine, Russel, Kemal. Sie bildeten eine lange Kette, sprangen auf und ab – und tausende Fans mit ihnen mit. Am Schluss erkannte sie Luke, inmitten von einem blauen Meer aus Schals und Flaggen. Er weinte, kam augenscheinlich mit sich und seinen Emotionen überhaupt nicht mehr zurecht. Sie bahnte sich einen Weg durch die Security, bedeutete ihm, zu ihr herunterzukommen. Bestimmt zwei Minuten lagen sie sich in den Armen, er brachte kein Wort heraus. Sie war froh drum, sie wusste nicht, was sie hätte sagen sollen.

Hinter ihr bereiteten die Ligafunktionäre bereits die Zeremonie vor, ein Podest wurde aufgebaut, der FC Pinelly stand in einer Ecke vor der Bank, zerknirscht, viele Männer waren heulend auf dem Rasen zusammengebrochen. Bestürzt betrachtete Alex diese Szene. Dann tat sie etwas, was für sie zum Fairplay zählte. Sie ging zu dem Stürmer, der den Elfmeter gegen Tobi verschossen hatte. Er war einer der Spieler, die nicht mehr klar kamen, der völlig zerstört mit Tränen in den Augen auf dem Rasen saß. Niemand sprach mit ihm, versuchte, ihn aufzuheitern. Sie trat zu ihm, mitten hinein zum Erzfeind.

Erst bemerkte er sie nicht, doch dann sah er auf, sein Blick schwankte zwischen Skepsis und Hass. Sie ging in die Knie, ignorierte die vielen Kameras um sie herum, die plötzlich auf sie beide gerichtet waren.

„Es war ein klasse Spiel. Es hätte kein besseres Endspiel geben können. Das war nicht dein letzter Elfmeter, ich kenn deine Statistik. Du bist ein klasse Schütze, in der nächsten Saison machst du die Dinger wieder rein. Mit Sicherheit auch einen gegen uns." Sein Hass verschwand, doch die Skepsis blieb. Alex verübelte es ihm nicht.

„Es war toll, diese Saison mit und gegen euch gekämpft zu haben. Danke." Sie schlug ihm vermutlich etwas unbeholfen auf die Schulter, wollte sich schon aufrichten und ihn in Ruhe lassen, da räusperte er sich.

„Cool. Danke." Obwohl es nicht viele Worte waren, spürte Alex, dass er sie ernst meinte. Sie nickte. Dann streckte er ihr die Hand hin. Sie griff danach, war aber überrascht, dass er sich daran hochzog. Mit Mühe hielt sie das Gleichgewicht, schaffte es dennoch einigermaßen souverän, mehr oder weniger gleichzeitig mit ihm aufzustehen. Er nickte ihr ein letztes Mal zu, dann ging er zu seiner Mannschaft.

Der FC Jatterton hatte währenddessen bereits ein Spalier vor der Bühne gebildet, Alex stellte sich neben Ted und Michael gegenüber von Daniel.

„Starkes Stück, Alex. Wie immer." Ihr Chef nickte ihr anerkennend zu. Viel mehr konnte er allerdings nicht sagen, der FC Pinelly trat seinen wohl schwersten Gang an. Durch die Mitte des größten Rivalen seine Medaille abholen. Doch alle blieben im Vergleich zu den letzten Begegnungen sportlich, es wurde abgeklatscht, gratuliert. Selbst Benjamin Philipps beglückwünschte Ted und sie mit einem einigermaßen glaubwürdigen Gesichtsausdruck.

Dann war der FC Jatterton dran. Auf dem Podium warteten der Präsident der Liga, der Vorstand des FC Pinelly - und ausgerechnet Piotr auf die Gewinner und somit auch auf Alex. Sie versuchte, ihr Gesicht im Zaum zu halten, während sie dem Vorstand nahekam, natürlich er ihr die Medaille über den Kopf legte, danach die Hand schüttelte. Aber er sagte kein Wort, grinste nur wie ein Honigkuchenpferd ob des größten Triumphs seines Vereins. Ihr war das nur Recht so, schnell suchte sie das Weite.

Sie alle standen auf der Tribüne, Ted, Daniel und sie etwas abseits hinten, die Spieler vorne, als einziger direkt vor dem Pokal Adam. Er zählte an – und als er die Trophäe hochhob, das Stadion wieder einmal in ein unfassbares Geschrei getaucht, sah Alex erstmal nur blauen Konfetti vor sich. Der ganze Verein sprang so arg, dass die Bühne wackelte, sie grinste nur überwältigt, bis der Pokal plötzlich in ihren Händen war. Die Männer bildeten einen Kreis um sie, zählten an – und sie hob mit Sicherheit mit einem unsicheren Grinsen den Pokal schließlich hoch. Die Mannschaft brüllte so laut, dass sie sich sicher war, dass sie spätestens jetzt einen Hörsturz bekommen würde.

Es dauerte eine ganze Weile, bis sich alle ansatzweise beruhigten. Daniel nutzte die Gelegenheit und Alex' Überforderung mit der Situation, dass er sie etwas abseits zog, sich zu ihr runter beugte. Auch er legte die Hand schützend vor den Mund, während er zu Alex sprach. Niemand, außer ihr, sollte hören, was er ihr zu sagen hatte.

„Ich habe alles ernst gemeint, Alex. Ich liebe dich. Ohne dich wäre die Saison nicht so geworden, nicht so erfolgreich und auch nicht so schön. Du bist ein wundervoller Mensch. Tut mir leid, dass ich nicht derjenige sein kann, den du verdienst. Piotr wird die nie wieder etwas tun können, das schwöre ich dir mit meinem Leben. Ich würde es mir nicht verzeihen, wenn dir etwas passieren würde. Nie wieder." Und vor allen, vor den ganzen Kameras, vermutlich der halben Fußballwelt, gab er ihr langsam einen Kuss auf die Stirn. Dann wurde sein Grinsen breiter, er küsste seine Medaille und drehte sich mit erhobener Faust von ihr weg.

Die Fahrt vom Stadion zu ihrem Hotel, in dem auch die Siegesfeier stattfinden würde, verbrachte der ganze Verein in einem einzigen Strudel aus Geschrei, purem Adrenalin und Ungläubigkeit. Sie hatten es wirklich geschafft. Das erste Jahr in der Premier League, zum krönenden Abschluss brachten sie morgen den Pokal in die Stadt ihrer Herzen.

Die ganze Mannschaft, inklusive dem Management und jedem, der irgendwie dazu gehörte, tanzte während der Fahrt durch den Bus. Das Mannschaftslied wurde eines um andere Mal geschmettert. Ted kam gar nicht aus dem Grinsen raus, Michael hielt immer irgendeinen Spieler im Arm, schrie ihnen durch den Lärm zu, was für eine geile Saison das war.

Alex beobachtete den Trubel etwas abseits im vorderen Teil des Busses. Sie und Daniel hatten sich zum Gang hingewandt, aber ganz vorne hingesetzt, filmten teilweise, teilten sich eine Dose Bier auf die klassische, englische Art, sprachen jedoch kein Wort. Es gab nichts zu sagen, es galt nur, dieses abgöttische Gefühl, dass sich bei ihnen eingestellt hatte, möglichst lange zu halten. Schließlich würden in ein paar Stunden alle erfahren, dass es für Alex der letzte Abend beim FC Jatterton war. Doch diesen Gedanken schob sie schnell beiseite. Hier, im Jetzt, hatten sie die Saison bei Weitem besser durchgestanden, als jeder erwartet hatte, am allerwenigsten sie selbst. Dieser Sieg, diese Genugtuung gegenüber allen, die es ihnen niemals zugetraut hatten, schmeckte wie ein süßer Cocktail für Alex. Und dass dieser Triumph ausgerechnet gegen den Angstgegner Pinelly gelang, war die rote Kirsche, das Sahnehäubchen.

Immer noch sprachen Daniel und sie kein Wort. Nur weil er sie vor Piotr beschützen würde, ihr vielleicht nichts passieren konnte, war sie zum einen ihren Job los, hatte keine Ahnung, wie es für sie ab morgen weitergehen sollte. Von seiner furchtbaren Vergangenheit mal abgesehen. Es war also gar nichts einfach wieder in Ordnung.

Sie waren im Hotel angekommen, wurden bereits von loyalen Fans empfangen, selbst Alex gesellte sich zu einigen Selfies, vor allem mit weiblichen Fans, dazu. Auf ihren Zimmern lag die Abendgarderobe, Alex hatte sich ein brandneues, tiefblaues Abendkleid zurechtgelegt, passend zu den Vereinsfarben. Ein letzter, würdigender Gruß an den aufregendsten Job, den sie vermutlich jemals haben würde.

Das Bier vernebelte ihre Sinne nur leicht, zum Glück war sie so routiniert im Schminken, dass sie das erledigt hatte, als jemand an ihrer Tür klopfte. Die Jungs, ihre Freunde, standen bereit, wunderbar in Smoking und blauer Fliege. Auch wenn sie das Bier roch, alle waren noch so aufgeputscht, dass der Alkohol mit Sicherheit nicht an alle Rezeptoren hatte andocken können.

Lachend folgte sie den grölenden Jungs, während sie wehmütig an Mark dachte.

„Hey, Leute. Lasst ein Bild für Mark machen!" Im Fahrstuhl drängten sie sich zusammen, Alex schoss ein Selfie über den Fahrstuhlspiegel. Sofort schickte sie es an ihren Freund weiter, und an Luke. „Wir sind bereit für den Abend", schrieb sie darunter.

Sie wollte sich kaum vorstellen, wie es sich für Mark anfühlte, den heutigen Abend alleine in der Klinik zu verbringen. Adam würde ihn morgen abholen, bevor sie alle in ein Strandhaus nach Südengland fuhren. Zwei Wochen Ruhe und Erholung. Obwohl Alex immer noch nicht sicher war, ob sie wirklich hinfahren sollte, nicht lieber nach Deutschland zurück. Nicht, dass sie ihre Freunde damit in Gefahr brachte.

Schnell schob sie die Gedanken beiseite, als sie den Festsaal betrat. Egal, wie das Jahr persönlich für sie gelaufen war, sie hatten heute Geschichte geschrieben, hatten eine unglaubliche Saison hingelegt – und das musste gefeiert werden.

Die Mannschaft gab einige Interviews, es war sogar ein deutscher Sender gekommen, auf den Elaine Alex aufmerksam machte. In vollkommener Euphorie richtete sie ein paar Worte an ihre Eltern, wich aber Fragen nach ihrer Zukunft aus, konzentrierte sich auf die Spielanalyse und die Vergangenheit.

Dann wurden alle rausgeschmissen, die nicht dem Verein oder deren Familien angehörten, das Dinner begann. Alex und ihre Freunde waren wie ein Bienenschwarm, der beständig vor Aufregung und Adrenalin summte, ständig rissen sie dreckige Witze, schlugen einander auf die Schulter. Sie würde das schrecklich vermissen.

Nach dem Hauptgang passierte das, wovor Alex schon eine Weile Respekt hatte. Es ging los mit der Rede des Vorstands. Vorhin auf dem Rasen hatte er gut gespielt, vor den Kameras bei der Übergabe der Medaillen. Aber jetzt hier intern, was würde er seiner Mannschaft, seinem Verein mit auf den Weg für die nächste Saison geben?

Als Piotr sehr bedächtig, doch mit kräftigem Schritt auf das Podium zuging, herrschte mit einem Mal eine Totenstille in dem Raum, intensiver als wie Alex sich an Daniels ersten Auftritt vor der Mannschaft erinnerte. Die nicht gewünschten vereinsinternen Beziehungen. Vorsichtig sah sie sich nach ihm um, der am Tisch des Vorstands Platz genommen hatte. Sie blickte sofort in seine suchenden Augen, kurz zuckten seine Mundwinkel, der Blick blieb ernst. Sie reagierte nicht, dann begann die Ansprache, und sie richtete ihre Aufmerksamkeit wieder nach vorne.

„Diese Saison, die vielen Erlebnisse und Ereignisse, gerade zum Saisonende, lassen sich für mich auch nach ein paar Nächten Schlaf darüber, kaum in Worte fassen. Erst Recht nicht nach dem heutigen Tag." Er reckte etwas unnatürlich die Faust in die Luft, um den Sieg zu verdeutlichen, doch niemand fiel in Applaus ein, der Funke sprang noch lange nicht über, und Alex bezweifelte, dass er das je tun würde.

„Natürlich ist uns allen klar, dass es einige Dinge gibt, die wir aus dieser Saison aufarbeiten müssen, Fehler, die wir in den kommenden Spielen auf keinen Fall mehr machen dürfen." Er räusperte sich, konnte sich einen kleinen Seitenblick auf Daniel nicht verkneifen. Aber Alex war sich sicher, nur das geübte Auge hatten diesen kurzen Ausrutscher gesehen.

„Die unglaubliche Energie dieses turbulenten, dennoch erfolgreichen Jahres gilt es mitzunehmen, ich bin mir sicher, wir werden das alle schaffen, egal, wie viel Kraft diese Saison dem Einen oder Anderen genommen hat." Der Vorstand räusperte sich erneut, nun meinte Alex echte Reue und Demut in seinen Augen zu sehen.

„Gleich werden wir einige Leute verabschieden, die ihren weiteren Weg nicht mehr in Jatterton gehen, die aber alle einen großen Teil dazu beigetragen haben, die Saison zu etwas Besonderem zu machen. Wie jeder in diesem Saal. Ich möchte mich an dieser Stelle schon dafür bedanken. Alles Weitere übernimmt Ted, vielen Dank." Nun war es deutlich gewesen, der Vorstand war ergriffen, Alex spürte seinen innerlichen Kampf. Dieser harte Mann konnte also auch anders, dachte sie, dann wandte sie sich wieder zu Daniel um. Doch diesmal sah er sie nicht an, fixierte stur und überraschenderweise verkrampft den Tisch vor sich.

„Gut, ihr wisst, was kommt, Leute. Am letzten Abend der Saison verabschieden wir immer die Personen, die kommende Saison nicht mehr bei uns sein werden. Ich denke, bei den meisten wird es schon durchgesickert sein, also bitte, hoch mit euch." Sie brauchte einen Moment, um sich einen Ruck zu geben. Nachdem sich Adam, ganz der Teamkapitän, als Erstes und anschließend und eine Reihe weiterer Spieler erhoben und teilweise sehr bedacht zur Bühne schritten, überwand sich Alex. Ein deutliches Raunen ging durch den Saal. Sie konnte ihre Freunde nur kurz ansehen, legte Tom eine Hand auf die Schulter, als sie an ihm vorbeiging. Es waren fast die schlimmsten Sekunden dieser Saison für sie, obwohl sie einige anstrengende und auch furchtbare Dinge miterlebt hatte. Aber die Stille im Saal, die vielen erstaunten und entsetzten Augenpaare, waren kaum auszuhalten. Sie senkte den Kopf, versuchte, die Fassung zu bewahren, doch ganz gelang es ihr nicht. Ihre Hände zitterten bereits.

Sie ging gerade die Stufen hoch, Ted hielt ihr die Hand hin, die sie dankbar ergriff, da stoppte er mitten in der Bewegung. Alex folgte seinem Blick.

Daniel war aufgestanden, trank den letzten Schluck seines Whiskeys. Alex erstarrte halb auf der Tribüne. Keiner im Saal konnte es fassen, am Allerwenigsten der Vorstand.

„Daniel?" Noch nie hatte dessen Stimme so klein, verletzt geklungen. Gedemütigt. Daniels Antwort war leise und in Polnisch, niemand konnte also sagen, was er erwiderte. Damit knüpfte er sein Sakko zu und ging unter den entsetzten Blicken seines Chefs und des ganzen Vereins nach vorne.

„Daniel, was soll das?" Teds Stimme war nur leise im Saal zu hören, weil er das Mikro vor Erstaunen hatte sinken lassen. Als Alex ihm auf den Podium Platz machte, sah sie dort und auch im restlichen Raum erstarrte und geschockte Gesichter. Niemand konnte begreifen, wollte glauben, dass Daniel das wirklich ernst meinte. Sie selbst atmete vor Anspannung kaum. Sein Verhalten, ein einziger Affront gegenüber dem Vorstand – setzte er jetzt gerade, in diesem Augenblick, einen Schlussstrich, entschied sich gegen sein altes Leben und für ein Neues? Sie lehnte sich leicht an Tobi an, brauchte seine große, starke Schulter, um das Folgende auszuhalten.

Daniel trat neben Ted, flüsterte ihm etwas ins Ohr, doch Ted schüttelte den Kopf, drückte Daniel unbeholfen das Mikro in die Hände. Alex hatte immer gewusst, dass Daniel und Ted sich den Umständen entsprechend gut verstanden, dass Ted jetzt aber so offensichtlich getroffen war, berührte sie tief. Sie senkte den Blick, unterdrückte die ersten Tränen. Die Situation fühlte sich auf einmal sehr unrealistisch an.

Auch Daniel kämpfte mittlerweile mit sich, drehte kurz das Mikro in seinen Händen, dann hatte er anscheinend die passenden Worte gefunden.

„Ja, ihr alle seid erstaunt, dass ich hier mit oben stehe. Das ist keine Aufgabe, kein Gruß, den ich im Auftrag des Vorstands erfülle. Das hier ist mein Wunsch, mein letzter Auftritt vor euch, mein letzter Abend im Verein." Er deutete hinter sich, auf die Spieler, auf Alex, wandte sich wieder nach vorne.

„Ich weiß, es ist vermutlich für euch kaum vorstellbar, meine blasierte Visage nicht mehr jeden Tag zu sehen, die euch Dinge sagt, die ihr nicht hören wollt." Alle lachten, auch wenn Alex dabei einige Tränen hochkamen, die sie schnell wieder wegwischte. Doch Tobi hatte es gemerkt, nahm sie nun endlich ganz in den Arm.

„Glaubt mir, ich kann es selbst immer noch kaum glauben. Aber es ist Zeit für einen Neustart. Ich denke, es wird vielen hinter mir so gehen. Die Saison war hart, hat viel von uns gefordert, vor neue Frage gestellt, die bis dahin undenkbar gewesen waren." Er senkte kurz den Blick, kämpfte nun wirklich offensichtlich mit der Fassung. Vermutlich ging diese Reaktion allen mehr an die Substanz, als seine Worte.

„Aber es gibt Dinge, die bedürfen im Leben einer klaren Antwort. Für was stehen wir ein? Wir alle wissen, für was wir das machen, für den Fußball, für das Gefühl, auf dem Platz zu stehen, Tausende Menschen in Jatterton zu begeistern! Aber wir alle in diesem Raum haben uns mit Sicherheit auch schon mal die Frage gestellt, was eigentlich danach kommt. Nun ist die Frage als Spieler sicherlich doppelt schwer, aber auch mir ist es schwer gefallen, eine Antwort zu finden." Alex spürte Tobis Druck auf ihrer Schulter, doch sie konzentrierte sich ganz auf Daniels Worte.

„Richtig raus habe ich das Ding noch nicht, habe keine Ahnung, wie sich ein Leben ohne den FC Jatterton, ohne... euch alle anfühlen wird. Aber es gehört zum Leben dazu, neue Schritte zu gehen. Vermutlich habe ich es jeden von euch schon mal gesagt, dass das Leben kein Ponyhof ist, dass ihr euch zusammen reißen sollt. Aber eins habe ich gelernt." Ein kurzer Seitenblick hinter sich, zu Alex.

„Wenn es etwas unfassbar Wichtiges im Leben gibt, muss man dafür kämpfen. Und Leute, die das nicht verstehen, sollten im eigenen Leben nichts mehr zu suchen zu haben, auch, wenn das auf den ersten Blick sehr schwierig ist. Also, jetzt darf ich mir meinen Spruch selbst zu Herzen nehmen. Danke, für die tolle Zeit." Mit fahrigen Händen übergab er Ted das Mikro, stellte sich an den Rand. Plötzlich wirkte dieser große, bullige Mann, den Alex vor knapp einem Jahr kennengelernt hatte, so klein, ungefährlich, einfach nur traurig. Auch wenn Daniel sich im Prinzip die Entscheidung seines Weggangs aufgelegt hatte, jeder im Saal spürte, dass er es eigentlich nicht wollte. Für alle war er zumindest intern mehr das Gesicht des Vereins, als der Vorstand persönlich. Jemanden, den man jeden Tag sah, er beständiger Teil. Der Einschnitt war wirklich groß.

Alex begriff es immer noch nicht so richtig. Daniel verließ den FC, weg vom Vorstand. Wegen Piotrs Aktion am Strand, wegen ihr? Das konnte nicht sein, Piotr würde das niemals zulassen...

„Danke, Daniel, für deine offenen Worte." Ted brauchte kurz, um seine Stimme wieder zu festigen, dann wandte er sich den restlichen Personen des Podiums zu.

„Leute, ich kann mich im Prinzip nur wiederholen. Diese Saison war unbeschreiblich intensiv, hat uns viel abverlangt, wurde aber letztendlich mit einem Erfolg gekrönt, den sich jeder auf die Fahne schreiben kann. Unfassbar, anders kann man das nicht beschreiben. Ich sehe hier in Gesichter, bei dem es mir bei jedem Einzelnen weh tut, dass ich sie bald nicht mehr so oft sehen werde. Das ist schade, aber der Lauf des Lebens." Wieder ein Räuspern, dann blickte Ted nach vorne.

„Ich will mich bei jedem in diesem Raum bedanken, egal, ob hier auf dem Podium, oder da unten. Diese Saison ist ganz klar der Höhepunkt meiner Karriere. Aufsteigen kann jeder, mit ein bisschen Glück, aber sich oben halten, das zeugt von echten Qualitäten, echter Willenskraft und Können. Das haben wir alle bewiesen, darauf können wir alle echt stolz sein." Applaus brandete auf, für einen Moment feierte sich der Verein selbst, reflektierte, was für eine Leistung er da eigentlich erbracht hatte. Dann verdunkelte sich der Raum plötzlich, hinter Alex, Daniel und den Spielern ging ein Bildschirm an. Dort war erst mal „Danke" zu lesen, danach begann ein kleiner Film, der die Saison nochmal Revue passieren ließ. Das Trainingslager, lachende Gesichter bei Ausflügen, das erste öffentliche Training, Alex' erster Einlauf ins Stadion, die Kommentare der Weltpresse dazu. Einige Spiele, Siege, dann natürlich das furchtbare Aufeinandertreffen mit Pinelly. Wie Jatterton es danach schaffte, Land zu gewinnen, sich wieder zurück kämpfte, das Vorankommen im Pokal. Viele Videoaufnahmen von privaten Kameras, Pubabende, Ted und Michael spätabends im Büro, kurz Alex, wie sie wie immer gehetzt über die Flure rannte, Daniel vertieft in sein Laptop. Dann Ted und Alex, wie sie beim Training rumhampelte, mit Daniel Späßchen machten, er und sie in London, ein kleines Video, wie die beiden inmitten der Menge an hochberühmten Spielern feierten. Als das Video bei Marks Zusammenbruch ankam, wurde es unangenehm Still im Saal, doch als kurz danach das Pokalfinale gezeigt wurde, die Bilder von vor ein paar Stunden aufgefrischt wurden, lockerte sich die Stimmung schnell. Am Schluss der ganze Verein, tanzend und jubelnd hinter Adam, der laut schreiend den Pokal in die Höhe rückte.

Der Saal wurde wieder dunkel, kurz flackerte das Vereinslogo auf, ein erneutes „Danke", dann brach solch ein Jubel aus, dass nicht nur bei Alex die Tränen flossen. Ted schloss erst sie, anschließend Daniel in seine Arme, die beiden wollten sich gar nicht mehr loslassen. Alex bemerkte, dass Daniel sich verändert hatte, irgendwie wirkte er gelöst. Weil er sich von seinem Chef befreit hatte? Seine Worte vom Platz flammten wieder in ihr auf. Wenn der Vorstand von seinem Vorhaben nichts gewusst hatte, war dieser Kampf noch nicht zu Ende. Das war nicht gut. Obwohl sie hin und hergerissen war, was seine Worte wohl für sie beiden bedeutete, ließ sie Daniel in Ruhe.

Alex und die Spieler gingen wieder auf ihre Plätze, das Dinner wurde fortgesetzt. Aus dem Augenwinkel sah sie Daniel und den Vorstand abseits sprechen, umringt von seinen Bodyguards, doch sie konnte den Blick nicht weiter darauf richten, ihre Freunde wollten nun alles von ihrem Weggang wissen, und dem von Daniel. Wie sollte sie das erklären?

„Es war eine Chance, ein Experiment, Jungs. Es hat geklappt, ja, aber zu welchem Preis? Obwohl ihr mir so wahnsinnig fehlen wird, hat mich die Entscheidung des Vorstands erleichtert. Ich komme mit ans Meer, brauche die Zeit mit euch... aber unten sitzen, mitten in diesem Trubel... ich kann das erstmal nicht mehr." Sie seufzte, warf einen Blick zu Daniel, der immer noch mit dem Vorstand diskutierte.

„Und Daniel... ehrlich, ich habe keine Ahnung?" Natürlich hatte sie das, wollte ihre Freunde aber nicht beunruhigen. Irgendwann würden sie alles erfahren, doch bestimmt nicht heute. Die Jungs waren nicht wirklich zufrieden mit diesen Aussagen, respektieren sie aber. Wieder sah Alex zu Daniel. Immer noch sprachen die beiden Männer, mittlerweile sichtlich erregt.

„Wie kannst du mich vor all diesen Leuten nur so blamieren?" Piotr stand brodelnd vor Daniel. Oh ja, Daniel hatte darauf gesetzt, aber darum ging es nicht. Keine Alternative zu dieser „Kündigung" hätte Piotr akzeptiert. Er konnte nicht unterdrücken, seinen Chef herausfordernd anzublicken.

„Glaub mir, das ist mir bewusst. Es geht mir um etwas anderes." Er trat einen Schritt auf seinen ehemaligen Mentor zu, dachte an Alex, ihren traurigen Blick. Was Piotr ihr, ihnen beiden, angetan hatte. Niemals würde er ihm das verzeihen, egal, was Piotr ihm ermöglicht hatte. Und das würde er ihn jetzt spüren lassen.

„Du warst mir immer einen Schritt voraus, Piotr, immer habe ich geglaubt, ich wäre nicht so gut wie du. Nie hast du mir übrigens irgendwann gesagt, wie gut ich bin, aber ich brauche dein Lob auch nicht mehr. Denn heute, Piotr, bin ich dir einen Schritt voraus." Daniel musste sich nicht groß ins Zeug legen, um Falten auf der Stirn seines Chefs zu provozieren, seine Augen zu schmalen Schlitzen werden zu lassen.

„Sei vorsichtig, Daniel. Du vergisst, wer ich bin", zischte er nur, aber Daniel dachte nicht mal daran. Er ging weiter auf ihn zu, senkte seine Stimme. Trotz des Trubels um sie herum verstand Piotr jedes Wort.

„Ich weiß genau, wer du bist. Deswegen habe ich alles mitgenommen, alles aufgeschrieben, was wir beide jemals durchgezogen haben. Und nicht nur ich. Die bösen Jungs aus Jatterton stehen alle hinter *mir*, wenn es hart auf hart kommt. Denn nicht du hast dich in die Todeszone begeben, sondern ich, jedes Mal. Sie respektieren, achten mich. Ich habe mit ihnen geredet." Piotr schüttelte den Kopf, verschränkte die Arme vor der Brust.

„Was hast du aufgeschrieben?" Ein so gewinnendes Grinsen zeigte sich auf Daniels Gesicht, dass Piotr etwas blas um die Nase wurde.

„Alles. Jedes unserer Gespräche, jede unserer Abmachungen. Weißt du noch, wie wir Pinelly den Freifahrtschein für ein bisschen Ärger in Jatterton gegeben haben? Ich führe Tagebuch, Piotr, ich habe Kopien an ein paar Leute verteilt, die dich dafür hassen, wie du den Verein verändert hast. Die nichts lieber täten, als damit zur Polizei zu rennen." Jetzt ging Piotr auf seinen einstigen Schützling zu, fixierte seinen Blick, war kurz davor die Fassung zu verlieren.

„Das würdest du niemals tun, du verdankst mir alles! Wenn das raus kommt, gehst du mit unter. Nicht mal ins Zeugenschutzprogramm nehmen sie dich auf, wenn sie wissen, was du getan hast." Daniel nickte, dann erkannte Piotr, auf was er hinaus wollte.

„Du kannst das nicht ernst meinen. Für sie, Daniel? Für diese unbedeutende Schlampe brichst du mit mir?" Am liebsten hätte Daniel ihm eine übergebraten, doch er hielt sich zurück.

„*Du* hast mit *mir* gebrochen. Das hast du getan, als du sie angefasst hast. Denkst du wirklich, das hätte ich ein weiteres Mal akzeptiert? Ich hätte sie abgeschrieben, gehen lassen. Für dich. Aber nicht so. Du hast mir damit mehr gedroht, als jemals zuvor, Piotr. Weil du Liebe nie verstanden hast. Ich weiß es jetzt, aber es funktioniert nur in der normalen Welt, nicht in deiner. Du hast gedacht, du verlierst meine Loyalität, Piotr. Das war aber nie der Fall. Ich war immer dein Vertrauter, dein bester Mann. Du konntest es nicht ertragen, dass jemand neben dir in meinem Leben steht. Du hasst Konkurrenz. Und sieh an, was aus mir geworden ist! Hier steh ich vor dir und kriege meinen Willen." Piotr schüttelte wieder den Kopf, dann wusste er, dass er verloren hatte, nickte Daniel zu.

„Was willst du?"

„Meinen Frieden. Alex, mir und meinen Freunden wird niemals etwas zustoßen. Wenn du dicht hältst, halte ich es auch. Sollte aber einem dieser Personen etwas zustoßen, egal wem, gehen Kopien meiner Aufzeichnungen an jede Zeitung des Landes, an die Polizei, Staatsanwaltschaft, Interpol und die

Liga. Selbst wenn du es ins Flugzeug schaffst, werden sie dich aus der Luft eskortieren. *Keinem* wird etwas passieren, sonst bist du dran."

Eine Weile starrten sich die beiden Männer an. Piotr erkannte, dass er seinen Schützling unterschätzt hatte, vielleicht, und obwohl die Enttäuschung an ihm nagte, ließ er Milde walten. Daniel war stark, eigensinnig wie er selbst, irgendwann wäre der Tag gekommen, an dem der Jüngere den Älteren sowieso überholt hätte. Dann kam er halt etwas früher, als erwartet. Er würde jemanden anderen als seine Augen und Ohren für den Verein finden. Doch das würde er gegenüber Daniel natürlich nie zugeben. Also wurde sein Blick wieder gefährlich, drohend.

„Ein Wort zu irgendwem über deine Zeit bei mir, in Polen. Dann garantiere ich für nichts mehr. Wenn jeder sein Leben lebt... dann soll es so sein. Hol morgen deine Sachen, dein erarbeitetes Geld dieser Saison, dann verschwinde meinetwegen mit dieser Frau." Piotr drehte sich um, aber etwas ließ ihn sich nochmal umdrehen, Daniel kurz mit dieser unerwarteten Milde ansehen. Irgendwie war er trotz der Blamage vor dem gesamten Verein stolz auf dessen Verhalten. Seine Eigenständigkeit, seine eigens erschaffene Macht. *Er* hatte ihn so weit gebracht.

„Machs gut, Daniel."

Alex konnte kaum glauben, dass das Kapitel FC Jatterton zu Ende war. Die Umzugsfirma war dagewesen, hatte ihre dürftigen Sachen zu Tom gebracht, jetzt stand sie nur noch mit ihrem Koffer und ihrer Handtasche in der Wohnung, die für knapp ein Jahr ihr Zuhause war. Jedes Persönliche war verschwunden, selbst das Bettzeug. Was blieb, waren Erinnerungen.

Sie hatte viel erlebt, war über sich hinausgewachsen, beruflich und privat. Als erste weibliche Team Managerin der Premier League hatte sie sich gegen die ganzen Männer durchgesetzt, war beliebt mit ihren Ansichten und dank ihr hatten einige Vereine nachgezogen und suchten explizit Frauen für neu zu besetzende, wichtige Stellen. Ob damit ein kompletter Sinneswandel und Mentalitätswechsel in der Liga einherging, wagte Alex zu bezweifeln. Aber es war ein Anfang. Und der FC hatte der geldbeladenen Liga, der ganzen Welt gezeigt, dass man auch ohne viele Millionen, allein durch Talent und Willensstärke, es zu etwas bringen konnte. Wenn sie darüber nachdachte, platzte ihr das Herz. Und gleichzeitig weinte es, weil dieses Kapitel nun zu Ende war.

Mit dem Taxi ließ sie sich ins Mollys fahren. Der letzte Abend in Jatterton. Erstmal würde sie die zwei Wochen mit ihren Freunden verbringen, Mark Gesellschaft leisten. Runterkommen, alles Geschehene verarbeiten. Versuchen, zu verstehen. Und daran glauben, dass Daniel die Wahrheit sagte, sie vor Piotr in Sicherheit war.

Immer noch wussten die Männer nichts von dem Vorfall, immer noch verbarg sie ihren Hals trotz des beginnenden Sommers mit hochgeschlossenen Pullis oder Tüchern. Sie würde es ihnen sagen. Aber erst, wenn sie weg von all dem hier waren.

Seit Daniels überraschendem Weggang vom FC hatte ihn keiner mehr gesehen. Alex machte sich Sorgen, aber ausgerechnet Luke wollte sie die letzten zwei Tage ständig davon überzeugen, dass es Daniel gut ging. Auf die Frage, woher er das denn wisse, er kenne ihn doch kaum, antwortete Luke mit einem schelmischen Grinsen.

„Ich kenne ihn besser, als du denkst." Er blieb stur, rückte nichts mehr raus, also fokussierte sie sich an diesem letzten Montag im Pub ganz auf ihre Freunde – und die zahlreichen Fans. Es wurde eine laute, anstrengende, aber tolle Nacht. Sie alle verhielten sich so, als wenn sie keine Sorgen hätten, selbst

Mark. Sie lachten, grölten – und tranken viel zu viele Pints. Um vier Uhr morgens hingen die Freunde über ihren schalen Gläsern Bier, mit roten Augen, aber ungetrübten Blick. Da kam Alex eine Idee. Es gäbe keinen besseren Zeitpunkt, als jetzt, dachte sie. Sie tippte ihr Glas an.

„Wisst ihr was, das wird mein Letztes sein. Für einige Zeit." Tobi nickte ihr aufmunternd zu, sie musste nicht viel mehr zu dem Hintergrund ihres ernsten Vorsatzes sagen.

„Das ist eine super Idee, Kleines." Tom stöhnte.

„Leute, keine Ahnung, wann ich das letzte Mal so hacke war. Unfassbar." Alle kicherten, in dem Moment ging die Pubtür, doch keiner der Freunde drehte sich um.

„Du siehst aus, als könntest du Wodka vertragen." Alex fuhr herum, während Luke breit grinsend Schnapsgläser holte.

Daniel.

„Du kennst mich, da werde ich nicht Nein sagen." Alex wusste erst nicht, ob sie lachen oder weinen sollte.

„Ey, Daniel!", grölte Tom und zog ihm einen Stuhl zu sich ran. Daniel lächelte leicht, vermied aber jeden Blick in ihre Richtung. Sie hätte auch nicht gewusst, was sie hätte sagen sollen. Nach der ersten Runde Wodka, die alle, bis auf Daniel, hustend hinter sich brachten, räusperte er sich.

„Ich will auch nicht lange stören. Ich wollte mich nur verabschieden, bevor ihr wegfahrt. Und ich schulde euch eine Erklärung." Immer noch sah er Alex nicht an, obwohl er ihr gegenüber saß, sondern fixierte nur den Tisch zwischen ihnen.

„Der Vorstand hat vor ein paar Tagen etwas getan, was ich nie für möglich gehalten hätte. Nicht nur gegen alle Vernunft Alex' Vertrag nicht zu verlängern, sondern tausend Mal schlimmer. Da habe ich etwas verstanden, was mir erst durch Alex und auch euch klar geworden ist. Ich will kein Teil eines durchtriebenen, hinterlistigen und von Macht getriebenen Unternehmens mehr sein. Weil ich etwas Besseres kennenlernen durfte. Freundschaft und Liebe. Das und meine bisherige Arbeit hätten aber niemals zusammen funktioniert." Alex' Kehle schnürte sich zu, nicht vor Angst, sondern Aufregung. Sie hatte Recht behalten, in ihrem Innern doch nie die Hoffnung aufgegeben. Menschen waren zu Änderung fähig. Daniel änderte sich.

„Ich fass es nicht, du hast Harry Potter gelesen, oder?", nuschelte Adam, Daniel lächelte.

„Ja, das auch. Aber ich meine es ernst. Früher hätte ich genauso wie Piotr gehandelt, wenn sich mir ein Hindernis in den Weg gestellt hätte. Aber jetzt nicht mehr. Wegen dir." Während Alex heiß wurde, kaum glauben konnte, was Daniel tat und sagte, schob er ihr einen großen Umschlag über den Tisch. Ihre Freunde blieben ab diesem Zeitpunkt auffällig still.

„Wieso auch immer bist du immer zu mir gekommen, wo alle anderen es schon lange nicht mehr getan haben. Du hast an mein besseres Ich geglaubt. Ich war immer ehrlich zu dir, meine Gefühle oder Taten dir gegenüber entsprangen niemals einem Zweck oder gar einer List. Ich hoffe, das kannst du mir glauben." Er seufzte tief auf, während ihre Freunde um sie herum ungläubig hin und her blickten ob Daniels plötzlich so aufrichtigem Statement. Aber immer noch brachte sie kein Wort raus.

„Deswegen glaub mir auch, dass du ab jetzt sicher bist. Auch und gerade in Jatterton. Dafür habe ich gesorgt. Piotr wird dich nie wieder anfassen oder dir weh tun. Luke wird ein Auge darauf haben." Schon wieder Luke... doch Alex konzentrierte sich weiter auf Daniel, der sie nun endlich direkt ansah.

„Piotr hat dir etwas zu meiner Vergangenheit gesagt. Er hat nicht gelogen, aber auch nicht alles erklärt. Deswegen der Brief. Es steht alles drinnen, wie du es wolltest. Es wäre anmaßend zu glauben, dass wir dadurch dort weitermachen können, wo wir nach London aufgehört haben. Auch wenn ich alles dafür geben würde. Aber dafür ist zu viel passiert, habe ich Dinge getan, die du... nicht verstehen kannst. Also hoffe ich, dass du dadurch zumindest deinen Frieden findest." Alex' Blick wurde verschwommen, als Daniel fahrig aufstand. Obwohl sie sein wahres Ich kannte, wehrte sich ihr Inneres mit aller Macht. Er sollte nicht gehen. Aber sie war immer noch unfähig zu sprechen.

„Danke, dass ich Teil eures... normalen Leben sein durfte, zumindest für eine Weile. Ich werde das jetzt auch mal versuchen. Ganz ohne Intrigen, Verschwörungen, Schlägereien. Vielleicht im Supermarkt Regale einräumen, oder so." Er fuhr sich unruhig durch die Haare, wirkte mit einem Mal schmal, furchtbar unsicher. Ein seltener Anblick.

„Tut mir Leid, Alex, dass anscheinend nur ich mit positiven Veränderungen aus unserer gemeinsamen Saison gehe. Du hättest so viel mehr verdient... mach das Beste draus." Kurz drückte er ihr einen Kuss auf den Kopf, bevor er schnell das Pub verließ.

Alex ließ ihn gehen, saß zwischen ihren Freunden und brachte vor Überwältigung und Tränen kein Wort raus. Den Männern erging es ähnlich. Nach einer Weile fand Luke als Erster seine Sprache wieder.

„Alter, Eier hat er, das muss man ihm lassen. Ich kenne niemanden, der jemals so die Hosen runter gelassen hat." Alex wusste, er wollte die Stimmung nur aufheitern, doch in diesem Moment fing sie komplett an zu schluchzen. Daniel war gegangen, vielleicht für immer, aber mit was für einer Botschaft: Wegen ihr hatte er mit Piotr gebrochen, einfach so sein altes, mühsam erkämpftes Leben aufgegeben. Hatte für ihre Sicherheit gesorgt. Ein Mann, der unfassbar brutal sein konnte, hatte alles beendet, wagte den Neustart. Weil sie ihm das Gefühl gegeben hatte, das er es konnte. Jetzt war es an ihr, wie es weiterging.

Mit zittrigen Händen nahm sie den Umschlag und stopfte ihn in ihre Tasche.

„Können wir bitte einfach nur noch wegfahren? Ich kann nicht mehr."

Es dauerte einen Tag nach ihrer Ankunft im Strandhaus, als alle Freunde so weit ausgenüchtert hatten, um klar zu denken. Und wie zu erwarten, verlangten die Männer eine Erklärung für Daniels Verhalten, seine Worte. Und die war sie ihnen schuldig. Mehr als das. Sie brauchte sie.

Also erzählte sie ihnen Daniels und ihre ganze Geschichte. Von seinem Geburtstag, seine plötzliche Offenheit. Wie sie langsam aber sicher immer weiter aufeinander zusteuerten, ohne wirklich zu wissen, wieso eigentlich. Dann London, die Unwissenheit danach. Lisa, seine Rache an den Hooligans. So laut, wie Tobi bei seiner ehemaligen Freundin ausrastete, als er alles erfuhr, so still blieb Luke. Und plötzlich gestand er seine wahre Beziehung zu Daniel ein. Erst da, nach fast einem Jahr, verstand sie, wer Luke im Untergrund eigentlich war: Jattertons gefürchteter Anführer der Ultras. Sie schluckte. Es hatte also seine Berechtigung, wenn Daniel sie in seine Obhut gab.

Dann, nach Daniels Rückzug und seiner Entscheidung für den Verein, für den Vorstand, erreichte sie schließlich Piotrs Rache, seine Drohung gegenüber Alex. Luke war außer sich.

„Ich schwör euch, wenn Daniel ihn nicht kalt macht, leg ich ihn um!" Davon konnte sie ihn glücklicherweise schnell abbringen.

Als Alex endete, sich dann wieder an den Brief in ihrer Tasche erinnerte, kehrte Stille zwischen den Freunden ein. Für eine Weile war nur das nahe Meer zu hören, schließlich räusperte sich Tom.

„Ich glaube, du solltest dir nur eine Frage stellen: Bist du bereit, seine Vergangenheit, die in diesem Brief wohl steht, zu akzeptieren? Glaubst du daran, dass dieses Kapitel für immer beendet ist? Denn die Dinge, egal wie kacke und brutal sie waren, hat er für dich getan. Und er hat für dich mit seinem, naja, Vater abgeschlossen. Der Person, die für ihn eigentlich immer als Einziges gezählt hat. Und ausnahmsweise tut er mit dieser Aktion mal niemanden weh, außer sich selbst. Weil er jetzt ganz alleine ist." Auch wenn Tom Recht hatte, zögerte sie mit einer Antwort.

„Sollte die Frage nicht eher lauten, wieso ausgerechnet er, der Schwierigste und Komplizierteste von allen? Die ganze Saison bin ich umgeben von Männern, wieso nicht einer von euch, Ted, Michael, keine Ahnung?" Tobi lächelte sie etwas gequält an.

„Erstens wäre ein Spieler für dich niemals in Frage gekommen. Und zweitens sitzen hier nicht unbedingt die besten Ratgeber in Sachen gesunde Beziehung. Außer er vielleicht." Er blickte zu Tom, der sich nicht mal Mühe gab, sein süffisantes Grinsen zu verbergen.

„Zig Romane wurden geschrieben, die versucht haben, Liebe zu erklären. Es gibt vermutlich tausend und keine Erklärung. Aber mal ehrlich: Was reizt dich denn an ihm? Denn irgendeinen Grund wird es wohl gehabt haben, dass ihr im Bett gelandet seit, es so gekommen ist?" Alex überlegte nicht lange.

„Sein Wille. Wenn er etwas will, macht und kriegt er es. Und ja, ich habe immer bewundert, wie sehr ihn die Meinung anderer kalt lässt." Unbewusst fing sie an zu lächeln.

„Und naja, ich meine, er ist groß und stark..." Als sie in die grinsenden Gesichter ihrer Freunde sah, schoss ihr die Röte in den Kopf.

„Kein Grund, sich zu schämen, Alex. Du findest ihn attraktiv. Ist es nicht viel besser, endlich ehrlich darüber zu reden?" Mark sah sie recht ernst an, deswegen nickte sie, nahm wieder Augenkontakt auf.

„Schon. Aber es war nicht nur das. Ich fühle mich gut bei ihm. Auf Augenhöhe. Das gab es vorher in Beziehungen nicht für mich. Ich war immer die Gearschte." Adam deutete bestätigend mit dem Finger auf sie.

„Und genau das ist es, Alex. Du denkst, du hast wegen ihm die Saison so hart gearbeitet, dich so gepusht. Dabei warst du schon immer so – er hat nur geschafft, das Beste aus dir rauszuholen." Er hatte Recht, genau wie all ihre Freunde mit ihren Fragen und Denkanstößen. Wäre da nicht immer noch seine Vergangenheit. Wieder landete sie in Gedanken bei dem Brief, wie er oben in ihrer Tasche lag. Darauf wartete, endlich geöffnet zu werden.

„Ich bin mir ziemlich sicher, du wirst den Brief lesen und sofort fühlen, was du tun solltest. Und denk nicht dran, was vielleicht vernünftig ist. Als Psychologin solltest du wissen, das Liebe in der Regel herzlich wenig mit Rationalität zu tun hat." Marks Blick war aufmunternd und ehrlich, dann war das Gespräch beendet. Luke fing an, Kateressen zu kochen, die restlichen Jungs schauten Fernsehen. Alex ging nach oben und öffnete mit klopfenden Herzen den Brief. Zwei gefaltete, dicht beschriebene DIN-A4-Seiten. Den zweiten Umschlag beachtete sie zunächst nicht. Mit trockenem Mund begann sie zu lesen.

Alex,

Was für ein Jahr, was für eine Saison liegt hinter uns. Ich kann das selbst kaum glauben, was in dieser Zeit passiert ist. Noch vor zwölf Monaten haben wir uns in dem Restaurant das erste Mal getroffen – beide damals ganz andere Menschen. Ich war knallhart zu dir, härter, als zu jedem anderen. Ich war sauer auf Ted, weil er dich ohne mein Wissen eingestellt hatte. Das ließ ich dich büßen. Aber du hast dich gut geschlagen, schon an diesem Abend ist mir deine reine, fast schon unschuldige Seele aufgefallen. Gleichzeitig war da dieses Feuer in deinen Augen,

Leidenschaft und Ehrgeiz. Egal, was Leute zu dir gesagt haben, was du die Saison durchmachen, oder dir auch von mir anhören musstest: Für den FC hast du immer mehr als dein Bestes gegeben. Das konnte jeder sehen, auch ich musste das schnell zugeben – und letztendlich hast du mit dieser Stärke den ersten Schritt in mein Herz geschafft.

Es kamen noch viele weitere Situationen, bis ich nicht mehr leugnen konnte, wie viel du mir bedeutest. Bis heute verstehe ich es nicht, aber auch du hast dich für mich interessiert. Nicht nur körperlich, wie ich es sonst von Frauen gewöhnt war. Du hast mir das Gefühl gegeben, über meinen Job hinaus wertvoll für dich zu sein. Kein Monster, kein Killer. Das hat noch nie jemand und als ich es schaffte, das zu akzeptieren, gab es für mich kein Zurück mehr.

Ich kann dir viel schreiben, aber du hast gesagt, du brauchst eine andere Perspektive, um meinen heutigen Wandel einschätzen zu können. Wie viel diese Veränderung wirklich Wert ist. Ich kann das verstehen, auch wenn ich mich so lange dagegen gewehrt habe. Mir ist nämlich sehr klar, was ich alles verbrochen habe. Es gibt Gründe, wieso mir Nähe und Gefühle schwerfallen. Weil ich Dinge getan habe, die jeder normale Mensch sich nie vorstellen kann oder sollte. Und ich mir sicher war, dass du mein altes Ich, nicht ertragen könntest. Auch wenn es ab sofort der Vergangenheit angehört. Selbst jetzt bin ich mir immer noch nicht zu hundert Prozent sicher, ob du es wirklich wissen solltest. Aber nach all unseren Erlebnissen, der Nähe, die du dir bei mir erkämpft hast, verdienst du, dass dein Wunsch erfüllt wird. Weil du bereit warst, unsere „Beziehung" deswegen abzubrechen, scheinst du es tatsächlich ernst zu meinen. Also wirst du das Wichtigste erfahren.

Meine Eltern habe ich bis heute nie kennengelernt. Seit ich denken kann, habe ich mich alleine auf der Straße durchgeschlagen. Manchmal schenkten mir die Leute etwas, aber meistens lebte ich aus Mülltonnen oder klaute. Wenn die Polizei mich am Anfang noch erwischte und ins Heim steckte, floh ich dort gleich in der nächsten Nacht.

Ich muss um die zehn Jahre alt gewesen sein, als mein Leben die vermutlich alles entscheidende Wendung nahm. Es war der bisher härteste Winter, an den ich mich erinnern konnte, und meine Erinnerung wird schwammig, wie viele Tage oder Wochen ich schon nichts mehr gegessen hatte, weil alles gefroren war. An jenem Tag entdeckte ich einen etwas älteren Jungen. Er begann gerade eine heiße Suppe zu essen, die bis zu mir auf die andere Straßenseite duftete. Ohne groß darüber nachzudenken, entriss ich ihm das Essen. Wir rangelten, ich war schon damals kräftig, und bevor ich es realisierte, hatte ich ihn so heftig gegen die Mülltonne gepresst und geschlagen, dass der daran angefrorene Eisklotz seinen Schädel aufriss. Erst achtete ich kaum auf den leblosen Körper, das viele Blut. Ich aß die Suppe, kam wieder zu Kräften. Dann verstand ich, was ich getan hatte. Ein Kind getötet. Für Essen. Aus Rage, ja – aber ohne zu zögern. Erst haderte ich, überlegte aus Angst vor Konsequenzen, und der Angst vor mir selbst, die Stadt zu verlassen. Doch dann traf ich auf andere, deutlich ältere Jugendliche. Sie gaben mir freiwillig Essen. Woher auch immer hatten sie von dem Vorfall gehört und Panik vor meinen Fähigkeiten. Ja, meiner Brutalität.

Tja, als ich das verstanden hatte, was ich mit meinem Körper, meiner Macht, erreichen konnte, war ich schockiert und fasziniert zugleich. Und konnte nicht widerstehen, dieses Spiel weiterzuspielen. Wie weit kam ich damit durch? Wie weit war ich bereit zu gehen?

Wenige Monate später hatte ich das ganze Viertel unter Kontrolle. Drogen, Waffen, Autorennen. Ich lebte weiter auf der Straße, aber die Straße lebte nach meinen Regeln. Leider machte es furchtbar Spaß, der Anführer zu sein – auch wenn es bedeutete, um meine Position zu halten, den ein oder anderen unbelehrbaren Feind buchstäblich ins Messer laufen zu lassen. Nach einem Jahr mit dir tut es mir weh, das zuzugeben, aber ich liebte jede Sekunde davon.

Dann kam Piotr in die Stadt und riss alles an sich, auch mein Viertel. Er hatte von mir gehört, deswegen ließ er mir, im Gegensatz zu den anderen, die Wahl – entweder für und mit ihm. Oder gar nicht mehr. Er bot mir einen Weg von der Straße an, und den ergriff ich. Da war ich dreizehn.

Er wurde mein Mentor. Von ihm lernte ich die richtig schlimmen Sachen. Foltern, zerstückeln, in Säure auflösen. In welche Körperstellen man stechen muss, damit der Körper langsam verblutet. Piotr mischte beim Waffenhandel zwischen Europa und Russland mit - „Problempartner" versenkte ich regelmäßig in der Ostsee.

Vielleicht verstehst du jetzt besser, wieso ich niemals wollte, dass du das weißt.

Piotr hat mir nie eine Wahl gelassen, aber meine Taten habe ich trotzdem nie hinterfragt. Auch nicht, als Piotr uns beiden eine angenehmere, ruhigere Arbeit in England versprach.

An dem Job im Fußball fand ich schnell Gefallen. Ich legte mir ein neues Aussehen zu, wurde seriös. Es war das erste Mal in meinem Leben, das ich merkte, das mir mein altes Leben nicht fehlte. Leute achteten und fürchteten mich wegen Taten, die ich mit meinem Kopf vollbrachte. Strategien, Intrigen, Geheimnisse.

Dieses alte, „schmutzige" Leben schien mit Einreise nach England erstmal vorbei, auch wenn ich erst im Laufe der Jahre realisierte, wie wenig ich die Brutalität in meinem Leben noch brauchte.

Tja, Alex, und dann hast du die Bühne betreten. Wie als letzter Tropfen wurde mir durch dich klar, dass ich nicht mehr so sein will.

Du hast mir gezeigt, dass ich trotz meiner Vergangenheit, sogar ohne Machtdemonstrationen, ein liebenswerter und wohl wertvoller Mensch bin – und das stellt alles bisher dagewesen, auch Piotr, in den Schatten. Ich war ihm immer treu, hatte alles für ihn gemacht. Nur seine Drohung dir gegenüber... es war das letzte kleine Fünkchen, um endgültig zu verstehen, dass du mich zu einem neuen Menschen gemacht hast. Für dich, dafür lohnt es sich, dass alles hinter mir zu lassen. Du hast mir gezeigt, wie sich Liebe, Halt, Geborgenheit anfühlen. Freundschaft und Nähe. Ich kann nur mit drei Worten beschreiben, was das bedeutet: Ich liebe Dich.

Es ist meine Geschichte, und sie endet erstmal mit dir. Trotz des dramatischen Endes und durch diesen Brief, meinem Geständnis, hoffe ich, dass du deinen Frieden findest. Es ist anmaßend zu glauben, zu hoffen, du würdest trotz allem zu mir kommen. Auch wenn ich mir nichts sehnlicher wünsche... Aber auch wenn du nur mal einen Rat brauchen solltest – meine Handynummer ändert sich nicht. Und bei dir werde ich immer abnehmen, egal, wann.

Ich wünsche dir von tiefster Seele nur das Beste, denn nichts anderes hast du verdient!

In ewiger Liebe,

Dein Daniel

P.S. Die beigefügten Fotos habe ich zuerst Jeniffer, dann Elaine abgenommen, die Originale gelöscht, aber sie zuvor immer ausgedruckt. Von Anfang an wusste ich um die Bedeutung, doch es dauerte, bis ich sah, was jeder erblickte, der uns beobachtete. Zuneigung, Freude, Liebe. In den Augen.

Du sollst sie haben, als schöne Erinnerung an uns.

Alex fing an zu zittern. Er hatte es getan. Ihr seine Geschichte erzählt, seine Taten. War bereit, dass sie die Wahrheit erfuhr, welche Konsequenzen es für die beiden auch bedeutete.

Er hatte jetzt wirklich alles, was möglich war, für sie getan. Mehr, als sie jemals von ihm verlangt hatte.

Dann öffnete sie den zweiten Umschlag, es waren die Bilder. Bestimmt vierzig Stück. Daniel und sie, bei unzähligen Anlässen. Auf der Bank, auf dem Weg zum Mannschaftsbus, in den Katakomben, auf Veranstaltungen. Aber immer das gleiche Motiv. Alex losgelöst, entspannt, Daniel den Blick voller Zuneigung in ihre Richtung gewandt. Der Mann, der bisher niemals öffentlich Emotionen zugelassen hatte, lächelte sie auf jedem Foto an.

Sie brauchte eine Weile, bis sie sich gesammelt hatte. Bis sie verstand, was ihre eigenen Gefühle bedeuteten. Dann ging sie zu Luke in die Küche. Sie war erleichtert, dass er alleine war, die anderen sollten das nicht hören.

„Du kennst ihn, Luke. Wie er in Polen war, und dann hier." Langsam nickte er.

„Stimmt es, dass er hier in England niemanden mehr getötet hat, davor schon?" Alex atmete tief durch, solche Worte auszusprechen, fühlte sich sehr surreal an. Luke wartete mit seiner Antwort, beobachtete Alex genau.

„Ja." Sie wandte den Blick kurz ab.

„Du hast mich doch selbst eine Weile vor ihm gewarnt. Denkst du, er meint es wirklich ernst, mit seinem Leben? Würdest du... es erlauben, wenn ich es mit ihm versuchen würde?" Luke rieb sich seufzend die Hände.

„Erstens würde ich dir niemals etwas verbieten, dich nur warnen. Aber ja, mittlerweile hätte ich ein gutes Gefühl bei euch beiden. Und hab keine falschen Vorstellungen, Daniel und ich sind keine Freunde. Zumindest waren wir es bis vor Kurzem nicht. Aber wenn er wirklich alles hinter sich lässt, mit allem bricht, was bisher sein Leben ausgemacht hat – was willst du denn noch von ihm? Also ja, ich denke, er meint es ernst." Kurz wandte sich Luke ab, rührte in seiner Bolognese rum, dann schlich sich ein gefährliches Lächeln auf sein Gesicht, bei dem sich Alex' Nackenhaare aufstellten.

„Und außerdem mach ich ihn fertig, wenn er dich verarscht. Keine Sorge." Das glaubte ihm sie sofort.

Alex brauchte noch zwei Tage, bis sie mit sich selbst im Reinen war. Ihre Freunde und sie lebten in den Tag, genossen nichts tun zu müssen, die ausgiebigen Spaziergänge am Strand. Diese Ruhe half ihr, die vergangene Saison, mit allem, was währenddessen geschah, mit allen Veränderungen, zu verstehen und auch zu akzeptieren.

Ja, dieses Jahr hatte sie geprägt. Sie hatte Dinge getan, die sie vorher nie für möglich gehalten hätte, positiv, wie negativ. Aber sie war so stolz auf sich, weil sie durchgehalten hatte. Hatte der Liga und ein paar Menschen darum herum von ihrem Können überzeugt. Neue, tiefe Freundschaften geschlossen. Und wenn sie in den Spiegel sah, konnte sie sich selbst zufrieden anschauen. Es war ok, denn sie hatte in der jeweiligen Situation immer ehrlich gehandelt. Sie war sie selbst gewesen, auch wenn an der einen oder anderen Stelle ein Ich hervorgetreten war, dass sie für die Zukunft versuchen würde, besser im Zaum zu halten. Denn sie hatte daraus gelernt, manche Dinge wollte sie an sich verändern. Aber anderes würde sie genauso beibehalten.

Ihren Einsatz, ihre Motivation für den FC, für die Mannschaft, die zwar auch ihren Tribut gezollt hatten, bereute sie dennoch kein Stück. Dieser Verdienst blitzt in Form ihrer Pokalmedaille aus ihrer Tasche hervor und zauberte ihr jedes Mal ein Lächeln ins Gesicht.

Nach dieser Erkenntnis, und auch Daniels Brief, seinen Taten, wusste sie endlich ihren weiteren Weg. Zumindest privat. Alles Grübeln half nichts. Ihr überwältigendes Gefühl nach seinem Geständnis ließ nicht nach, im Gegenteil. Sie würde sich an die Worte ihres Vaters halten. Es ausprobieren.

Sie bat Daniel per SMS um ein Gespräch, doch er antwortete nicht. Als sie drei Stunden später alleine auf der Veranda saß, die nackten Füßen in den Sand vergrub, stand er dann plötzlich vor ihr. Automatisch zuckten ihre Mundwinkel nach oben. An sein Aussehen ohne Anzug musste sie sich gewöhnen. Aber Jeans und Shirt standen ihm genauso gut.

Und da hatte sie ihre Antwort, genau bei diesen Gedanken. Das Gefühl in ihrem Inneren trügte sie nicht, als sie ihn vor sich sah. Als sie ihr Herz in diesem Augenblick öffnete, buchstäblich, spürte sie, wie es vor Freude pochte. Er war gekommen.

Daniel lächelte sie unsicher an.

„Danke, für den Brief. Und die Bilder." Er wusste erstmal nichts zu sagen, sie auch nicht. Plötzlich war der Respekt vor diesem Schritt doch groß. Wollte sie sich wissentlich wieder in seine Hände begeben? Nach ihrer ersten, so enttäuschenden und leider prägenden Beziehung das Risiko nochmal eingehen, sich so unfassbar verletzlich zu machen? Sie seufzte.

„Wenn du noch mehr Geheimnisse hast, wäre jetzt ein guter Zeitpunkt, sie zu beichten." Daniel wurde ernst.

„Nein, das war alles." Sie nickte. Hörte nicht auf ihren Kopf, sondern auf ihr Herz.

„Ich denke, wenn, und nur, wenn es dabei bleibt, kann ich damit leben. Aber unter einer Bedingung." Er nickte nur perplex. Mit vielem hatte er gerechnet, sicherlich nicht mit dieser Antwort.

„Ein ganz normales Leben, Daniel. Mit Job, Freunden, Wohnung, Familie. Meine Eltern wollen dich bestimmt näher kennenlernen. Keine Erpressungen, Hinterhalte, Schlägereien. Geschweige denn, Schlimmeres. Ich habe keine Ahnung, ob du das kannst, aber der Versuch ist es mir Wert. Solange du mir sagst, wenn es dir langweilig wird." Zu Alex' Überraschung senkte Daniel traurig den Blick.

„Du musst das nicht tun, Alex." Sie schüttelte den Kopf.

„Muss ich nicht. Will ich aber. Ich denke, wir sollten es einfach versuchen, Daniel." Immer noch erstaunt suchte er ihre Augen nach Unsicherheiten ab, fand aber keine.

„Wie, Alex? Wie kannst du ignorieren, wer ich einmal war?" Wieder ein Kopfschütteln.

„Das tue ich nicht. Und ich will immer noch ganz genau wissen, was bisher in deinem Leben passiert ist. Aber ich liebe den jetzigen Daniel und vertraue darauf, dass der Alte nicht mehr zurückkommt." Etwas fassungslos brauchte er eine Weile, zu antworten.

„Wie kannst du nur so gütig sein?" Unsicher lächelte sie.

„Ich bin mir nicht sicher, ob es unbedingt Güte ist. Aber wenn mir die Saison eines gezeigt hat, dann das niemand unfehlbar ist. Erst Recht nicht unter schlimmen oder schwierigen Umständen." Erwartungsvoll bedeutete er ihr, fortzufahren.

„Als Reynolds und ich auf dem Zimmer aufgewacht sind, wollte ich ihm unbedingt vom Plaudern abhalten. Und ihm gedroht, zu behaupten, er hätte mich zu der Nacht, zu dem Sex gezwungen. Mitunter das Schlimmste, was eine Frau einem Mann ungerechtfertigt antun kann. Vor allem, wie lange sie für ihre heutigen Rechte kämpfen mussten. Widerlich." Sie stöhnte auf.

„Von Marks Pillen ganz zu schweigen. Ich wusste es, Monate vorher. Habe nichts getan und nichts gesagt. Weder euch, erst Recht nicht ihm. Auch das ist widerlich und feige." Kurz blieb Daniel still.

„Trotzdem kannst du das nicht vergleichen." Alex zuckte die Schultern.

„Schon klar. Ich will damit nur sagen, dass auch ich nach der Saison ein anderer Mensch bin. Und das es Dinge in jedem Leben gibt, auf die man nicht stolz ist. Bei dem einen mehr, bei dem anderen weniger. Aber ich glaube dir, dass du das alles hinter dir lassen möchtest. Ich vertraue dir." Wieder ein Zögern, dann ein kleines Lächeln.

„Bitte verkack es nicht, Daniel. Sonst sind wir beide für immer im Arsch." Er legte einen Arm um sie, seufzte tief.

„Ich werde immer alles geben, damit du glücklich bist. Du kannst dir nicht vorstellen, wie es sich mit meiner Vergangenheit anfühlt, dass es jemanden gibt, der mich trotzdem liebt. Dafür bin ich dir ewig dankbar." Sie lehnte sich an ihn, vergrub dann ihr Gesicht an seinem Hals. Sie kriegte nie genug von seinem Duft.

„Lieb mich einfach zurück. Mehr musst du nicht tun." Als sie sich endlich küssten, fühlte es sich für Alex an, als würde in ihrem Inneren etwas zurechtrücken, was schon lange nicht mehr in Ordnung war. Endlich war sie sich sicher genug zu vertrauen. Ein wundervolles Gefühl, mit nichts zu vergleichen. Daniel sah sie aufmerksam an. Sie nickte.

„Vielleicht erzählst du mir nicht alles auf einmal. Aber ich will alles wissen. Wie Daniel zu Daniel wurde." Bevor er sie erneut küsste, riss Marks Stimme sie aus ihrer Umarmung.

„Pass bloß auf, Daniel. Nicht, dass sich dein Gesicht an das fette Grinsen gewöhnt und du es nicht mehr losbekommst." Ihr Freund grinste über beide Ohren, genau wie die restlichen Jungs, die auf der Veranda um ihn herum standen. Daniel zog Alex mit sich nach oben, dann ganz nah zu sich her.

„Zeigen wir ihnen, dass wir keine Angst mehr haben, es ihnen zu beweisen? Was zwischen uns ist?" Noch bevor sie groß antworten konnte, küsste er sie bereits wieder so intensiv, dass das laute Gegröle ihrer Freunde zum Nebengeräusch wurde.

Dann klingelte Alex' Handy. Etwas außer Atem blickte sie auf ihr Display. Daniel runzelte grinsend die Stirn.

„Hallo?" Eine sanfte, überraschenderweise deutsche Stimme, von leichtem Witz geprägt, antwortete.

„Hallo, Alex Müller. Hier ist Liverpool. Sie genießen bestimmt ihre wohlverdiente Pause. Aber ich habe in meinem Team eine unbesetzte Position, die einen gewissen deutschen Charme und Realismus gut vertragen könnte." Alex blickte Daniel erstaunt an, dessen Grinsen immer breiter wurde.

„Damit habe ich nichts zu tun, ehrlich", flüsterte er aufgeregt. Sie atmete tief durch, während die Stimme weitersprach.

„Die League war Ihre erste Saison nicht fair zu Ihnen, ich bin mir ziemlich sicher, dass Sie nie wieder Team Manager sein möchten. Aber sie gehören in den englischen Fußball, glauben Sie mir. Und meine Jungs brauchen jemanden, der sie ab und an auf den Boden der Tatsachen zurückholt. Der einen guten Draht zu den Fans hat. Was sagen Sie, können wir uns die Tage mal treffen?" Alex atmete erstmal tief durch. Vielleicht würde das doch nicht ihre letzte Season in der League bleiben.

Über den Autor:

S.J. Mahler ist eine 31-jährige BWL-Absolventin, die aktuell in der Immobilienbranche tätig ist und im Münchner Süden lebt. Schon seit frühen Kindertagen ein richtiger Bücherwurm, versucht sie sich seit dem dreizehnten Lebensjahr an eigenen Geschichten. Eine klare, schnörkellose, aber detailreiche und bildgebende Sprache zeichnen ihre Schriften aus. Alex's Season ist ihr erster Roman.